한 중 록

sodampublishingcompany

베스트셀러고전문학선10

한중록

펴낸날 | 2004년 2월 20일 초판 1쇄

지은이 | 혜경궁 홍씨
펴낸이 | 이태권
펴낸곳 | 소담출판사
　　　　서울시 성북구 성북동 178-2 (우)136-020
　　　　전화 | 745-8566　팩스 | 747-3238
　　　　E-mail | sodam@dreamsodam.co.kr
　　　　등록번호 | 제2-42호(1979년 11월 14일)

ISBN 89-7381-774-4 03810
　　　 89-7381-775-2 (세트)
● 책 가격은 뒤표지에 있습니다.

www.dreamsodam.co.kr

베스트셀러고전문학선 10

한 중 록

혜경궁 홍씨 지음

소담출판사

책을
펴내며

고려대학교인문대학장 설중환.

　고전문학작품이란 말 그대로 예로부터 전해 내려오는 훌륭한 문학작품들을 말한다. 이는 우리 조상들이 생활하면서 생각하고 느낀 모든 것들이 깃들어 있는 '보물창고' 라 할 수 있다.

　흔히 21세기는 인간과 문화가 가장 큰 화두가 될 것이라고들 한다. 근대에 들어 지금까지 기계화와 산업화와 정보화에 매달려 온 인간들은 어느새 스스로의 참모습을 잃어버리고 말았다. 나를 잃어버린 것이다. 우리가 길을 잃으면 어떻게 해야 할까. 다시 원래의 출발점으로 되돌아가는 것이 가장 빠른 길이 아닐까.

　고전문학은 우리들을 새로운 출발점으로 안내할 것이다. 고전문학은 오염되지 않는 지혜의 보고로 항상 우리 곁에 남아 있기 때문이다. 현대인들은 다시 고전으로 되돌아가야 한다. 그 속에서 우리는 우리의 본래 모습을 되찾을 수 있을 것이다.

　이번에 새로이 기획한 〈베스트셀러 고전문학선〉은 오늘날 한국인들이 꼭 읽어보아야 할 주옥 같은 작품들을 수록하였다. 특히 모든 사람들이 쉽게 읽을 수 있도록 평이하게 편집하였다. 또한 책의 뒤에는 저자와 작품에 대한 자세한 정보뿐만 아니라 각 작품들 안에서 독자들이 생각해 볼 수 있는 점들을 첨부하였다. 독자들은 이를 통해 더 깊은 고전의 세계를 맛볼 수 있을 것이다.

　모든 사람들이 고전문학작품을 통해서 한국인의 정체성을 되찾고, 참 한국인으로 살아갈 수 있다면 그보다 더 반가운 일은 없을 것이다.

차 례

1.

　내가 어린 나이에 궁중에 들어온 이후 조석으로 왕래가 있었으니, 친정에 내 필적이 많이 있어야 할 것이다. 그러나 선친께서 항상 타이르시기를,

　"외간 편지는 궁중에 들어가 흘릴 것이 못 되니, 문안을 여쭈어 보는 일 이외에 사연이 많으면 공경하는 도리에 어긋난다. 조석 편지의 회답에는 그 종이에 소식만 간단히 적어 보내라."라고 하셨다.

　그래서 선비(先妣)[1]께서는 조석으로 문안 편지를 보낼 때 선친의 말씀대로 편지 머리에 간단히 소식만 써서 보냈고, 또한 친정에서도 내가 보낸 편지는 모두 물에 씻어 버렸다. 이리하여 친정에 내 필적은 거의 남아 있지 않았다.

　백질(伯姪) 수영(守榮)[2]은 항상,

[1] **선비(先妣)** 작가의 돌아가신 어머니인 한산 이(李)씨.
[2] **백질(伯姪) 수영(洪守榮)** 작가의 친정 조카. 백질은 맏조카를 말함.

"본집에 귀인(貴人)의 필적이 없으니, 친히 어떤 글이라도 써 두시면 집안에 길이 보존되어 보물이 될 것이옵니다."

하고 내게 청하였다.

그 말이 옳은 듯하여 나도 써주려 하였으나 틈이 없어 이제껏 못 하다가 올해 내 회갑을 맞아 추모(追慕)하는 마음[3]이 더 커지고 세월이 갈수록 정신이 쇠약해지는 것 같아, 이제 내가 느낀 바와 겪은 일들을 생각나는 대로 기록한다. 다만 백 가지 중에 한 가지밖에 쓰지 못한다.

선왕조(先王朝) 을묘년[4] 6월 18일 오시(午時)에, 선비께서는 반송반(盤松坊) 거평동(居平洞) 외가에서 나를 낳으셨다. 그 전에 선친께서는 흑룡(黑龍)이 선비 계신 방의 반자에 서려 있는 꿈을 꾸셨는데, 내가 여자로 태어났으므로 태몽이 맞지 않았다고 의심하셨다. 하지만 조부 정헌공(貞獻公)[5]께서는 친히 와 보시고,

"비록 여자이나 보통 아이와는 다르다."

하시며 기특하게 여기시고 사랑해 주셨다.

그 후 삼칠일이 지나 집으로 들어왔을 때 증조모 이씨께서 나를 보시고,

"이 아이는 다른 아이와 다르니 잘 키워라."

하시며 장래를 기대하시고 유모를 친히 구해 보내셨다. 내가 점점 자라매 조부께서 각별히 사랑하시어 나를 무릎에서 내려놓지 않으시고 항상 희롱

---

3. **추모(追慕) 하는 마음** 죽은 남편 사도세자를 그리는 마음.
4. **선왕조(先王朝) 을묘년** 영조 11년. 1735년.
5. **정헌공(貞獻公)** 홍현보(洪鉉輔).

하시는 듯 말씀하셨다.

"이 아이는 작은 어른이니 일찍 어른이 될 것이로다."

내가 어려서 듣던 말씀들을 궁중에 들어와 회상하니 양대(兩代)께서 하시던 말씀에는 무슨 예감이 있었음에 틀림없었다.

내가 어렸을 때는 형제가 있어 부모께서 두 개의 구슬같이 아껴 주셨는데, 형이 일찍 죽어 홀로 사랑을 차지한 건 뜻밖의 천륜이었다. 부모의 가르침은 엄격하여 큰 오라버니에게는 극히 엄하게 교훈하셨지만, 나는 딸이기 때문에 각별히 사랑해 주셨다. 나도 선친 곁을 떠나는 걸 부끄럽게 여겨 좀처럼 떠나는 일이 없었다.

또한 철이 날 때부터 크고 작은 일에 부모께 걱정 끼치는 일이 적었으므로 부모께서는 더욱 사랑하셨다. 내 비록 여자라 은혜 갚을 길이 없지만 심중에 어찌 감격조차 간절하지 않았으리오. 우리 부모께서 이상할 정도로 편애(偏愛)해 주시던 일을 생각하면, 불초한 몸이 궁중에 들어가려 하기에 그러셨던가 하여 항상 눈물이 흐르고 마음이 아팠다.

조부이신 정헌공께서는 영안위(永安尉)[6]의 증손이시고 정간공(貞簡公)의 손자이시고 첨정공(僉正公)이 사랑하는 둘째 아드님이었는데, 안국동에 새 집을 짓고 분가하셨다. 집과 정원의 규모가 비록 재상집 같다 하나 재산은 나누어 받지 못하여 생활이 매우 빈곤하셨다.

큰할아버지 참판공(參判公)께서는 선친을 지극히 사랑하시어 항상 선친

---

6. **영안위(永安尉)** 선조(宣祖)의 사위. 홍씨의 5대조.

의 머리를 쓰다듬어 주시며,

"이 아이는 장차 윤오음(尹梧陰)[7]의 팔자와 같을 터이니, 지금은 비록 어려워도 장차 부유하리로다. 자고로 후복(後福)할 사람은 초년 고생을 겪게 되는 법이다."

하시어 재산을 많이 나누어 주지 않으셨는데, 이것은 당신 아우님을 매우 사랑하시는 뜻이므로 집안에서는 모두 흠탄(欽歎)하였다.

하지만 그로 인하여 우리 집 살림은 자연 궁핍하였다. 정헌공께서는 벼슬이 상서(尙書)에까지 이르렀지만 마음이 청렴하여 산업(産業)[8]을 소홀히 여기는 바람에 집은 가난하여 한낱 선비처럼 지내셨다.

계조비(繼祖妣)는 학문이 높은 선비의 따님으로 본디 배움이 남과 다르시어, 성품과 행실이 현숙하고 인자하여 정헌공 받드시기를 엄한 손님같이 하셨다. 집안 살림과 음식 절차는 정헌공의 청덕(淸德)을 본받아 깨끗하고 소박하게 하셨다.

그리하여 선비께서는 비록 재상가의 종부(宗婦)였지만 한 벌의 비단옷도 걸친 적이 없으시고, 손상자에는 단 몇 개의 패물조차 없었고 외출 의복도 단벌밖에 없었다. 의복에 때가 묻으면 늘 밤을 틈타 손수 빠시는 수고를 하셨고, 길쌈과 바느질을 하느라 밤을 새우는 일이 잦아 아랫방에는 날이 밝을 때까지 등불이 켜져 있는 날이 많았다.

그러나 선비께서는 친히 밤새워 일하는 모습을 보고 늙고 젊은 종들이

---

[7] **윤오음(尹梧陰)** 선조 때의 문신. 문장과 글씨가 뛰어나 영의정까지 오름.
[8] **산업(産業)** 생업이나 생계수단.

괴로워할까 염려해 창에 검은 보를 쳐 가리셨고, 남들이 칭찬하는 걸 피하려 애쓰셨다. 뿐만 아니라 추운 밤에 수고를 하시어 손이 다 닳아도 괴로워하시는 일이 없으셨고, 의복을 갖추는 예절과 자녀 입히심이 지극히 검소하셨다. 선비께서는 제철 제때에 옷을 지어 주시어 우리 남매가 늘 정결하게 입고 다니게 해주셨다. 선비는 항상 기쁘심과 노하심을 가벼이 하지 않으시고 기상이 화기(和氣)가 있으면서도 엄숙하셨으니, 온 집안이 그 덕성을 우러러보고 어려워하였다.

우리 집안이 도위(都尉)[9]의 후손으로 명문거족이고, 우리 외가 이씨가 청백한 집안이고, 우리 백고모(伯姑母)가 명관의 부인이고, 중고모(仲姑母)가 현 종실(宗室) 청릉군(靑陵君)의 며느리이고, 계고모(季姑母)가 이부상서(吏部尚書)의 며느리이고, 중모(仲母)가 이부시랑(吏部侍郎)의 따님이었지만, 일찍이 세속 부녀의 교만한 태도와 사치한 일이 조금도 없었다. 선비께서는 명절 모임에 상승하접(上承下接)[10]하는 일에 친절하고 정의(情誼)가 두터웠으니, 온 집안에 애애(靄靄)한[11] 화기가 가득하였다. 비록 내가 어리다 하나 어찌 모르리오.

중모께서는 또한 덕행이 남과 달라 큰동서를 받드심이 시어머님 다음이시고, 기취가 고결하고 문식이 탁월하니 실로 임하풍미(林下風味)[12]요 여중(女中) 선비이셨다. 또한 중모께서는 나를 사랑하시어 언문(諺文)을 가

---

[9] **도위(都尉)** 임금의 사위.
[10] **상승하접(上承下接)** 위를 받들고 아래를 대접함.
[11] **애애(靄靄)하다** 부드럽고 평화로운 기운이 가득함.
[12] **임하풍미(林下風味)** 세상일을 떠나 산에 묻혀 사는 선비의 조촐한 멋.

르쳐 주시고 범백(凡百)[13]을 지도하심이 각별하였으니, 내가 어머니같이 받들었다. 그래서 어머니는 항상,

"이 아이는 아우님을 퍽 따른다."라고 말씀하셨다.

정헌공께서 경신년에 세상을 떠나시니 부친은 무척이나 애통해하셨고, 삼 년 동안 사당에 모시고 주야로 정성을 다하셨다. 내가 비록 몽매하나 부친의 효심을 감히 본받지 않을 수 없었다.

부친의 효성은 남과 달라 새벽이면 사당에 배례하고, 아침마다 계모께 안부를 여쭈시고, 온화한 말씀과 부드러운 안색으로 섬기시니, 조모께서 부친을 사랑하고 기대하심이 각별하셨다. 그리하여 보는 이와 듣는 이가 모두 감복하였다. 부친은 또한 위로 두 누님을 섬김에 있어 각별하셨고, 아래로 세 아우님을 극진히 교훈하시어 아드님보다 더 사랑하셨다.

신유년에 큰고모가 유행병에 걸려 친족이 다 피한 적이 있었다. 하지만 부친께서는,

"동기간(同氣間)에 병을 구완하지 않으면 어찌 동기의 정이 있다 하겠느냐?"

하시며 몸소 누님을 구완하셨다.

마침내 누님이 몹쓸 병으로 돌아가시자, 부친께서는 손수 장례를 극진히 지내시고, 그 후 조카들이 몸을 의탁할 곳이 없게 되자 의롭게 구제하셨다. 그중 하나는 집에 데려다 손수 기르셨다. 나중에는 혼례도 치러 주

---

[13] **범백(凡百)** 모든 것. 또는 상궤에서 벗어나지 않는 언행.

실 정도로 친족간에 돈목한 후풍(厚風)을 보여 주셨다. 그뿐 아니라 이 진사(李進士) 댁, 이남평(李南平) 댁의 두 고모를 집에 모셔옴이 잦았으니, 효도의 일단을 이런 데서도 알 수 있었다. 조모께 양육받은 은공을 잊지 못하여 제사마다 꼭 참례하고 애통하시어 친기(親忌)[14]와 다름이 없으셨는데, 이 모든 일은 내가 친정에 있을 때 가까이에서 본 일이었다. 부친께서는 학업에도 힘쓰시어 이름난 선비들과 항상 학문을 토론하셨으니 교친사우(交親師友)[15]들이 서로 심방하지 않는 날이 없었다.

선비께서는 경신년 후에 삼년상을 손수 예법대로 차리시고, 아침 일찍 세수를 하고 시어머님 문안에 때를 어기지 않으셨다. 그럴 때마다 머리를 빗어 얹지 않고는 감히 뵙지 않으시고, 큰 저고리를 입지 않으실 때가 없었으니, 부친 받드심이 범속한 부녀와 남다르셨다. 또한 부친께서 모친을 공경함에 각별하시던 일이 지금도 잊혀지지 않는다.

모친께서 정미년에 해주감영(海州監營)에서 혼례를 치르셨지만 곧 외조부 상사(喪事)를 만나 신행례(新行禮)[16]를 갖추지 못하고 이듬해까지 지내셨는데, 무오년에는 외조모의 상사를 다시 치르니 그 애통함이 심하셨다. 하지만 친정에 오래 머무르지 못하고 시집으로 오실 때 항상 남매분이 함께 우셨다.

우리 외가는 청빈하기로 유명하고 그 우애가 두텁고 부녀끼리는 화목하

---

[14] **친기(親忌)** 부모의 제사.

[15] **교친사우(交親師友)** 친한 스승과 벗.

[16] **신행례(新行禮)** 혼인을 치르고 신부가 시댁에 오는 일.

였다. 외숙모는 시누이가 가실 때마다 대접이 극히 후하였고, 외삼촌 지례

공(知禮公)께서도 나를 각별히 사랑하셨다. 외종형 산중(山重) 씨도 또한

그러하였다.

모친의 형제는 세 분이었는데, 김 생원(金生員) 댁이 일찍 과부로 지내

시니 모친께서 극진히 섬기셨다. 상사 후에 모친께서 이종(姨從)들을 불쌍

히 여겨 자식같이 사랑하여 양식과 의복을 대 주어 배고픔과 추위를 면케

하시고, 나중에는 혼인도 시켜 주셨다.

그래서 이종들은 항상,

"사람마다 어머니는 하나지만, 우리들은 어머니가 두 분 계시다."

하면서 감격하였다.

이종 김이기(金履基) 씨가 신유년 늦봄에 외가에서 혼례를 치렀는데 모

친도 친정에 가 계셨다.

이모 송 참판(宋參判) 댁 장녀는 우리 계모(季母)이시며, 어렸을 때 항상

외가에 와서 놀았다. 계모께서는 이종 김이기 씨 혼인에 화려한 옷차림을

하고 참례하셨는데, 그때 나는 예복을 입을 나이가 되지 못하여 흰옷을 입

고 있었다. 그러자 모친이 내게,

"남들은 저렇게 곱게 입었는데 너만 흰옷이라 곱지 않으니 너도 저렇게

입어라." 하셨다.

그에 나는,

"지금 나는 할아버님 상복을 입어야 하니 다른 아이들처럼 색옷을 입어

서는 아니 되지요." 하고 대답하였다.

그리고 문 밖에 나가지 않고 몸가짐을 바르게 하였는데, 지금 생각하니 이 모두가 부모님의 교훈이 어린 나에게 미쳤던 탓이었다.

계해년 3월에 부친이 태학장의(太學掌議)[17]로 숭문당(崇文堂)에 입시하셨는데, 그때 부친의 춘추가 삼십일 세였다. 자질이 금옥(金玉) 같으시고 풍채가 봉황과도 같으시니 유생 중에서 가장 뛰어나시고 사람 응대와 범절이 또 정하시어 상감께서도 사랑하셨다. 알성(謁聖)[18] 후에 과거를 다시 베풀어 주셨으므로 유생들이 다시 보라고 권하였다. 당숙도 집에 오셔서 부친의 기쁜 소식을 기다렸으나, 결국 부친이 낙방하여 돌아오시자 내가 실망하여 크게 울었다.

그해 가을 부친이 의릉참봉(懿陵參奉)을 하셨는데, 이것이 우리 집에서 관록(官祿)을 받게 된 처음이라 온 집안이 귀히 여겼다. 모친께서는 그 첫 봉록을 일가친척에게 골고루 나누어 주시니 집에는 한 되의 쌀도 남아나지 않았다.

그해 세자의 간택(揀擇)[19] 단자(單子)[20]를 받는 명이 내렸는데, 혹 다른 이가 말하기를,

"선비의 자식이 간택에 참례하지 않아도 해로움은 없으니 단자를 말라. 가난한 집에서는 의상 차리는 폐도 여간 크지 않다."

라고 하여 내가 단자 내는 것을 금하려고 하였다.

17. **태학장의(太學掌議)** 성균관의 으뜸자리.
18. **알성(謁聖)** 임금이 성균관 문묘의 공자 신위에 참배함.
19. **간택(揀擇)** 왕이나 왕자, 또는 왕녀의 배우자를 선택하는 일.
20. **단자(單子)** 사주나 폐백을 보낼 때 내용물을 적은 종이.

그러나 부친께서는,

"나는 대대로 국록을 받는 신하요, 딸은 재상의 손녀인데 어찌 임금을 속이겠느냐?"

하시며 단자를 하셨다.

그때 우리 집이 극빈하여 새로 의상을 해 입을 수 없어 치맛감은 형의 혼수에 쓸 것으로 하고, 옷안은 낡은 천을 넣어 입었다. 다른 혼수는 모친께서 빚을 얻어 차리셨는데 지금도 모친이 애쓰시던 일이 눈에 암암하다.

9월 28일에 초간택(初揀擇)이 되었는데, 영조대왕(英祖大王)께서 용렬한 내 재질을 칭찬하시며 각별히 어여삐 여기셨고, 정성왕후(貞聖王后)께서도 또한 나를 착실하게 보셨다. 선희궁(宣禧宮)[21]께서는 내가 간선하는 장소에 나아가기 전에 미리 보셨는데 화기가 얼굴에 가득하게 웃으셨다. 좌우에 궁인들이 앉아 있었으므로 내 마음과 몸가짐은 매우 괴로웠다. 사물(賜物)을 내리시고 내가 행례하는 거동을 선희궁과 화평옹주(和平翁主)께서 보시더니 예절을 가르쳐 주셨다. 나는 그대로 따라 하고 밖으로 나와 모친 옆에서 그날 밤을 지냈다.

이튿날 아침에 부친께서 안으로 들어오셔서 모친께,

"이 아이가 수망(首望)[22]에 올랐으니 어찌 된 일이오?"

하시며 도리어 근심하셨다.

"한미(寒微)한 선비의 자식으로 단자를 드리지 말 걸 그랬소."

---

[21] 선희궁(宣禧宮) 영조의 후궁으로 사도세자의 친어머니.
[22] 수망(首望) 첫째 물망에 오름.

하며 근심하시는 두 분의 말씀을 잠결에 듣고 깨어나니 마음이 동하여 내가 자리 속에서 많이 울었다.

또한 궁중에서 여러 분들께서 사랑하시던 일이 생각나 더욱 근심하였다. 부모께서는 도리어 나를 달래고 위로하셨다. 그러나 나는 초간택 이후 매우 슬펐다. 그것은 아마도 궁중에 들어가 온갖 변화를 겪으려고 마음이 스스로 그러하였을 것이다. 한편으로는 이상하고, 한편으로는 인사가 흐리지 않은 듯도 하였다. 간택이 되고 나자 갑자기 찾아오는 일가들이 많아졌고, 전에는 왕래조차 않던 하인들도 찾아오는 이가 많았다. 참으로 인정과 세태가 그러한 모양이었다.

10월 28일에 재간택에 임하여 내 마음이 자연 놀랍고, 부모도 근심을 하시며 나를 궁중에 보내셨다. 내가 궁중에 들어갈 때 이미 완정(完定)하고 계셨던 모양이어서 거처도 대접하는 법도 달랐다. 내가 당황하며 어전에 올라가니 영조대왕께서 다른 처자들과는 달리 발 안으로 친히 드셔서 어루만져 사랑하시고,

"내 이제 아름다운 며느리를 얻었다. 네 조부 생각이 나는구나. 네 아비를 보고 좋은 신하를 얻었다고 기뻐하였더니, 네가 바로 딸이로구나."

하시며 기뻐하셨다.

또한 정성왕후와 선희궁도 크게 기뻐하셨는데 분에 넘칠 지경이었다. 여러 옹주(翁主)들도 내 손을 잡고 귀여워해 주며 좀체 돌려보내지 않았다.

경춘전(景春殿)에 오래 머무르고 있는데, 점심을 보내시고 나인을 보내

견막이[23]를 벗겨 치수를 재게 하였다. 내가 벗으려 하지 않자 나인들이 나를 달래며 억지로 벗겨 치수를 재었다. 이런 경우를 당하니 심사가 경황하여 눈물이 나는 걸 억지로 참고 가마에 오르는데, 궁중 하인들이 부축해 주어 놀랍기 그지없었다. 길에서 전갈하는 내전의 여종들이 검은 옷을 입고 서 있는 것도 놀랍기만 하였다.

가마가 집에 도착하여 사랑 대문으로 들어가니 부친께서 가마 앞에 와서 손수 발을 들어 주시고 두 손으로 나를 잡고 내려주셨는데, 그 삼가는 태도가 나를 어쩔 줄 모르게 하였다. 그리하여 부모를 붙들고 눈물이 저절로 흐르는 것을 금할 수 없었다. 모친께서는 옷을 새로 갈아입으시고 상에 붉은 보를 펴고 중궁전(中宮殿) 글월을 사배(四拜)하고 받으시고, 선희궁 글월은 재배(再拜)하고 받으면서 여간 황송해하지 않으셨다.

그날부터 부모께서는 내게 존대를 하시고, 일가 친척들도 공경하며 대하시니 내 마음은 더욱 불안하고 슬픔이 형용할 수 없었다. 부친께서 근심 걱정을 하시며 훈계하시던 말씀이 많아지니, 내가 무슨 큰 죄를 지은 것만 같아 몸 둘 곳을 몰랐다. 또한 부모 곁을 떠날 일이 슬퍼 어린 간장이 녹을 듯하여 만사에 흥미가 없었다.

많은 친척들이 내가 궁중에 들어가기 전에 만나본다 하여 찾아왔는데, 먼 친척은 밖에서 대접하여 보냈다. 양주(楊洲) 증대부(曾大父)[24] 이하를 뵈올 때, 대부 한 분이 공손한 말로,

---

[23] 견막이 예복으로 입는 녹색 옷.
[24] 증대부(曾大父) 증조 항렬의 친척.

"궁금(宮禁)[25]이 지엄하여 한번 들어가면 영 이별인즉 궁중에서는 공경하며 조심하여 지내소서. 이름이 거울 감(鑑)자와 도울 보(輔)자이니, 들어가신 후 나를 생각하소서."

하니 나는 그저 어리둥절하였다.

그 일가 대부는 전에 뵌 일도 없었던 분인데 이런 말씀을 하니 저절로 슬펐다.

재간한 이튿날 궁중 보모(保姆) 최 상궁과 색장(色掌)[26] 김가 효덕(孝德)이라는 나인이 우리 집에 왔다. 최 상궁은 풍채가 크고 엄연하여 보통 궁녀의 모양이 아니었고 대대로 섬겨 왔으므로 예의도 잘 알고 간사스럽지 않았다. 모친이 맞아 반갑게 접대하시고 나인은 내 옷의 치수를 재어 갔다.

삼간(三揀)은 11월 13일이었다. 앞으로 남은 날이 점점 줄어드니 갑갑하고 슬퍼서 밤마다 모친 품에서 잤다. 두 고모와 중모(仲母)께서는 나를 어루만져 주시며 이별을 슬퍼해 주셨다. 부모께서도 여러 날 동안 잠을 제대로 못 주무셨으니, 지금도 그때를 생각하면 가슴이 막힌다.

삼간 때가 되자 최 상궁과 색장 문가 대복이 집으로 찾아왔다. 최 상궁은 정성왕후께서 만들어 내리신 초록 도유단 당(唐) 저고리, 엷은 노란빛 포도문단(葡萄紋緞) 저고리, 보랏빛 도유단 저고리, 진홍빛 오호포 문단(文段) 치마, 모시 적삼을 가져왔다. 이런 옷들은 내가 한 번도 입어 보지

---

25. **궁금(宮禁)** 대궐. 궁궐.
26. **색장(色掌)** 궁인들을 감독하고 궁전의 문안을 맡은 여자.

못하였고, 또한 남들이 입은 걸 부러워한 적도 없었다. 예전에 내 가까운 친척 중에 나와 동갑인 여자애가 있었는데, 부유한 집안이라 고운 옷을 안 가진 게 없었지만 나는 부러워하지 않았다.

하루는 그 여자애가 다홍 깨끼 주름치마를 입고 우리 집에 왔는데 모양이 매우 고왔다. 모친께서 보시고,

"너도 저런 옷 입고 싶으냐?"

하고 물으셨다.

"저런 옷이 있으면 안 입지는 않겠지만 새로 장만해서까지 입고 싶지는 않사옵니다."

하고 내가 대답하였다.

그러자 모친께서 탄식하시고,

"너는 가난한 집 딸이니 어찌하랴? 네가 성혼 때는 고운 치마를 해 주고 오늘 네가 어른같이 한 말을 표창하겠다."고 말씀하셨다.

내가 지금 이렇게 되자 모친께서는 어렸을 때의 일을 생각하시고 또다시 탄식하셨다.

"예전부터 고운 옷을 해주려고 생각만 하였는데, 이제 궁중에 들어가면 종내 사사로운 의복을 입지 못할 것이오니, 쌓인 한을 지금 풀겠사옵니다."

모친께서는 이렇게 말씀하시고 삼간이 되기 전에 고운 치마를 해 입히셨다. 나는 울면서 고맙게 받아 입었다.

내가 큰집 사당과 외조부 사당에 하직인사를 드리러 가려 하자 금성위

(錦城尉) 맏형수가 중고모의 시누이였는데, 그 사실이 차차 전해져 선희궁께 아뢰었다. 영조대왕께서 가도 좋다는 분부를 내리셨다. 그 후 내가 모친과 한 가마를 타고 큰집으로 갔다.

당숙 내외가 딸이 없기 때문에 항상 나를 데려다 머물게 하시고 사랑하셨는데, 상감께서도 이를 아시고,

"대례(大禮)를 함께 보살피라."

하는 분부를 내리셨다.

그 후로 당숙은 국혼(國婚)[27]이 정해진 이래 우리 집에 머물러 계셨는데, 찾아간 나를 보시고 반갑게 맞아 사당에 인도하여 배례를 하게 하셨다. 큰집 사당은 자손들은 본디 뜰에서 절하는 법이지만, 나는 정당(正堂)[28]에 올라가서 배례하여 스스로도 놀라지 않을 수 없었다.

그날 다시 외가로 가니 외삼촌댁이 반갑게 맞아주시고 나를 떠나보내는 걸 무척 섭섭히 여기셨다. 또 외종들은 예전에는 내가 가면 업기도 하고 안기도 하며 매우 친하게 놀았는데, 그날만은 나에게서 멀리 떨어져 앉아 공손히 대하니 내 마음이 더욱 슬펐다. 외사촌 신씨부(申氏婦)와는 각별히 지냈던 사이라 이별이 더 서글펐다. 두 분 이모를 뵙고 집으로 돌아오니 어느덧 날수가 지나 삼간날이 되었다. 고모께서,

"집이나 두루 살피소서."

하시고 12일 밤에 데리고 다니셨다.

---

27. **국혼(國婚)** 왕실의 혼인. 또는 왕실과의 혼인.
28. **정당(正堂)** 몸채의 대청.

이때 달빛이 밝고 눈 위에 부는 바람이 차가운데 고모가 내 손을 끌고 다니시며 눈물을 흘렸다. 방에 들어가서 추위를 녹이고 잠을 청하였지만 잠이 오지 않았다.

이튿날이 되자 일찍부터 입궐하라는 재촉이 왔기에 궁중에서 삼간에 입히려고 내려주신 의복으로 갈아입었다. 먼 친척의 부녀들이 그날 와서 작별인사를 하고, 사당에 말미를 아뢰는 다례(茶禮)를 올리고 축문을 읽는데, 부친께서 눈물을 참으시며 차마 이별하기 어려워하던 정경이 지금도 눈에 선하다.

궁중으로 돌아와 경춘전에서 쉬었다가 통명전(通明殿)에 올라가 삼전(三殿)[29]을 뵈니, 인원왕후(仁元王后)께서 오셔서 처음으로 나를 보시고,

"아름답고 극진하니 이는 나라의 복이로다."

하고 칭찬하셨다. 대왕께서도 어루만져 주시며 말씀하셨다.

"내가 슬기로운 며느리를 잘 가렸구나."

정성왕후와 선희궁께서 지극히 나를 사랑해 주시니, 아이의 마음에도 은혜에 감복하여 고마운 마음이 스스로 우러났다. 세수를 다시 하고 원삼(圓衫)을 입고 상을 받은 후 날이 저물어 삼전(三殿)께 사배하고 별궁으로 나오니, 대왕께서 가마를 타는 곳까지 친히 나오셨다.

대왕께서는 내 손을 잡으시고,

"잘 있다 돌아오너라. 소학(小學)을 보낼 터이니 아비에게 배우고 잘 지

---

29. **삼전(三殿)** 영조, 영조의 비(妃) 정성왕후, 숙종의 계비 인원왕후를 말함.

내다 오너라." 하셨다.

　못내 귀여워하심을 받잡고 궁중에서 물러나오니 날이 저물어 불이 켜졌다. 궁녀들이 따라와 좌우에 있으므로 나는 모친 곁을 떠나서 어떻게 잘까 하고 근심하여 밤중에 슬퍼하였다. 모친의 마음 또한 안타까웠으리라. 보모 최 상궁의 성품은 엄하고 사정이 없어,

　"나라 법이 그렇지 않으니 내려가소서."

하고 모친을 가시게 하였다.

　모친을 모시고 자지 못하는 그런 절박한 인정이 어디에 있으랴.

　다음날이 되자 대왕께서 소학을 내려 보내주셔서 부친께 날마다 배웠다. 또한 당숙, 중부(仲父), 선형(先兄)이 글 배우는 방으로 들어오시고, 어린 숙계부(叔季父)께서도 들어오셨다. 대왕께서는 또한 훈서(訓書)를 내리시어 공부하는 여가에 보라 하셨는데, 그 훈서는 효순왕후(孝純王后)[30]께서 들어오신 후에 몸소 지으신 어제(御製)[31]였다.

　별궁에 배치한 가구와, 병장(屏帳), 자장(資粧)[32]가운데 왜진주(倭眞珠) 노리개가 하나 있었는데, 이것은 선희궁께서 내려주신 것이었다. 처음에는 정명공주(貞明公主)의 것으로 손부(孫婦) 조씨에게 주셨던 것인데, 그 집에서 팔았는지 선희궁을 모신 궁인의 집으로 인연하여 사오신 것이었다. 내가 공주 자손으로 들어와 내 집의 구물(舊物)을 갖게 되니 참으로 기

---

[30] **효순왕후(孝純王后)** 영조의 큰아들인 효장세자의 부인.
[31] **어제(御製)** 임금이 지은 시문이나 저술.
[32] **자장(資粧)** 여자가 화장할 때 쓰는 물건.

이한 일이었다.

정헌공(貞獻公)께서 서화(書畵)를 즐기셔서 네 폭의 수병풍이 있었는데, 경신년 후에 하인이 갖다 판 것이 공교롭게 선희궁 나인의 친척이 사들여 수병풍 네 첩을 침방에 치라고 보내 주셨다. 계모가 이 수병풍을 알아보시고,

"조부께서 가지셨던 수병풍이 궁중에 들어와 오늘날 손녀의 침방에 치게 되니 이상하오이다." 하고 말씀하셨다.

또 팔 첩에 수놓은 용병풍이 선희궁 침방에 쳐 있었는데 부친께서 알아보시고,

"이 병풍의 용빛은 완연히 을묘년 6월 십일에 꿈꾼 용의 빛과 같사옵니다. 그때 꿈꾼 뒤로 잊고 있었는데 지금 이 병풍을 보니 꼭 그 꿈속에서 본 용이옵니다."라고 하셨다.

수(繡)를 놓은 그림과 용병풍의 빛이 거의 비슷하여 좌중이 모두 탄복하였다. 그 용빛은 검은 인갑(鱗甲)을 금실로 놓았으므로 흑색과 금색이 서로 섞여 있었다.

부친은 이에,

"흑룡 그대로는 아니나 모양이 흡사하다."

하고 신기하게 여기셨다.

내가 별궁에서 오십여 일 지내는 동안, 삼전(三殿)께서 상궁을 보내셔서 문안을 물으실 때면, 우리 친정을 청해서 뵙고 정성껏 대접하므로 감축함이 이루 형용할 수 없었다. 상궁이 오고 곧 주안상과 예관(禮官)이 따라 들

어오니 갑자가례(甲子嘉禮)와 같다고 칭송이 자자하였다.

별궁에 머무는 사이 조모의 병환이 계셔서 대혼(大婚)³³은 박두하고 중세가 가볍지 않아 부모께서 황망하심이 이루 측량할 수 없었다. 그때 정경은 집안이 편안하여도 정리(情理)가 어려우실 텐데 첩첩이 근심이 쌓이셨는데도 별궁에 들어오시면 화기를 잃지 않으셨다.

그러다가 조모께서 거처를 딴 곳으로 옮기실 때 부친이 친히 업어서 가마에 태워 보내셨는데, 이 소식을 궁인(宮人)들이 듣고 칭송이 자자하여 궐내에서 부친의 계모에 대한 효성을 높여 말하였다. 천행으로 조모님 병환이 나으시니 집과 나라에 참으로 다행이었다.

정월 초9일에 책빈(冊嬪)하고, 십이일에 가례를 하니 마침내 부모 떠날 날이 임박하여 나는 정리를 참지 못하고 하루종일 울었다. 부모 역시 인정상 슬프셨으나 참으셨다. 부친께서는,

"신하의 집이 척리(戚里)³⁴가 되면 영총(榮寵)이 따르고, 영총이 따르면 문벌이 왕성해지고, 문벌이 왕성해지면 재앙을 부르는 법이옵니다. 내 집이 도위(都尉)의 자손으로 임금의 은혜를 망극히 입었으니 나라를 위하여 끓는 물, 타는 불 속을 어찌 사양하겠습니까? 그러나 백면서생(白面書生)³⁵이 일조에 왕실과 친척이 되니, 이것은 복의 징조가 아니요, 화의 기틀이 될까 하옵니다. 그러니 오늘부터 두려워서 죽을 곳을 모르겠사옵니다."

---

³³· **대혼(大婚)** 임금이나 왕세자의 혼인, 여기서는 사도세자의 혼인.
³⁴· **척리(戚里)** 임금의 내척(內戚)과 외척(外戚).
³⁵· **백면서생(白面書生)** 글만 읽어 세상에 대한 경험이 없는 선비.

하시며 앉음새와 몸가짐에 관한 모든 범절을 가르쳐 주셨다.

부친은 또한,

"궁중에 들어가 삼전 섬기실 때 삼가고 조심하여 효성으로 힘쓰고, 동궁(東宮)³⁶ 섬기실 때 반드시 옳은 일로 도우시고 말씀을 더욱 삼가 집과 나라에 복을 닦으소서."

하고 말씀하시니 내가 공경하여 듣다 울음을 금치 못하였다.

그때 심사야 목석인들 어찌 감동치 않았으리오. 초례(醮禮)하고 부모께 또 훈계를 받았는데, 부친은 다홍색 공복(公服)에 복두(幞頭)³⁷를 쓰고, 모친은 원삼을 입고 큰머리를 얹었다. 일가친척 모두가 이별하려고 모였고, 궁내 사람이 많이 나왔다. 부모께서는 모든 행례가 조금도 절도에 어긋남이 없이 장엄 단중(端重)하여 보는 사람이 모두,

"나라에서 사돈을 잘 얻었다."

하고 칭송하였다.

초례 후에 궁중에 들어가 대례를 지내고 12일에 조현(朝見)³⁸하였다. 그때 대왕께서는,

"네 폐백까지 받았으니 경계하노라. 세자에게 부드럽게 하고 말과 얼굴빛을 가볍게 말고, 눈이 넓어도 궁중일은 예삿일이니 모르는 척하고 아는 체도 하지 말라."

---

³⁶· **동궁(東宮)** 세자를 달리 이르는 말. 여기서는 사도세자.
³⁷· **복두** 과거에 급제한 자가 홍패를 받을 때 쓰는 모자.
³⁸· **조현(朝見)** 신하가 입궐하여 임금을 뵙는 일.

하시는 훈계를 내리셨다.

그날 통명전에 양궁(兩宮)을 거느리시고 우리 부친을 인견하셨는데, 말씀이 간절하시고 친히 술잔을 내리셨다. 부친이 받아 마시고 남은 술을 소매에 부으시고 감자씨를 품에 넣으셨다.

대왕께서 내게,

"네 아비가 예를 아는도다."

하시니 부친께서 감읍하고 물러 나와 모친께 전하시길,

"성은이 이와 같으시니 오늘부터 죽기로써 보답하겠다."

하고 맹세하셨다.

이튿날 인정전(仁政殿)에서 진하(進賀)[39]를 받으실 때 대왕께서 나를 구경하게 하시고 말씀하셨다.

"본댁들을 구경하게 하라."

진하가 끝난 뒤 내가 대조전(大造殿)에 문안드리러 올라가니, 정성황후께서 우리 모친을 인견하셨다. 은전(恩典)이 정중하오시며 대접하는 모양이 여염집 부모들 사이같이 친밀히 하시며,

"따님을 아름답게 길러 나라에 경사를 보게 했으니 공이 크도다." 하고 말씀하셨다.

인원왕후께서는 상궁을 시켜서 잘 대접하게 하시고 친히 인견은 하지 않으셨으나 곧 서로 보시니, 사돈간 사귀심이 사사로운 사돈간과 같이 화

---

39. **진하(進賀)** 경사가 있을 때 신하가 임금에게 나아가 축하하던 일.

기애애하셨다. 모친의 화기 있는 말씀이 인후하고 공손하셨으므로 궁중에서 칭찬이 자자하였다. 그런 관계로 을해년 모친 상사 후에 자전(慈殿)과 대전(大殿)의 늙은 나인들이 슬퍼 울지 않은 이가 없었다.

내가 통명전에서 사흘 밤을 지낸 뒤 저승전(儲承殿)으로 돌아와 관희합(觀熙閤)으로 들어가는 것을 보시고 모친이 궁중에서 물러가셨다. 그때의 내 심정은 간장이 타는 듯하였다. 모친은 놀라운 빛을 나타내시지 않고 태연히 내게 훈계하시길,

"삼전이 사랑해 주시고 또한 영조대왕께서도 딸같이 귀중히 여겨 주시니 이제 효도에 힘쓰시면 우리 집과 나라의 복이니, 부모를 생각하시거든 이 말씀을 명심하소서."
하시고 가마에 오르셨다.

이때 눈물을 머금고 나인들에게 부탁하시는데 얼마나 간절한지 나인들이 감탄하여,

"본댁 하시는 거동을 보니 어찌 그 부탁을 저버리리까?" 하고 대답하였다.

15일에 선원전(璿源殿) 역대 신위께 배례하고, 17일에는 종묘에 배례하였다. 이때 내가 어린 나이로 대례를 치르고 큰머리 단장을 하고 실수하지 않으니, 대왕께서 칭찬하시고 선희궁께서도 기뻐하셨으니 더욱 감격하였다.

부친이 초하루 보름에 궁중에 들어오셨지만 분부가 계셔야 뵐 수 있는 고로 항상 오래 머물지 않고 말하시길,

"궁금(宮禁)이 지엄하니 궁궐 밖 사람이 오래 있을 수 없사옵니다."

하시고는 곧 나가셨다. 그 후 입궐하실 때마다 갸륵히 여기시고 훈계하시던 말씀이 지금도 이루 다 쓸 수가 없다. 대궐에 들어오시면 동궁(東宮)을 뵙고 권학(勸學)하시며 옛글과 역사를 아시도록 지성으로 가르쳐 드리오니, 경모궁(景慕宮)[40]께서 각별히 접대해 주셨다.

갑자년 10월에 부친이 과거에 급제하시자 동궁께서 기뻐하시어,

"장인이 과거하셨소." 하고 말하셨다.

그때 나는 딴 집에 가 있었는데 그곳까지 찾아와서 즐거워하셨다. 그 당시에는 경은(慶恩) 국구(國舅)[41] 댁에도 과거한 사람이 없었고 왕후님 친정 달성(達城) 댁에도 현달한 사람이 없었으므로, 동궁이 나이 어렸으나 과거에 급제한 경사를 신기하게 여기고 장인의 급제를 그토록 좋아하셨다. 창방(唱榜)[42] 후에 들어와 뵈오니 동궁께서 부친의 사화(賜花)받은 꽃을 만지며 기뻐하셨다.

대왕께서도 작년 계해년에 과거 급제 못 시킨 것을 애달파하셨는데 이번에 급제된 것을 보고 크게 기뻐하셨다.

인원(仁元), 정성(貞聖) 두 성모(聖母)께서도,

"사돈이 과거에 급제하였으니 이는 나라의 경사로다."

하시며 나를 불러 크게 치하하셨다.

---

[40] **경모궁(景慕宮)** 사도세자를 말함.

[41] **국구(國舅)** 임금의 장인.

[42] **창방(唱榜)** 과거에 급제한 사람에게 그 증표로 홍패나 백패를 주던 일.

정성왕후께서는 당신 본댁이 당파의 풍상을 겪었으므로 편론(偏論)⁴³하시는 것이 아니라, 노론파(老論派)를 친척같이 여기시던 터라, 우리 집과 가례한 일에 대해 기뻐하셨다. 이러하던 차에 부친이 대천(大闡)⁴⁴하신 일을 눈물까지 흘리고 기뻐하셨으니 나도 그 감격을 이루 측량할 수 없었다.

부친께서는 항상 세자의 학업을 도우시어 유익한 일로 옛 사람의 글을 써 올리시고, 세자가 글을 지어 보내시면 평론해 드리셨다. 세자는 본디 시강원(侍講院) 학관에게 배우셨으나 우리 부친께 배우시는 것도 많았다. 부친께서는 사위인 세자께서 앞으로 태평성군(太平聖君)이 되시기를 크게 원하셨으니 어떤 신하가 이에 따를 수 있으리오.

내가 어려서 들어와 궁중 일을 뵈오니, 세자의 기풍이 영위(英偉)⁴⁵하시고 효성도 지극하시어, 대왕을 두려워하시는 중에도 효성이 거룩하시고, 또한 정성왕후 받드시는 정성이 친히 낳으신 자모 이상이셨다. 사친 섬기는 일은 더욱 형언할 수 없이 극진하셨다.

선희궁께서는 천성이 인애하시고 또 엄숙하셔서 당신 소생의 자녀를 사랑하시는 중에도 교훈이 엄격하여 자모 같지 않게 두려워하였다. 당신께서 낳으신 아드님이 왕세자로 오르시니 감히 친모로 칭하지 않고 지극히 존대하시나 가르치심은 사랑과 함께 극진하셨다. 이에 대해 아드님의 조심 또한 극진하셨다. 또 선희궁께서는 나를 세자와 다름없이 사랑해 주셨

---

⁴³ **편론(偏論)** 다른 당파를 비난함.
⁴⁴ **대천(大闡)** 문과에 급제함.
⁴⁵ **영위(英偉)** 영명하고 위대함.

는데 천한 자부의 몸이 과분한 대접을 받으니 마음이 매우 불안하였다.

　내가 궁중에 들어온 뒤로 문안하기를 감히 게을리 못하여 인원·정성 두 성모께는 닷새에 한 번 문안드리고, 선희궁께는 사흘에 한 번씩 문안드리기로 되어 있으나, 거의 날마다 모실 적이 많았다. 그때는 궁중의 법이 엄하여 예복을 하지 않으면 감히 뵙지 못하고, 날이 늦은 뒤에도 못하고 새벽의 문안은 때를 어기지 않으려고 잠을 편하게 자지 못하였다. 내가 궁중에 들어올 적에 유모와 보모, 시비 등을 하나씩 데리고 왔는데, 시비의 이름은 복례(福禮)였다.

　부친이 소과(小科)하신 후 증조모께서 특별히 선택하신 시비였으므로, 내가 어려서부터 이 시비와 친하게 놀면서 떨어지지 않았는데, 천성이 민첩하고 충성됨이 천한 사람 같지 않았다. 보모의 성품 또한 순직하고 근면하였다. 나는 이 보모와 시녀에게 엄하게 부탁하여 새벽에 깨우는 일을 큰일처럼 하여 게을리 못 하게 하였다. 엄동설한의 겨울에도, 무더운 여름에도, 풍우와 대설 중에도 문안 갈 날에 한 번도 늦지 않은 건 이 두 사람의 공이었다.

　그 후 보모는 내가 여러 차례 해산할 때에도 시중을 들어 그 공이 적지 않았으므로, 그 자손이 후한 요포(料布)[46]를 대대로 받았고, 팔십이 넘도록 장수를 누렸다. 복례 또한 나를 지극히 섬겨 마치 수족같이 내 심중의 비환고락(悲歡苦樂)을 제가 잘 알아 오십 년 동안이나 허다한 경력을 나와

---

[46]. **요포(料布)** 급료로 주는 무명이나 베.

함께하였고, 경순년 대경(大慶)⁴⁷에 국과 밥을 대령하라고 상감께서 상궁을 시키셨다. 칠십이 넘어서도 근력이 좋아 내게 마치 아이 종같이 굴었다. 이 보모와 복례는 나를 잘 섬긴 심덕으로 나중까지 일생을 잘 지내게 되었다.

옛날 궁중의 법도는 어찌 그리 엄하였던지 문안 밖에도 어려운 일이 많았으나, 나는 감히 괴롭게 여기지 않았는데 이것 또한 옛날 풍습에 익은 사람됨이라 능히 감당하였던 것 같다.

여러 시누이는 한결같이 나를 사랑하였으나, 지위가 달라서 내가 대접할지언정 한결같이 행실을 배우지 못하고, 효순왕후를 따라서 몸을 가지니, 나이 차이가 있어도 서로 배우고 사랑함이 각별하였다. 여러 옹주(翁主) 가운데, 화순(和順)은 온공하시고, 화평(和平)은 유순하셔서 나를 대접함이 극진하였고, 아래로 두 시누이는 나이가 서로 같고 귀한 아기네로 놀음하는 것이 모두 갖추어져 있으나 내가 따라서 놀지 않았고, 주위에 유희거리가 많아도 좋아하지 않았다.

선희궁께서 항상 간곡히 훈계하시는 말씀이,

"마음속으로는 유희하고 싶으련마는 그걸 참고 행하지 않으니 참 대견하다. 대궐에 들어온 도리를 차려 어린 시누이들과 유희하지 말라."

하고 일일이 간곡한 지도를 해 주셨다.

계해년에 내가 대궐에 들어올 무렵 중제(仲弟)는 다섯 살이고 숙제(叔

⁴⁷· **대경(大慶)** 순조(純祖)가 탄생한 일.

弟)는 세 살이었는데, 두 형제가 숙성하여 쌍둥이 같았다. 모친께서 가례
후 일 년에 한두 번 궁중에 들어오실 때면 형제도 따라 들어왔다. 그러면
영조대왕께서 사랑하시어 내가 있는 곳에 오시면 형제를 앞세우고 다니셨
는데, 대왕께서 부르시면 순령수(巡令手)[48]가 내는 소리로 크고 길게 대답
을 잘하여 무척 귀여워하셨다. 대왕께서는 나중에 중제가 병술년에 등과
(登科)하였을 때에는,

"순령수 대답 잘하던 아이가 급제하였다. 영상이 아들을 잘 두었다."
하시며 기뻐하셨다. 대왕은 또한 형제들이 유신(儒臣)들과 글을 읽고 있으
면 옥수(玉手)를 치시며 잘 읽는다고 칭찬하셨다. 경모궁께서도 우리 친정
동생 형제를 사랑하시어, 궁중에 들어올 때에는 일시도 떠나지 못하게 하
고 좌우에 세우고 다니셨다.

한번은 중제가 아홉 살 무렵에 경모궁께서 종묘에 배례하신 후 평천관
(平天冠)[49]이 옆에 놓여 있자 크게 웃으시며,

"네 머리에 씌워 주랴?" 하셨다.

이에 중제가 두 손으로 머리를 감싸고,

"신자는 못 쓰옵니다."

어쩔 줄 몰라 하며 사양하자 경모궁께서 기특하게 여기셨다.

그날 중제는 황송해서 땀을 흘렸다. 지금 아이들에 비하면 얼마나 숙성
한 행동이었는지 모른다.

---

[48]. **순령수(巡令手)** 대장의 전령을 맡아 순시기(巡視旗)를 드는 군사.
[49]. **평천관(平天冠)** 임금이 쓰던 윗면이 편편한 관.

35

궁중 법도는 열 살이 넘은 사내아이는 궐내에서 잠을 자지 못하게 되어
있다. 하루는 경모궁께서 숙제(叔弟)를 여러 번 부르셨는데, 내관들이 무
슨 말을 함부로 하고 재촉하였는지 몰라도 숙제가 분하게 여기고 차비문
(差備門)에 들어오지 않았다.

그러자 경모궁께서 친히 차비문까지 나와 불러들이시며,

"네가 이처럼 강직하니 나를 어찌 돕겠느냐?"

하시고 부채에 글을 써 주시던 일이 어제같이 생각되는데, 그 성품이 공손
하고 온화해졌으므로 내가 퍽 사랑하였다.

부친이 등과하신 지 칠 년 만에 대장의 직임까지 맡으셔서 공명(功名)을
떨치시니 남들이,

"왕실의 근친이니 그리 되었다."

하겠으나 선희궁께서 조용한 때 내게 친히 하신 말씀이 있었다.

"어장(御丈)께서 성균관 장의(掌議)로 숭문당(崇文堂)에 입시하던 때, 상
감께서 처음 보시고 안에 들어와서 하시는 말씀이, 오늘 크게 쓸 신하를
얻었으니 홍 아무개가 그 사람이다, 라고 하셨다."

이것으로 미루어 보더라도 그때부터 대왕께서 부친을 사랑하셨던 것이
지 어찌 내 부친이라 해서 특별히 중용하였으리오. 그 후 전곡갑병(錢穀甲
兵)과 군국(軍國)의 중사(重事)를 다 부친에게 맡기시니, 부친은 주야로 심
신의 힘을 다해 거의 침식을 폐할 듯이 사사로운 일을 잊고 나랏일에만 골
몰하셨다.

부친께서는 나를 보시며 항상,

"성은이 지중하시니 그 은혜를 어찌 갚을지 모르겠사옵니다." 하고 말씀하셨다.

내가 일찍이 임신하여 경오년에 의소(懿昭)를 낳았으나 임신(壬申)년 봄에 잃었으니 삼전(三殿)과 선희궁이 모두 애통해하셨다. 내가 불효한 탓으로 이러한 비참한 광경을 보는가 싶어 죄스러웠는데, 그해 9월에 하늘이 도우시어 주상(主上)[50]이 나시니, 나의 미약한 복으로 이 해에 이런 경사가 있기는 뜻밖의 일이었다. 주상은 풍채가 영위하시고 골격이 기이하시어 진실로 용봉(龍鳳)의 모습이시며 하늘의 해와 같은 위풍이셨다. 대왕께서 보시고 크게 기뻐하시어 내게 말씀하시기를,

"어린 아이의 모습이 범상치 않으니 조종(祖宗)의 신령이 도우심이요, 종사(宗社)의 장래를 맡길 수 있다. 내가 느지막이 이런 경사를 볼 줄 어찌 생각하였으랴? 네가 정명공주 자손으로 나라의 빈(嬪)이 되어 이런 경사 있으니 나라에 대한 공이 측량할 길 없다. 아이를 부디 잘 기르되 의복을 검소히 하는 것이 복을 아끼는 도리다."

하고 훈계하셨으니 내가 어찌 그 말씀을 지키지 않았으랴.

먼젓번 출산에는 나이가 어려 어미 도리를 제대로 못 하였으나 주상 낳은 후는 봄에 겪은 애통한 일 뒤에 나라에 경사가 다시 있으니, 육궁(六宮)[51]의 기뻐하심이 처음보다 백 배나 더하였다. 모친은 내가 해산하기 전에 궁중에 들어오셨고, 부친은 숙직(宿直)하신 지 칠팔 일에 경사를 보셨

---

50. **주상(主上)** 정조(正祖).
51. **육궁(六宮)** 온 궁중을 말함.

는데, 양친이 무척 기뻐하셨다. 아이께서 기이하심을 더 기뻐하시고 내게 하례하시니, 내 이십 전의 나이이지만 떳떳하고 기쁜 건 인정에 당당한 일이겠지만, 아들 낳은 것이 신세의 의탁인 듯 싶기도 하고 마음이 영(靈)하였던가 싶었다.

신미년 10월에 경모궁께서 꿈을 꾸셨는데, 용이 침실에 들어와 여의주 (如意珠)를 희롱하는 것이었다. 경모궁께서는 이상한 징조라 여기시고 그 밤에 흰 비단 한 폭에 꿈에 본 용을 그려 벽에 걸으셨다. 그때 춘추가 십칠 세 이시니 이상한 꿈이라고 가볍게 넘기실 때였지만,

"아들 얻을 징조다."

하시는 게 노성(老成)한 어른과도 같았고, 용 그린 화법(畫法)이 비상하더니 과연 주상을 얻을 이몽(異夢)인가 싶었다.

항상 말없이 엄중하신 경모궁께서 어린 아이를 보시면 늘 웃으시며 하례하시기를,

"이런 아들을 두었으니 무슨 근심이 있으리오?' 하고 말씀하셨다.

그해에 홍역이 크게 번져 옹주께서 먼저 앓으시니 약원(藥院)이 청하기를,

"동궁과 원손(元孫)을 다른 곳에 보내시어 병을 피하소서." 하였다.

그때 아직 산후 삼칠일 전이라 움직이기 어려웠으나, 상감 분부를 어기기 어려워 경모궁께서는 양정합(養正閤)에 거처하시고, 원손은 낙선당(樂善堂)에 옮기시니, 삼칠 일의 아기로되 몸이 커 먼 곳에 옮기는 데도 조금도 염려되지 않았다. 아직 보모를 정하지 못하였으므로 늙은 궁녀와 내 보

모에게 맡겼다.

그러나 곧 경모궁께서 홍역을 하시고 나인들도 모두 홍역에 걸렸으므로 돌볼 사람이 없었다. 선희궁께서 친히 오셔서 보시고 부친 또한 옆에서 구호하셨는데 그 정성이 극진하셨다.

병이 나으신 후 매양 글을 읽도록 하여 부친께서 읽어 드리면,

"글 읽는 소리를 들으니 시원하다." 하셨다.

그때 부친이 읽으신 글을 다 기억하지 못하나 제갈량(諸葛亮)[52]의 출사표(出師表)를 읽으시며,

"옛날부터 군신(君臣)의 만남이 한소열(漢昭烈)[53]과 제갈량 같은 이가 없으니, 신이 항상 이 글을 흠탄(欽歎)하오이다." 하셨다.

또 옛적 현군(賢君)과 명신(名臣)의 말씀을 이야기로 아뢰오면, 비록 병환에 시달리시나 응대함이 각별하셨다.

왕세자의 홍역이 거의 다 나으시자 곧이어 내가 홍역을 앓게 되었다. 산후에 이런 병을 얻어 증세가 무거웠고 또한 주상도 발병하셨으니, 아직 석 달된 아기로되 증세가 큰 아기같이 순조로웠으나, 내가 큰병 가운데 주상을 염려할까 하여 선희궁과 부친께서 원손의 증세를 자세히 알려 주시지 않아 모르고 지냈다.

부친이 내가 있는 곳에 다니시고 또한 원손께도 주야로 왕래하셨는데, 하룻밤은 엎드러져서 걷지도 못하셨다 하였다. 그런 사정도 내 병이 거의

---

[52] 제갈량(諸葛亮) 촉한의 뛰어난 전략가. 자는 공명.
[53] 한소열(漢昭烈) 촉한의 임금인 유비.

나았을 때 비로소 알게 되었는데 부친의 수고와 염려에 불안하였다. 그러
나 주상께서 홍역을 순하게 앓으신 일은 참으로 신기하였다.

그 후 주상께서 홍역 후 잘 자라시고, 돌 즈음에는 글자를 능히 아셔서
보통 아이와 아주 다르게 숙성하셨다. 계유년 초가을에 대제학(大提學) 조
관빈(趙觀彬)을 대왕께서 친히 문초하실 때, 궁중이 모두 두려워하자 당신
도 손을 저어 소리 지르지 말라 하셨으니, 두 살에 어찌 이런 지각이 있었
으며, 세 살에 보양관(輔養官)⁵⁴을 정하고, 네 살에 효경(孝經)을 배우시는
데 조금도 어린 아이 같지 않고 글을 좋아하시므로 가르치는 데 어려움이
없었다.

어른처럼 일찍 세수하고 글을 좋아하여 책을 놓고 읽으셨다. 여섯 살이
되어 대왕이 유생을 불러 시험을 볼 때 용상(龍床) 머리에서 글을 읽게 하
시면 글 읽는 소리가 맑고 잘 읽으시니, 보양관 남유용(南有容)이 아뢰기
를,

"선동(仙童)이 내려와서 글 읽는 소리 같사옵니다."

하니 대왕께서 기뻐하셨다. 이처럼 숙성하니 주상 같은 이는 전고(前古)에
없었을 듯하며, 어린 나이이나 경모궁께 불언 중 효도하는 일이 많았다.
무릇 범백(凡百)이 모두 하늘 사람이시지 예사 사람으로야 어찌 이러 하겠
는가.

내가 이른 나이에 이런 거룩하신 아들을 두고, 갑술년에 청연(淸衍)을

---

⁵⁴ **보양관(輔養官)** 원자를 양육시키는 관리.

낳고 병자년에 청선(淸璿)을 얻었는데,[55] 청연은 기질이 온화하고 부드럽고, 청선은 기질이 아담하여 둘은 주먹 속에 쌍구슬 같았으니 내 팔자를 누가 부러워하지 않으리오. 친정 부모가 착하셔서 공명과 영화가 빛나시고, 형제 또한 많아서 근심이 없었다.

모친께서 궁중에 들어오시면 계매(季妹)와 계제(季弟)를 앞세우고 들어오셨다. 계제는 부모님께서 늦게 낳은 아이라 사랑이 지극하셨는데, 위인이 충성스럽고 관대하여 어린 아이라도 큰그릇 될 기상이 있었으므로 주상께서 데리고 노시며 심히 사랑하시니, 내 장래를 대하는 마음이 적지 않았다. 계매는 내가 궐내로 들어온 후 부모께서 나를 잊지 못하다가 낳으셨는데, 사람마다 아들 낳기를 좋아하지만 우리 집의 정리는 딸 낳은 것을 요행히 여겨 온 집안의 기쁨으로 삼으셨다. 그래서 내 마음에 부모 슬하에 자취를 남긴 것같이 기뻐하였으며, 제 기품이 아름다운 옥 같고 성행이 효성스럽고 우애가 있으며 마음이 온순하며 부모가 총애하시고 동기의 사랑이 몸에 지나쳤으나 조금도 교만하지 않았다.

궐내에 들어오면 두 성모(聖母)와 선희궁께서 모두 어여삐 여기시고, 통명전(通明殿) 대례 때는 온 궁중의 나인들이 모두 안아보고 밝은 달과 연꽃송이 구경하듯 하였으니, 그 자질의 아름다움을 짐작할 수 있었다. 내가 기특하게 여기는 게 어찌 동기의 정뿐이리오. 나를 따라 옆을 떠나는 일이 없고, 경오년 다섯 살 때에는 능히 모친을 모시고 궁중에 들어와 내가 해

<hr>

[55] 갑술년에 청연(淸衍)을 낳고 병자년에 청선(淸璿)을 얻었는데 작가, 즉 혜경궁 홍씨의 두 딸.

산한다는 말을 듣고,

"임금께서 기뻐하시고 아버님과 어머님이 모두 좋아하시겠다."

하고 어른같이 말하니 듣는 이가 이상히 여기고, 효순왕후께서 노리개를 한 줄 채워 주셨는데 그 후 노리개를 차지 않았으므로,

"어찌 노리개를 차지 않았느냐?" 하고 물은즉,

"주신 이가 안 계셔서 못 보시기에 차지 않았어요." 하고 대답하였다.

임신년 3월에 나라에 슬픔이 있었는데, 가을에 궁중에 들어와 나를 보고 눈물을 흘리며 그 아이를 기르던 보모의 손을 잡고 울었다. 그때 나이가 일곱 살이었으니 어찌 그렇게 숙성한지 몰랐다. 임진년 9월 큰 경사에 모친이 들어오실 때 저도 따라 들어와 주상 탄생 후라 제가 보고,

"이 아기씨는 단단하고 숙성하시니 형님마마 걱정 안 시키겠어요."

하고 말하여 좌우가 모두 웃었다. 모친께서도,

"아이 말 같지 않다."

하고 도리어 꾸중하시기에 내가,

"그 아이 말이 옳으니 꾸짖지 마소서." 하였다.

이때 궁중의 복록이 면면(綿綿)하고,[56] 우리 친정이 또한 번성하여서 남매가 모두 남만 못지 않았으므로, 궁인들이 모두 나를 우러러 치하하였다.

경모궁께서 장모 대접하심이 보통 장모 대접과 달리 지극하시니, 모친이 우러러 사랑하고 귀중히 여기시지만 사위로 대하지 못하니 그 정성이

---

56. **면면(綿綿)하다** 어떤 현상이 끊어지지 않고 죽 이어짐.

어쩌하시리오.

모친이 궁중에 들어오실 때는 경모궁께서 노한 일이 계시다가도,

"일이 그렇지 않사옵니다."

하고 아뢰면 곧 안색을 고치셨다.

갑술년에 청연을 낳을 때에 모친께서 궁중에 들어오셔서 오십여 일을 머무르시며 모실 때에도 지극히 친밀하게 경대하시니, 모친께서 항상 감축함을 이기지 못하셨다.

슬프다. 세자의 기질이 탁월하시고 학문이 점점 진취하시니 그 기상과 기품도 모두 진취하였으나, 불행히 임계년에 병환 증세가 계시어 나의 한없는 근심과 우리 부모의 심중이 얼마나 초조하였으리오. 모친께서 주야로 초조하여 몸소 기도하시고 명산대천에 두루 치성하시며, 밤이면 잠을 못 주무시고 합장축천(合掌祝天)[57]만 하셨는데, 이 모두가 불초한 나를 두신 때문이었다. 나라를 위하는 지극한 정성이 아니시면 어찌 이처럼 염려하시리오.

우리 오라버니는 부모께서 일찍 얻으신 바 교훈하심이 엄하시며, 문장이 일찍 이루어졌다. 의지와 기개가 고매하고 행실이 엄숙하고 정결하여 십오 세가 지나니 엄연히 큰선비 같았다. 집안이 모두 존대하고 종들이 모두 엄한 상전으로 알고 감히 업신여기지 못할 엄중한 장부의 법도가 있었으므로, 정헌공께서 항상 집안의 큰 기둥으로 여기셨다.

---

[57] 합장축천(合掌祝天) 두 손 모아 하늘에 축원함.

오라버니는 계해년에 혼사를 치르려다 내 대혼(大婚) 때문에 뒤로 미루어 을축년에 성혼하셨는데, 배우자는 여양(驪陽)의 증손녀요, 봉조하(奉朝賀)[58]의 손녀로서 일세에 으뜸가는 대갓집 규수였다.

규수도 어렸을 때 궁중에 들어와 삼전(三殿)의 사랑을 받으신 고로, 우리 친정 며느리 된 줄 아시고 기쁘다 하셨다. 신행(新行) 때 상궁을 보내시고, 두 성모께서 그날 광경을 친히 물으시니, 인친간(姻親間)에 후하심을 알 수 있었다. 형님이 처음으로 궁중에 들어오시니, 자질이 맑고 기품이 높아서 위엄과 예절이 더할 나위 없이 훌륭하고 아름다워 여러 척신(戚臣)[59]집 부녀사이에서도 닭 무리 속에 섞인 학 같고, 돌 가운데 빛나는 옥 같아서, 궁중의 모든 이가 관심을 가지고 놀라며 칭찬하였다.

두 분의 배우가 실로 짧고 긴 것이 없는 천생배필이라 우리 집 종손이 일문의 으뜸이니, 부모의 애지중지하심이 세상에 드물 정도였다. 딸만 낳고 오래 아들을 낳지 못하여 부모가 매우 답답해 하시다가, 을해년 4월에 너 수영(守榮)을 낳으니 비록 강보에 싸여 있으나 골격이 탁월하고 얼굴이 관옥(冠玉) 같으니, 부모가 만금보배보다 더 아끼고, 기대함이 천 리를 달리는 말과 같았다.

부모께서 스스로 편지로 하례하셨으니, 그 부모의 소생이 응당 잘났을 것이며, 우리 집을 위하여 기쁨이 측량 없었다. 그 뒤 선대왕(先大王)께서 보시고 지나치게 귀여워하시고 이름을 수영(守榮)이라고 친히 지어주시

---

[58] **봉조하(奉朝賀)** 조선시대에 종2품의 관리로 사임한 사람에게 특별히 주던 벼슬. 민진원(閔鎭遠).
[59] **척신(戚臣)** 임금의 외척이 되는 신하.

니, 어린 아이로서 이런 영광이 어디 있으랴. 주상(主上)도 사랑하시니, 너처럼 어렸을 때부터 은영(恩榮)[60] 받은 이가 어디 있으리오.

네가 태어난 후 우리 집이 더욱 험한 일이 없었는데, 을해년 8월에 모친의 상사를 당하였으니, 슬프도다. 누구인들 자모(慈母)를 잃은 슬픔이 없으랴마는 내 정경은 천지간에 혼자 남은 듯하여 그 애통한 정사(情事)가 망연하여 어찌 살고자 하였으랴. 부친이 현숙한 아내를 잃으시고 애통해하시고 나로 하여금 더욱 슬퍼하시니, 내 몸을 버리지 못하고 선친을 위하여 한없는 슬픔을 참았다. 발상(發喪)하던 날에 선희궁께서 친히 오셔서 위로하심이 자모 같으시어 이런 자애는 사가(私家)의 시어머니와 며느리 사이에도 없을 정도이니 내 감동은 이루 말할 수 없었다. 상사를 지내고 문안에 올라가니, 두 성모께서 내 손을 잡고 눈물을 흘리시고 슬퍼해 주셨으니 망극한 중이나 이런 영광이 어디 있으리오.

내가 애통함을 억지로 참고 세상에 머물러 있었지만 진실로 살 마음이 없었는데, 선대왕께서 너무 슬퍼 말라 하시고 정성왕후와 선희궁께서도,

"집상(執喪)이 지나쳐 예절이 나라의 예절과 다르다."

하고 꾸중하셨다.

그리하여 나는 마음을 다잡지 못함을 더욱 애통해 하였다.

중제(中弟)의 처와 숙제(叔弟)의 처는 서로 재종형제(再從兄弟)로 동서가 되어 들어오니 귀한 일이었다. 중제의 처는 현숙유순(賢淑柔順)하고,

---

[60] 은영(恩榮) 임금의 은덕을 입는 영광.

숙제의 처는 온순효우(溫順孝友)하여 부모가 기뻐하셨는데, 오래지 않아 모친이 별세하셨을 때, 두 아우의 나이가 십칠 세와 십오 세였으니 성인(成人)한 보람이 어찌 있으리오. 더욱 불쌍함은 계제(季弟)의 나이가 여섯 살이니 부친께서 어머니를 잃으시던 나이와 같아 슬픔을 아는 둥 모르는 둥하고, 계매(季妹)는 능히 슬퍼하여 상인(喪人)의 구실을 하며 동생을 불쌍히 여기고 위로하기를 어른같이 하였다. 동생은 할머니께서 위로하시고 어루만져 주시며, 계매는 형님이 거두어 의복과 음식의 염려는 없으나, 남매가 외롭고 의지할 데 없는 형용을 생각하면 한시도 잊을 수 없었다. 계매의 편지에 모친 생각하는 슬픈 말이 종이 위에 솟아나니, 내가 볼 적마다 제 글씨 한자에 내 눈물이 한 줄 내렸다.

병자년 2월에 부친이 광주유수(廣州留守)의 소임을 맡으시어 먼길 떠나시는 걸 심히 슬퍼하는데, 할머니까지 모시고 가게 되오니 내가 할머니를 어머니같이 여기다 얼마나 슬펐으랴. 그해 윤9월에 청선(淸璿)을 낳게 되었을 때, 해산할 때마다 모친께서 들어오시던 일이 생각나 슬픔이 더욱 극심하여 만삭의 몸을 돌보지 않아 기운이 파해서 위태로울 지경이었다.

선왕께서 내 몸을 염려하시고 부친에게 분부하여 보약을 많이 써서 무사히 해산하였으나, 슬픔이 뼈에 사무쳐서 그러하였던지 산후 허약이 심하여 부친께서 크게 근심을 하셨다. 그 달에 부친이 평안감사가 되었으니 떠나는 심사가 또한 오죽하리오.

부친은 사사로운 정은 딱하지만 임금의 명이 지중하여 차비를 서둘러 부임해 가셨다. 그해 동짓달에 경모궁께서 마마를 앓으시어 부친이 천 리

관외(關外)에서 이 소식을 들으시고, 주야로 추운 방에 거처하시며 서울 문안을 기다리시다 지나치게 근심한 나머지 수염이 하얗게 세셨다. 다행히 경모궁께서 병환이 나으시니 종사의 큰 경사로 여기셨다. 그러나 그 후 백일이 못 되어 정성왕후께서 승하(昇遐)하시니, 그때 슬퍼하시던 효심이 거룩하시어 모두가 경복하였고, 인산(因山)⁶¹ 때에는 백성들이 그 애통해하시는 거동을 뵈옵고 감읍하였다. 그때 국사(國事)가 점점 길(吉)하지 못하여 경모궁의 병환도 쉬 쾌차하시지 못하였다.

부친께서 5월에 내직(內職)으로 들어오시어 부녀가 다시 만나는 기쁨이 컸으나, 쌓이고 쌓인 근심으로 인하여 서로 대하면 눈물뿐이었다. 동짓달에 대왕께서 격분하신 일이 생기어, 부친께서 충애(忠愛)의 마음을 이기지 못하여 당신 처지로서 하기 어려운 말씀을 아뢰셨는데, 대왕께서는 더욱 노하시어 부친이 삭직(削職)⁶²을 당해 문 밖에 나가시게 되었다.

갑자년 후에 나를 사랑하심이 한결같아 난처한 때라도 내게 자애를 베풀어 주셨는데, 이때 처음으로 엄한 분부를 듣잡고 몸 둘 곳이 없어 하실(下室)로 내려갔지만 오래지 않아 부친을 다시 복직시키시고, 또 나를 부르시어 전과 같이 사랑하셨다.

천만사가 황공할 때였으나 지극하신 성은이야 뼈가 부서진들 어찌 다 갚사오며, 내가 겪은 은혜가 이토록 무궁하나 붓으로 쓸 말이 아니기로 다 기록하지 못한다.

---

^{61.} **인산(因山)** 상왕과 비, 임금과 비, 또는 왕세자와 비의 장례.
^{62.} **삭직(削職)** 죄인의 벼슬과 품계를 빼앗고 이름을 사판(仕版)에서 없애던 일.

국운이 불행하여 정성왕후 승하하신 이듬해에 인원성모(仁元聖母) 또한 승하하시니, 두 분을 모시고 내가 자애를 받음이 무궁하다가 일조에 애통함이 첩첩하니 의지할 데 없게 되었다. 내 몸이 정성왕후의 빈전(殯殿)[63]에 가까이 있어 작은 정성이나마 다하려고 오시제전(午時祭奠)과 조석곡읍(朝夕哭泣)[64]을 다섯 달 동안 한 번도 폐한 일이 없었다. 그 와중에 인원왕후의 병환이 날로 위중하시었다. 정성왕후는 이미 계시지 않고 나 홀로 초조해하던 정성이 또 어떠하리오. 선대왕께서 주야로 약시중을 드시며 옷을 벗고 쉬실 때가 없으시니 더욱 민망하였고, 승하하신 후에는 선대왕을 우러러 보며 망극하고 허전하여 애통함이 그지없었다.

양전(兩殿)의 삼년상을 겨우 마치고 기묘년에 가례(嘉禮)[65]를 행하시오니 그때는 불언간에 근심이 많았다. 선희궁께서 내게,

"정성왕후께서 안 계신 후는 이 가례를 행하여 곤위(坤位)[66]를 정하는 게 나라에 응당한 일이다."

라고 하시며 선대왕께 하례하시고 가례 차리기를 손수 정성껏 하시며 궁중이 제 모양이 됨을 진심으로 기뻐하시니, 임금을 위한 덕행이 거룩하셨다.

가례 후 경모궁께서 대왕을 뵈올 때 지극히 조심하시고 공경하심이 천성의 효성임을 이런 일에서 알 수 있었다. 양전(兩殿)이 평안하시면 스스

---

[63]. **빈전(殯殿)** 죽은 왕이나 왕비의 관을 발인할 때까지 모셔두던 전각.
[64]. **조석곡읍(朝夕哭泣)** 상가에서 아침, 저녁밥을 올릴 때 소리내어 우는 일.
[65]. **가례(嘉禮)** 정순왕후 김씨와의 가례.
[66]. **곤위(坤位)** 왕후의 지위.

로 기뻐하시던 사실은 다 아는 바인데, 지극한 슬픔은 하늘을 우러러 묻고
자 하여도 할 길이 없다.

세자의 기질이 효우(孝友)와 자애가 지극하시어 금상(今上)[67]을 귀중히
아끼셨는데, 군주(郡主)[68]들이 감히 바라보지 못하게 하시고 천출(賤出)이
우러러 보지 못하게 명분을 엄히 하셨다. 화순(和順)과 화평(和平)은 맏누
님으로 공경하시고, 화협(和協)은 선조(先朝)의 소홀하셨음을 가엾게 여기
시어 더욱 귀하게 대접하셨는데, 세상을 떠나시니 매우 슬퍼하셨다. 정처
(鄭妻)[69]에게는 예사 인정으로 생각하면 선조께서 편애하셨으므로 당신은
응당 냉대할 듯하나, 조금도 차별이 없으셨으니 보통 사람이 이런 터에 처
하면 어찌 이러하겠는가.

신사년 3월에 주상이 입학하시고, 그 달에 관례를 경희궁(慶熙宮)에서
하셨다. 경모궁께서 못 가시고 나 또한 가지 못하였으니, 자모지정(慈母之
情)이 서운하고 근심이 무궁하였다. 부친이 이때 간고하고 험한 처지를 당
하시어 선대왕의 은혜도 갚고 소조(小朝)[70]도 보호하려고 하셨는데, 근심
이 지나치어 가슴에 답답증이 심하고 관격증(關格症)[71]이 항상 나셨다. 나
를 보시면 하늘을 우러러,

"국사가 태평하소서."

---

[67] **금상(今上)** 지금의 임금, 즉 정조(正祖).
[68] **군주(郡主)** 왕세자의 정실에서 태어난 딸. 즉 정조의 누이들인 청연(淸衍)과 청선(淸璿).
[69] **정처(鄭妻)** 영조의 아홉째 딸. 정치달(鄭致達)의 처. 화완옹주.
[70] **소조(小朝)** 국정을 대리하는 왕세자.
[71] **관격증(關格症)** 대소변을 보지 못하고 음식도 먹지 못하고 계속 구토하는 위급한 증세.

하시며 합장하고 비셨는데, 이런 붉은 정성은 하늘이 살피시고 신명이 옆에 계시오니 털끝만치도 부친 위한 사정(私情)으로 이런 말을 하신 게 아니었다.

신사년 3월에 대배(大拜)[72]하시고, 그때 큰 신하가 없고 대왕께서 병환에 계셨기에 부친이 출사(出仕)[73]하셨을 뿐 본심은 아니셨다. 부친이 스스로 물러나려 하셨으나 성은이 지중하여 임의로 못하시고 첩첩 근심이 점점 더하셨고, 오직 몸을 바쳐서 국은에 보답하려고 하니 어느 때인들 근심 걱정이 없고 두렵지 않으시리오. 종묘에 기우헌관(祈雨獻官)[74]으로 가시어 제사 올릴 때 열성(列聖)의 신위를 우러러,

"조종(祖宗)이 도우사 나라가 평안하옵소서."

하고 축원하셨던 말씀을 편지로 써 보내시기에 내가 그 사연을 보고 흐느껴 울었다.

오라버니가 경오년에 소과(小科)하시고 궁중에 들어오시니 경모궁께서 보시고,

"의지와 기개가 서로 통한다."라고 하셨다.

신사년에 등과하여 강서원(講書院) 관원(官員)으로 세손을 자주 모시고 글을 가르쳐서 주상께 공이 많았고, 강서원에서 숙직하실 때에는 우리 남매가 자주 만나 나라 근심을 말하였고, 문득 서로 모른 척하자고 하였다.

---

[72] 대배(大拜) 의정(議政) 벼슬을 받음.
[73] 출사(出仕) 벼슬자리에 나아감.
[74] 기우헌관(祈雨獻官) 비가 내리기를 제사지내는 관리.

신사년 겨울에 세손의 빈을 간택하시니, 청풍(淸風) 김판서 성응(聖應)의 어머니 회갑연에 부친이 가셨다가 중궁전(中宮殿)[75]을 어렸을 때 보시고 비상한 자질을 가진 아이라고 하신 말을 들은 일이 있었다. 그 집 김공(金公) 시묵(時默)의 딸 단자(單子)를 경모궁이 보시고 간택하시려 하셨고, 전궁(全宮)의 의논이 하나로 모아져 순조롭게 완성되시니, 이는 실로 하늘이 정해 주신 것이었다. 경모궁께서 그 며느리를 편애하심이 지극하시어 중전이 들어오셔서 특별한 자애를 받으셨고, 어린 나이지만 대상(大喪)[76] 후 애통함이 심하고, 세월이 갈수록 추모하심이 더하여 말씀이 미치오면 곧 눈물을 안 낼 적이 없었다. 자애를 받자온 연고이지만 효성이 없으면 어찌 이러하리오.

내전(內殿)께서는 재간(再揀)을 지내시고 곧 마마를 앓으셨는데, 주상 또한 마마에 걸리시니 증세가 매우 순하기는 하나 삼간이 임박한 때에 연하여 큰 병환으로 지내시니, 내 마음이 또한 어떠하겠는가. 주상의 마마는 신사년 동짓달 그믐께 하셔서 섣달 열흘께 나으시니, 보통 집에서도 기쁜 일이니 하물며 나라의 경사가 아니겠느냐. 선조(先祖)께서 근심하시다가 기뻐하시고, 경모궁 또한 기뻐하시던 일이 어제 같다.

내 몸에 없는 정리로 중한 병환에 손을 모아 기원하여 태평히 쾌차하기를 천지신명께 빌던 일과 부친이 숙직하시어 몹시 애를 태우시던 모습이야 더욱 무어라 말하리오. 조상이 도우시어 양궁(兩宮)이 차례로 나으시고

---

75. **중궁전(中宮殿)** 정조의 비.
76. **대상(大喪)** 사도세자의 죽음.

섣달에 삼간을 지내고 임오년 2월 초이튿날 가례를 행하시니, 나라의 경사가 이 밖에 어찌 더 하리오.

슬프고 슬프도다. 모년 모월 모일을 어찌 차마 말하리오. 천지가 맞부딪치고 일월(日月)이 캄캄해지는 변을 만나니, 내 어찌 일시나 세상에 머무를 마음이 있으리오. 칼을 들어 목숨을 끊으려 하였으나 사람들이 칼을 빼앗는 바람에 뜻을 이루지 못하였으니, 돌이켜 생각하면 십일 세 세손에게 첩첩한 큰 고통을 끼치지 못하겠고, 내가 없으면 세손의 성취를 어찌 하리오. 참고 참아서 모진 목숨을 보전하고 하늘만 부르짖었다.

그때 부친이 나라의 엄중한 분부로 동교(東郊)에 물러나와 근신하고 계시다가, 일이 마무리된 후에 다시 들어오시니 그 무궁한 고통이야 누가 감당하겠는가. 그날 실신하셨다가 겨우 깨어나시니, 당신도 어찌 세상에 살 마음이 계셨으리오마는 내 뜻과 같아 오직 세손을 보호하실 정성으로 죽지 못하셨으니, 이 정성이야 귀신만 알지 누가 알겠는가. 그날 밤에 내가 세손을 데리고 사저로 나오니, 그 망극하고 놀란 정경이야 천지도 응당 빛을 변할지니 어찌 말로 형용하리오. 선대왕께서 부친께,

"네가 보전하여 세손을 보호하라."

하고 분부하셨다.

이 성교(聖敎)는 망극 지중하나 세손을 위하여 감읍함이 헤아릴 길이 없고, 내가 세손을 어루만지며,

"성은을 갚아라."

하며 경계하는 내 마음은 또 어떠하리오.

그 후, 성교로 인해 새벽에 들어 갈 때에 부친께서 내 손을 잡으시고 중 마당에서 실성 통곡하시며,

"세손을 모셔 만년을 누리시고 노경(老境)의 복록이 양양하소서." 하고 우셨다.

그때의 내 슬픔이야 만고에 또 있으리오. 인산 전에 선희궁께서도 오셨 는데 그 가엾고 원통하신 설움이야 또 어떠하시리오. 그 애통하심이 지나 치시니 내가 도리어 큰 고통을 참고 우러러 위로하여,

"세손을 위하여 몸을 버리지 마소서." 하였다.

장례 후 선희궁께서 윗대궐로 돌아가시니 내 외로운 자취는 더욱 의지 할 곳 없었다. 8월이 되어서야 선대왕을 뵈오니 내 슬픈 회포가 어떠하겠 는가마는 감히 말씀드리지 못하고,

"두 모자 보전함이 모두 성은이옵니다." 하고 슬프게 울며 아뢰었다.

선대왕께서 내 손을 잡고 우시면서,

"네가 그러할 줄 생각지 못하여 네 보기가 어렵더니, 네가 내 마음을 편 하게 해주는구나."하셨다.

그 말씀을 듣자오니 내 심장이 더욱 막히고 모질게 살아남아야 한다는 생각이 더욱 강하여 다시 대왕께,

"세손을 경희궁에 데려가시어 가르쳐 주시기를 바라옵나이다." 하고 아 뢰니,

"네가 세손을 떠나 견딜 수 있겠느냐?"

하시기에 내가 눈물을 흘리며,

"떠나 보내어 섭섭한 건 작은 일이요, 위를 모시고 배우는 건 큰일이옵니다."

하고 세손을 경희궁으로 올려 보내려 하니, 모자가 이별하는 정리가 오죽하였겠는가.

세손이 차마 나를 떨어지지 못하여 울고 가시니 내 마음이 칼로 베는 듯하나 참았다. 선대왕께서 나날이 성은을 베풀어 주시고 선희궁께서도 아드님의 정(情)을 세손에 옮기시어 슬프신 마음을 쏟아 일상생활과 갖가지 일에 마음을 놓지 못하셨다. 한 방에 머무르시며 새벽이 밝기도 전에 일어나시어 글을 읽으라고 하셨다. 칠십 노인이 한 가지로 일찍 일어나셔서 조반을 잘 보살펴 드리니, 세손이 이른 음식을 못 잡수시지만 조모님 지성으로 억지로 드신다 하니, 선희궁의 심정 또한 어찌 헤아리리오.

주상이 사오 세 때부터 글을 좋아하시니 다른 궁궐에서 지내지만 글공부 하지 않으실 염려는 없었지만, 그리운 마음은 날로 더해 갔다. 세손의 자모 그리는 정성이 간절하여 선대왕 모시고 자는 와중에도 새벽에 깨어나 내게 편지를 보내고 서연(書筵)[77]에 나가기 전에 회답을 보고서야 마음을 놓으신다고 하시니, 어미 못 잊는 인정은 자연 그러하려니와 삼 년을 한결같이 그러하시니 얼마나 숙성하셨던가.

내가 앓았던 병이 자주 발병하여 삼 년 동안 병이 떠나지 않으니, 세손

---

[77] 서연(書筵) 학자들이 왕세자에게 학문을 강론하는 일. 또는 그 자리.

이 미리 알고 의관(醫官)과 상의하여 약을 지어 보내시기를 어른같이 하시니, 이것이 모두 천성이 지효(至孝)하신 까닭이거니와, 십여 세 어린 나이에 어찌 그리 매사에 숙성함이더냐.

그해 9월에 천추절(千秋節)[78]을 만나 내가 기운이 없어 움직이지 않으려 하였으나 대왕의 분부로 부득이 올라갔다. 내가 거처하는 집이 경춘전(景春殿) 남쪽의 낮은 집이라, 선대왕께서 그 집 이름을 가효당(嘉孝堂)이라 하시고 현판을 친히 쓰시어,

"네 효심을 오늘 갚아 써 주노라." 하셨다.

내가 눈물을 드리워 받잡고 감당하지 못하여 또 불안하였는데, 부친이 들으시고 감축하여 집안 편지에 매양 그 당호(堂號)로 써서 왕래하게 하셨다.

---

[78] 천추절(千秋節) 왕세자의 탄생일.

2.

임오화변(壬午禍變)[1]이 천고에 없는 변이라, 선왕(先王)[2]이 병신년 초에 영조대왕께 상소하시어,

"정원일기(政院日記)[3]를 없애 버리소서."

하여 그 문적(文蹟)을 없앴다.

이는 선왕의 효심으로, 그때의 일을 모르는 사람이 없어 무례하게 함부로 보는 것을 슬퍼하셨기 때문이었다. 연대가 오래되고 사적(事蹟)을 아는 이가 없어져 가니, 그 사이 이(利)를 탐하고 화(禍)를 좋아하는 무리들이 사실을 어지럽히고 소문을 현혹케 하여,

"경모궁께서 병환이 없었는데도 영조께서 모함하는 말을

---

1. **임오화변(壬午禍變)** 사도세자가 뒤주에 갇혀 죽은 참변.
2. **선왕(先王)** 2권은 당시의 주상인 순조(純祖)에게 보여주기 위해 쓴 글이므로 선왕은 정조를 말함.
3. **정원일기(政院日記)** 승정원일기(承政院日記). 승정원은 왕명(王命)의 출납을 보던 관아를 말함.

들으시고 그런 처분을 내리셨다."라고 말하거나,

"영조대왕께서 생각도 못하신 일을 신하들이 권해 드려서 그런 망극한 일이 되었다."라고 말하였다.

선왕이 영명(英明)하시고 그때 비록 어린 나이였으나 모두 직접 보신 일이라 어찌 모르시겠는가마는,

"부모를 위한 일에 소홀하다."

라고 할까 두려워 경모궁께 속하고, 모년사(某年事)라 하면 일례로 그렇다 하시고, 일찍이 시비진가(是非眞假)를 분별치 않으시니, 이는 당신의 지극한 아픔으로 부득이한 일이었다.

선왕은 다 알고 계셨지만 지정(至情)에 끌려 그러하셨으나, 후왕(後王)[4]은 선왕과 처지가 매우 다르고 또한 큰일을 자손이 되어서 모르는 건 인정과 천리에 어긋난 일이다. 주상이 어려서 이 일을 알고자 하셨지만 선왕이 차마 자세하게 이르지 못하셨으니, 다른 사람 누가 감히 이 말을 하며 누가 능히 이 사실을 자세히 알겠는가. 내가 앞으로 없어지면 궁중에서 이제 알 사람이 없어지게 되니, 자손이 되어 조상의 큰일을 모르면 망극한 일인즉, 내가 전후사(前後事)를 기록하여 주상에 보여드린 후 없애고자 하였으나, 붓을 잡아 차마 쓰지 못하고 날마다 미루어 왔다.

내가 첩첩이 쌓인 공사(公私)의 참화(慘禍) 이후에 목숨이 실 같아서 거의 끊어지게 되었으니, 이 일을 주상이 모르게 하고 죽기가 실로 인정이

---

[4] **후왕(後王)** 순조(純祖).

아니므로 죽기를 참고 피눈물을 흘리며 이렇게 기록하지만 차마 쓰지 못할 일은 뺀 것이 많고 지루한 곳은 다 거두지 못한다.

내가 영묘(英廟)의 며느리로 평상시 자애로운 덕으로 임오화변 때의 재생지은(再生之恩)을 입고 경모궁의 부인으로 남편 위한 정성이 하늘을 깨칠 것이니, 두 부자(父子) 사이에 조금이라도 말이 과하면 천벌(天罰)을 면치 못할 것이다.

외인(外人)들이 모년의 일에 대해 여차여차하다고 하는 건 모두 허무맹랑한 말이며, 이 기록을 읽어보면 그 일의 시종을 소연히 알 게 될 것이다. 영묘께서 처음은 비록 자애를 더하지 못하셨으나 나중에는 어쩔 수 없게 되셨으며, 경모궁께서도 본디 성품이 인후관대(仁厚寬大)하심은 비록 거룩하시나, 병환이 망극하여 종사(宗社)의 존망(危亡)이 절박한 때를 당하셨으니, 나와 선왕께서는 경모궁의 처자(妻子)로 망극지변(罔極之變)을 당하고도 죽지 못하고 목숨을 보전한 것은 나 자신의 애통이요, 의리는 나 자신의 의리로서 오늘날까지 왔으니, 이는 주상께서 자세히 알게 하고자 함이다.

대저 이 일은 영묘를 원망하거나 경모궁이 병환중이 계신 것이 아니었다고 하거나 신하에게 죄가 있다 하여서는 본사(本事)의 진상을 잃을 뿐 아니라 삼조(三朝)[5]에 다 망극한 일이니, 이것만 잡으면 이 의리를 분간하기 무엇이 어렵겠는가. 내가 임술년 봄에 임오화변의 일을 초잡아 두고 미

<hr />

5. **삼조(三朝)** 영조, 정조, 순조.

처 뵙지 못하였다가, 근일에 가순궁(嘉順宮)[6]께서도,

"큰일을 겪으시고 자손에게 알게 하는 것이 옳으니 써 내시지요."

라고 청하셨으므로 비로소 마지못해 글을 써서 주상께 뵈오니 내 심혈이 모두 이 기록에 있다.

또다시 심혼(心魂)이 놀랍고 간폐(肝肺)가 찢어지는 듯하여, 한 글자마다 눈물로 글을 이루지 못하니 세상에 나 같은 사람이 어디 있으리오. 원통하고 억울하다.

무신년(戊申年)[7] 이후로 왕세자 자리가 오래 비어 영조께서 주야로 노심초사하시다가 을묘년(乙卯年) 정월에 선희궁께서 경모궁을 탄생하시니, 영조대왕과 인원, 정성 두 성모께서 종사의 커다란 경사를 기뻐하심이 비할 데 없으셨고 온 나라 백성들이 기뻐하며 춤추었다.

경모궁께서는 천성과 용모가 비범하게 특이하셨다. 궁중에 기록하여 전하는 바를 보면, 나신 지 백일 안에 기이한 일이 많으셨고, 네 달이 안 되어 걸으시고, 여섯 달이 지나자 영조께서 부르시자 이에 대답하시고, 일곱 달이 지나니 동서남북을 알아서 가리키시고, 두 살에 글자를 배우시어 육십여 자를 쓰셨고, 세 살에 다식(茶食)을 드리니 수(壽)자 복(福)자 박은 것을 골라 잡수시고, 팔괘(八卦) 박은 것은 골라 놓고 잡숫지 않으므로 어떤 신하가 드시기를 권하였으나,

"팔괘라 먹지 않겠다. 싫다."

---

6. **가순궁(嘉順宮)** 순조의 생모.
7. **무신년(戊申年)** 영조의 첫째 아들인 효장세자가 죽은 해.

하며 잡수시지를 않으셨다.

　그 후에 태호복희씨(太昊伏羲氏)[8]가 그린 책을 높이 들라 하시고 절하셨다. 천자문(千字文)을 배우시다가 사치할 치(侈) 자와 부할 부(富) 자에 이르러서는, 치자를 짚으시고 입으신 옷을 가리키시며 이것이 사치라 하셨고, 영조대왕께서 어리실 때 쓰시던 감투에 칠보(七寶) 박힌 것이 있어 쓰시게 하였으나, 이것도 사치라 하여 쓰지 않으셨다. 돌 때에 새 옷을 입으시게 하니,

　"사치스러워 남 보기 부끄러워 싫다."

하고 입지 않으셨다.

　세 살 때의 기이한 일 중 한 가지 예로 어떤 신하가 시험 삼아 명주와 무명을 놓고,

　"어느 것이 사치요, 어느 것이 사치 아니온지요?" 하고 여쭈자,

　"명주는 사치하고, 무명은 사치가 아니다."

하고 대답하셨다. 또다시,

　"어느 것으로 옷을 만들어 입고 싶으시옵니까?"

하고 여쭈니 무명을 가리키시며,

　"이것이 좋을 것이다."라고 하셨다.

　이것만 보아도 경모궁께서 매우 탁월하셨다는 걸 알 수 있을 것이다. 체구가 커서 웅장하시고 천성이 효우(孝友)로 총명하시니, 만일 부모님 곁을

---

8. **태호복희씨(太昊伏羲氏)** 중국 전설상의 제왕. 팔괘를 처음으로 만들었다고 전함.

떠나지 말게 하고 모든 일을 가르치고 자애와 교육을 병행하여 드렸더라면 덕기(德器)[9]의 성취가 놀라웠을 것이로다. 그렇지만 일이 그렇지 못하여 일찍 멀리 떠나 계신 일로 인해 사태가 역전하여 작은 일이 크게 되어 필경은 말하기 어려운 지경까지 이르렀으니, 이것이 천운(天運)의 불행함과 국운(國運)의 망극함이니 인력으로 어찌하지 못할 일이려니와, 내 지극한 원통함이야 어찌 측량하겠는가.

영조께서 동궁(東宮)이 오래 비어 있는 것을 염려하시다가, 원량(元良)[10]를 얻으시자 기쁘신 마음으로 멀리 떠나는 사정은 돌아보지 않으시고, 빨리 동궁의 주인 계신 것만 좋아서 법만 차리려 하셨고, 나신 지 백 일 만에 집복헌(集福軒)을 떠나 보모에게만 맡기시어 오래 비어두었던 저승전(儲承殿)이라는 큰 전각으로 옮기게 하셨다. 저승전은 본디 동궁이 드시는 전각인데 그 옆에 강연하실 낙선당(樂善堂)과 소대(召對)[11]하실 덕성각(德成閣)과 동궁이 축하받으시고 회강(會講)[12]하시는 시민당(時敏堂)이 있었다. 그리고 그 문 밖에 춘방(春房)과 계방(桂房)이 있는데, 장성하시면 모두 동궁에 딸린 집이라, 어른 같으시게 저승전 주인이 되게 하신 것이었다.

영조께서 거처하시는 곳과 선희궁의 처소가 서로 멀리 떨어져 있어, 두 분께서 심한 추위와 무더위를 피하지 않으시고 날마다 오셔서 머무시는

---

9. **덕기(德器)** 어질고 너그러운 도량과 재능. 또는 그걸 지닌 사람.
10. **원량(元良)** 왕세자.
11. **소대(召對)** 임금이 참찬관 이하를 불러 친히 강론하는 일.
12. **회강(會講)** 한 달에 두 번씩 왕세자가 그의 교육을 맡은 사부와 신하들 앞에서 배운 것을 복습하던 일.

때도 많았다 하나, 어찌 한 집안에서 조석으로 양육하시며 끊임없이 교훈하심과 같으리오. 어찌하신 생각에서인지 귀중하신 종사를 의탁하실 아드님을 겨우 얻으셨는데도 법은 다음이요, 부모 측에서 양육하며 성취하시지 않으시고, 처소가 멀리 떨어져서 인사(人事)를 아실 즈음부터 자연 떠나심이 많고 모이심이 적으니, 조석에 대하시는 사람은 환신(宦臣)[13], 궁첩(宮妾)이요, 들으시는 것이 항간의 잡담뿐이니, 이것이 벌써 잘 되지 못할 장본(張本)[14]이니, 어찌 슬프고 원통하지 않으리오.

어렸을 때에 덕기(德氣)가 이상하시고 행동에 법도가 있어, 상도에 벗어남이 없으시고 기상이 엄중하시고 말이 없고 침착하시니, 뵈옵는 사람마다 임금을 모시는 것과 다름없게 여겼다.

이러하신 천품과 자질로 부모 곁을 떠나지 않게 하시어 부왕께서 정사를 살피는 여가마다 글 읽고 일 배우심을 옆에서 몸으로 가르쳐 주시고, 모빈(母嬪)께서도 이 아드님 성취하는 것이 당신의 으뜸가는 소원이셨으니, 손 밖에 내보내지 마시고 매사를 가르치시고 내버려두지 않으셨다면 어이 이 지경에 이르렀으리오. 처음 당하는 참변이라 슬프고 애달픈 것인데, 하나는 어리신 아기를 저승전에 멀리 두심이요, 둘은 괴이한 나인들을 들여오신 연고이니, 이는 여편네의 잔소리가 아니라 사실의 시초를 대략 기록한 것이다.

저승전은 어대비(魚大妃)[15]가 계시던 집인데 안 계신 지 오래되었고, 저

---

13. **환신(宦臣)** 거세되어 궁중에서 사역하는 내관. 내시.
14. **장본(張本)** 어떤 일이 비롯되는 근원.

승전 저편의 취선당(就善堂)은 희빈(禧嬪)[16]이 갑술년 후에 머물러 인현성모(仁顯聖母)[17]를 저주하던 집이었다. 그런데도 포대기에 싸인 아기를 이런 황량한 전각에 혼자 두시고, 희빈의 처소는 소주방(燒廚房)[18]으로 만들었으니 어찌 이상한 일이 아니겠는가.

어대비께서 승하하시고 삼 년 후, 어대비께서 부리시던 나인들이 모두 나갔으니, 동궁을 차릴 적에 각처 나인을 불러모으시는 게 당연한 일이거늘 어찌 생각하신 성의이신지 경종대왕과 어대비를 모시다 나간 나인인 최 상궁 이하를 전부 불러들여 원자궁의 나인을 만드셨으니, 오처소(五處所) 나인들 모양이 경종대왕께서 계신 듯싶을 것이요, 그 나인들이 억척스럽고 냉정하기가 이를 데 없으니 지극히 작은 일로 그런 큰 탈이 나게 하셨으니 어찌 한이 되지 않으리오.

영조께서 그 아드님을 얻으시고 지극하신 자애가 비할 데 없으시어, 사오세 때에 저승전에 오셔서 함께 주무시기를 자주 하셨고, 경모궁께서도 본질이 효우(孝友)하실 뿐 아니라 천리와 인정으로 어릴 때부터 어찌 부모를 사랑하지 않으셨으리오. 비록 처소는 서로가 멀지만 이렇듯 사랑하시고 교훈하시니 사가의 부잣집 같으면 어찌 티끌만 한 흠이 있으리오.

그러나 국운이 그릇되려고 형용없고 지적할 곳 없는 미세한 일에, 대왕이 불언중 격노하시어 하루 이틀 어찌 된 줄 모르게 동궁에 머무시는 일이

15. **어대비(魚大妃)** 경종의 계비 선의왕후.
16. **희빈(禧嬪)** 숙종의 계비인 장(張)씨.
17. **인현성모(仁顯聖母)** 숙종의 계비인 인현왕후 민(閔)씨. 희빈의 모함을 받음.
18. **소주방(燒廚房)** 궁중의 음식을 만드는 곳.

차차 줄어들게 되셨다. 그 아드님이 막 자라시는 아기인지라 한때만 가르치지 않고 잘못됨을 금하지 않으면 방종하기 쉬운 시절이거늘, 자연 안 보실 때가 많으니 어찌 탈이 나지 아니하리오.

영조께서 화평옹주(和平翁主)를 천륜 밖으로 각별히 아끼시다가 무오년에 금성위(錦城尉)를 택하시어, 미처 행례(行禮)하기도 전에 동궁 처소에서 놀게 하시니, 그 부마(駙馬)¹⁹를 사랑하심이 옹주와 함께 특별하셨음을 짐작할 수 있었다.

원자궁 나인들이 모두 경종대왕의 나인들인데, 보모 최 상궁은 잡념이 없고 굳세어 충성은 있으되 성품이 과격하고 음험하여 온순치 못한 사람이요, 그 다음 한 상궁은 수단이 좋고 간사스럽고 거짓이 많은 인물이었다. 비록 동궁의 나인이 되었지만 본디는 대전의 나인이니 영조대왕께 어찌 극진한 정성이 있으리오.

이러할진대 천한 나인들이 대의(大義)를 모르고 선희궁께서 동궁을 탄생하시니, 지극히 존귀하신 줄 모르고 선희궁께서 그 전 미천할 적의 일만 생각하고 감히 업신여기기도 하고, 언사도 공손치 못하며 혹 헐뜯는 일도 있었다. 선희궁께서 심중에 언짢게 여기시니 그런 사정을 영조께서 어찌 모르고 계셨으리오.

그때 세초(歲初)에 경(經)을 읽히는 날이 되어 금성위도 들어오고 마침 날이 늦어 독경(讀經)하는 준비가 늦어지매, 나인들이 본디 공손치 못한지

---

¹⁹ **부마(駙馬)** 임금의 사위.

라 짜증을 내고 헐뜯으면서 서로 앉아 무엇이라 하여 선희궁께서 노하셨다. 영조께서도 그 눈치를 미리 아시고 괘씸히 여기셨으나 사랑하시는 금성위가 들어와 있는 자리에서 죄를 주시면 옹주와 부마에게 원망이 미칠 듯하여 처분을 않으셨으나 매우 분하시어 동궁에 가고 싶으셔도 그 나인들 꼴이 보기 싫어 동궁에 가시는 길이 자연 감해지셨다.

그 나인들을 모두 내쫓지 못하시고 도리어 동궁을 그 나인들 수중에 넣어 두시고 그 나인들이 미워 동궁을 드물게 보러 다니시니, 어찌 답답한 일이 아니리오.

동궁이 점점 자라시어 놀고 싶은 마음이 생기시니 그것은 아기의 상정(常情)이었다. 막 가르칠 시기에 대왕께서 드물게 오시는 틈을 타서 한 상궁이라 하는 것이 최 상궁에게,

"사람마다 말리고 거슬리게 하면 아기네 마음이 울적하여 편하지 못하실 것이니, 최 상궁은 엄하게 도와 옳은 도리로 인도하고, 나가 노실 때도 부드럽게 대하여 마음을 풀어 드리도록 합시다."라고 하였다.

한 상궁은 손재주가 있어 나무와 종이로 큰 칼을 만들고 활과 화살을 만들어 최 상궁이 내려간 틈에 어린 나인들을 문 뒤에 세워두었다가, 그 아이들을 시켜서 군기(軍器)를 가지고 무예 소리를 내며 달려들도록 하여 함께 놀도록 하였다.

성인의 자질을 가진 맹자(孟子)도 세 번이나 교육환경을 옮기셨으니, 어린 동궁께서 어찌 혹하지 않으시며 어찌 유희하고 싶지 않으시겠는가. 그렇게 놀기에 정신이 팔려 부왕이 오시면 꾸중을 하실까 염려하시게 되니,

아기네 마음에 항상 부모 뵈옵던 마음이 달라지시고 모친께서 아시게 될까 겁을 내시니, 나인이 와도 꺼리는 마음이 생기게 되는 건 자연의 이치가 아니겠는가. 막 배우실 시기에 불길한 군기로 노시도록 인도하니, 본디 타고나시기를 영웅의 기상이셨지만 그런 유희를 좋아하시다 그 유희로 말미암아 나중에 말 못할 지경에까지 이르셨으니, 그 한가(韓哥)라는 나인이 작용한 것이 흉악하고 황망하지 않으랴.

그렇게 삼사 년을 지내고 일곱 살 되시는 신유년에, 영조께서 한가의 심술을 깨달으시고 궁중에서 내쫓으시고 다른 나인도 벌 받은 자가 많으니, 그 처분이 참으로 옳으셨다. 그때 동궁의 나인들을 다 내치시고 징계를 엄하게 하신 후 두 분이 떠나지 마시고 옆에서 가르치셨다면 그 효심이 어찌 다르지 않으리오. 하지만 그 나인만 내보내시고 다른 나인들은 그대로 두어 넓은 집에 어른이 감찰하지 않고 임의로 자라시게 하셨으니, 보시는 것이 궁녀와 내시뿐이니 무엇을 배우시리오.

이러하심에 영조와 경모궁 사이에 형용없이 모모사(某某事)를 지적할 것은 없으나, 아드님은 아버님을 두려워하는 마음이 생기시고, 아버님은 아드님이 어떻게 자라는지 혹 내 마음과 다르지나 않을까 염려하시게 되었다.

부자 성품이 다르시어 영조께서는 사리에 밝으시고 효성스러우시며 상찰민숙(詳察敏熟)[20]하신 성품이시고, 경모궁께서는 말없이 침중하시어 행

---

[20]. **상찰민숙(詳察敏熟)** 자상하고 민첩함.

동이 날래지 못하시고 민첩하지 못하시니, 덕기는 거룩하시나 범사에 부왕의 성품과 다르셨다. 상시에 물으시는 말씀이라도 곧 응대하지 못하시고 머뭇거려 대답하시고, 무엇을 물으실 때에도 당신 소견이 없는 것이 아닌데도 곧 대답하지 못하여 영조께서 매양 갑갑하게 여기셨는데, 이런 일도 또한 화변(禍變)의 실마리가 되었다.

대저 아이 가르치는 것이, 비록 지존한 터에 나셨더라도 당신 부모를 모시고 가르침을 받자와 부모가 거북하지 않고 허물이 없어야 할 때 그렇지 못하고, 포대기 시절부터 부모를 떠나 나인들이 아이가 스스로 할 일까지 전부 시중 들었으니, 심지어 옷고름 대님 매는 것까지 다 하여 드리니, 매사를 남에게 맡기고 너무 편안하시기만 하였다.

강연에 학관(學官)을 인접하실 때에는 엄숙한 글 외는 소리도 맑고 크시고 글 뜻도 그릇됨이 없으시니, 뵈옵는 이가 거룩하다 하여 영명(令名)[21]이 많이 나타나셨지만, 갑갑하고 애달픈 건 부왕을 모신 자리에서는 어려워서 응대를 민첩하게 못하시는 일이었다.

영조께서 한 번 갑갑하시고 두 번 갑갑하시다가는 결국 격분하시고 조심도 하시나, 이럴수록 가깝게 두고 친히 가르치셨어야 했으나 그 방도는 생각지 않으시고, 항상 멀리 두고서 스스로 잘 되어 성의에 맞으시기를 기다리시니 어찌 탈이 생기지 않으리오. 그리하여 점점 서먹서먹하게 지내시다가 서로 보실 때에는, 부왕께서는 책망이 자애에 앞서고 아드님께서

---

[21]. **영명(令名)** 좋은 명성이나 명예.

는 한번 뵈옵는 것도 조심스럽고 두려우심이 무슨 큰일이나 지내는 것 같으니, 불언중 두 부자 사이가 막히게 되니 어찌 슬프지 아니하리오.

경모궁이 병진년 3월에 동궁에 책봉(冊封)되시고, 일곱 살 때 서연(書筵)[22], 여덟 살 때 종묘에 배례하시고 3월에 입학하시니, 거룩하신 자질을 흠탄하지 않는 이가 없었다.

계해년 3월에 관례(冠禮)[23]하시고, 갑자년 정월에 가례(嘉禮)하셨다.

내가 들어와 궐내의 사정을 보니, 그때 삼전이 계셔서 법이 엄하고 예가 중하여 조금도 사사로운 정이 없으시니, 두렵고 조심스러워 마음을 일시도 놓을 수 없었다. 경모궁께서도 부왕께 대해서는 친애는 뒤지고 엄위가 앞서서 열 살 아기이셨지만, 감히 부왕 앞에 마주 앉지 못하고 신하들처럼 몸을 엎드려서 뵈었으니, 그 어찌 그토록 과하신가 싶었다.

세수를 일찍 하시는 일이 없고, 매양 글 읽을 시간이 되어서야 보채듯이 하시므로, 문안 갈 때면 나는 일찍 세수하고 무거운 머리와 옷을 입고 가려고 하였지만, 동궁이 앞서지 않고는 빈궁(嬪宮)이 감히 못 가는 법이라 초조히 기다릴 적에 아이 마음에 어찌하여 세수가 저리 더디신가 하고 심중에 이상히 여겨져 혹 병환이신가 하고 여겼다.

그러더니 과연 을축년 즈음에 아기씨께서 야단스럽게 날치며 노시는 것과 달리 어쩐지 예사롭지 않고 병환이 드시는 듯하였다. 나인들이 모여 수군거리며 근심하고 염려하는 듯하더니, 그해 9월 중에 병환이 대단히 들어

---

[22] **서연(書筵)** 왕세자에게 학문을 강론하는 일. 또는 그 자리.
[23] **관례(冠禮)** 사례(四禮)의 하나인 성년식. 남자는 상투를 틀고 여자는 쪽을 찜.

서 진퇴가 무상하셨다. 이처럼 증세가 가볍지 않으니 어찌 점을 치지 않았으리오. 과연 무복(巫卜)의 말이 이구동성으로 저승전에 계신 탓이라 하니, 재물을 들여 신당에서 기도하고 독경을 많이 하여도 종내 낫지 않으시니, 저승전을 떠나 대조전(大造殿) 옆의 융경헌(隆慶軒)으로 옮기시니 나는 집복헌(集福軒)에 가서 지냈다.

그러다가 병인년 정월에 경춘전(景春殿)에 나까지 또 옮겨가니, 그때 열두 살이었다.

경춘전은 연경당(延慶堂)과 집복헌에 가까워서 선희궁께서도 자주 오셨다. 화평옹주는 성품이 인후공검(仁厚恭儉)[24]하여 그 오라버니를 귀중히 여겨 연경당에 들도록 권하여 친하게 지내셨다. 영조께서 그 옹주에 대한 사랑이 지극하시어 그 덕에 부왕에 대한 두려움이 많이 사라지셨다. 그러므로 화평옹주가 장수하셨으면 전궁(殿宮) 사이를 도와 그 유익함이 얼마나 컸을 것인가.

정묘년에는 글공부도 착실히 하시고 근심 없이 지내더니, 10월에 창덕궁 행각(行閣)의 화재로 경희궁으로 거처를 옮기셨는데, 경모궁 처소는 집희당(集熙堂)이요, 선희궁은 양덕당(養德堂)이요, 화평옹주는 일녕당(逸寧堂)이니, 각각 사이가 멀어지게 되어 서로 만나기가 드물게 되었다. 그때부터 경모궁의 놀음하기가 도로 시작되셨다.

무진년 6월에 화평옹주의 상사(喪事)가 나시니, 영조께서 각별히 귀여

---

[24]. **인후공검(仁厚恭儉)** 어질고 공손하고 검소함.

워하시던 따님을 잃고 애통하심이 거의 성체(聖體)[25]를 버리실 듯하였다. 선희궁께서도 슬퍼하심이 또한 같아서 두 분이 참척(慘慽)[26]에 만사가 꿈과 같으시어 아드님을 돌보지 못하셨다. 아드님은 그 사이에 거리낌 없이 유희를 더하고 세상만사에 안 해보시는 것이 없어서, 활 쏘기, 칼 쓰기, 기예(技藝)를 모두 잘하셨다. 희롱하는 것이 모두 그런 것이었는데, 그림 그리기로 날을 보내시고, 경문잡서(經文雜書)를 좋아하셔서 당주복자(堂主卜者)[27] 김명기(金明基)에게 경을 써 오라 하시어 외우시는 등, 이런 잡사에 관심을 두시니 어찌 학문을 닦는 일이 온전하시리오.

이것만 보아도 가깝게 두실 적에는 학문도 힘쓰시고, 부자 사이도 가까우시고 유희도 안 하시더니, 멀리 계신 후로는 유희를 도로 하시고, 학문에도 힘쓰지 않으시니, 부자간에 서먹서먹하심이 더 심해졌다. 만일 부모 손 밖에 내시지만 않았더라면 어찌 이 지경에 이르렀으리오.

이 한 가지 일로 생각하여도 지극히 서러운데, 어찌하신 성의이신지 그 아드님을 조용한 때 친근히 앉히시고 진정 교훈하시는 일이 없으시고, 모두 남에게만 맡겨 버리고 아는 체하지 않으시다가 항상 남들이 모일 때면 흉보시듯 말씀하시니, 얼마나 답답한 일인가.

한번은 대왕의 병환으로 인원왕후도 내려오시고, 여러 옹주와 월성(月城), 금성(錦城)의 두 부마도 들어오시어 많은 사람이 모여 있었는데, 나인

---

[25] 성체(聖體) 임금의 몸.
[26] 참척(慘慽) 자손이 부모나 조부모보다 일찍 죽는 것.
[27] 당주복자(堂主卜者) 나라에서 행하던 기우제 등에 기도를 하던 소경 점쟁이.

에게 명하시어,

"세자 가지고 노는 것을 가져 오라." 하셨다.

그리하여 여러 사람이 보게 하시어 무안케 하시고, 강학에 대하여도 여러 신하가 많이 모여 있을 때 부르셔서 글 뜻을 물으시는데, 아기네가 자세히 대답하지 못할 대목이라도 각박하게 물으시곤 하셨다. 본디 부왕(父王) 면전에서는 분명히 아시는 것도 주저주저하시는데, 사람이 많이 모인 가운데에 어려운 것을 일부러 물으시니, 경모궁께서는 더욱 두렵고 겁이 나 대답을 제대로 못 하시는데, 그에 대왕이 더 꾸중하시고 흉을 보셨다.

경모궁께서는 그런 일이 한두 번이라면 감히 원망하실 것이 아니지만, 당신께서는 진정 교훈하시지 않으심에 노하고 두렵게 여겨 필경 천성을 잃기에 이르렀으니 이런 원통한 일이 어디 있으리오. 화평옹주가 계실 적에는 오라버니 편을 들어 일마다 대왕께 아뢰고 여쭈어 유익한 일이 많더니, 그 옹주 상사 후로는 영조께서 지나친 일을 하시거나 자애가 부족하셔도 누구 하나 그리 마시라고 여쭐 사람이 없었다. 그리하여 영조께서는 점점 자애가 부족해지시고 경모궁께서는 날로 두려워하는 생각만 심해졌으니, 아들 된 도리를 더욱 못 차리게 되셨다.

화평옹주가 살아 계셨더라면 부자간에 자효(慈孝)하셨을 터이니, 착하신 옹주가 일찍 죽으신 것이 어찌 국운에 관계치 아니하리오. 지금 생각하여도 통석하다.

경모궁께서 천성이 넓고 크시고 도량이 활달하시며 사람에게 신의가 두터우시어 아랫사람에게는 믿음직스럽게 말씀하시고, 부왕을 무서워하시나 잘못한 일이라도 사실대로 정직하게 아뢰옵고, 일호도 기망(欺罔)하시는 일이 없었으므로 영조께서도 속이는 사실이 없다는 건 알고 계셨다. 효성이 거룩하시던 말씀은 위에서 다 하였거니와, 우애 또한 특별하시어 화평옹주는 부왕의 자애를 각별히 받아 귀하게 여기시는 게 상정이나, 본심은 세(勢)를 따르신 것이 아니라 진정으로 친애하셨다.

그리고 화순옹주께서 어머님 없이 지내는 걸 불쌍히 여기시고 맏누이로 공경하셨다. 화협옹주는 계축생(癸丑生)인데 영조께서 또 딸이라 애달파 그러셨는지, 그 옹주가 용모도 빼어나고 효성이 지극하고 아름다우나 부왕의 자애를 입지 못하였다.

그때 아들이 못 되어 난 것이 애달파하여 화평옹주와 형제들이 서로 한 집에 못 있게 하셨으므로, 화평옹주가 홀로 자애를 받는 것이 심중에 은근히 괴로워서 아무리 그리 마소서, 라고 여쭈어도 별수 없었다. 그래서 화협옹주로 인하여 그 부마인 영성위(永城尉)까지 사랑을 못 받자오니, 경모궁께서는 그 누이와 나이가 비슷하고 부왕에게서 사랑 받지 못하는 처지가 서로 같음을 매양 불쌍히 여겨 동정하심이 자연 각별하셨다.

기사년에 경모궁이 십오 세 되시니 관례를 정월 22일에 하고 27일에 합례(合禮)[28]를 정하니, 늦게 얻은 경모궁이 십오 세가 되어 합례까지 하게 되어 기뻐하시고 조용히 재미를 보시면 성대한 일이로되, 어찌하신 성의이신지 홀연히 대리(代理)[29]하실 영을 내리셨다. 그날이 내 관례날이라 모

---

28. **합례(合禮)** 신랑과 신부가 첫날밤을 치르는 일.
29. **대리(代理)** 왕세자가 왕을 대신하여 정사(政事)를 보는 것.

든 일이 대리 후에 탈이 나니 어찌 서럽지 않으리오.

　영조께서 효친선봉(孝親先奉)하시고 경천애민(敬天愛民)하시는 성덕과 지성이 제왕 중에서 뛰어나시니, 내 이목으로 뵈옵고 기록한 바로 생각하여도 역대에 비할 임금이 아니시나 다만 경력이 많으셨다. 신임(辛壬)을 지내시고 무신역변(戊申逆變)을 겪으신 심려가 거의 병환이 되신 듯싶었다. 심지어 말씀을 가리어 쓰시는데도 죽을 사(死), 돌아갈 귀(歸)자를 다 꺼리시고, 조의(朝議) 때나 밖에서 일을 보실 때 입으시던 옷도 갈아입으신 후에야 안에 들어오시고, 불길한 말을 하거나 들으시면 들어오실 때 양치질을 하시고 귀를 씻으신 다음에, 먼저 사람을 불러 한마디라도 처음 말씀을 하신 후에야 안으로 들어오셨다. 좋은 일과 좋지 않으신 일을 하실 때에는 출입하시는 문이 다르고, 사랑하는 사람의 집에 사랑하지 않는 사람이 있지 못하게 하시고, 사랑하시는 사람 다니는 길을 사랑하지 않으시는 사람이 다니지 못하게 하셨다. 이처럼 극히 황공하되 애정과 증오의 역력하심이 이루 측량할 수 없었다.

　대리 전(前)이라도 계복(啓復)[30]이나 형조공사(刑曹公事), 친국(親鞫),[31] 대궐에서 말하는 불길한 일에는 자주 세자를 불러 옆에 앉게 하시는데, 화평옹주와 화순옹주를 만나실 때에는 인견하시는 의복으로 갈아입으셨으나, 세자께는 그러지 않으시어 밖에서 정사하실 때 입으시던 차림 그대로 동궁을 부르시고,

---

[30] **계복(啓復)** 사형수에 대한 최종 판결을 위해 임금에게 세 번 아뢰는 일.
[31] **친국(親鞫)** 임금이 친히 죄인을 심문함.

"밥 먹었느냐?"

하고 물으신 후, 세자가 대답하시면 그 대답을 들으시고 그 자리에서 귀를 씻으시고 씻으신 물을 화협옹주 있는 집 광장으로 버리셨다.

이처럼 어떤 따님은 밖에서 입으신 옷을 벗어야 보시고 아드님에게는 그 말씀 들으신 후에 귀를 씻으셔야 가시니, 경모궁께서 화협옹주를 대하시면,

"우리 남매는 씻으신 차비(差備)로다."

하고 웃으셨다.

그러나 화평옹주가 당신의 몸을 지성으로 평안히 해 드리는 것에 감격하시고 조금도 의심하거나 시기하시는 일이 없고, 한결같이 친애하시던 일은 궁중이 다 아는 바로 감탄하였다. 선희궁께서는 임금의 자애가 고르지 않으심을 슬퍼하셨으나 어찌할 수 없으셨다.

항상 공사(公事) 중에 금부(禁府)나 형조(刑曹), 살육(殺戮) 등의 일은 친히 보시지 않고, 안의 옹주들 처소에 계실 때는 내관에게 맡겨 시키시니, 대리하실 때의 전교(傳敎)[32]는 무진년 화평옹주 상사 후에 슬픔이 심하시고 병환이 잦아서 정양하시려고 대리하게 하신 것이었다. 실인즉 꺼려서 안에 들이지 못하는 공사와 내관에게 맡기시기 답답하신 일은 동궁께 맡기시려는 뜻이었다.

그래서 대리를 맡으신 후의 공사는 내관들을 데리고 하시고, 한 달에 여

---

[32] **전교(傳敎)** 임금의 영.

섯 번 있는 차대(次對)[33]는 보름 전 세 번은 대조(大朝)[34]께서 하시어 동궁은 옆에 있게 하시고, 보름 후 세 번은 소조(小朝)께서 혼자 하시는데, 그럴 때마다 순탄치 못하고 매사에 탈이 났다.

대저 신하의 상소라도 나랏일에 관한 상소나 편론(偏論) 있는 상소는 소조께서 스스로 결정을 내리시지 못하여 묻자오면, 그 상소가 아랫사람의 일이지 소조께서는 아실 바가 아닌데도 격노하시어 신하를 잘 조화시키지 못한 탓으로 그런 상소가 나왔다고 소조의 탓으로 삼았다. 그리고 상소에 대한 비답(批答)[35]에도,

"그만 한 일도 결단치 못하여 나를 번거롭게 하니 대리시킨 보람이 없다."

하시며 꾸중하셨다.

그러나 아뢰지 않으면 또한,

"그런 일을 알리지 않고 혼자 결단할 수 있느냐?"

하시며 꾸중하셨다.

이처럼 저리 할 일은 이리 하지 않았다 꾸중하시고, 이리 할 일은 저리 하지 않았다 꾸중하시며, 이 일 저 일 다 격노하여 마땅치 않게 여기셨다. 심지어는 추운 날에 백성이 입지 못하고 굶주리거나 가뭄이 들거나 천재 이변이 있어도,

---

[33]. **차대(次對)** 매달 여섯 차례씩 주요 신하들이 임금을 뵙고 나랏일을 아뢰던 일.
[34]. **대조(大朝)** 왕세자에게 섭정을 맡긴 임금.
[35]. **비답(批答)** 상소에 대한 임금의 하답.

"소조에게 덕이 없어서 그렇다."

하고 꾸중하셨다.

그러므로 소조께서는 날이 흐리거나 겨울에 천둥이 치기만 해도, 또 무슨 꾸중을 내리실까 근심걱정을 하여 일마다 겁을 내시니, 마침내 사악하고 망령된 생각이 다시 들어 병환 드시는 징조가 차츰 나타나기 시작했다.

그러나 영조께서 동궁께 이런 병환이 생기는 줄을 깨닫지 못하시니 어찌 슬프지 않으리오. 한 번 꾸중에 놀라시고 두 번 격노에 겁내시면, 아무리 웅위하시고 영장(英壯)하신 기품이라 한들, 한 가지 일이라도 자유롭게 하실 수 있겠는가. 정시(庭試)[36]나 알성시(謁聖試)[37]나 시사(試射)[38] 관무재(觀武才)[39] 같은 호화로운 행사를 구경하실 때는 일생 부르지 않으시고, 동지섣달의 계복(啓覆)이나 시좌(侍坐)를 시키시니 어찌 마음이 편하시며 서러워하지 않을 수 있으리오. 설사 아버님께서 혹 과하셔도 아드님이 효도를 힘쓰시거나, 아드님을 혹 못 믿으셔도 아버님이 갈수록 은애를 베푸시면, 한때 공연히 그리 된 일로 알고 그것이 천의(天意)이시고 국운이니 인력으로 어쩔 수 없는 것이라 생각되나, 내가 본 것을 이제 쓰려 하니 고통이 가슴에 박혀서 어찌 써낼 수 있겠는가.

영조와 경모궁 사이에 하시던 일이 상하에 부족하신 덕이 드러날까 죄

---

[36]. **정시(庭試)** 나라에 경사가 있을 때 대궐에서 보던 과거.
[37]. **알성시(謁聖試)** 임금이 공자 신위에 참배하고 나서 보던 비정기 과거.
[38]. **시사(試射)** 총이나 활 따위를 시험 삼아 쏘아 봄.
[39]. **관무재(觀武才)** 무과(武科) 시험의 하나로 무술 재주를 겨루는 것.

스럽고, 그렇다고 실상을 기록하지 않을 수 없으니 종이를 임하는 가슴이 막힐 뿐이다. 십오 세가 되시도록 능행(陵幸)[40]에 한 번도 임금을 모시고 따라 간 적이 없고, 항상 교외 구경을 하고 싶으셔도 매양 서울 거둥이고, 능행 거둥에 예조에서 동궁 수행의 품이 있으면 혹 허락을 내리실까 하고 초조하게 기다리시다 번번이 못 가시게 되니, 처음에는 서운하고 섬뜩하신 것이 점점 성화가 되어서 우실 적도 많으셨다.

당신이 부모님께 속으로는 본디 정성이 거룩하시건만 민첩하지 못하신 행동에 정성의 백분의 일도 나타내지 못하시니, 부왕은 그 사정을 모르시고 미안하신 기색은 매양 계셔도 한 번도 부왕의 관용을 입지 못하시니, 점점 두려운 것이 마침내 병환이 되어 화가 나시면 푸실 데가 없었다. 그래서 그 화를 내관과 나인에게 푸시고 심지어 내게까지 푸시는 일이 몇 번이나 되는지 알 수 없었다.

경오년 8월에 내가 의소(懿昭)[41]를 낳으니, 영조의 마음이신들 어찌 기쁘지 않으시리오만, 기쁘신 중에도 화평옹주가 남같이 순산 생육 못하신 것이 새로 애달프시어, 옹주 생각하시는 슬픔이 손자 보신 기쁨보다 더 컸다. 그 아드님께,

"네가 어느 사이 자식을 두었구나."

하고 이런 한마디 말씀도 하시지 않고 나만 어여삐 여기심에 분수에 넘치

---

[40]. **능행(陵幸)** 임금이 친히 능에 행차하는 것.
[41]. **의소(懿昭)** 사도세자의 큰아들.

니, 내가 감격 중에도 나만 홀로 사랑과 칭찬을 입는 일이 불안하여 매양 조심하였다.

해산 후에는,

"네가 순산하여 아들을 얻으니 참으로 기특하다."

하는 말씀도 하시지 않으시니 어린 나이에 생남(生男)한 기쁨을 모르고 도리어 황송하였다.

성심의 비원하심이 새로우시니 몹시 노하시고 기뻐하시지 않으셨다. 선희궁께서도 그 따님 생각이 어찌 없으시리오마는 나의 생남한 일을 지정(至情)으로 귀하게 여기시고 종사의 큰 기쁨이라 하여, 내 해산 후 칠일까지 산실 근처에 머물러 구호하셨다.

이에 영조께서,

"선희궁이 옹주 생각을 잊고 좋아만 하니 인정이 박하다."

하시니 선희궁이 웃으시고 성심이 편벽하심을 탄식하였다.

경모궁께서 숙성하심이 어른과 같아서, 당신께 아들이 생겨서 국본(國本)이 굳어짐을 기뻐하시고, 부왕이 덜 기뻐하시는 줄을 감히 어떻다 못하시고 심중에 슬퍼하시어,

"나 하나도 어려운데 아이가 나서 어떨꼬?"

하시므로 나는 그 말씀 듣기가 심히 슬펐다.

이 사적은 쓸 사연이 아니로되 마지못하여 쓰며, 내가 의소를 임신할 때 화평옹주가 꿈에 자주 보이며, 내 침방에 들어와서 옆에 앉고 웃기도 하니, 내가 이상히 생각하지 않을 수 없었다. 옹주가 해산하다가 그 지경이

되셨으니 그 악착한 산귀(産鬼)가 꿈에 자주 보여서 내 몸을 염려하였다.

의소를 낳고 씻길 적에 보니, 어깨에 푸른 점이 있고 배에 붉은 점이 있기에 보통으로 보았다가, 그해 9월 12일 온양(溫陽)에 거둥하시는데, 11일에 영조와 선희궁께서 안색이 일변 슬프고 일변 기쁘신 모양으로 함께 오셔서 홀연히 자는 아이의 깃을 풀고 벗겨 보셨다. 과연 몸에 푸른 표 붉은 표가 있으니 참혹히 여기시고 분명히 옹주가 환생한 줄로 믿으셨다. 그러자 그날부터 아이를 갑자기 귀중히 여기시고 화평옹주에게 하시듯이 사랑하셨다.

백일 후 당신이 인견(引見)하시던 환경전(歡慶殿)을 수리하여 경모궁을 옮기게 하시고, 천만 귀중하게 하시니 요행 아들로 인하여 아버님께서 혹 나으실까 축수하나, 실인즉 아이는 화평옹주가 재생한 줄 알고 사랑하실 뿐이지 소생 부모는 이 아이로 인하여 더 귀할 것이 없이 전과 다름없으시니 알 수 없는 일이었다.

그 아이 겨우 열 달이 된 신미년 5월에 세손에 책봉하시니 애중하시는 성심으로 그러하시나 과하신 일이었다. 임신년 봄에 아이를 잃으니 영조께서 애통하심이 말할 수 없었다. 하지만 하늘이 묵묵히 도우시고 조종(祖宗)이 도우셔서 신미년 섣달에 내 몸이 임신하여 임신년 9월에 생남하니 곧 선왕이시다.

내가 매우 작은 복으로 이 해에 이런 경사가 있기는 생각 밖의 일이요, 선왕이 나시매 풍채가 영위하고 골격이 기이하니 진실로 하늘이 내신 진인(眞人)이었다.

신미년 동짓달에 경모궁께서 주무시다가 일어나셔서,

"용꿈을 꾸었으니 귀한 자식을 낳을 징조다."

하시고 흰 비단 폭을 내라 하시어 그 밤에 손수 꿈에 보신 용을 그려서 침실 벽 위에 붙이셨는데, 성인이 탄생할 제 기이한 징조 어찌 없으리오.

영조께서 의소를 잃으시고 매우 애석해 하시다가 또 국본(國本)⁴²을 얻으시자 기뻐하시어,

"원손(元孫)이 이상히 뛰어나니 조종의 신령이 내려 주신 것이다. 네가 정명공주 자손으로 나라의 빈이 되어, 네 몸에 이런 경사가 또 있으니 네가 나라에 공이 있다. 어린 아이를 부디 잘 기르되 검소하게 하는 것이 복을 아끼는 도리다."

하시니 내가 뼈에 사무치도록 그 은혜를 잊지 못하니 어찌 지키지 않으리오.

경모궁께서도 기뻐하심은 이루 말할 수 없었고, 온 나라 백성들의 즐거움이 의소를 낳을 때에 비해 백 배나 더하였고, 우리 친정 부모가 기뻐서 경축하심이 더욱 어떠하시리오. 뵈올 적마다 성자 낳음을 내게 축하하시니, 내가 스물 전의 나이에 나라의 경사를 내 몸에 얻은즉 즐겁고 떳떳함 이외에, 과연 신시의탁이 어떠하리오. 멀리 빌어서 장차 효양 받기를 기약하였다.

그해 10월에 홍역이 크게 유행하여 옹주가 먼저 하시고 경모궁께서는

---

⁴² **국본(國本)** 나라의 근본. 즉 왕세자.

양정합(養正閤)으로 피하시고, 원손은 낙선당(樂善堂)으로 옮기시니 탄생한 지 삼칠일 안에 움직였으나 몸이 건강하여 먼 데도 염려하지 않았고, 미처 보모도 정하지 못하여 늙은 궁인과 내 유모에게 맡겨 보냈다. 날이 지나지 않아 경모궁께서 홍역을 하시고 나으실 경지에 내가 하고 원손도 또한 하시니, 내가 해산 후 큰 병을 염려하다 증세가 가볍지 않았는데 원손이 또 발진을 하였다. 증세가 매우 순조로우시나 내가 병중에 염려할까봐 선희궁과 부친께서 내게 알리지 않았으므로 나는 모르고 지냈다. 경모궁께서 홍역 후에 열이 심하시니 부친은 경모궁을 보랴, 나도 구호하랴, 원손도 보호하랴, 세 곳으로 주야에 다니시니 그때의 수고와 초조한 근심으로 인하여 수염이 다 희게 되셨다.

화협옹주가 그 홍역으로 상사 나시니, 그 누님 처지가 당신과 같으심을 불쌍히 여기고 평소에도 우애가 각별하셨는데, 옹주 병환 때 액정서(掖庭署)의 하인에게 물어 상사 나심을 알고 애통을 이기지 못하셨다. 이런 일로 보아서도 본연의 천성이 착하심을 알 수 있었다.

그해 섣달에 대간(臺諫)[43] 홍준해(洪準海)의 국사에 관한 상소로 영조께서 대단히 노하셔서, 선화문(宣化門)에 엎드리게 하시고 경모궁께 엄교를 많이 내리셨다. 경모궁께서 그때 큰 병환 끝에 설한이 혹독한데도 눈 속에 대죄(待罪)하시니, 엎드리신 몸에 눈이 쌓여 분간치 못하되 몸을 움직이지 않으시니 인원왕후께서,

---

[43] 대간(臺諫) 사간원과 사헌부 관직의 총칭.

"일어나라."

하셔도 듣지 않으셨다.

영조께서 지나친 노여움을 진정하신 후에야 일어나시니 천성이 침중(沈重)하심을 알 수 있었다. 그 후 영조의 성노(聖怒)가 그치지 않으셔서 그 달 십오일 창의궁에 거동하시어 인원왕후께,

"왕위를 물려주려 하옵니다."

하시니 인원왕후께서 귀가 어두워 잘못 들이시고,

"그리하라."

하고 대답하시니 영조께서는,

"자교(慈敎)[44]의 허락을 얻었다. 왕위를 물리겠다." 하셨다.

그때 동궁의 창황망조(蒼黃罔措)[45]하심이 어떠하였겠는가. 춘방관(春坊官)들에게 상소를 불러 쓰실 때 춘방이 같이 탄식하였다 하였다. 영조께서 창의궁에서 오래 머무르시고 환궁치 않으시니 인원왕후께서,

"내가 가는귀가 먹어 대답 한마디 잘못한 것이 종사에 큰 죄를 지었다."

하시고 소실에 내려오시어 영조께 편지를 보내서 환궁을 청하셨다.

동궁은 시민당(時敏堂) 손지각(遜志閣) 뜰의 얼음 위에 짚자리를 깔고 엎드려 대죄하시다가 창의궁에 걸어가셔서 또 짚자리 깔고 엎드려서 대죄하시고, 머리를 돌에 부딪혀서 망건이 다 찢기고 이마가 상하여 피가 나오셨으니, 이런 일이 천성의 효성과 본질이 충후(忠厚)하신 것이요, 억지

---

44. **자교(慈敎)** 임금의 어머니의 영.
45. **창황망조(蒼黃罔措)** 너무 다급하여 어찌할 바를 모름.

로 꾸민 일이 아님을 잘 알 수 있었다. 그리하실 즈음에 또 꾸중이 없었으리오마는 공손히 도리를 다하시니 변을 당하여 잘 처리하시기로 영명을 많이 얻으셨다.

그때 이품(二品) 이상을 모두 귀양 보내라 하시니, 부친이 그 중에 드시나 전지(傳旨)[46]가 내리지 않았기로 문 밖에서 기다리는데, 그때 동궁이 일을 수습하심에 어찌할 바를 몰라 초조해하며 의논해 오시는 봉서가 몇 장인 줄 알리오. 그 편지를 모아 두었더니 원손이 보시고 지극하신 충성을 감탄하시고 두고 보겠다고 하시고 친히 간직하셨다.

수일 후 대조(大朝)께서 환궁하시어 여러 신하를 다시 등용하시고 친히 정사에 들으시니, 부친이 들어오셔서 경모궁의 머리 상하신 데를 보시고 어루만지시며 흐느껴 우셨다. 그 사이 지난 말씀을 하시던 일이 지금도 눈앞의 일과 같다.

경모궁께서 그 병환이 재발하지 아니할 때는 인효통달(仁孝通達)하셔서 거룩하심이 미진한 곳이 없으시다가, 병환이 재발하면 딴사람 같으시니 어찌 이상하고 슬픈 일이 아니겠는가. 매양 경문(經文) 잡설(雜說) 등을 심하게 보시더니,

"옥추경(玉樞經)[47]을 읽고 공부하면 귀신을 부린다 하니 읽어보자."
하시며 밤이면 읽고 공부하셨다.

그러더니 과연 깊은 밤에 정신이 아득하셔서,

---

[46]. **전지(傳旨)** 상벌에 관한 임금의 명을 담당 관아에게 전하는 일.
[47]. **옥추경(玉樞經)** 도가(道家)의 경전의 하나.

"뇌성보화천존(雷聲普化天尊)[48]이 보인다."

하시고 무서워하시며 병환이 깊이 드시니 원통하고 슬프다.

십여 세부터 병환이 생겨서 음식 잡숫기와 채용 운용(運用)까지 다 예사롭지 않으시더니, 옥추경 이후로 자주 기질이 변화한 듯이 되어 무서워하시고, '옥추' 두 글자를 거두지 못하셨다.

단오 때는 옥추단(玉樞丹)[49]도 무서워서 차지 못하시더니 그 후에는 하늘을 퍽 무서워하시고, 우레 뢰(雷), 벽력 벽(霹), 그런 글자를 보지 못하셨다. 그 전에도 천둥을 싫어하셨으나 그리 심하지는 않으시더니, 옥추경 이후는 천둥 때면 귀를 막고 엎드려서 완전히 그친 후에야 일어나시니, 이런 일을 부왕과 모빈께서 아실까 하여 모든 일이 절박하고도 질겁하는 것이 형용할 수 없었다.

임신년 겨울에 그 증세가 나타나서 계유년은 경계증(驚悸症)[50]같이 지내시고, 갑술년도 그 증세가 때때로 일어나서 점점 고질이 되시니, 그저 옥추경이 원수였다.

또한 어찌하여 양제(良娣)[51]란 것을 계유년(癸酉年)때부터 가까이 하셔서 자식을 배게 하니, 대조(大朝)의 꾸중을 듣자올까 두려워 아무쪼록 낙태를 시키고자 하였으나 괴이한 것이 생겨나 화근이 되려고 보전하여 갑술년 2월에 인이 태어나니, 평소에도 꾸중을 많이 들으시는데 그때 여러

---

[48] **뇌성보화천존(雷聲普化天尊)** 도교에서 말하는 신(神)의 하나.
[49] **옥추단(玉樞丹)** 임금이 신하에게 하사하는 구급약.
[50] **경계증(驚悸症)** 자주 놀라는 증세.
[51] **양제** 경모궁의 후빈. 종2품 내명부.

번 엄교가 그치지 않으시어 날마다 벌벌 떨고 지내셨다.

부친께서 경모궁이 엄책 받는 것이 민망하여 위에 아뢰어 임금의 노여움을 푸시게 하시고, 궁내에서는 투기를 하는 일이 없는 데다가 내 본성이 사납지 못하여 처음부터 선희궁께서 경계하시어,

"그런 일은 거리끼지 마라." 하셨다.

그뿐만 아니라 인의 어미를 총애하시는 일이 없으니 투기할 리도 없고, 만삭이 되나 처치하시지 않고 내버려두니, 경모궁께서 한때 그리하신 것이 자식이 생기니 꾸중을 들으실까 겁을 내시고 돌아보시는 일이 없고, 선희궁께서도 아는 체 아니하시니 하는 수 없이 내가 처리하지 않으면 안 되었다. 무슨 식견이 있을까마는 힘에 당하는 일은 다 살펴주었다.

그러자 영조께서 내게,

"남편의 뜻을 따라 남이 다 하는 투기를 안 한다."

하시고 꾸중을 많이 하셨다.

갑자년 이후 처음으로 엄한 꾸중을 듣잡고 황송하게 지냈는데, 우스운 것이 예부터 투기는 칠거(七去)[52]에 든 죄요, 부녀가 투기하지 아니함을 으뜸가는 덕으로 하는데, 나는 투기 않는다고 도리어 허물이 되니 이것도 다 나의 운수인가 싶었다.

대저 두 부자 사이가 예사로우시어 그것이 손자라고 영조께서나 선희궁께서 조금이라도 용서하시거나, 또는 경모궁께서 이것에 혹하여 계시면

---

[52] 칠거(七去) 예부터 아내를 내쫓는 일곱 가지 이유.

내 비록 도량이 있다 하더라도 부녀의 마음이 어찌 편할 것이오마는, 이는 그렇지도 않아 영조와 선희궁께서 아는 체도 아니 하시는데 경모궁께서는 겁만 내고 어찌할 줄 모르시니, 내가 또 곁들여 심히 투기하면 경모궁께서 그렇지 않아도 황겁하신 중에 근심이 더하여 병환이 더하실까 걱정하지 않을 수 없었다. 그해 7월 14일 청연이 태어나니 영조께서,

"백여 년 만에 군주(郡主)가 처음 나니 귀하다."

하시고 기뻐하셨다.

그러다가 을해년 정월에 인의 아우 진(禛)이 태어나니 그 후 영조의 꾸중이 적으신 듯하였다. 경모궁의 병환 증세는 종이가 물에 젖어가듯 하여 문안도 더 드물게 하시고 강연(講筵)도 전념하지 못하시고, 마음의 병이시라 늘 신음이 잦아 병폐하신 모양이니, 영조께서 춘방관을 부르시어 강학 말씀을 물으시면 황공하기만 하였다.

을해년 2월에 역변(逆變)[53]이 나서 5월까지 친국하셨는데, 그때 역적을 법에 따라 다스려 질서를 세울 때면 동궁을 내 보내시니, 날마다 친히 전좌(殿座)하시어 심판하시다 들어오시면 인정(人定)[54] 후나 이경, 삼경, 사경이 될 적도 있으니, 하루도 폐하지 않으시고 동궁을 부르시고,

"밥을 먹었느냐?"

하고 물으시고는, 경모궁께서 대답하시면 즉시 그날 친국(親鞫)하신 일 씻으시고 가셨다.

---

53. **역변(逆變)** 영조 31년에 일어난 반역 사건.
54. **인정(人定)** 밤에 통행을 금하기 위해 종을 치던 일.

좋고 길한 일에는 참례치 못하게 하시고 상서롭지 못한 일에는 참석하게 하시니, 잠깐 수작이나 하시면 그래도 좋으련마는 날마다 다른 말씀은 한마디하시는 일 없이, 마치 대답시켜서 듣고 귀를 씻고 가시기 위함같이 하루도 폐하지 않고 밤중에 그러시니, 아무리 지극한 효심이요, 병 없는 사람이라도 어찌 싫어하지 않으리오. 그 병환의 증세를 생각하면 짜증이 나시어,

"왜 부르시옵니까?"

하실 듯 하지만 병환을 능히 참으시고 날마다 밤중이라도 부르시는 때를 어기지 않으시고 대령하고 계시다가 그 대답을 어기지 않고 하시니, 그 본연의 효성을 알 수 있었다.

병환이 이상스러운 것은 처자나 애쓰고 내관 나인이나 주야로 두려워 지내는 것이지 자모(慈母)도 자세히 모르시니, 부왕께서 어찌 자세히 아시리오. 위에 뵈올 적과 신하에 대하실 적은 보통 때와 다름없이 예사로우셨으니, 더 갑갑하고 서러웠다. 병환이 어이없이 절박한 때는 위에서부터 춘방관까지 병 증세를 남이 다 알도록 나타내었으면 싶었다. 역옥(逆獄) 때에도 두 부자 사이에 근심이 많아서 답답하던 일을 다 어찌 기록하리오.

동짓달 즈음에 선희궁께서 병환이 계시어 경모궁께서 뵈려 집복헌(集福軒)에 계셨는데, 영조께서 옹주 있는 곳과 가까운 것을 혐의하시고 대단히 노하시어,

"바삐 가라."

하시는 바람에 창황히 높은 창을 넘어 나오셨다.

그날 꾸중이 지극히 엄하셔서 낙선당(樂善堂)에 있으면서 청휘문(淸輝門) 안에 들어오지 않고 서전(書傳) 태갑편(太甲編)을 읽고자 하셨다. 어머님 병환 뵈오러 가 계시다가 아무런 잘못하신 일 없이 그러하시니 슬프고 원통하여,

"자처(自處)⁵⁵하련다."

하시다가 겨우 진정하셨으니 부자간이 점점 나빠졌다.

병자년 설날에 대왕에게서 존호(尊號)를 받자온대, 경모궁은 참례시키시는 일이 없으시고 병환은 점점 깊어 강연도 더듬으시고, 취선당 바깥 소주방 하나가 깊고 고요하다 하여 많이 머무르시니, 어느 날이 근심이 아니며 어느 마디가 초조하지 않겠는가.

5월에 영조께서 숭문당(崇文堂)에서 인견하시고 홀연 낙선당으로 보러 나오시니, 소세(梳洗)⁵⁶도 못하시고 의대 모양이 모두 단정치 않으셨다. 그때 금주(禁酒)가 엄한 때라 술을 잡수셨나 의심하고 대노하시어,

"술을 들인 자를 찾아내라." 하셨다.

경모궁께 누가 술을 드렸느냐고 엄중히 물으셨으나 실은 술 잡수신 일이 없었으니 얼마나 억울한 일이리오.

영조께서는 아무 일이든지 억측으로 무슨 말씀이시고 물으시니 그 후에 그 일을 생각하면 모두 하늘이 시키시는 듯하였다.

그날 경모궁을 뜰에 세우시고 술 먹은 일을 엄문(嚴問)하시는데, 실제

55. **자처(自處)** 자결.
56. **소세(梳洗)** 얼굴을 씻고 빗질을 함.

잡수신 일이 없으셨건만 차마 두려워 변명도 못하는 성품이신 터에 하도 화급하게 물으시는 바람에 하는 수 없이,

"먹었나이다." 하셨다.

대왕께서,

"누가 주더냐?"

하셨지만 누구라고 말할 데가 없어,

"소주방 큰 나인 희정이 주더이다."

하시니 영조께서 대노하시어,

"네가 금주하는 때 술을 먹어 광패(狂悖)[57]하게 구느냐?"

하고 엄책하셨다. 이에 보모 최 상궁이,

"술 잡수셨다는 말씀이 억울하오니 술 냄새가 나는지 맡아 보소서." 하였다.

그 상궁이 아뢴 뜻은 술 들어온 일이 없고 잡수신 바도 없어 차마 원통하여 그리 아뢰었던 것이다.

그러자 경모궁께서는 영조대왕 앞에서 최 상궁에게,

"내가 먹었다고 아뢰었으니 자네가 감히 말할 것이 있는가? 물러가라."

하고 말하셨다.

보통 때는 상전에서 주저하여 말씀을 못 하시더니, 그날은 원통히 꾸중을 들었기 때문에 그렇게 말씀을 잘 하셨던가.

---

[57] **광패(狂悖)** 도의에 어긋나고 광포함.

그때 두려워서 벌벌 떠시던 중에도 그렇게 말씀하시는 일이 다행스러웠는데, 영조께서는,

"네가 내 앞에서 상궁을 꾸짖다니? 어른 앞에서는 견마(犬馬)도 꾸짖지 못하는데 그리하는가?"

하고 더 격노하셨다. 이에 경모궁이,

"감히 와서 변명하기로 그리하였사옵니다."

하고 얼굴을 낮추어 아랫사람의 도리를 다하셨다.

그러나 금주령이 내려진 때에 동궁에게 술을 드렸다고 희정을 멀리 귀양보내시고, 대신들을 인견(引見)하라 하셨다. 우선 춘방관이 먼저 들어 타일러라 하오시니, 그날 억울하고 슬퍼서 충천하는 장기(壯氣)가 다 나오시어 병환 계시오나 겉모양으로는 모르더니, 춘방관이 들어오자 처음으로 호령하셨다.

"너희 놈들이 부자간에 화해하도록 하지는 못하고, 내가 이렇게 억울한 말을 들어도 너희들은 말 한마디 아뢰지 않고 감히 들어오려 하느냐? 다 나가라."

춘방관 하나는 누구였는지 모르나 그 중 하나는 원인손(元仁孫)이었다. 원인손이 무어라 아뢰고 빨리 나가지 않으니 경모궁께서 화를 내시어,

"어서 나가라."

하고 쫓아내시다가 촛대 한 개가 거꾸러져 낙선당 온돌 남창에 닿아 불이 붙었다.

그러나 불 잡을 이가 없어 불기운이 급한지라, 경모궁은 춘방을 따라 낙

선당으로 해서 덕성합(德城閣) 내려가는 문으로 내려가셨다. 일변 춘방은 쫓겨 나가고, 매양 숭문당에서 인견하시던 대전(大殿)에 입시(入侍)하기 위해 손이 집현문(集賢門)이 닫힌 관계로 창덕궁 동문을 돌아 시민당 앞에서 덕성합 서연소대(書筵召待)하는 집을 지나 보화문(普化門)으로 들어서고 있었다. 춘방이 나가고 입시하던 손이 덕성합 앞을 막 지날 즈음에 경모궁께서 소리 높여,

"너희들이 부자간을 나쁘게 만들고 녹(祿)[58]만 먹고, 간(諫)하지 않으면서 입시하러 들어가니, 저런 놈들을 무엇에 쓰랴?"

하시고 모두 쫓아버리셨다. 그 과하신 행동이 어떠했으리오.

그러는 동안에 불기운이 급하여 원손(元孫)을 관희합에 두었는데, 낙선당과 관희합이 한 일(一)자로 있어서 두어 칸 사이인데 불의에 화재가 나니, 내가 경황없이 원손을 데려오려고 달려갔다. 그때 청선(淸璿)을 가진 지 오륙 삭임에도 반칸이나 되는 섬돌을 바삐 뛰어 내려가서 자는 아기를 깨워 보모에게 안겨 경춘전(景春殿)으로 가게 하였으나, 관희합은 구하지 못할 줄 알았다.

그러나 기이하게도 지척의 관희합은 불이 미치지 않고 휘돌아서 기와도 연하지 않은 양정합(養正閣)에 달하였으니, 임금 되실 이가 계신 관희각이 화재를 면한 것이 이상하였다. 화재가 갑자기 났으므로 영조께서는 아드님이 화가 나서 불을 지르신 게 아닌가 하고 노여움이 십 배나 더하시어

---

[58]. **녹(祿)** 벼슬아치에게 봉급으로 주는 쌀, 보리, 명주, 돈 따위.

함인정(涵仁亭)에 신하들을 모아 두시고 경모궁을 불러 호통을 치셨다.

"네가 불한당이냐? 불은 왜 지르느냐?"

그때의 설움이 가슴에 맺히셨는데, 거기서도 그 불이 촛대가 굴러 난 불이라는 사실을 여쭙지 않으시고, 변명을 하지 않으시고 스스로 방화한 듯이 하시니 절절이 슬프고 갑갑하였다. 그날 그 일을 지내시고 나서 가슴이 막히시어 청심환(淸心丸)을 잡수시고 울화를 내리셨다.

"아무래도 더는 못 살겠다."

경모궁께서는 그 즉시 저승전(儲承殿) 앞뜰의 우물로 가셔서 떨어지려 하셨다. 그 놀라운 경상(景狀)과 끔직한 형용을 어찌 말하리오. 가까스로 구하여 덕성합으로 나오시게 하였다.

부친이 그해 2월에 광주유수(廣州留守)를 맡아 내려가시게 되었는데, 외임(外任)[59]하시면 경모궁께서 더 이상 의지할 곳이 없음을 아신 영조께서,

"들어오라."

하시어 다시 올라오셨다.

대조께서 부친에게 지난 말씀과 걱정을 무수히 하셨다. 경모궁께서 술에 관한 일과 불에 관한 일을 말씀하시고,

"더 이상 서러워 살기 어렵습니다."

하시니 그 말씀 듣는 부친의 마음이 어떠하겠는가.

---

59. **외임(外任)** 지방관청의 벼슬자리.

이에 부친이 대조(大朝)께는,

"자애를 잃지 마소서."

하시고, 소조(小朝)께는,

"갈수록 효성을 닦으소서."

하시며 울면서 간절하게 부자께 아뢰었다.

경모궁께서는 지나친 행동을 하시다가도 장인이 아뢰고 훈계하시면 곧 수그러지셨다. 어찌 어찌하여 겨우 진정하신 듯하였다. 가을에 어머니를 잃어 서러운 정리 이를 데 없는 데다 경모궁의 병환까지 점점 심해져 내가 근심이 중중첩첩한데, 그때 광경을 당하여 하도 경황없이 지내다가 부친을 뵙고 서로 붙들며 울던 일이 이제도 눈앞에 본 듯하다.

5월 변란 이후 경모궁께서는 더욱 놀라 병환이 더해지시고 외조(外朝) 보는 데 지나친 행동을 하셨는데, 강연(講筵)도 더 드물고 차대(次對) 때나 억지로 기운을 차리고 나가시니 그때 무슨 경황이 있으리오. 더구나 울적한 심사를 견디지 못하여 대조께서 거동을 나시면 후원에 가서 활도 쏘시고 말도 타시고 병기를 가지고 나인들을 데리고 노시니, 내관들이 나팔과 북까지 쳤다고 하였다.

그해 7월에 인원왕후가 칠순이 되시어 기로과(耆老科)[60]를 보이시고 후원에서 진하(進賀)를 하시는데, 어찌 된 일인지 경모궁을 참여케 하셨다. 진하를 무사히 지내고 오신 뒤 무척 좋아하시던 일로 보아도, 분명히 대조

---

[60]. **기로과(耆老科)** 60세 이상 노인들만 보던 과거. 영조 때 처음 시행함.

께서 화색(和色)으로 불쌍히 여겨 타이르시고 조금 견딜 만큼만 하셨다면 어찌 그 지경에 이르렀으리오. 부자 두 분이 스스로 뜻대로 못하시는 듯 그런 행동을 하시니 다 하늘의 뜻이지만 그저 원통할 뿐이었다.

능행수가(陵幸隨駕)[61]를 이십이 세가 되도록 못 하여 이제나저제나 가실 수 있을까 기다리다 한 번도 못 가시어 그 일도 슬프고 울화가 되시더니, 병자년 8월 초에 처음으로 명릉(明陵)에 수가하시니, 속이 시원하고 기뻐 목욕하시고 정성을 다한 뒤 요행히 탈 없이 다녀오셨다.

인원왕후·정성왕후·선희궁께 각각 글월을 올리시고 자녀에게까지 편지하신 그 필적이 지금도 내게 있으니, 그런 일은 조금도 병환 계신 이 같지 않았을 뿐만 아니라 순조롭게 환궁하신 것을 큰 경사같이 아셨다. 능행을 다녀온 후 한동안은 꾸중 들으신 일이 없으니, 그것은 정처가 8월 초생(初生)에 딸을 얻음으로써 대왕이 기쁘셔서 그러신 것이다. 인지상정으로 생각하면 그 누이는 그리 총애를 받으시고 당신은 뜻을 얻지 못하시니, 응당 어떤 마음이 계실 듯하나, 그때까지 불효하신 기색이 없이 순산한 일을 기특히 여기셨다. 처음으로 능행에 따라가시게 된 건 선희궁께서 정처에게,

"지금껏 능행수가를 못 한 것은 민심도 괴이하게 여길 것이다."

하시며 정처에게 여쭙도록 한 모양이었다.

그해 윤9월에 청선이 태어나니 전 같으면 오죽 좋아하셨으리오마는 들

---

[61]. **능행수가(陵幸隨駕)** 능에 거둥하는 임금을 수행하는 것.

어와 보신 일이 없었으니 병환이 심하신 걸 알 수 있었다. 오래지 않아 부친이 평양감사를 하시어 당일로 떠나시는 걸 민망히 여기더니, 그해 동짓달 열흘에 덕성합에서 마마병에 걸리셨다. 증세가 극히 순조로우나 마마꽃이 심하게 돋아 더욱 두려워하였지만 다행히 수그러져서 성두(成痘)로 지내시니, 이십이 세 춘추에 격화(激火)가 이를 것 없으시온데 고이 나으셨으니 그런 경사가 어디 있겠는가.

선희궁께서 가까이 오시어 주야로 머무르시며 걱정하시고, 원손(元孫)은 공묵합(恭默閤)으로 피하시고, 나는 좁은 방에서 병구완하느라 한곳에서 지냈다. 그때 추위가 심하고 삼면에 얼음벽인데도 그 중병을 순조롭게 지내시니 그런 종사(宗社)의 큰 경사가 없었으나, 대조께서는 그 병환에 한 번도 친림(親臨)[62]하신 일이 없으셨고 부친은 관서에 멀리 계시고 나만 혼자 아득히 애쓰던 일을 어찌 다 글로 쓰리오. 경모궁께서는 마마가 완쾌되신 뒤로는 경춘전(景春殿)에 와서 조리하셨다.

정축년 2월 14일에 정성왕후께서 숙환(宿患)이 갑자기 중하게 되시어 손톱이 모두 푸르게 변하고 토하신 피가 한 요강이나 되었는데, 빛이 붉은 피가 아니고 검고 괴이한 것이 예전부터 오랫동안 모인 것이 나온 것이어서 매우 놀라웠다. 나는 먼저 가고 경모궁께서 바로 뒤쫓아가셨는데, 토혈하시고 매우 위태로운신지라, 토하신 그릇을 붙들고 눈물을 흘리시니 보는 사람이 누가 감동하지 않으리오.

---

[62]. **친림(親臨)** 임금이 몸소 어떤 장소에 나타나는 것.

대조께 미처 아뢰지 못하고 그릇을 들고 중궁전 장방(中宮殿長房)[63]에 친히 나가시어 의관에게 보이려 하셨다고 한다. 비록 지극한 자애를 받고 계시나 친생(親生)과 달라 간격이 계실 듯하나 천성이 효성이 지극하고 착하시기 때문에 스스로 발하여 그러하신 것이니, 누가 그 경모궁에게 병환 계신 줄 알겠는가. 밤에 정성왕후께서 병환 끝에 어찌 늦게까지 계시랴 하시며 그만 돌아가라고 간곡히 권하여 돌려보내시어, 삼경쯤 되어 경춘전에 잠깐 내려가 계시다가 새벽에 나인이 와서,

"깊은 잠이 드시어 아무리 여쭈어도 대답이 없사옵니다."

하고 아뢰는 바람에 경모궁께서 깜짝 놀라 달려가시어 보니 깊이 잠드신 듯 아무리 여쭈어도 응하심이 없어,

"소신이 왔나이다."

하고 수천 번을 여쭈어도 모르셨다.

날이 밝은 후 위에서 아시고 오셨다. 양전(兩殿) 사이가 극진하지는 못하시나 병환이 위중하셨기 때문에 오신 것이다. 경모궁께서는 아버님을 뵈옵고 황축(惶縮)[64]하여 우시며 하시던 일도 못하시고 전신을 움츠려 고개를 들지 못하시니, 그 병환의 몸으로 그토록 속으로 울고 하시는 모양에 사람들이 감동하여 눈물을 흘리고 흐느껴 울었다.

아무리 부왕이 무서워도 무릅쓰고, 울면서 인삼차를 연하여 흘려 넣으시며 병환 증세나 말씀하시면 대조께서 보시기에 좀 나으실 터인데도, 좀

<hr />

[63] 중궁전 장방(中宮殿長房) 왕비에게 소속된 서리(書吏)가 거처하는 곳
[64] 황축(惶縮) 황송하여 몸을 움츠림.

은 방 한구석에 황송하게 엎드려만 계시니, 아까 울고 서러워하시던 일을 대조께서 어찌 아시리오. 영조께서 옷차림과 행전을 치신 모양까지 걱정하시고,

"내전 병환이 이러 한데 몸을 어찌 그리 갖느냐?"

하고 또 꾸중하시니 천지간에 터질 듯 갑갑한 심정에 아까 그 지극하시던 모양이 다 감추어지셨다.

"아까는 저렇지 않으셨습니다."

할 수도 없고 위에서는 불효를 저지르고 버릇없다고 하시니, 선희궁께서 애쓰시는 것과 내 속이 타는 듯함을 어디다 비하겠는가.

이때 공교롭게도 일성위(日城尉)[65]의 병환이 위중하시다 하여 옹주를 내보내시고 영조께서 마음이 산란하신 중이었는데, 문안이 점점 위급하시어 십오일 신시에 마침내 승하하셨다 하니 망극하기 이를 데 없었다.

동궁은 관리합(觀理閤) 아랫방으로 내려오셔서 발상(發喪)[66]하려 하시고, 나도 발상하려고 고복(皐復)[67]을 막 하려고 하는데, 위에서 허다한 나인들과 양전이 서로 만나시던 말씀과 이때 이리 여의신 말씀을 길게 하시니, 날이 저물어서 동궁께서는 가슴을 치시며 애통해하시고, 때는 어기되 발상을 못 하고 당황하시더니, 일성위의 부음(訃音)마저 전달되었다.

위에서는 그때서야 애통해 하시어 즉시 거둥을 하시니, 신시에 운명하

---

[65] **일성위(日城尉)** 영조의 9녀인 화완옹주의 남편인 정치달.
[66] **발상(發喪)** 머리를 풀고 슬피 울어 초상이 난 걸 알리는 일.
[67] **고복(皐復)** 초혼(招魂)하고 발상(發喪)하는 의식.

섰는데 저물어서야 발상을 하니 그런 망극한 일이 어디 있으리오. 16일에 야 습(襲)을 하고 영조께서 환궁하심을 기다려서 염(殮)을 하였다. 동궁께서 하늘을 부르짖고 몸부림치심이 과하시고 때때로 봉심(奉審)[68]하시고 눈물을 줄줄 흘리시니, 친생 모자간이라고 한들 이보다 더하리오. 경모궁께서 애통해 하시는 모습을 부왕께서 보시면 혹 감동하실까 하였으나, 환궁후 뵈올 때 그저 황송한 모양으로 엎드려 계셔서 종시 우시는 모양을 보지 못하시니 갑갑하고 이상하지 않으리오.

정성왕후께서 상시에 대조전(大造殿) 큰방에 거처하시나 주무시는 일과 감기만 계셔도 건넛방에 와 계시더니 환후가 위중하시어,

"대조전이 어찌 지중하건대 내 이 집에서 몸을 마치리오?"

하시고 서쪽의 관리합으로 바삐 내려오셔서 승하하셨다.

염한 후에 경훈각(景熏閣)에 모셔와 관에 넣으니 빈전(殯殿)이 되었고, 옥화당(玉華堂)에 동궁의 거려청(居廬廳)[69]이 차려졌다. 다섯 달 동안 거기서 거처하시며, 조석전(朝夕奠)과 조석상식(朝夕上食) 후 주다례(晝茶禮)에 연하여 참례하셨다. 어떤 날은 여섯 번의 곡읍(哭泣)을 거의 다 하셨고 나는 관리합의 맞은편 방 융경헌(隆慶軒)에 있었다.

인원왕후께서 칠순이 넘으시니 심히 쇠약하여, 정성왕후 국상 후 무척 슬퍼하시던 중 그달 그믐이 되어 병세가 다시 더해져 대왕대비전(大王大妃

---

68. **봉심(奉審)** 임금의 명을 받들어 능을 보살핌.
69. **거려청(居廬廳)** 상제가 거처하는 곳.

殿)의 장방(長房)에 피해 계시다가 3월 26일에 승하하시니 망극할 뿐 아니라, 영조께서 망칠(望七)[70] 노경에 큰일을 당하시어 그 애통함이 지나치셔서 더욱 망극하였다. 인원왕후의 성덕이 탁월하시어 궐내 법도가 인원왕후 계시로 지엄하였고, 동궁에 대한 사랑이 지극하실 뿐만 아니라 나도 각별히 사랑하시던 그 은혜를 어찌 다 기록하리오. 동궁을 사랑하심에 정을 다하시어 특별한 음식을 자주 만들어 보내셨는데, 궐내 음식 중 인원왕후 전 음식이 별미에 진수성찬이었다.

점점 소조(小朝)의 난처한 소문을 들으시고 깊이 근심하시더니 나를 보시면 가만히,

"얼마나 민망하냐?"

하시며 위로해 주셨다.

동궁의 상복 모습을 차마 보시지 못하고,

"저리 하고 있으니 가뜩이나 울게 한다."

하고 자주 걱정하셨다.

그리고 법을 엄히 하시어 옹주네가 감히 빈궁과 어깨를 나란히 하여 좁은 방이라도 함께 있지 못하게 하시더니, 화순옹주가 계시나 병으로 말미암아 몸을 잘 쓰지 못하고 화유옹주만 있어서 나를 따라다녔는데, 좁은 방에 앉을 때 어찌하여 내 어깨와 나란히 하였는지,

"빈궁이 얼마나 중하신데 제가 감히 그러하랴?"

---

70. **망칠(望七)** 일흔을 바라본다는 의미로 예순한 살을 말함.

하시며 분개하셨다. 그리고 병환이 위중하신 중에도 체모를 엄히 하신 것을 감탄하였다.

정성왕후께서는 그 아드님 위하시는 마음으로 대조께서 동궁께 민망하게 대하시는 일이 한이 되시어 늘 답답히 여기시고, 지나친 행동의 소문이나 들으시면 나랏일을 근심하시어 선희궁에 매양 왕복하시고 지성으로 걱정하셨다.

달을 이어서 두 성모(聖母)가 승하하시니 궁중이 텅 비고, 지엄하시던 법도가 어느 사이에 무너져서 한심스럽기 짝이 없었다. 경모궁께서 그 할머님의 자애를 많이 입고 계셨으므로 애통하심이 각별하였으니, 두 부자 사이만 예사로우셨다면 얼마나 좋았으랴.

영모당(永慕堂)에서 염습(殮襲)[71]을 하고 경복전으로 오르시고, 빈전은 통명전에 정하시고 그믐날 입관하시니, 그날 흰 판자에 흰 비단을 덮어 평소에 자전께서 후원을 출입하시던 요서문(耀西門)으로 본 처소 나인들이 상여를 메고, 위의(威儀)는 대례 받으실 때 같이 하여 모셨다. 대조거려청(大朝居廬廳)은 체원합(體元閤)으로 하였다.

영조께서 환후 때부터 초조하여 어찌할 바를 모르시고 주야로 머물러 약시중을 드시고, 인산 전에 다섯 달을 조전(朝奠)[72]부터 여섯 때의 곡읍(哭泣)을 한 때도 거르신 일이 없으시니, 춘추 예순 넷이시건만 그러하신 효성과 그러하신 정력이 어디 다시 있으리오. 당신은 이러하시나 아드님

71. **염습(殮襲)** 죽은 사람의 몸을 씻기고 옷을 입히고 염포로 묶는 일.
72. **조전(朝奠)** 장사를 지내기 앞서 아침마다 영전에 드리는 제사.

께서 하시는 일은 본심은 모르시고 나쁘고 잘못하는 줄로만 아시니, 두 성모(聖母) 안 계시고 궐내 모양이 말이 안 되니 더욱 망연하였다.

대저 두 부자 사이가 좋지 못하신 이유가 또 있었다. 다름아니라 신미년 동짓달에 현빈궁(賢嬪宮)[73]의 상사가 났는데, 영조께서 효부(孝婦)를 잃으시고 애통해하시어 장례에 친히 임하시고 간곡하게 돌보셨다. 그렇듯 하시다가 그곳 나인 중에 소위 문녀(文女)라는 여자를 상사 후 가까이 하시어 수태(受胎)하셨다. 그 오라비는 문성국(文性國)이란 놈인데 그것을 별감(別監)으로 사랑하시고 누이도 총애하여 계유년 3월에 옹주를 낳으시니, 그때 인심이 소요하여 들리는 말로,

"그 남매가 아들을 못 낳아도 다른 자식이라도 데려다 아들을 낳았다고 속이려 한다."라는 괴이한 말과 함께,

"그 어미는 중에서 환속(還俗)한 것인데 딸의 해산에 들어왔다."
라는 말까지 낭자하였다.

문성국이 제 무슨 심장으로 동궁께 그리 흉악한 뜻을 품었던지 요악하고 간흉한 놈이었다. 별감에서 사약(司鑰)으로 승진하고, 누이는 신미년 겨울부터 은혜를 입어 남매의 총애가 극에 달하였다. 영조께서 어려서부터 계시던 집이 건극당(建極堂)인데 효장세자에게 주어 현빈(賢嬪)이 거기에 머물러 있었으므로 신미년 상사 때도 거기서 지냈다. 그 아래 고서헌(古書軒)이라는 집에 문녀를 두어 해산케 하고, 갑술년에 또 딸을 낳았다.

---

[73]. **현빈궁(賢嬪宮)** 효순왕후.

후원 중정문 밖에 문녀의 차지내관(次知內官)[74] 전성해를 두셨는데, 문성국이도 그 내관 처소로 와 뵈오니 양궁(兩宮) 사이가 좋지 못하신 것을 알고 그 틈을 타서 동궁께서 하시는 일을 전부 염탐하여 고자질해 올렸다. 동궁 하시는 일을 누가 고자질하리오마는 문성국은 세력을 믿고 무서운 마음이 없어, 동궁의 사소한 일까지 알아내어 듣는 족족 대조께 여쭈었다. 또한 문녀도 모든 소문을 다 여쭈니 모르실 때도 의심하시던 터에 날로 동궁의 험담만을 들으시니, 대왕이 갈수록 답답하실 수밖에 없었다. 국운이 불행하여 요녀(妖女)와 간적(奸賊)이 일어나는 일이 슬프다. 그 남매가 여쭙는 일은 의심 없이 사실로만 아시고 무슨 곡절로 그러는지는 모르셨다.

병자년에 부릴 나인이 없어서 세자궁과 빈궁 사약 별감의 딸을 나인으로 뽑으려 하였다. 이것은 동궁께서 생각하신 일이 아니고 내가 나인이 없어서 뽑자고 말하여 사약 김수완의 딸을 잡고 별감의 자식도 잡았는데, 아침에 그리하였던 일을 낮에 벌써 아시고 동궁을 불러,

"네가 어찌 내게 아뢰지 않고 나인을 함부로 뽑았느냐?"
하시며 꾸중이 대단하셨다.

그때 놀랍기 이를 데 없었다. 김수완이 문성국과 친한 족속이니 제 자식을 들여놓지 않으려고 성국에게 급히 청하여 대조께 아뢴 것이 분명하였다.

병자년에 마마병으로 오래지 않아 대고(大故)[75]를 당하시니, 슬퍼하시고

74. 차지내관(次知內官) 궁중의 일을 맡은 내관.
75. 대고(大故) 부모의 상사.

마음을 많이 쓰시어 병환이 점점 더하시고 지나친 행동이 잦아지셨다. 성국은 듣는 말마다 모조리 아뢰어 두 분 사이가 더욱 망극하였다. 다섯 달 동안 빈전인 경훈각에 곡하러 가시면 대조께서는 옥화당에 가셔서 무슨 일이나 잡히면 꾸중을 하시고, 동궁이 통명전에 가시면 또 꾸중하시니 화가 불같이 일어나셨다. 사람 모인 데나 나인들이 많은 데서 허물을 드러내셨다.

통명전에 인원왕후전 나인들이 매우 많았던 7월 한창 더운 때 여러 가지로 동궁을 꾸짖으시니, 그대로 격화(激火)와 병환이 더 심하셨다. 내관들에게 매질하시는 일이 그때부터 더 많아지셨다. 초상에 슬퍼하시던 일과 비기면 상중에 매질은 잘못하시는 일이고, 정축년부터 의대(衣帶)의 탈이 나시니 그 말을 어찌 다 하리오.

다섯 달 동안 지극한 어려움을 지내시고 6월에 정성왕후 인산이 되니, 슬퍼하심이 초상과 다름없어 성 바깥까지 나오시어 상여를 곡송(哭送)하여 애통해 하시니 백관군민(百官軍民)이 모두 감읍(感泣)하였다. 본디 마음이 나오시면 이러하시건만 그런 진정을 부왕께서는 모르시고 곡송하고 들어오실 때와 반우(返虞)[76]를 맞아 곡을 하러 나가실 때 무슨 탈이나 조건은 다 생각지 못하고, 그때 가뭄이 있자 격노가 심하여 엄교(嚴敎)가 많으시니, 그 밤에 덕성합 뜰에서 휘녕전(徽寧殿)을 바라보시고 슬피 울면서 죽고자 하시던 일을 어찌 다 적으리오.

---

[76] **반우(返虞)** 장사 지낸 뒤 신주를 집으로 모셔오는 일.

그 6월부터 화증이 더하시어 사람 죽이기를 시작하셨다. 그때 당번내관(當番內官) 김환채를 먼저 죽여서 머리를 들고 들어오시어 나인들에게 보이는데, 내가 그때 사람의 머리 벤 것을 처음 보았다. 그 흉하고 놀라움을 어찌 이를 수가 있으리오. 사람을 죽이고야 마음이 조금 풀리시는지 그때 나인 여럿이 상하니 마음이 매우 갑갑하여 선희궁께,

"병환이 점점 더하시니 어찌함이 좋겠나이까?" 하고 여쭈었다.

선희궁께서 놀라 음식을 끊고 자리에 누워 근심하셨다.

7월이 인원왕후의 인산인데 그때 큰비가 내리건만 대조께서 능소(陵所)까지 가시어 효성을 다하시는데, 동궁은 효성이 부족한 건 아니나 병환이 점점 더하시어 사람 죽이시는 길이 나시니, 사람들이 두려워하며 언제 죽을지 몰라 하니 그런 모양이 어디 있으리오. 부친이 관서(關西)에서 5월이 되어 환조(還朝)하시니 영조께서 반기시어 애통해 하셨다. 동궁도 뵈오니 그 사이에 큰 병환을 겪으시고 대고(大故)를 만나시어 병환으로 근심이 많아 우리 부녀가 서로 붙들고 슬퍼하였다.

그해 9월 경모궁께서 인원왕후전 침방(針房) 나인인 빙애[77]를 데려오셨다. 그 나인은 현주의 어머니인데 그 나인을 오랫동안 마음에 두고 계시다가, 화증이 점점 나시며 마음 붙일 데가 없으신 데다 인원왕후가 안 계시니 당신의 말을 누가 여쭈랴 하고 데려다 방을 꾸미고 살림을 갖추었다. 그 사이에 나인을 가까이 하시나 나인들이 순종하지 않으면 때려서 피가

---

[77] **빙애** 사도세자의 후궁.

흐르고 살이 터진 후에라도 가까이 하시니 누가 좋아하겠는가. 가까이 하신 것들이 많았으나 한때만 그리하시고 대수롭게 여기시는 일이 없으셨고, 심지어 자식을 낳은 양제라도 조금도 용서하심이 없었다. 그러시던 분이 빙애에게는 그리도 대수롭게 대하시니, 그것의 인물이 요악한지라 동궁에 무슨 재력이 있으리오.

그때부터 내사(內司)[78] 쓰기를 비로소 하시니 얼마나 민망하겠는가. 내사 관원들이 그런 사실을 아뢰지는 않았으나 어찌 위에서 모르시며 문성국이 아뢰지 않았으리오. 9월에 나인 빙애를 데려다 놓은 일을 대조께서 동짓달에 비로소 아셨다. 마침 그날이 바로 동짓날인데 대조께서 크게 화를 내시어 동궁을 부르시고,

"네가 감히 그리하였느냐?"

하고 크게 꾸짖으셨다. 드러난 허물이 없어도 엄책이 심하셨는데 하물며 이런 경우에야 오죽하였겠는가.

"그 나인을 당장 잡아내라."

하셨지만 그때 상황이 동궁께서 그것에게 혹하여 한사코 못 나가게 하셨다.

이에 대조께서,

"어서 잡아 오라."

하고 더욱 노하여 재촉하셨다.

---

[78] 내사(內司) 궁중에서 쓰는 쌀, 옷감, 노비 등에 관한 사무를 보는 관청.

동궁께서는 내보내지 않고 사생(死生)으로 위협하여 안 보내시니 일이 매우 급하게 되었다. 그러자 동궁께서는 빙애의 얼굴을 위에서 모르시므로 같은 또래 침방나인을 빙애라고 속여 내보내셨다. 대조께서는 갑자년 후로 나를 사랑하심이 각별하셨다. 대개 그 아드님께 언짢아지면 처자도 한가지로 미우신 것이 상례이지만, 날 사랑하시고 내 자녀를 귀중히 여기시어 그 아드님 처자 같지 않게 하시므로 매양 천은에 감축하였다. 하지만 그 일로 인하여 불안한 폐단도 무수하였으니 어찌 다 형언하리오. 그때 대조를 모신 지 십사 년 만에 처음으로 지엄한 꾸중을 들었는데,

"세자가 빙애를 데려올 때 네가 알았을 터인데 내게 고하지 않았으니, 너조차 나를 속이는 법이 어디 있느냐? 네 남편의 정에 끌려 양제 때에도 네가 조금도 투기하는 일 없이 그 자식을 거두어 내가 인정 밖으로 알고 너를 좋지 않게 여겼었다. 그런데 이번에 상전(上殿)의 나인을 감히 데려다 저렇게까지 하는데도 내게 알리지 않을 뿐만 아니라 내가 오늘 알고서 묻는데도 즉시 대답하지 않으니 네 행동이 이럴 줄 몰랐다."

하고 땅을 두드리시고 꾸짖으셨다. 그 꾸지람을 받잡고 황공하여 아뢰기를,

"어찌 남편이 한 일을 위에다 이러저러하다고 하겠사옵니까? 소인의 도리가 그렇지 못하옵니다." 하였다.

이에 대조께서는 더욱 꾸중하셨다. 자애만 받잡다가 처음으로 엄한 꾸중을 들으니 그 송구함을 어찌 다 말하리오. 그때 그 나인을 몰래 정처의 집에 내보내고 감추어 두라고 하셨다. 그 밤에 대조께서 거려청 공묵합으

로 동궁을 부르시고 또 꾸중을 많이 하시니, 서러운 심정에 그 길로 양정
합 우물에 빠지셨으니 그런 망극한 광경이 어디 있으리오. 방지기 박세근
이라는 자가 급히 업어 내니 우물가에 얼음이 가득하고 마침 물이 많지 않
아 무사히 모셨다. 대조께서 그렇지 않아도 동궁을 멀리 하시는데 우물에
빠지시는 해괴한 행동까지 보셨으니 어찌 노하시지 않았으리오. 그때 대
신 들이 모두 그 광경을 목도(目睹)하였는데, 그때 영의정이었던 김상로
(金尙魯)란 자는 음흉하기 짝이 없어 동궁 뵈올 때는 동궁의 뜻을 맞추는
체하고, 대조께는 망극한 언사를 하기 일쑤여서 아주 흉측스러웠다.

부친은 동궁께서 꾸지람을 들으시고 우물에 빠지시는 일을 보시고 괴로
운 마음을 이기지 못하여 당신 처지를 돌아보지 않고 영조께 아뢰시기를,

"옛말에 부득어군(不得於君)이면 열중(熱中)[79]이라 하였사옵니다. 군신
도 그러하거늘 하물며 부자 천성이 아니옵니까? 자애를 잃으시고 전전하
여 저리 하시니 그 곡절을 생각하시도록 천만 바라옵나이다."라고 하셨다.

그러자 군신제우(君臣際遇)[80]가 천고에 드물어 추고(推考) 한번 당하시
는 일이 없었는데, 그날 아뢰는 말씀에는 매우 격노하시어 내게 노여워하
신 끝이라 내 죄를 겸하시어 삭탈관직을 명하셨다. 부친은 황황히 나와 성
밖 월과계라는 곳에 계셨다.

대왕과 동궁 두 분 사이의 지나친 행동은 그러시고, 백성들도 부친만 믿
다가 인심이 요란하여 어찌 될 줄 측량치 못하고, 나도 엄교를 처음으로

---

[79] **부득어군(不得於君)이면 열중(熱中)** '임금을 얻지 못하면 몸이 단다' 라는 뜻.
[80] **군신제우(君臣際遇)** 임금과 신하 사이에 의사소통이 잘 됨.

듣잡고 놀랍고 황공하여 하실(下室)로 내려갔더니, 오랜만에 부친을 다시 등용하시고 나를 부르시어 자애가 여전하시니 천만 가지가 황공한 때였으나, 지극하신 성은이야 뼈가 가루가 된들 어찌 다 갚겠는가.

신축년 정월 초닷새, 호동대방(壺洞大房)에서 씀.

3.

　무인년 초에 대조(大朝)께서 편찮아 계시는데도 소조(小朝)께서는 병환으로 문안을 못 하시니 날로 어렵게 되었고, 만나 뵈올 적마다 정신이 비산(飛散)¹하시니 그 형상을 어찌 말로 다 하리오. 정월에 월성위(月城尉)²의 상사(喪事)가 났는데, 화순옹주께서 혈속이 없으신 데다 일단 우직한 마음에 큰 뜻을 가지시고 17일을 음식을 들지 않으시어 마침내 상사가 났다.

　왕가에 이런 거룩한 일이 없으나 대조께서는 노부(老父)를 두고 당신 말씀을 듣지 않고 돌아가신 걸 불효라고 노하시어 정문(旌門)³ 청함을 허락하지 않으셨다. 소조께서 그 누님의 절렬(節烈)에 탄복하시어 많이 칭찬하시니, 그 병환 중에도

¹· **비산(飛散)** 날아서 흩어짐.
²· **월성위(月城尉)** 영조의 2녀 화순옹주의 남편 김한진(金漢藎).
³· **정문(旌門)** 충신이나 효자, 열녀를 표창하기 위해 집 앞에 세우는 붉은 문.

어찌 그리하셨던가 싶었다.

　정축년 동짓달의 변고 후 관희합에 머물러 계셨는데, 무인년 2월에 대조
께서 또 무슨 일로 불평하시어 소조 계신 데로 찾아오시니 어찌 눈에 거슬
리지 않으시겠는가. 숭문당에 오셔서 소조를 부르시니 동짓달 후 처음으
로 만나셨다. 여러 일들을 많이 꾸중하시고, 또한 사람 죽인 것을 응당 아
시고 바로 아뢰라고 추궁하셨다. 소조께서는 부왕께서 아시면 큰일이 나
는 일이라도 어전에서는 당신 하신 일을 바로 아뢰시는 성품이니, 이는 천
성이 숨김이 없어서이니 참으로 이상한 노릇이었다. 그날 그 말씀에 대답
하시길,

　"심화가 나면 견디지 못하여 사람을 죽이거나 닭 짐승을 죽이거나 하여
야 마음이 풀리옵니다."

라고 하시니 대조께서,

　"어찌하여 그리 하느냐?" 하셨다.

　이에 소조께서,

　"마음이 상하여 그리하옵니다." 라고 대답하셨다.

　"어찌하여 마음이 상하느냐?" 하시니,

　"사랑하지 않으시니 슬프고, 꾸중하시니 무서워서 그게 화가 되어 그리
하옵니다."

하고 사람 죽인 숫자를 하나도 감추지 않고 세세히 다 고하셨다.

　대조께서 그때 일시나마 천륜의 정이 통하셨던지 측은한 마음에 말하시
기를,

"내 이제는 그리 않겠다."

하시며 노여움이 조금 가라앉은 뒤 경춘전으로 오셔서 내게 말씀하시기를,

"세자가 이리저리 하니 그리함이 옳으냐?" 하셨다.

두 부자간에 그런 말씀은 처음이었다. 하도 뜻밖의 말씀이라 내가 졸지에 듣잡고 한편으로 놀라고 또 한편으로 기뻐하여 감읍(感泣)하여 눈물을 드리워 아뢰었다.

"그러하다 뿐이오리까? 어려서부터 자애를 받지 못하시어 한번 놀라고 두 번 놀라 마침내 심병(心病)⁴이 되어 그러하옵니다."

이에 대조께서,

"마음이 상하였다 하는구나."라고 하시기에,

"상하기 이를 데 없사옵니다. 은혜를 받자오면 그렇지 않으오리다."

라고 여쭈며 서러워서 울었다.

그제야 대조의 안색과 말씀이 좋아지셨다.

"그러면 내가 그리한다 하고 잠은 어찌 자고 밥은 어찌 먹느냐? 내가 묻는다고 하여라."

하셨는데 그날이 무인년 2월 27일이었다.

대조께서 관희합으로 가시는 걸 보고 또 무슨 변이 날까 혼비백산하여 애를 쓰다가 의외의 하교를 받잡고 하도 감격하여 울고 웃으며,

---

⁴ **심병(心病)** 마음속의 근심.

"이리하여 그 마음을 잡게 하시면 오죽 좋겠사옵니까?"

하고 절을 올리고 손을 비비며 축수하니, 대조께서 내 거동을 가엾게 여기시고 온화한 말씀으로,

"그리하여라." 하셨다.

이것이 어찌 되신 성교(聖敎)이신지 희한한 꿈과 같았다. 마침 소조께서 나를 오라 하시기에 뵙고 말씀드리기를,

"왜 묻지도 않으신 사람 죽인 말씀을 하셨사옵니까? 스스로 그런 말씀을 하시고 나중에 남에게 탓을 돌리시니 아니 답답하옵니까?"

라고 여쭈니 소조께서,

"알고 물으시니 다 말씀드릴 수밖에." 라고 대답하셨다.

"무엇이라 하시더이까?" 하고 다시 여쭈오니,

"그리 말라 하셨다." 하시기에,

"이렇게 듣자오니 이후는 두 부자 사이가 다행히 좋아지겠사옵니다." 하였다.

이에 소조께서 화를 벌컥 내셨다.

"자네는 사랑하는 며느리인지라 그 말씀을 곧이 듣는가? 일부러 그리하시는 말씀이니 믿을 수 없소. 필경은 내가 죽고 말 걸세."

이러실 때는 마치 병환에 계신 이 같지 않았다. 아까 부왕께서 흐뭇하게 천륜으로 말씀하셨으니 믿지는 않더라도 한때의 말씀이나마 감축하여 울었고, 소조께서 병환 중 능히 하시는 밝은 소견을 들으니 또 울게 되었다. 대저 하늘이 부자 두 분 사이를 그토록 하시게 하여, 아버님께서는 말고자

하시다가도 누가 시키는 듯 도로 미움이 생기시고, 아드님은 뵈옵는 때마다 속이는 일 없이 당신 과실을 고하시니, 이는 천질(天質)이 착함이었다. 조금 예사로우시면 어찌 이렇게 하리오. 하늘의 뜻이 어찌하여 조선국(朝鮮國)에 이 같은 만고에 없는 슬픔을 끼치셨는지 애통할 뿐이었다.

이때 의대병(衣襨病)[5]이 극심하시니 그 어찌 된 일인가. 의대병환은 형용할 수 없는 괴이한 병이니 대저 옷을 한 가지 입으려 하시면 열 벌이나 이삼십 벌이나 하여 놓는데, 귀신인지 무엇인지 위하여 놓고 혹은 불사르기도 하고, 한 벌을 순하게 갈아입으시면 천만다행이요, 시종 드는 이가 조금만 잘못하면 옷을 입지 못하여 당신도 애쓰시고 다른 사람도 다 상하니 이 아니 망극한 병인가. 어떤 때는 하도 많이 하시니 무명인들 동궁 세간에 무엇이 남으리오. 미처 짓지도 못하고 옷감도 얻지 못하면 사람 죽기가 순식간의 일이니, 아무쪼록 옷을 해 드려도 마음이 쓰이는지라 부친이 이 말을 들으시어 근심하는 탄식이 무궁하셨다.

내가 애쓰는 일이나 사람 상할 일을 민망히 여기시고 그 의대감을 이어 주시니 그 병환이 육칠 년에 걸쳐서 극히 성한 때도 있었고 다소 진정한 때도 있었다. 옷을 입지 못하여 애를 쓰시다가 어찌하여 조금 증세가 나아서 천행으로 한 벌 입으시면, 당신도 무척 다행한 것같이 여기시고 더럽도록 입으셨으니 그 무슨 병이던가. 천백 가지 병 중 옷 입기 어려운 병은 자고로 없는 병인데, 어찌 지존(至尊)하신 소조께서 이런 병에 드셨는지 하

---

[5] **의대병** 사도세자가 옷을 제대로 입지 못하던 괴이한 병.

늘에 물어도 알 길이 없었다.

정성왕후와 인원왕후 두 분의 소상(小祥)[6]을 차례로 무사히 지내고 두어 달은 극심한 탈 없이 무사히 지나갔지만, 국상(國喪) 후에 소조께서 홍릉(弘陵)[7]에 참배치 못하였으므로 마지못해 수가(隨駕)를 시키셨다. 그해는 장마가 지루하여 거둥하는 날에 큰비가 쏟아지니, 부왕께서 날씨가 이런 게 아드님을 데려온 탓이라 하시고 능에 미처 가지도 못하시고,

"도로 돌아가라."

하시며 소조를 쫓아 돌려보내고 대가(大駕)[8]만 가셨다.

소조께서 능에 참배하려 하시다 뜻을 이루지 못하셨으니 백관군민(百官軍民)의 소견인들 오직 괴이하랴. 무사히 환궁하시기만 축수하다가 이 기별을 듣고 선희궁 모시고 앉았다가 망연자실한 심정에 소조께서 밖에서 들어오시면 화증을 얼마나 내실까 하고 쩔쩔매었다. 소조께서 큰비를 맞고 도로 들어오시니 그 마음이 어떠하시리오. 격한 감정이 올라 바로 오실 수 없어서 경영고(京營庫)[9]에 들러 기운이 막 질리시는 걸 겨우 진정하고 들어오셨는데 그 모양이 얼마나 고통스럽고 흉하시리오.

그런 소조를 생각하니 그 일은 병들지 않으시고 대순(大舜)[10]의 효도가 아니고는 무척이나 서러우실 것이니 선희궁과 나는 서로 마주 잡고 울 뿐

---

[6] **소상(小祥)** 사람이 죽고 나서 일 년 후에 다시 지내는 제사.
[7] **홍릉(弘陵)** 영조의 원비(元妃)인 정성왕후의 능.
[8] **대가(大駕)** 임금이 타는 수레.
[9] **경영고(京營庫)** 한양에 있던 군영(軍營).
[10] **대순(大舜)** 중국 순(舜) 임금의 지극한 효심.

이었다. 소조께서도,

"점점 살 길이 없다."

하시고 그 후 옷을 잘못 입고 가서 그런 일이 났는가 하는 걱정으로 의대
증이 더하시니 실로 안타까웠다.

　그해 섣달에 대조께서 대단히 편찮으셔서 기묘년 정월 초하루에 혼전
(魂殿)[11]제사에 친림(親臨)하지 못하셨다. 문안 일도 갑갑해하여 혹 문후를
하여도 대조께서 부드럽게 보시지 않고, 소조께서도 병환이 심하시고 무
서워하시니 문안하려 하겠는가. 그래서 나는 문안 중 슬프고 한심하였다.
그때 영의정이 김상로(金尙魯)였는데, 소조께서 잘해 달라고 하시면 말을
음흉하게 하니, 정축년 동짓달 변(變)[12]의 은인이라고 하셨다. 대조의 병환
이 중하시니 국사를 어찌할까 근심하시는 말씀을 대신에게 자주 하시니,
그때 신하들의 처변(處變)이 실로 어려웠고, 대소조 사이에 말씀하시기가
지극히 어려웠다.

　김상로는 소조께는 흘러가는 듯이 좋게 말하며, 대조께는 성의를 받들
어서 울고 서러워하는 기색을 보이니, 말씀을 아뢰려 한들 침전에 선희
궁이 주야로 계시고 가까이서 시중드는 나인들이 있었으므로 말을 못하
였다.

　공묵합에 상제가 거처하는 데가 두 칸인데, 안방의 지게문 밑에 누우시
고 바깥방 한 칸에 삼제조(三提調)와 의관이 자리하니, 김상로는 머리 두

---

[11] 혼전(魂殿) 왕, 왕비의 국상 뒤에 3년 신위를 모시던 전각.
[12] 정축년 동짓달 변(變) 영조가 전위(傳位)하겠다는 분부를 내리자 사도세자가 졸도한 일.

신 데 바로 엎드려 있으므로 은밀한 말도 할 수 있으련마는, 안에 모신 이를 꺼려서 매양 방바닥에 손가락으로 써 보이니, 그때마다 대조께서는 문지방을 두드려 탄식하시고 김상로는 엎드려 슬퍼하였다. 그때 모습이 으뜸 되는 대신으로서 어찌 통곡할 일이 아니랴마는, 김상로는 음흉하게 전궁(殿宮) 사이에서 말을 하였으니 그럴 데가 어디 있으리오. 선희궁께서 항상 거기 계시다가 글자 써 보이는 것을 보시고 통분하며 흉한 일이라고 하셨다.

그 문안 중에 청연(淸衍)의 역질(疫疾)이 처음에는 가볍지 않더니 나중은 매우 순해지고, 대조께서도 설을 지낸 뒤 곧 나으시어 청연을 보시려고 친히 오셨으므로 그때는 경사롭게 지냈다.

기묘년 3월에 세손 책봉을 정하시고 효소전(孝昭殿)과 휘녕전(徽寧殿)에 참배하니, 소조께서 그 병환 중에도 세손 책봉하신 일을 기특히 여겨 기뻐하셨다. 병 증세가 심하실 때는 처자도 알아보지 못하시나 세손 귀하시기는 이를 데가 없어 군주(郡主)들이 감히 바라보지 못하고, 천출(賤出)들이 우러러 보지 못하게 명분을 엄하게 하셨다. 이런 때는 어찌 병자 같으리오. 두 성모(聖母)님의 삼년상을 마치고, 5월 6일 인원왕후 부태묘(祔太廟)[13]까지 하니 허전한 심사를 어찌 다 형용하리오. 부태묘 전에 예조(禮曹)에서 간선(揀選)[14]을 청하니, 효소전에 고하시고 간택하기로 정하여 6월에 가례를 행하였다.

---

[13]. **부태묘** 왕, 왕비의 삼년상을 지낸 후 신주(神主)를 태묘에 모시던 일.
[14]. **간선(揀選)** 왕, 세자, 세손의 배우자를 정함.

그때 소조께서 병환이 점점 깊으시니 불언 중 근심이 많았다. 선희궁께서 내게 말씀하시길,

"정성왕후 안 계신 후는 이 가례를 행하여 곤위(坤位)를 정하는 것이 응당한 일이다."

하시고 대조께 하례하시고 가례 차리심을 몸소 하여 정성을 다하시니, 임금 위하신 덕행이 거룩하시기 때문이었다.

이튿날 양궁(兩宮)이 중궁전에 조현(朝見)할 때 양전(兩殿)이 함께 받자오시니, 소조께서 행례를 지극히 공손히 하였는데 본성이 성효(誠孝)에 뛰어나신 걸 더욱 알 수 있었다.

윤 6월에 세손 책례(冊禮)[15]를 명정전에서 행하니 여덟 살이거늘 엄연히 훌륭하심을 어찌 다 이르리오. 외면으로 보면 당신 몸이 청정(聽政)하시는 저군(儲君)[16]이시고, 아들이 여덟 살 되어 세손 책례를 지내니 국세(國勢)가 태산반석 같고 무슨 근심이 있으랴마는, 궁중 사정은 조석을 보전치 못하여 지내니 갈수록 하늘을 우러러 물을 길이 없었다.

가을에서 겨울 사이에 가례하신 후 성심이 자연 한가하지 못하시어 드러난 일이 적으며, 겨우 그해를 보내고 경진년을 맞았는데, 그해 병환이 더욱 위독하시고 대조께서도 책망이 날로 심하시어 울화가 점점 성하시고 의대 병환이 극심하셨다. 걸어가다 갑자기 모르는 사람이 보인다 하시며 미리 사람을 보내어 금하시고, 나가실 때 혹 피하지 못하여 보이면 그 옷

---

15. **책례(冊禮)** 세자, 세손, 세제, 왕비, 세자빈 등을 책봉하는 의식.
16. **저군(儲君)** 왕세자를 말함.

을 못 입고 벗으시며, 비단 군복 한 벌을 입으시려면 군복 몇 벌을 이어서 불사르고 겨우 한 벌을 입으셨으니, 기묘, 경진년 사이에 군복 지어서 없앤 것이 비단 몇 궤인지 모르며 조금도 범연한 비단으로는 못 하니 그때 내 간장이 상한 줄 어찌 알리오. 이상한 건 정월 이십일일이 탄일(誕日)이니 그날만은 예사로 보내시면 좋으련마는, 그날 차대(次對)를 하시거나 춘방관(春坊官)을 부르시거나 하여 소조 말씀을 하시므로 그 일로 큰 근심이 되시어 갈수록 슬프고 애달파서 어느 해인들 탄일을 예사로이 잡수신 적이 있으리오. 그날 계속 굶으시고 궁중이 황황히 지내니 어찌 팔자가 그토록 기구하신지 그저 슬프기만 하였다.

경진년 탄일에 무슨 일로 울화가 올라 그날부터 부모를 공경하시는 말씀을 못 하시고 천지를 분별 못 하듯 노엽고 슬퍼하시어,

"살아 무엇하랴?"

하시며 선희궁께 공손치 못한 말을 많이 하셨다.

세손 남매가 문안하자 큰 소리로 호령하시며,

"부모 모르는 것이 자식을 어찌 알랴? 그만 물러가라." 하셨다.

겨우 구 세, 칠 세, 오 세의 어린아이들이 아버님 탄일이시라 용포(龍袍)[17]도 입고 장복(章服)[18]을 하고 뵈오려다 무서운 호령을 듣고 깜짝 놀라 두려워 어찌할 바를 모르고 떨던 모습이 오죽하리오.

병환이 심하시면 내게 괴롭게 구시고 어머님께는 그리 못 하셨는데, 그

---

[17] 용포(龍袍) 왕이 집무할 때 입는 용을 수놓은 옷.
[18] 장복(章服) 관대(冠帶).

날은 병환을 감추지 못하셨다. 전날 선희궁께서 비록 아드님의 병환 말씀을 들으셨으나 혹 과한 말인가 하시다가 처음으로 보시고 기가 막혀 말씀을 못하셨다. 칠순 어머님을 알아보지 못하시고 자녀를 자애하시던 정을 다 잊으시고 그리하시니, 선희궁 심사와 자녀들 놀란 기색이 차디찬 잿빛과도 같으니 그런 광경이 또 어디 있으리오. 내가 그때 뼈를 깎는 듯 슬퍼 곧 죽고 싶었으나 죽지 못하였으니 내 형용이 어찌 사람의 모양이리오.

그해 봄에는 병환이 날로 심하시어 주야로 초조해 하는 가운데 여름 가뭄으로 대조께서 또 근심하시고,

"동궁이 덕을 닦지 않은 탓이다."

하시며 차마 들을 수 없는 하교가 많으셨다.

여지없는 병환에 이렇게까지 하시니 차마 견디지 못하시어 근심은 무궁하고 한시라도 살 길이 없어 주야로 죽기만 원하셨다. 정처(鄭妻)가 나중에 세손(世孫)께 괴상하게 굴었지, 소조 일에는 스스로 몸을 버려서 동궁에 대한 성심이 풀리시게 간(諫)하지 못한 것이 죄라 하려니와, 그 오라버님이 두려워서 아무 일이라도 못하겠다고 하지는 않았다.

경진년에 병환이 더하신 후로 비로소 재물도 가져오시고 잘해 내라고 하셨다. 그 전에는 조용히 잘하여 달라는 말씀이나 하시더니, 격기(激氣)가 성하시고 슬픔이 극하신지라 저는 자애를 극진히 입고 나는 어찌 이러한가. 마치 그 누이 탓인 듯 참으시던 분이 다 터져서 다 잘하라고 하셨다. 정처가 무섭기도 하고 민망도 하여 자칫하면 위태롭다가도 무사하였다. 그 정처가 대조께 바로 여쭈면 일이 어떠할지 모르기 때문에 백방으로 도

모하여 무사하게 하여 아무런 탈이 없었고, 인견(引見) 하시면 소조 말씀이 나오기 때문에 인견 못 하시게 하라 하시고, 정처가 혹 나가면 그 사이에 또 무슨 일이 있을까 염려하시어 호령하시며 다시는 안 보겠다고 하시며 한동안 그 집에 나가지 못하게 하셨다. 그 양자 후겸(厚謙)의 관례(冠禮)를 6월 열흘께나 가서 지내려다 가지 못하였다. 당신의 병환과 당신의 일이 점점 어려워지자 한 대궐 안에서 지낼 수가 없었다.

홀연 대조께서 거처를 옮기시면 당신이 혼자 후원에 나가 군기(軍器)를 가지고 답답한 마음을 후련히 풀 수 있으리라는 생각이 나자, 불시에 정하시어 7월 초에 정처에게,

"아무래도 한 대궐 안에 살 길이 없으니, 윗대궐을 보자 하거나 무슨 계교를 쓰더라도 모시고 가라."

라고 부탁하셨다.

그 일을 하려 하실 때 날더러 정처에게 꼭 그렇게 되도록 시키라고 조르신 것이 오죽하리오. 그때 내가 겪은 고통은 사생(死生)이 한순간에 있었는데, 그 옹주가 어떻게 도모하였던지 대조께서 거처를 옮기신다고 하시어 초 8일로 택일하자, 초 6일에 그 옹주를 불러다 칼자루에 손을 대고 말씀하시길,

"이후에 내게 무슨 일이 있으면 이 칼로 너를 베리라."

하고 위협하셨다.

선희궁께서도 그 옹주를 어찌할까 염려하여 따라오셨다가 그 광경을 당하셨으니 심사가 어떠하시리오.

옹주가 울며,

"이후는 잘할 것이니 목숨만 살려주시오."

하고 애걸하자 소조께서 또 옹주를 졸랐다.

"이 대궐에만 있어 갑갑하고 싫으니 네가 나를 온양으로 가게 해주려느냐? 내가 습(濕)[19]으로 인해 다리가 허는 줄은 너도 잘 알 터이니 가게 해봐라."

하시니 옹주께서,

"그리 하리다." 하고 가셨다.

대조께서 이어(移御)[20]하시고, 소조에게 온양 거동령을 내렸다. 그 옹주가 대조께 간곡하게 청하였기에 이런 일이 순조롭게 되었지 그렇지 않고는 어찌 이어를 하시며 소조에게 온양을 가시게 하셨으리오. 과연 신통하였다. 이런 수단을 벌써부터 내어 두 부자 사이를 멀리해 보았더라면 나았을텐가. 그러나 모두가 하늘이 시키는 일이니 홀로 어찌하겠는가.

영조께서 거처를 옮기시는데 나가 보지 않는다며 소조께서 바둑판을 던져 내 왼편 눈이 상하여 하마터면 눈망울이 빠질 뻔하였으나 요행히 그런 지경을 면하였다. 그러나 붓고 상처가 심하여 이어하시는 데도 하직을 못하고 선희궁께도 낮으로 뵈옵지 못하니 떠나는 회포를 어찌하며 더는 살아갈 수가 없었다. 죽고자 하였지만 차마 세손을 버리지 못하여 단행치 못하니, 갖가지 어렵고 위태로운 일이 무수하였으니 어찌 다 쓰리오.

---

[19]. **습(濕)** 여름에 생기는 하초의 습기.
[20]. **이어(移御)** 임금이 거처를 옮김.

거처를 옮기시기 위하여 온양 거둥 결속(結束)²¹을 차려 7월 13일에 떠나시니, 선희궁께서 자모지정(子母之情)에 온양 행차를 어찌 갔다 오실까 근심하시고 잊지 못하시는 정리가 형용할 수 없으시어 찬합을 이어 만들어 보내셨다. 조카 이인강(李仁剛)이 공주영장(公州營將)이니 어찌 지내시는지 소문이나 알아들이라고 마음을 쓰셨으니 어찌 그렇지 않으시리오. 온양에 거둥하실 때 어찌 생각하셨는지 대조께서는 하직을 말고 바로 가라고 허락하셨다. 그때 거둥하시는 위의(威儀)가 쓸쓸하기 이를 데 없어 당신은 전배(前陪)²²를 많이 세우시고, 순령수 소리도 시원히 시키시고, 풍악 소리 크게 하여 가려 하셨으나, 부왕께서 마지못해 보내시는 것이니 어찌 그렇게 차려 주셨으리오. 그때 신하들인들 두 분 사이에 누가 감히 입을 벌리리오.

소천(所天)²³이 아무리 중하다 하나 망극하고 두려워서 내 목숨이 어느 사이에 마칠 줄 모르니, 마음으로는 뵈옵지 말기를 원하여 온양 가신 그 동안이 차라리 다행인 것 같았다. 부친의 초조하심과 두 분 사이에 어렵게 지내시던 일을 붓으로 어찌 다 기록하리오. 잠을 자고 날이 샐 때마다 부녀의 간장만 태우고 지냈으니, 이런 정경은 후세 사람이 상상하여도 짐작할 것이다.

소조가 온양에 행차하신 뒤에 세손이,

²¹· **결속(結束)** 멀리 떠나기 위해 몸단속 하는 것.
²²· **전배(前陪)** 벼슬아치의 행차 때 앞을 인도하는 아랫사람.
²³· **소천(所天)** 유교적 관념에서 아내가 남편을 일컫는 말.

"외숙과 수영(守榮)을 불러달라."

라고 하시고 또한 내 목숨이 조석에 달려 있으므로 친척들이 하직이나 하고자 아우와 동생 댁들이 궁중으로 들어왔다.

소조께서는 온양에 거둥하려 하실 때는 사람이 다 죽게 보이더니, 성문을 나가시자 울화가 내리셨는지 영을 내려 길에 폐를 끼치지 못하게 하시어 지나시는 길에 위엄을 세우고 은혜를 베푸시니 백성들이 고무하여 성명지주(聖明之主)[24]라 하였다.

행궁(行宮)에 드신 후에도 한결같이 덕을 베푸시니 온양 일읍(一邑)이 고요하고도 안정되어 왕세자의 덕을 찬양하였다. 그때 시원하신 듯 병환이 물러나고 본연의 천성이 동하신 듯하였다.

그렇지만 온양 소읍에 무슨 경치가 있으며 장려(壯麗)한 물색이 어디 있으리오. 십여 일을 머무르시자 또 답답하여 8월 초 6일에 환궁하시고,

"온양은 답답하니 평산(平山)이나 가자."라고 하셨다.

또 평산 가겠다고 말씀할 길이 없는 데다 평산은 좁고 갑갑하기가 온양만도 못하다 하여 그 길은 안 가시게 되었다. 그러나 그저 답답하시어 춘방관이며 신하들이,

"대조께 진현(眞見)[25]하소서."

라는 상서를 올리니, 가실 모양은 못 되시고 그 일로 큰 근심을 하셨다.

대조께서 세손을 자주 데려다 두시고 점점 근심이 중하시니, 연중(筵

---

[24] **성명지주(聖明之主)** 임금의 밝은 지혜를 갖춘 사람.
[25] **진현(眞見)** 임금을 뵈는 것.

中)²⁶에서 늘 탄식하시고 염려가 안 미치시는 데가 없었다. 자연 종사(宗社)를 위하여 세손을 믿으시며 나라를 세손께 의탁하셨는데, 세손이 숙성하고 영명하여 응대와 행동이 성심에 합당하시므로 사랑하시는 말씀을 자주 하셨다.

소조께서 연설(筵說)²⁷을 매양 사관(史官)에게 써오게 하셨는데, 그중에 세손을 칭찬하고 사랑하시며 나라의 중탁(重託)을 세손에게 맡기려 하노라, 하시는 대목에 미쳐서는 소조께서도 세손을 사랑하시나 제왕가(帝王家)의 부자간이 자고로 어려운데, 하물며 병환 중에 당신은 어려서부터 자애를 못 받은 것이 지극한 한(恨)이 되시온데, 자기 아들만 칭찬하시니 그 울화가 어떠하셨으리오.

세손 한 몸에 종사(宗社)의 존망이 있으니, 그 세손이 평안하셔야 나라를 보전할 것인즉, 세손을 무사하게 할 도리란 그 연설을 안 보시게 하는 데 있었다. 그리하여 내관에게 일러 사관이 써오거든 그 연설을 고쳐서 보시게 하고, 위급한 때면 내가 내관에게 친히 말하여 어떤 구절은 빼게 하였다.

그리고 이 사연을 부친에게 기별하여,

"아무쪼록 세손이 평안할 도리를 취하소서."라고 하였다.

부친은 지극한 충심으로 두루 주선하시어 그런 말은 밖에서 빼고 써오게 하였다. 부친이 험난한 때를 당하여 대조 은혜도 갚고 소조도 보호하

---

²⁶. **연중(筵中)** 왕과 신하가 의견을 나누는 자리.
²⁷. **연설(筵說)** 연중에서 임금의 질문에 답하는 글.

고, 세손도 평안하게 하려 하시니, 타는 듯한 걱정이 과하신 때는 격기가 성하시어 매양 관격증(關格症)이 발하셨다.

나를 보시면 하늘을 우러러 나라의 태평만 기원하시고, 세손을 보호하여 종사를 잇게 할 기틀이 그 연설을 못 보시게 하는 데 있으니, 우리 부녀의 초심하던 일은 상리(常理)의 인정일 뿐더러 그 고심하던 정성은 신명께서도 아실 것이다. 만일 대조께서 세손을 칭찬하시던 상교(上敎)를 소조께서 바로 뵈었다면 세손께 놀라운 일이 어느 지경까지 이르렀으리오.

이렇듯 신사년이 되니 소조의 병환이 더욱 심해지셨다. 대조께서 거처를 옮기신 후에는 후원에 나가 말 타기와 군기로 소일하시다가, 7월 후에는 그것도 싫증이 나시는지 뜻밖에 미행(微行)[28]을 시작하셨다. 처음 겪는 일이라 어이가 없고 놀랍기 그지없어 어찌 다 그 근심을 형용하리오. 병환이 나타나시면 사람을 상하게 하셨는데, 그때 의대 시중을 현주 어미가 들었다. 병환이 점점 더하시어 그것을 총애하시던 것도 잊으시고 신사년 정월에 미행하려고 옷을 갈아입으시다가 의대증이 발작하여 그것을 쳐서 죽이고 나오셨다.

대궐에서 이런 탈이 났으니 제 인생이 가련할 뿐 아니라 제 자녀가 있으니 어린것들의 정상은 더 참혹하였다. 대조께서 언제 들어오실지 몰라 시체를 한때도 둘 수 없어 그 밤을 겨우 새우고 시신을 내보내어 용동궁(龍洞宮)으로 호상소임(護喪所任)을 정하여 상수(喪需)[29]를 극진히 하여 주었다.

---

28. **미행(微行)** 지위가 높은 사람이 남루한 옷을 입고 몰래 다니는 것.
29. **상수(喪需)** 장사 치르는 데 드는 비용.

나중에 소조가 와서 들으시고 아무런 말씀도 하지 않으시며 정신이 없으시니 매일 망극하였다.

　정월, 2월, 3월을 다 미행으로 보내서 궁궐 밖 출입이 잦으시니 그때 내 마음이 얼마나 무섭고 조심스러웠으리오. 3월에 세손이 입학하시고 관례를 경희궁에서 하시니, 내 정리로 어찌 보고 싶지 않으리오마는, 소조께서 가실 모양이 못 되시니 내 무슨 낯으로 가보겠는가. 병이라 하고 못 가니 그런 정리가 어디 있으리오. 그해 2,3월에 연하여 이천보, 이후, 민백상 등 세 정승이 죽고, 대조께서도 편찮으시어 대신이 없는지라 3월에 부친이 대배(大拜)하셨다. 당신 처지로나 국세(國勢)나 본심으로나 어찌 출사(出仕)하고자 하시겠는가마는, 목숨을 버린다는 결의로 그때에 당신 몸이 물러나시면 세도(世道)의 인심이 더욱 하나도 믿을 것이 없을 줄 헤아리시고, 종국(宗國)을 위하는 단호한 일편혈심(一片血心)으로 오직 몸을 바쳐 나라와 함께 존망하시려 하셨다. 그러니 어느 때인들 두렵지 않으시며 어느 날인들 초조하지 않으시리오.

　3월 그믐께 소조께서 관서미행(關西微行)을 하시니, 이것은 평안감사가 옹주의 시삼촌 정휘량인지라 그리로 가시면 부왕께 아뢰지 못할 줄 짐작하시고 가신 것이다. 소조라 아니하신들 감사가 어찌 영중(營中)에 편히 있으리오. 영중을 떠나 영외에 대령하니 음식과 도중에 쓰실 것을 다 진상하고 간장을 태우다 장림(長林)에 나올 때 피를 토하였다 하였다. 그 사람이 본디 조심성이 많고 조카인 일성위(日城尉)가 없거니와 옹주를 편애(偏愛)하시는 것을 두려워하더니, 그때에 놀라고 송구하기가 어떠하였으리오. 서행(西行)[30] 후 내 근심은 말할 것도 없고 부친이 초조 황망하여 넌지시 감사에게 알아와서 소식을 들으시고, 오랫동안 대궐에 계시다가 혹 집에 돌아가셔도 마루에 앉아 밤을 새우시니 당신의 심사가 어떠하리오. 소조께서 하시는 일을 차마 대조께 아뢰지 못하니 간할 데가 어디 있으리오. 간할 만하면 무슨 마음으로 간하지 않았으리오. 설사 간하여도 들으실 리가 없고, 여기에 연루되면 내 몸 보전하지 못할 것이고 자녀들까지 어찌 될지 몰라 간하지 않으신 것이 아니라 병환 때문이시니, 일심으로 세손을 보전하려 하시는 고심이셨다.

그러나 이러한 사정을 모르는 이는 좋은 길로 인도하지 못한다고 책망하니 누구에게 이런 고충을 말하리오. 그저 만나신 바가 기구하고 험악하시니 슬프고 슬플 따름이었다.

서행하신 후 이십여 일 만인 4월 20일 후에 돌아오셨다. 초조하다가 도리어 아무렇지 않다 하며, 서행하신 사이 병환이 계시다 하고 내관과 약속하여, 장번내관(長番內官) 유인식(柳仁植)이 속방에 누워 소조인 척하고, 박문흥(朴文興)이는 이를 각색하니 무섭고 망극함을 어찌 다 기록하리오. 그때 윤재겸(尹在謙)의 상서가 있었는데, 간하는 것이 신하의 도리에 당연하나 소조께서 아실 지경이 못 되시고, 대조께서 아시면 무슨 변이 날 지를 어찌 알리오. 그러니 간할 수가 없었다. 서행 후 마음을 잡으시는 듯하여 차대(次對)도 하시고 강연(講筵)도 하시니, 아쉽게 진정하실까 바라던

---

30. **서행(西行)** 사도세자가 몰래 평양에 놀러간 일.

마음이 가련하였다.

그 후 차대에서 홍계희가 무어라 아뢰니 하령(下令)[31]을 엄히 하시고, 강충(江充)[32]의 말씀까지 하시는 양이 병환이 나으신 듯하여 부친이 기뻐하시며 내게 전하셨다.

5월 10일 후 처음으로 경희궁에 오셔서 문안하시어 천행으로 탈 없이 다녀오시니, 나도 보름께 세손과 함께 경희궁에 올라가 대조와 선희궁을 뵈오니 가슴이 막혀서 무슨 말씀이 있으리오. 6월에 학질을 얻으시어 수개월을 민망히 지내시니, 그해 봄부터 미행하신 고로 옥체를 잘못 가지셔서 병환이 나신가 싶었다.

지금 내 말이 인사(人事)에 괴이하겠으나 만고에 없는 일을 겪으시니 차라리 그 병환에 돌아가셨다면 여원 아픔뿐이요, 당신의 서러움과 처자의 지극한 원(寃)이 이 정도이며, 세변(世變)의 망극함과 사람의 상함과 내 집의 원통함이 이 지경에 이르렀으리오마는, 8월에 학질 증세가 나으셨다.

9월에 대조께서 정원일기를 보시다가 서명응(徐命膺)의 상서에 서행 말이 있어 비로소 아시게 되니, 그때 일장풍파를 지냈으되 다행히 큰 변이 나지 않은 것은 정휘량의 힘을 많이 입은 것이다. 창덕궁 거둥도 하려 하시고, 그때 내관도 다스리시니 어찌 그리 아니하시리오. 어려서부터 대조께서 하시는 일을 경려하시니, 작은 일에 까다로이 자세히 살펴보시어 어렵고 일이 커서 대단하면 오히려 작은 일에 격노하시는 것보다 덜하시니,

---

[31] **하령(下令)** 세자가 영지를 내림.
[32] **강충(江充)** 중국 한무제(漢武帝)의 신하. 태자를 이간질하여 해침.

이전에 살생하신다는 말씀을 들으시고, 마음이 상해서 그렇다고 하자 도리어 위로하시던 일 같아서, 서행을 아신 후에야 진노(震怒)와 처분이 어떠하시리오마는, 나중에 그토록 꾸중하지 않으신 건 일이 너무 커서 그러신가 싶었다.

그때 거동령이 나니 당신이 버리신 군기(軍器)와 제구(諸具)를 다 치우고 당신도 무사하지 못할 듯하여 환취정(環翠亭)에 계셨는데, 여러 해 동안 정답게 하시는 말씀을 듣지 못하다가 그날 내게 말씀하시기를,

"아마도 무사하지 못할 듯하니 어찌할꼬?"

하시기에 내가 답답하여 대답하기를,

"안타깝지만 설마 어찌하시리까?"

하니 소조께서,

"세손을 귀여워하시니 세손이 있는 이상 날 없이한들 상관 있겠는가?"

하시어 내가 대답하기를,

"세손이 아들인데 부자가 화복(禍福)이 같지 어떠하오리까?" 하니,

"자네는 못 생각하네. 나를 미워하심이 심하여 어려우니, 나는 폐하고 세손은 효장세자(孝章世子)의 양자로 삼을 것일세."라고 하셨다.

그 말씀을 하실 때 병환도 없고 처량하고 서러워,

"그럴 리가 없사옵니다." 하니,

"두고 보게. 자네는 귀여워하시니, 내게 딸린 사람이지만 자네와 자식들은 예사롭고 나만 미워하여 이리 병이 되니 어디 살게 하였는가."라고 하셨다.

내가 서러운 심정으로 들었는데, 그 후 갑신년(甲申年)³³지극히 원통한 일을 당하매 그때 하시던 말씀을 생각하니, 미래의 일을 짐작하여 그날 말씀하시던 일이 이상하고 영(靈)하게 밝으셨던 것이 지극히 원통하고 한스럽다.

거둥을 안 하게 되시니 화색(禍色)³⁴이 좀 진정하나 조금만 지나면 증세가 그대로 더하셨다. 10월 즈음에 더 중하시니 망극한 가운데 세손빈 간택을 정하셨다. 청풍(淸風)집이 대가덕문(大家德門)인데, 김 판서 성응(聖應)대부인의 수연(壽宴)에 부친이 가셨다가 대비전(大妃殿)³⁵을 어릴 적에 보시고 비상한 자질이라 하시던 말씀을 들었는데, 처녀단자(處女單子)에 시묵(時默)의 딸이라고 씌어 있는 것을 소조께서 보시고 옹주에게 기별하시고, 그곳에 못 가게 되면 네가 알리라, 라고 하셨다. 그런데 성의(聖意)가 윤득양(尹得養)의 딸에게 기울고 궁중의 소견들도 그러하나, 동궁께서 못 가시니 내 어찌 혼자 가리오.

내가 아들에게 의지하는 천륜의 자별한 지정(至情)으로 그 간택을 보지 못하는 일도 궁금하고 인정 밖의 일이라 한심스럽게 지냈지만, 소조께서도 못될까 걱정하시다가 정해지니 매우 기뻐하셨다. 재간(再揀)을 지내고 빈궁(嬪宮)이 즉시 마마병을 앓으시고 이어 세손이 마마를 하여 섣달 열흘째에 겨우 나으셨다.

---

³³· **갑신년(甲申年)** 영조 40년에 세손을 효장세자의 양자로 봉한 일.
³⁴· **화색(禍色)** 재앙이 일어나는 기색.
³⁵· **대비전(大妃殿)** 정조비 효의왕후.

대조께서 걱정하시다가 기뻐하시고 소조께서도 좋아하시고 조심을 하시니 그런 때는 병환이 없는 듯싶었다. 내가 남에 없는 정리로 중한 병환에 기원하여 마마 나으시기를 천지신명께 빌던 일과, 부친이 숙직까지 하시며 주야로 초조해하시던 정성이야 더욱 말해 무엇하리오. 조종(祖宗)의 신령이 도우시어 양궁(兩宮)이 차례로 나으시고 12월 삼간(三揀)이 되었으니 그 경사를 어찌 형언하리오.

삼간에는 부모를 안 보일 수 없어 소조와 나를 오라 하시니, 세손과 빈궁 볼 일은 기쁘나 또 소조께서 어찌 다녀오실지 갑갑하여 마음을 졸였는데, 염려에 어긴 일이 어이 있으리오. 소조께서 의대증 병환으로 일습을 여러 번 갈아입으시고 망건도 역시 여러 번 가셨는데, 망건의 옥관자(玉貫子)[36]를 정하지 못하여 안타깝던 중에 공교롭게도 통정옥관자(通政玉貫子)[37]를 붙이고 가셨다. 사현합(思賢閤)에서 두 부자가 만나셨는데, 자식의 대사를 보이려 데려오셨으니 그 통정옥관자가 무반(武班)의 관자같이 크고 괴이하여 왕세자답지 않으시나, 그것이 무슨 그토록 큰일이라고 미처 처녀가 들어오기도 전에 그 관자 때문에 노하시어 소조께 보지 말고 돌아가라고 꾸중하셨으니, 그 일은 실로 슬프고 그렇게까지 하지 않으셔도 좋은 일인데 어찌 그리하시는지. 소조께서는 며느리를 보시지도 못하고 돌아가셨으니 그 심정이 어떠하셨으리오.

그런데도 어찌 그 화증을 안 내시고 공손히 내려가셨던가. 나는 나중에

---

36. **옥관자(玉貫子)** 당상관 이상이 쓰던 옥으로 만든 망건의 관자.
37. **통정옥관자(通政玉貫子)** 정3품 벼슬아치가 쓰던 관자.

죽을 변을 당할 결심으로 올라갔다. 세손을 보고 가려는 마음에 겨우 삼간을 지내고 생각하니, 소조께서 삼간을 보시지 못하는 게 박정하고 일도 어지러워질 듯하여 그때 중궁전, 선희궁, 옹주께 아뢰기를,

"별궁길이 창덕궁을 지나니 위에 여쭙지 않고 함부로 데려가기 황공하오나, 그리하면 소조께서도 아마 뵈올 수 있을 것입니다."

하니 그렇게 하기로 되었다. 즉시 협시내관(夾侍內官)[38]에게 일러,

"아랫대궐을 지나갈 때에 내 가마와 같이 들게 하라."

하고 세자빈을 데리고 왔다.

소조께서는 마음이 좋지 않게 가셨다가 보시지도 못하고 그냥 내려오시어 어이없고 슬프신 심정에 덕성합에 죽은 듯이 누워 계시다가,

"세손빈을 데리고 오십니다."

하니 그제야 반갑게 일어나시어 그 며느리를 어루만지며 기특히 여겨 좋아하시고 밤에야 별궁으로 내보내셨다.

사세가 어찌할 수 없어 데려다 보였으나 대조를 속인 듯하여 죄송스러웠다.

소조는 날로 슬퍼하여 병환이 더하셨으며, 부왕께 하신 불공(不恭)한 말씀이 점점 심해지시니 어찌 망극하지 않으리오. 마음은 놀랍고 주야로 두려우니 내 목숨이 어느 때 어찌 될지 몰라 어서 대례나 지냈으면 하였는데, 마침 해가 변하여 임오년이 되니 가례가 2월 2일로 택일하였다. 어서

---

[38]. **협시내관(夾侍內官)** 왕을 가까이에서 모시던 내시.

시간이 흘러 가서 가례를 순조롭게 치르기만 기다리는데, 정월 열흘 후에 대조께서 홀연히 목에 병이 대단하였다. 대사가 임박하여 안타깝다가 침을 맞고 곧 회복하시니 다행이었다. 가례의 기약이 이미 차니 막중한 인륜의 일을 폐하지 못하게 하였다. 초이튿날이 되어,

"세손을 데리고 오라."

하시니 세손이 먼저 가시고 소조께서는 일찍 올라가시어 숭현문(崇賢門) 밖에서 좀 쉬시고 경현당(景賢堂)에 초례를 하시니, 조자손(祖子孫) 삼대가 한집에 모여 그 손자를 가례하려고 전안(奠雁)[39]하러 보내셨다.

그 즐거운 성거(盛擧)와 막대한 경사가 다시 어디 있으리오. 초례를 지내고 대례는 광명전(光明殿)에서 지냈다. 소조는 집희당(緝熙堂)에 머무르시고 세손 양궁은 광명전에서 밤을 지내시고, 이튿날 양전 양궁이 한곳에서 세손빈의 조현(朝見)을 받으셨다. 양전은 광명전 북쪽 벽 교의에 앉으시고, 소조 좌석은 동편으로 하고 내 좌석은 서쪽으로 되었다.

세손 빈궁이 어리고 걸음이 쉽지 못한 가운데, 두 분이 서로 대하신 지 오래되었으므로 보시기 싫다 하시어 말씀을 안 하시니 기색이 어찌 좋으시리오. 내가 우러러 소조께서 말씀 안 하시기를 속으로 빌며 나가서 세손빈을 재촉하여 들여세우고 폐백 대추와 밤 그리고 하수반(遐壽飯)을 재촉하여 양전 양궁께 태평히 드리니 그런 다행스러운 일이 어디 있으리오. 소조께서는 그저 어려워하시며 삼 일 동안 보시고 가려 하셨는데, 그런 때는

---

[39] **전안(奠雁)** 신랑이 신부집에 기러기를 가지고 가서 상 위에 두고 절하는 예.

병 증세도 없어 당신을 잘 대접만 하면 그래도 나았다. 성의(聖意)도 막중한 대례를 안 보일 수 없어하시나, 조현까지 지냈으니 소조의 행차령을 내리셨다. 나는 삼 일을 보고 가게 하셨으나 나만 혼자 있기에는 난처한 일이 많아서 겨우 핑계를 대고 내려왔다.

세손과 빈궁이 삼일 후에 창덕궁으로 내려오니 소조께서 기다리시다가 좋아하시며 빈궁을 데리고 휘녕전(徽寧殿)에 참배하게 하시고 슬퍼하셨다. 이러하실 때에는 본심이 돌아오시고 그 며느리를 참으로 사랑하셨다. 대비전의 특별한 자애를 받으셨기에 어린 나이지만 상사 후에 애통함이 심하셨고, 세월이 갈수록 추모함이 더하여 말씀이 나오면 눈물 내지 않으실 때가 없으셨다. 자애를 받으신 연고도 있지만 효성이 없으시면 어찌 이러하시리오.

근년에는 장인을 사사로이 만나신 일이 없으시더니, 부친이 북도릉(北道陵) 봉심(奉審)차 가시게 되어 대조께서 나를 보시고 세손빈도 보고 가라 하셨다. 소조께서 그날은 병환도 좀 덜하시고 며느리 자랑도 하시려고 장인을 만나보셨다. 본디 소조께서 자라실 때에 보양관(輔養官), 춘방관(春坊官)들 이외에는 사사로이 만날 친척이 없어 외부 사람을 친히 가깝게 보신 이가 없다가 가례 후 부친을 보시고 극진히 대접하시며 친하여 정이 두터우시니, 부친이 초하룻날과 보름날이면 문후하시나 상교(上敎)가 있어야만 소조를 뵈었는데, 들어오신 때에도 매양 오래 머무르지 않으시고,

"궁금(宮禁)이 지엄한데 외부 사람이 오래 머물지 못하옵니다."

하고 곧 나가셨다.

소조를 대하시면 일심으로 학문을 권면하시고, 사실을 간절히 아뢰어 유식한 옛사람의 문자를 자주 써 드리고, 소조께서 글을 지어 보내시면 자세히 고쳐 써드렸으므로 부친께 배우심이 많았다. 부친이 천만 년을 바라시며 소조께서 태평성군(太平聖君)이 되시기를 축원하시는 지성에 어느 신하가 만분의 일이라도 미치리오.

부친께서 소조를 아끼심은 비록 간격이 없으시나 도우시기는 반드시 옳은 일로 하시어, 척리들이 혹 노리갯감을 유희하시게 드리는 상례가 있으나 부친은 일절 그런 일이 없었고, 혹 뵈오면 자초지종으로 번번이 여쭙는 말씀이,

"효도에 힘쓰소서." 혹은,

"학문을 부지런히 하소서."

라고 단 두 마디밖에는 다른 말씀하신 일이 없었다.

소조께서 부친을 귀중히 하시는 중 매우 기대하고 조심하시던 고로 병환이 점점 드셨으나, 부친의 낯을 보고 이렇다 말씀하신 일이 없으시고, 난처하신 때는 점점 어려우니 '잘하라', '믿노라' 하는 사연을 내가 편지로 썼고 당신이 써 보내신 일은 없었다. 의대병환(衣帶病患)으로 사생(死生)이 박두한 일이 되어 내가 부친께,

"얻어 주소서."

하고 청하였지, 소조께서 달라고 하신 일은 없었다.

금성위(錦城尉)와 정처에게서는 장난감을 가져오셨지만, 내 집 것은 한 가지도 가져온 일이 없으셨다.

미행을 시작하시니 응당 내 집에 먼저 가실 듯하나, 금성위 집으로 가셔서 차려 가시되 내 집에는 한 번도 가신 일이 없었고, 체모 없이 대접치 못하여 어렵게 여기시고 꺼리셨다. 그 사이 변괴가 많아 미행하신 일이 당신 스스로 겸연쩍었던지 장인을 면대하여 말씀을 못 하셨다. 밖으로 차대(次對) 때나 병환 때나 대리(代理) 한 가지로 입대(入對)하여 계시지, 사사로운 말씀을 여러 해 하지 못하고 계시더니, 그날 만나셔서 우러러 반가우심과 젊은 나이에 며느리를 얻으시고 양궁이 당신을 보시는 것이 귀엽고 기쁘셔서 부친이 하례를 하시니, 소조께서도 전같이 환대하여 조금도 병환 증이 나타나지 않으신 것이 이상하게 슬플 정도였다.

3월이 되어 병환이 더욱 중하셔서 여지가 없으시니, 내 차마 붓으로 어찌 쓰리오. 화증이 나시면 내관과 나인들에게 감히 못 할 말을 시키시니, 그것들이 죽을까 두려워서 큰소리로 해괴망측한 말을 하니 오직 하늘이 무섭고 천만 망극하여 죽어서 모르고 싶었다. 소조께서는 술을 잡수시지 않았으나 병자년에 겪은 술 사건으로 원통해하시더니 대조께서 하시던 말씀처럼 금주가 엄격하신 때에 술을 들여다 놓고서, 본디 주량이 적으시어 변변히 잡숫지도 못하시면서 술만 궁중에 낭자하니 어느 일이 근심이 아니리오.

경진년 이후에 내관과 나인들이 소조에 의해 상한 것이 많으니 다 기억하지 못하나 뚜렷이 나타난 것은 내수사(內需司)를 관장하는 서경달(徐京達)이었다. 내사의 일을 더디 거행한 일로 죽이시고 출입당번(出入當番) 내관도 여럿 죽이시고, 선희궁의 나인 하나도 죽이시어 점점 어려운 지경에 이르렀다. 신사년 미행 때는 여승(女僧) 하나를, 관서미행(關西微行) 때는 기생 하나를 데려다 궁중에 두시고, 잔치할 때마다 궁중의 천한 계집들과 기생들이 들어와서 잡되게 섞이고 낭자하였으니, 만고에 그런 광경이 어디 있으리오.

2월 그믐께 옹주를 오라 하시어 좋도록 데리시고 당신 병환이 서러워 이러하셨노라 하시니, 옹주도 겁을 내어 함께 서러워하며 공손치 못한 말을 하는데 나는 차마 듣지 못하고 죽어도 두렵지 않았다. 그러나 소조는 옹주를 데리시고 동명전에서 잔치하시니, 잔치 장소는 후원이 아니면 동명전이요, 머무시는 데는 환취전(還翠殿)이기도 하셨다. 3월이 경황없이 지나고 또 4월이 되었다. 거처하는 곳 모두가 어찌 산 사람이 있는 곳 같으리오.

죽은 사람의 빈소 모양 같기도 하고, 다홍색으로 명정(銘旌)[40] 모양 같은 것을 만들어 세우고, 영침(靈寢)[41]하는 형상처럼 하여 놓고 그 속에서 주무시고, 잔치를 하다 밤이 깊으면 상하가 다 지쳐서 자니, 상에 음식은 가득하여 그 정경이 모두 귀신의 일 같은지라, 하늘이 시키는 일이라고 생각할 수도 없었다. 장님들을 불러 점을 치시다가 그것들이 말을 잘못하면 죽는 일도 있었고, 의관이며 역관(譯官)이며 궁중에서 부리는 사람이 죽은 것들도 있어, 하루에도 대궐에서 사람 죽은 것을 여럿 쳐내니 내외 인심이 황황하며 언제 죽을지 몰라서 벌벌 떨었다. 당신의 천성은 실로 거룩

---

[40]. **명정(銘旌)** 죽은 이의 관직이나 이름을 쓴 조기(弔旗).
[41]. **영침(靈寢)** 시신을 두는 곳.

하시건마는 그 착하신 본성을 잃으시고 아주 그릇되시니 이를 어찌 차마 말하리오.

5월에 소조께서는 홀연히 땅을 파고 집 세 칸을 짓고 그 사이에 장지문을 달아 마치 묘 속같이 만들어 드나드는 문을 위로 내고 널빤지로 뚜껑을 하여 사람이 겨우 다닐 만하게 하고 그 판자 위에 피를 입혀 덮었다. 땅속에 집 지은 흔적도 없게 되자 묘하다 하시고, 그 속에 옥등(玉燈)을 달아놓고 앉아 계셨다. 그것은 대조께서 오시어 당신이 하시는 것을 찾으실 때 군기와 말까지 다 감추고자 하시려는 것이지 다른 것은 없건만, 그 땅속의 집으로 인하여 더욱 망극한 말이 있었으니 모두 귀신이 시키는 것 같아서 인력으로 어찌할 수 없었다.

그달에 선희궁이 세손 가례 후에 처음으로 세손빈도 보실 겸 아래 대궐에 내려오셨다. 소조께서 반갑고 귀하게 대접하심이 과중하셨는데 마음이 영(靈)하시어 마지막 영결(永訣)⁴²로 그리하셨는지도 모른다. 잡숫는 것과 잔칫상이 거룩하여 과실을 높게 고이고, 인삼과(人蔘果)까지 해놓고, 수연시(壽宴詩)를 지으시고, 잔을 올리시고 남은 것 없이 받으셨다. 후원에 모셔갈 때 가마를 권하자 선희궁께서 마다하시는데 억지로 태우시고 앞에 큰 기를 세우고 풍악을 울리며 모셨다. 그 모양이 당신으로서는 극진한 효를 행하시는 일이나, 선희궁께서는 병환 때문이라고 생각하시어 깜짝 놀라하시고 걱정하셨다. 선희궁께서는 나를 대하시면 눈물을 흘리시며, 어

---

⁴² **영결(永訣)** 산 사람과 죽은 사람이 영원히 이별함.

찌할꼬 하고 탄식만 하셨다. 겨우 수일을 머무르시고 올라가시니 어머님도 우시고 아드님도 매우 슬퍼하셨다. 종천영결(終天永訣)로 그러하신 듯 싶으며, 나는 날로 위태로운 가운데 생면(生面)으로 다시 뵈올 것 같지 않아 마음이 더욱 칼로 베는 듯 아팠다.

그때 영상(領相) 신만(申晩)[43]이 탈상하고 다시 정승을 하였는데, 대조께서 삼 년 동안 못 보시다가 새사람을 만나는 것 같아서 되풀이하여 하시는 말씀이 모두 소조에 관한 말씀이니, 소조께서는 신만 때문에 당신이 흉이 나게 되시어,

"그 정승이 복 없고 밉다."

하시며 점점 신만을 꺼려하셨다.

신만이 대조께 무슨 참소(讒訴)[44]를 하나 싶어 분을 참지 못하시고, 그 때문에 더욱 화(禍)를 돋우시어 점점 망극하니 어찌하리오. 그러한 때에 천만 뜻밖으로 나경언(羅景彦) 사건이 일어났는데 그 당시 형조참의는 내 외사촌 이해중(李海重)이었다. 그놈 상언(尙彦)이 무슨 흉심으로 그 짓을 하여 중요한 시기에 망극함이 이를 데 없었으니, 대조께서 경언을 친국(親鞫)하시고 소조를 부르셨다.

소조께서 창황히 보행으로 윗대궐에 가시니 그 광경이 어떠하리오. 가뜩이나 어려운 때에 흉한 놈이 나타나니 소조의 병환은 더 말할 수 없었고 부자간은 더욱 더 험악하게 되었다. 경언이 사형에 처해지고 소조께서 경

---

[43] 신만(申晩) 화협옹주의 시아버지.
[44] 참소(讒訴) 남을 모함하여 없는 죄를 이간질함.

언의 아우 상언을 잡아다 시민당(時敏堂) 손지각(遜志閣) 뜰에서 형벌하며 교사한 자를 물으셨으나 자백하지 않았다.

이 사건으로 소조께서는 영상 신만을 더욱 미워하시어 아비의 죄로 영성위(永城尉)[45]를 잡아다 죽인다고 벼르셨다. 그때 화색(禍色)이 말할 수 없어 영성위를 오늘 잡아온다 내일 잡아온다 하셨으나, 영성이 죽지 않을 때였는지 당장 잡아 올리지는 않았다. 선희궁께서 소조 하시는 일이 점점 망극하시어 할 수 없다 하시고, 또 소조께서 옹주에게 잘해주지 않는다고 편지 써 보낸 것이 망극하여 차마 쓰지 못할 말이었다.

소조께서는,

"수구(水口)로 통해 윗대궐로 가려 한다."

하시고 영성위를 갈수록 벼르고 계셨다.

비록 잡아오진 못하였으나 영성위의 관복, 조복, 군복, 일용제구, 패옥(佩玉)과 띠까지 전부 가져다 불사르고 깨뜨리고 하니, 영성위의 목숨이 경각에 달려 있었다. 선희궁께서 영성위를 아끼신 것도 아닌데 소조께서 점점 이러하시어 안타깝게 마음만 쓰는 가운데, 소조께서 하시는 일이 극도에 달하여 여지없이 망극하셨다.

소조께서는 수구로 윗대궐로 가신다고 하시다가 못 가시고 도로 오셨는데, 그때가 윤5월 열하루, 이틀 사이였다. 그러할 즈음에 황황한 소문이 과장되어 퍼지지 않을 수 있었으랴. 소문이 극도로 낭자하자 전후 일이 모두

---

[45] **영성위(永城尉)** 영의정 신만의 아들로 화협옹주의 남편.

본심으로 하신 일이 아니건만 인사정신(人事精神)을 모르실 때는 화에 들떠서 하시는 말씀이,

"칼을 들고 가서 죽이고 싶다."

하시니 조금이라도 본 정신이 계시면 어찌 이러하시리오.

당신의 팔자가 기구하여 천명을 다 못하시고 만고에 없는 참혹한 일을 당하려는 팔자였으니, 하늘이 아무쪼록 그 흉악한 변을 지어 몸을 그토록 만들려 하신 것이다. 하늘아, 하늘아. 차마 어찌 일을 이리 만드시는가.

선희궁께서도 병으로 그러하신 아드님을 아무리 책망하여도 믿을 것이 없고 자모(慈母) 되신 마음으로 다른 아들 없이 이 아드님께만 몸을 의탁하고 계시니, 차마 이 일을 어찌 하리오. 처음 대조의 자애를 받잡지 못하여 이같이 되신 것을 대조께서 불능무감(不能無憾)하시니, 당신께는 종신의 아픔이시나 이미 동궁의 병세가 이토록 극심하고 부모를 알지 못할 지경이니, 사심으로 차마 못하여 미적미적하다 마침내 병세가 위급하여 물불을 모르고 차마 생각지 못할 일을 저지르려 하시니 사백 년의 종사(宗社)를 어찌하리오.

당신의 도리로서는 옥체(玉體)⁴⁶를 보호하고자 하는 대의가 옳고, 이미 병이 할 수 없으니 차라리 없는 것이 옳고, 삼종(三宗)⁴⁷ 혈맥이 세손께 있으니 천만 번 사랑하여도 나라를 보전하기가 이 길밖에 없다 하시어, 13일에 내게 편지를 하셨다.

---

⁴⁶. **옥체(玉體)** 임금의 몸.

⁴⁷. **삼종(三宗)** 효종, 현종, 숙종을 말함.

어젯밤 소문이 더욱 무서우니 일이 이리 된 후는
내가 죽어서 모르거나 살면 종사를 붙들어야 옳고,
또한 세손을 구하는 것이 옳으니
내가 살아서 빈궁을 다시 볼 것 같지 않소.

내가 그 편지를 잡고 울었으나 그날에 큰 변고가 날 줄이야 어찌 알았으리오.

그날 아침에 대조께서 무슨 까닭인지 전좌(殿座)에 나오려 하시고, 경현당(景賢堂) 관광청(觀光廳)에 계셨다. 선희궁께서 가서 울면서 고하시길,

"소조가 큰 병이 점점 깊어 바랄 것이 없사오니, 소인이 차마 이 말씀은 정리로 못 할 일이오나 옥체를 보존하옵고, 세손을 건져서 종사를 평안히 하옵는 일이 옳사오니 대처분을 하옵소서."

라고 하시고 또 이어서 고하시길,

"부자의 정으로 차마 이리하시나 병을 어찌 책망하오리까? 처분은 하오나 은혜는 끼치시어 세손 모자를 평안케 하옵소서."라고 하셨다.

내가 차마 아내로서 이것을 옳게 하신다고 못 하나 일인즉 할 수 없는 지경이었다. 내가 따라 죽어서 모르는 것이 옳지만 세손으로 인해 차마 결단하지 못하였다. 대조께서 들으시고 조금도 지체하시지 않고 창덕궁 거둥령을 급히 내리셨다. 선희궁께서 자정(慈情)을 꺾고 참으시며 대의로 말씀을 아뢰시고 가슴을 치고 기절할 듯이 당신 계신 양덕당(養德堂)으로 가서 음식을 끊고 누워 계시니, 만고에 이런 정리가 어디 있으리오.

예전부터 선원전(璿源殿)에 거둥하시는 길이 두 길 있으니, 만안문(萬安

門)으로 드시는 거둥은 탈이 없고, 경화문(景華門)으로 거둥하시면 탈이 나는 것이다. 거둥령이 경화문으로 나시니, 그날 소조께서 11일 밤은 수구(水口)로 다녀오셔서 몸이 물에 빠지시고, 십이일은 통명전에 계셨는데, 그날 대들보에서 부러지는 듯이 굉장한 소리가 났다. 소조께서 들으시고,

"내가 죽으려나 보다. 이게 웬일인고?" 하고 놀라셨다.

그때 부친이 재상(宰相)으로서 첫 5월에 엄중한 교지(敎旨)를 받자와 파직되고 동교(東郊)에 달포 동안이나 나가 계셨다. 소조께서 당신이 스스로 위태하셨던지 조재호(趙載浩)가 원임대신(原任大臣)으로 춘천(春川)에 있는데, 계방(桂坊) 조유진(趙維進)으로 하여금 말을 전하여 상경하라고 하셨다. 이런 일을 보면 병 있는 이 같지 않으니 이상한 것이 하늘의 조화였다.

소조께서는 부왕의 거둥령을 듣고 두려워서 아무 소리 없이 기구와 말을 다 감추어 경영한 대로 하라 하시고, 교자를 타시고 경춘전(景春殿) 뒤로 가시며 나를 오라고 하셨다. 근래에는 눈에 사람이 보이면 곧 일이 나니 교자에 가마뚜껑을 하고 사면에 휘장을 치고 다니셨는데, 그날 나를 덕성합(德成閣)으로 오라 하시니, 그때가 오정쯤 되었다. 홀연히 무수한 까치 떼가 경춘전을 에워싸고 울었다. 이것이 무슨 징조인지 괴이하였다.

세손이 환경전(歡景殿)에 계셨으므로 내 마음이 황망 중 세손의 몸이 어찌 될지 염려되어 그리로 내려가 세손에게,

"무슨 일이 있어도 놀라지 말고 마음을 단단히 먹어라."
하고 간절히 당부하고 어찌할 바를 몰랐다.

그런데 거둥이 웬일인지 늦어서 미시(未時) 후에나 휘녕전(徽寧殿)으로 오신다는 말이 있었다. 그때 소조께서 오라고 재촉하시기에 가보니, 그 장하신 기운과 언짢은 말씀은 않으시고 고개를 숙여 깊이 생각하시는 양 벽에 기대어 앉으셨는데, 안색이 놀라 핏기 없이 나를 보셨다. 응당 화증을 낼 줄 알고 내 목숨이 그날 마칠 것을 스스로 염려하여 세손을 경계 부탁하고 왔었는데,

"아무래도 괴이하니 자네는 잘살게 하겠네. 그 뜻들이 무서워."

하시기에 내가 눈물을 드리우며 말없이 손을 비비고 앉았다.

이때 대조께서 휘녕전으로 오시어 소조를 부르신다는 전갈이 왔다. 그런데 이상하게도 피하자는 말씀도 달아나자는 말씀도 아니하시고 좌우를 치지도 않으시고 조금도 화증을 내시는 기색도 없이 용포를 달라 하여 입으시며,

"내가 학질을 앓는다 하려 하니, 세손의 휘항(揮項)[48]을 가져 오라." 하셨다.

내가 그 휘항은 작으니 당신 휘항을 쓰시라고 하며 나인더러 가져 오라 하였더니 뜻밖에 하시는 말씀이,

"자네는 참 무섭고 흉한 사람일세. 자네는 세손 데리고 오래 살려 하고 오늘 내가 나가서 죽겠기로 그것을 꺼리어 세손 휘항을 내게 안 씌우려는 그 심술을 알겠네." 하시지 않는가.

---

[48] **휘항(揮項)** 머리에 쓰는 방한모의 일종.

내 마음은 당신이 그날 그 지경에 이르실 줄 모르고,

"이 일이 어찌 될꼬? 사람이 모두 죽을 일이요, 또 우리 모자의 목숨이 어찌 될꼬?"

하였는데, 천만 뜻밖의 말씀을 하시니 내가 더욱 서러워 세손의 휘항을 갖다 드리며,

"그 말씀이 전혀 마음에 없는 말이시니 이 휘항을 쓰소서." 하니,

"싫다. 꺼려하는 걸 써서 무엇할꼬?" 하셨다.

이런 말씀이 어찌 병드신 이 같으시며, 어찌 공손히 나가려 하셨던가. 모두 하늘이 시키는 일이니 원통하고 원통하다. 그러할 때 날이 늦어 재촉이 심하여 나가시니, 대조께서 휘녕전에 앉으시어 칼을 안으시고 두드리시며 그 처분을 하시니, 차마 망극하여 이 경상을 내가 어찌 기록하리오. 서럽고 서럽도다.

소조께서 나가시자 대조께서 엄노(嚴怒)하시는 음성이 들려왔다. 휘녕전과 덕성합이 멀지 않아 담 밑에 사람을 보내서 보니, 벌써 용포를 벗고 엎드려 계시더라 하니, 대처분이신 줄 알고 천지가 망극하여 창자가 끊어지는 듯하였다. 거기에 있는 것이 부질없어서 세손 계신 데로 와서 서로 붙잡고 어찌할 바를 모르다가, 신시(申時) 전후쯤에 내관이 들어와서 소주방에 있는 쌀 담는 궤를 내라 한다고 하였다.

이것이 어찌 된 말인지 놀랍고 황황하여 차마 내지 못하고, 세손이 망극한 일이 있는 줄 알고 문정(門庭) 앞에 들어가,

"아비를 살려 주옵소서."

하니 대조께서,

"나가라."고 엄하게 호령하셨다.

세손이 할 수 없이 도로 나와 왕자 재실(齋室)에 앉아 있는데, 그때 정경
이야 고금 천지간에 없을 것이다. 세손을 내보내고 천지가 서로 부딪치는
듯하고 1월이 어두웠으니, 내 어찌 일시라도 세상에 머무를 마음이 있었으
리오. 칼을 들어 목숨을 끊으려 하였으나 옆 사람이 빼앗아서 뜻을 이루지
못하고 다시 죽고자 하였지만 촌철(寸鐵)[49]이 없어서 그리 못하였다.

숭문당(崇文堂)으로 해서 휘녕전으로 나가는 건복문(建福門) 문 밑으로
가니, 아무것도 보이지 않고 다만 대조의 칼 두드리시는 소리와 동궁께서,

"아버님, 아버님. 잘못했나이다. 이제는 하라시는 대로 하고 글도 읽고
말씀도 다 들을 것이니 이리 마소서."
하시는 소리가 들렸다.

내 간장이 마디마디 끊어지고 앞이 막히니 가슴을 아무리 두드린들 어
찌하리오. 당신의 용력과 장기(壯氣)로 궤에 들어가라 하신들 들어가지 마
실 것이지 왜 필경 들어가셨는가. 처음엔 뛰어나오려 하시다가 이기지 못
하여 그 지경에 이르시니 하늘이 어찌 이토록 하였는가. 만고에 없는 설움
뿐이며 내가 문 밑에서 통곡하여도 응하심이 없었다.

동궁이 이미 폐위되어 계시니 그 처자 그냥 대궐에 있지 못할 것이요,
세손을 밖에 그저 두어서는 어떠할까 하여 차마 두렵고 조심스러워서 그

---

[49]. **촌철(寸鐵)** 날카로운 쇠붙이.

문에 앉아서 대조께 상서(上書)하여,

"처분이 이러하오니 죄인의 처자가 그대로 대궐에 있기 황송하옵고 세손을 오래 밖에 두옵기 죄가 더한 몸이 되어 두렵사오니 이제 친정으로 나가겠나이다. 천은으로 세손을 보전하여 주옵소서."
라고 써서 가까스로 내관을 찾아 들이라 하였다.

오래지 않아 오라버니가 들어오셔서,

"서인(庶人)으로 폐위되시어 대궐에 있지 못할 것이니 본집으로 돌아가라 하신즉, 가마를 들여오면 나가시고, 세손은 남여(藍輿)[50]를 들여오라 하였으니 나가시면 되오리다."
라고 하여 남매가 붙들고 망극하여 통곡하고, 업혀서 청휘문(清輝門)에서 저승전(儲承殿) 차비문(差備門)에 놓인 가마를 윤 상궁이란 나인과 함께 탔다. 별감이 가마를 메고 허다한 상하 나인이 모두 뒤를 따라 쫓으며 통곡하니, 천지간에 이런 정상이 어디 있으리오. 나는 가마에 들어갈 제 기절하여 인사를 모르니 윤 상궁이 주물러서 겨우 명이 붙었으니 오죽하리오.

집으로 나와서 나는 건넌방에 눕고, 세손은 내 중부(仲父)와 오라버니가 모셔 나오고, 세손빈궁은 그 집에서 가마를 가져다가 청연(清衍)과 한데 들려나오니 그 정상이 어떠하리오. 나는 자결하려다가 못하고 돌이켜 생각하니, 십일세 세손에게 첩첩한 고통을 남긴 채 내가 없으면 세손이 어찌

---

[50]. **남여(藍輿)** 뚜껑이 없는 의자처럼 된 가마.

성취하시리오. 참고 참아서 모진 목숨을 보전하고 하늘만 부르짖으니 만고에 나 같은 모진 목숨이 어디 있으리오. 세손을 집에 와서 만나니 어린 나이에 놀랍고 망극한 경상을 보시고 그 서러운 마음이 어떠하리오.

이 일로 놀라서 병날까 하여 내가 위로하였다.

"망극 망극하나 다 하늘이 하시는 노릇이니, 네가 몸을 평안히 하고 착하여야 나라가 태평하고 성은을 갚을 것이니 설움 중이나 네 마음을 상하지 마라."

부친께서는 궐내를 떠나지 못하시고 오라버니도 벼슬에 매어 왕래하시니, 세손 모시고 있을 이가 중부와 두 외삼촌이니 주야로 모셔 보호하고, 내 끝 아우는 아이 때부터 들어와서 세손을 모시고 놀던지라, 그 아이가 작은 사랑에 모시고 자고 하여 팔구 일을 지내니, 김판서 시묵과 그 자제 김기대(金基大)도 와서 뵈옵는다 하나 내 집이 좁고 세손궁 상하 나인이 전부 나와 있기 때문에, 남쪽 담 밖의 교리(校理) 이경옥(李敬玉)의 집을 빌려서, 김 판서 댁이 그 며느리를 데리고 와서 빈궁을 모시게 하여 담을 트고 왕래하였다.

그때 부친은 파직되어서 동교(東郊)에 계시다가 대조께서 대처분하셔서 아주 할 수 없게 된 후, 대조께서 다시 부친을 등용하시어 영의정이 되셨다. 부친이 천만뜻밖에 그 처분 소식을 들으시고 애통한 가운데 달려 들어가서 궐하에 이르러 기절하셨다. 그때 세손이 왕자재실(王子齋室)에 계시다가 들으시고 세손이 드시던 청심원을 내보내어 주시니, 당신 또한 어찌 세상에 뜻이 계시리오마는, 내 뜻 같아서 망극중 극진히 세손을 보호하려

하시는 정성만 있어서 죽지 못하시니, 세손을 보호하여 종사를 보전하실 진심 어린 충성심만은 천지신명이 잘 아실 것이다. 내 운수가 모질고 흉악하여 목숨이 붙었으나 소조께서 당하신 일을 생각하니, 어찌 견디시는지 마음이 타는 듯하니 차마 어찌 견딜 정경이리오. 오유선과 박성원(朴性源)이가 집 대문 밖에 와서,

"세손께서 석고대죄(席藁大罪)[51] 하시게 하라."

하니, 석고대죄함이 당연하나 차마 어린아이를 어찌하리오.

세손께서는 낮은 집에서 지내셨다.

대궐을 나온 후 부친도 못 뵈옵고 망극하였는데, 이튿날 부친이 상교를 받자와 나오시니 모자가 부친을 붙잡고 일장 통곡하고, 상교를 전하시기를 내가 보전하여 세손을 구호하라 하셨다. 이때의 상교가 망극중이나 세손을 위하여 감읍함이 측량할 수가 없었다.

세손을 어루만져 성은을 축수하고,

"나는 네 아버님 아내로 이 지경이 되고 너는 아들로 이 지경을 만났으니, 다만 스스로 명(命)을 서러워할 뿐이지 누구를 원망하며 탓하겠느냐. 우리 모자가 이때에 보전함도 성은이요, 우러러 의지하여 명을 삼음도 또한 성상이시니, 너에게 바라는 것은 성의를 받자와 힘쓰고 가다듬어 착한 사람이 되면, 그것으로 성은을 갚고 네 아버님께도 효자가 되니 이 밖에 더 큰일이 없다." 하며 타일렀다.

---

[51] 석고대죄(席藁大罪) 거적을 깔고 엎드려 처분을 기다림.

그리고 부친께 천은을 감축하여,

"남은 날은 대조께서 주시는 날이니, 하교대로 받자오려는 사연을 위에 아뢰소서."

하고 통읍(痛泣)하였는데, 내 이 말은 추호도 틀림이 없었다.

처음부터 그리 되신 것이 서러웠지 점점 그 지경에 이르신 바를 어찌하리오. 내 조금도 마음에 머금은 바가 없어 감히 이렇다고 원망하지 못했다.

부친이 나와서 세손을 붙잡고 통곡하여 위로하시되,

"이 뜻이 옳으시니 세손이 현(賢)하게 되시고, 성(聖)하게 되시면 성은을 갚으시고 낳으신 아버님께 효자가 되실 것입니다."

하고 들어가셨다.

날이 갈수록 차마 망극한 경지를 생각하되 어찌할 바를 몰라 마음이 혼동하여 누웠는데, 15일은 굳게굳게 하고 깊이 하여 놓으시고 윗대궐로 오르신다 하니 어쩔 도리가 없었다. 대궐 안의 비단필도 내어올 길이 없으니 염습 제구를 다 부친이 차비하시어 여한이 없게 하셨다. 그 전 여러 해 동안 큰 병환에 의복을 무수히 대어주시고, 이 수의를 다 차비하시어 당신을 위한 마지막 정성으로 극진하게 하셨다.

20일 신시(申時)쯤 폭우가 내리고 뇌성도 치는데, 동궁이 뇌성을 두려워하시던 일로 인해 어찌 되신가 차마 그 형용을 헤아리지 못하였다. 내 마음이 음식을 끊어 굶어죽고 싶고, 깊은 물에도 빠지고 싶고, 수건을 어루만지며 칼도 자주 들었으나, 마음이 약하여 강한 결단을 못하였다. 그러나

먹을 수가 없어서 냉수도 미음도 먹은 일이 없으니 내 목숨 지탱한 것이 괴이하였다.

그 20일 밤에 비 오던 때가 동궁께서 숨지신 때던가 싶으니 차마 어찌 견디어 이 지경이 되셨던가. 그저 온몸이 원통하니 내 몸 살아난 것이 모질고 흉하다.

선희궁께서 마지못하여 그렇게 아뢰셨으되 종사를 위하여 대처분은 하시려니와, 병환 때문에 마지못해서 하신 일이라 애통하여 은혜를 더 베푸시고 복제(服制)⁵²나 행하실까 바라왔더니, 성심(聖心)이 그런 처분을 하시되 성노(聖怒)는 내리지 아니하시고, 인하여 동궁께서 가깝게 하시던 기생과 내관 박필수(朴必壽) 등과 별감이며 장인이며 무녀들까지 모두 사형에 처하시니, 이는 당연한 일이니 감히 무슨 말을 하리오.

다만 지극히 원통한 바는 의대병환(衣帶病患)으로 무수히 여러 가지를 갈아입으시다가 어찌하여 생무명 한 벌이나 입으셨는데, 그날도 생무명 옷을 입고 계시었다. 대조께서 항상 보아도 도포나 용포를 입고 계시다가 그날 처음으로 무명옷 입은 것을 보시고 그 병환은 모르시고,

"네가 날 없애고자 한들 생무명으로 된 상복은 어찌 입었느냐?"

하시고 남은 것이 전부 없어진 것으로 아시고,

"지금까지 쓰던 세간을 모두 가져오라." 하고 명하셨다.

그중에는 군기(軍旗)인들 없으며 무엇인들 없으리오. 아무리 국휼(國

---

^{52.} **복제(服制)** 상례(喪禮)에서 정한 오복(五服)의 제도.

恤)[53]인들 상장(喪杖)[54]이 하나밖에 없으리오마는, 이상한 병환으로 상장을 여러 번 만드시되, 일생 사랑하여 좌우에서 떠나지 않은 것이 환도(還刀)와 보검들인데, 생각 밖에 그것을 상장같이 만들고 그 속에 칼을 넣어서 뚜껑을 맞추어 상장같이 하여 가지고 다니셨다. 나에게도 보여 주시기에 끔찍해서 놀랐는데, 그것을 없애지 않았다가 노하신 대조 앞에 그것이 있으므로, 대조께서는 더욱 놀라고 분해하신즉 어찌 복제(服制)를 거론하시리오. 동궁의 병환은 모르시고 모두 불효한 데로만 돌리시니 극히 원통할 뿐이다.

처음에는 조신의 복제는 예대로 할 양으로 하시더니 그것을 다 못하고 이 지경을 당하여 세손이나 건지는 것이 천은이려니와, 병환으로 처분하신 외에는 십사 년 대리저군(代理儲君)[이오시니], 복제나 상하에서 행하였더라면 상덕(上德)이오신데, 그것을 못 차렸으니 그저 서러우며 20일은 어쩔 도리가 없었다. 복위하셔야 초종제구(初終諸具)[55]를 장만하리오되, 성의가 아니하려 하신 것이 아니로되, 복위를 아끼시고 범절을 예(例)대로 하시기를 주저하시다가, 부득이 21일 밤에 복위하시고 대신들이 입시하여 초종절차를 정하여 처음은 빈소를 용동궁(龍洞宮)에 하자 했다.

부친이 이 지경을 당하여 조금이라도 잘못하여 일호라도 성심을 어기면 그때 성노가 불 같으실 테니, 내 집이 멸망하기는 둘째요, 세손이 보전하

---

53. **국휼(國恤)** 국상(國喪).
54. **상장(喪杖)** 상제가 짚는 지팡이.
55. **초종제구(初終諸具)** 초상이 난 뒤 졸곡(卒哭)까지 필요한 여러 도구.

시지 못할 것인즉 아무쪼록 성심을 잃지 않으려 하시던 중, 돌아가신 이를 저버리지 않으시고 세손에게 유한을 끼치지 않으시려고 정성과 충성을 다하여서 좌우를 주선하셨다. 복위 후 시호(諡號)[56]를 내리시고 빈궁(殯宮)[57]은 시강원(侍講院)으로 하고, 삼도감(三都監)[58]은 법대로 하시게 정하여 다 매듭짓고, 당신 스스로 도제조(都提調)를 하여 몸소 보살펴서 묘소 범절까지 잘못 없이 하셨다. 이처럼 부친이 돕지 않으면 어느 신하가 감히 말을 하며 성심이 어찌 돌아서리오.

그날 세손 내외를 시강원으로 모시게 하고 새벽에 집으로 나오셔서 우리 모자를 들여보내며 부친이 내 손을 잡으시고 뜰에서 실성통곡하시며,

"세손을 모시고 만 년을 누려 늙어 복록을 크게 누리소서."

하시고 우셨다.

그때 나의 슬픔이야 만고에 또 어디 있으리오.

궁중에 들어와서 시민당(時敏堂)에서 발상하고, 세손은 전복합에서 거애(擧哀)[59]하고 빈궁은 내 옆에서 청연과 함께 하니, 천지간에 이런 정경이 어디 있으리오. 초종의대(初終衣帶)를 차려서 즉시 습(襲)을 하니 몹시 무더우나 조금도 어떻지 아니하시더라 하니 그 설움은 차마 생각지 못할 일이며, 습한 후 염하기 전에 나가매 내 정경이 천고에 드물고 남에게 없는

---

[56] **시호(諡號)** 왕이나 재상 등이 죽은 후 그들의 공적을 칭송하여 붙인 이름.

[57] **빈궁(殯宮)** 상여가 나갈 때까지 왕세자나 왕세자비의 관을 두던 곳.

[58] **삼도감(三都監)** 국가의 중대사를 맡아보던 임시 관청.

[59] **거애(擧哀)** 상제가 머리를 풀고 초상이 났음을 알리는 일.

일이었다. 슬픈 가운데 동궁께서 하시던 말씀을 생각하니 호천고지(呼天叩地)[60]하여 목숨 산 것이 부끄럽고, 유명을 달리하니 그 충천하신 장기(壯氣)를 뵈올 길이 없으니, 산사람이 죽지 못한 유한이 또 어떠하리오.

초종 범사에 서럽기가 이를 데 없고, 신하가 복제를 못하니 대전관(大殿官)과 내관들이 모두 천담복(淺淡服)[61]이요, 밖에는 제전이 있고 안에서 갖추어 준비함이 두려워 기회를 보다가 다시 제를 감하라 하시는 엄교(嚴敎)가 안 계시므로, 조석상식(朝夕上食)과 삭망전(朔望奠)[62]을 모두 예사롭게 지냈다. 세손 양궁과 군주를 입재실(入梓室)[63] 앞에서는 차마 뵙지 못하여 성복(成服)[64]날 나와서 곡하게 하니, 세손이 애통해하시는 곡성은 차마 듣지 못할 지경이니 뉘 아니 감동하리오.

7월이 인산(因山)이니 그전에 선희궁께서 나를 보시고 재실을 대하시며 머리를 두드리시고 가슴을 치며 통곡하시니, 그 정리의 끝이 없으심이 또한 어떠하리오. 인산에 대조께서 묘소에 친림하셔서서 제주(題主)까지 친히 써 주시니, 부자분이 유명지간 사이에 서로 어떠하실지 차마 생각할 수 없었다. 7월에 춘방(春坊)을 부설하시고 세손이 완전히 국본(國本)이 되셨다. 이는 비록 성은이시나 부친이 충성을 다하여 보호하신 공이 어찌 더욱 나타나지 않으리오.

---

[60]. **호천고지(呼天叩地)** 애통하여 하늘을 부르고 땅을 침.

[61]. **천담복(淺淡服)** 제사 때 입는 엷은 옥색의 옷.

[62]. **삭망전(朔望奠)** 상중인 집에서 매달 초하루와 보름에 지내는 제사.

[63]. **입재실(入梓室)** 세자의 관을 모신 곳.

[64]. **성복(成服)** 초상이 나서 처음으로 상복을 입는 것.

7월에 대조께서 선원전 다례(茶禮)에 오시니 황송하나 가 뵙지 않을 수가 없어 선원전에서 가까운 습취헌(拾翠軒)이라는 집으로 가 뵈오니, 나의 천만 슬픈 회포가 어떠하리오마는 만분의 일도 감히 베풀지 못하고,

"모자 보전하옴이 다 성은이로소이다."

하고 아뢰었다.

영조께서 내 손을 잡으시고,

"네가 이럴 줄을 생각지 못하고 너 보기가 어렵더니, 이제 내 마음을 편케 하니 아름답다."

라고 하시는 말씀을 듣고 내 심장이 더욱 막히고 모진 목숨이 더욱 원망스러웠다.

내가 아뢰길,

"세손을 경희궁으로 데려가셔서 가르치길 바라옵니다." 하니,

"네가 세손이 떠나면 견딜 수 있겠느냐?"

하시기로, 내가 눈물을 드리워 아뢰되,

"떠나서 섭섭하기는 작은 일이요, 위를 모시고 배우시는 일은 큰 일 이로소이다."

하고 세손을 올려보내려고 정하니, 모자의 정리상 서로 떠나는 정상이 어찌 견딜 수 있으리오.

세손이 나를 차마 떠나지 못하여 울고 가시니, 내 마음이 베는 듯하나 참고 지내었다. 성은이 지중하셔서 세손 사랑하심이 지극하시고, 선희궁께서 아드님의 정을 옮기셔서 좌와기거(坐臥起居)와 음식에 마음을 다하

여 지성으로 보호하시니, 선희궁 심정으로서 어찌 그리 않으시리오.

세손이 사오 세부터 글을 좋아하시니 각각 다른 대궐에 지내 학문에 전심하지 않으실까 하는 염려는 안 하였으나, 못 잊어하기는 날로 심하고 세손의 자모(慈母) 그리시는 정이 간절하여 새벽에 깨어 나에게 편지하고 공부하기 전에 회답을 보고야 마음을 놓으셨는데, 삼 년을 떠나서 지내는 동안 한결같이 그러시던 것이 이상하게 숙성하셨다. 내가 병이 자주 나서 삼 년 동안 병이 떠나지 않으니 멀리서 의관(醫官)과 상의하여 약을 지어 보내시기를 어른같이 하시니, 이것이 모두 천성 지효(至孝)이시겠지마는, 십여 세 어린 나이에 어찌 그리하시는가 싶었다.

그해 천추절(千秋節)[65]을 맞아 내 자취가 움직이려 하지 않았으나 분부로 말미암아 부득이 올라가니, 영조께서 나를 보시고 가엾게 여기심이 전보다 더하셔서, 내가 있던 집이 경춘전(景春殿) 남쪽의 낮은 집이었는데, 그 집 이름을 가효당(嘉孝堂)이라 하시고, 친히 쓰신 현판을 달게 하셨다.

"네 효심을 오늘날 갚아 이것을 써 준다."

내가 눈물 드리워 받잡고 감히 당치 못하여 불안해 하였다. 부친이 들으시고 감축하여 하시는 말씀이,

"오늘날 이 가효(嘉孝) 두 자를 현판하게 하시니 자손의 보배가 될 것이매 효성을 흠탄(欽歎)한다."

하시고 성은을 받잡는 도리로 집안 봉서에 그 당호(堂號)를 써 달게 하시

---

[65] **천추절(千秋節)** 왕세자의 탄신일.

니 감격이 뼈에 사무쳤다.

선왕(先王)이 자경전(慈慶殿)을 지어 나를 있게 하시니 그때 처지가 높고 빛나는 집에 있을 모양이 아니나 성효(聖孝)에 감동하여 그 집에서 남은 생을 마치려고, 가효당 현판을 자경전 상방(上房) 남쪽 문 위에 두어 영조의 자은(慈恩)을 잊지 않고자 하였다.

그해 섣달에 조칙(詔勅)[66]이 나오니, 자상(自上)께서 세손을 데리고 혼궁(魂宮)[67]에 오셔서 조칙을 받자오시고 환궁할 때 세손을 도로 데리고 가시려다, 세손이 어미 떠나기가 슬퍼서 우는 양을 보시고,

"세손이 너를 차마 떠나지 못하여 저러하니 두고 가마." 하셨다.

혹 당신은 사랑하시는데, 세손이 그 사랑은 생각하지 않고 어미만 못 잊어 하는가 서운히 여기실 듯하여,

"내려오면 위가 그립삽고, 올라가면 어미가 그립다 하온즉, 환궁 후에는 위가 그리워서 이러하올 것이니 데려가옵소서."

하고 아뢰었더니, 즉시 얼굴빛이 환해지시며,

"그리 하마."

하시며 데리고 환궁하셨다.

세손이 가면서 어미가 인정 없이 떼어 보내는 것을 섭섭히 여기고 무수히 울고 가시니 내 마음이 어떠하였으리오마는, 그리는 것은 사정(私情)이요, 모시고 가서 받들어 그 아버님이 못다 하신 자도(子道)를 잇는 것이 옳

---

[66]. **조칙(詔勅)** 제왕의 선지를 백성들에게 알릴 목적으로 적은 문서.
[67]. **혼궁(魂宮)** 장례 후 삼 년 동안 신위를 모신 집.

고, 정사(政事)며 나랏일을 배워 아는 것이 옳기에 떠날 제 못 잊는 정을 베어 보내었다. 이것이 모두 이전 일을 경계하고 세손으로 하여금 일심으로 위에 효성을 다하여 자애하시는 성의를 조금도 어김이 없을까 하고 염려함이니, 이 어찌 세손을 위한 사정뿐이리오.

종사(宗社)의 안위가 세손 한 몸에 있으니 나의 안타까운 마음은 하늘이 알 것이요, 이것은 홀로 내 마음뿐 아니라 모두 부친이 나를 인도하여 부녀의 사소한 사정을 돌아보지 않고 대의로 훈계하신 힘이었다. 우리 부친의 고심혈충(苦心血忠)이 모두 세손을 위하고 종국을 위하시던 일을 누가 다 자세히 알리오. 세손이 혼궁(魂宮)을 떠났다가 내려오시어 애통해 하는 울음소리에 누가 감동하지 않으리오. 혼궁의 목주(木主)[68]가 의지할 곳 없으신 듯이 계시다가 그 아들이 와서 슬프게 울면 신위가 반기시는 듯, 외로운 혼궁에 빛이 있는 듯, 애통 중에 도리어 위로하니, 내가 세손을 낳지 않았더라면 이 종사(宗社)를 어찌할 뻔하였던고. 엎드려진 나라가 보전하려고 경오생(庚午生) 산후에 임신년 경사가 있었던가 싶었다.

임오화변(壬午禍變)[69]이 만고에 없던 일이니 당신께서는 천만불행하여 그 지경이 되셨으나, 아들을 두셔서 당신 뒤를 잇고 상하 자효가 무간(無間)하니 다시 무슨 일이 있을 줄을 꿈에나 생각하고 있으리오. 갑신년 2월의 처분은 하도 천만 뜻밖이니 위에서 하신 일을 아랫사람이 감히 이렇다 하리오마는, 내 그때 정사(情事)의 망극하기가 견주어 비할 곳이 없으니,

---

[68]. **목주(木主)** 신주의 이름을 적은 나무. 즉 위패.
[69]. **임오화변(壬午禍變)** 영조가 사도세자를 뒤주에 가둬 죽인 일.

화변 때 모진 목숨을 끊지 못하고 살았다가 이 일을 당할 줄은 천만 죄한(罪恨)이다. 곧 죽고 싶되 목숨을 뜻대로 못하고 그 처분을 원하는 듯하여 스스로 굳이 참으나, 그 망극하고 슬프기는 모년보다 못하지 않고, 선희궁께서 음식을 끊고 애통해 하시던 일이야 어찌 다 기록하리오.

세손이 어린 나이에 고금에 없는 큰 아픔을 당하고 또 제왕가(帝王家)의 당치 않은 변례(變例)를 당하셔서 과하게 애통해 하시고 상복을 벗을 제, 곡소리가 천지에 사무쳐서 초상(初喪)에 천지 어둡게 막히던 때의 설움보다 더하시니, 연세도 두 해가 더하시고 당신을 만나신 바가 갈수록 하도 원통하게만 되니 이를 대하는 내 간장이 쇠가 녹듯이 곧 목숨을 끊고자 하되, 세손의 서러워하심은 차마 못 견딜 것이다. 내가 없으면 세손의 몸이 더욱 외롭고 위태로우니 이 지경에 이르러서는 갈수록 세손을 보호하는 것이 으뜸이었다.

내가 마음을 굳게 잡아 세손을 위로하되,

"서러울수록 천금의 몸을 보호하여 비록 유한이 많으나 스스로 착하여 아버님께 보답하라."

라고 여러 가지로 타일러서 진정하시게 하였다.

세손이 종일 음식을 끊고 울면서 지나치게 몸을 사하시는지라, 차마 애처로워서 위로하며 옆에 누워 달래서 잠을 들게 하나, 늦게까지 잠을 이루지 못하니 그 정경이 고금에 어디 있으리오. 그날인즉 2월 11일이니 어찌하여 그 처분이 되신지 이상하며, 대조께서 불의에 거동하셔서 선원전(璿源殿)에 오래 머무르시고 나에게 와 보시니 내 무엇이라 감히 아뢰리오.

"모자가 지금 살아 있는 것이 성은이오니, 처분이 이러하온들 무슨 말씀 아뢰리오." 하니,

"네 그리하는 것이 옳다."

하시니 가뜩한 정리에 이 서러운 한이나 없었더라면 이렇듯 애통하지는 않으리다. 갈수록 내 명도(命途)에 기박한 일이니 스스로 몸을 치고 싶은들 어찌하랴. 만고에 없는 일이다.

7월 담사(禪祀)[70]에 선희궁께서 내게 오셔서 지내시고, 가을 후에는 모이시어 시어머니와 며느리 간에 상의하자고 정녕히 약속하시더니, 홀연히 등창이 나서 칠월 이십육일 돌아가시니, 망극하기가 어찌 예사 시어머니와 며느리의 정에 비교하리오. 당신이 나라를 위하여 자모로서 하지 못할 일을 하시고, 비록 선군(先君)을 위하신 일이나 그 지통이 오죽하시리오. 평소의 말씀이,

"내가 못할 일을 차마 하였으니, 내 무덤에는 풀도 나지 않으리라. 내 본심인즉 나라를 위하고 임금의 몸을 위한 일이었으나, 생각하면 모질고 흉하니 빈궁은 내 마음을 알 것이나, 세손 남매는 나를 알겠느냐?" 하셨다.

그리고 밤에는 늘 잠을 못 이루시고 동편 툇마루에 나앉으셔서 동녁을 바라보시며 상심하시고, 혹 그런 처분을 하지 않고서도 나라가 보전했을지도 모르는데 내가 잘못하였는가 하시다가, 또 그렇지 않다, 여편네의 약한 소견이지 내 어찌 잘못하였으리오, 하시며 혼궁(魂宮)에 오신

---

[70] **담사** 대상을 지낸 다음다음 달에 지내는 제사.

때면 부르짖어 울고 서러워하시다가 심중에 병이 되어 생을 마치시니 더욱 슬프다.

대체 모년(某年) 일을 지금 사람이 누가 나같이 알며, 설움이 나와 선왕 같은 이 있으며, 경모궁께 대한 정성이 나 같으리오. 그러기에 내가 매양 선왕께 아뢰기를,

"비록 아드님이시나 그때 젊은 나이시어 나만큼 자세히 모르실 것이니, 모년에 속한 일은 무슨 일이든지 저에게 물으시지, 외인의 시끄러운 말은 곧이듣지 마십시오. 그것들이 일시 총애를 얻으려고 상감께 별 소문을 들어다가 말씀드려도 모두 괴이한 말입니다."

하니, 선왕께서는,

"누가 모릅니까? 그놈들이 부모 위한 정성이 없다고 무한히 욕을 하니, 욕도 피하고 경모궁을 위하였다면 아들 된 자의 도리에 그렇지 않다 말을 차마 못하여 누구를 추증(追贈)[71]하며 누구에게 시호(諡號)를 주며 저희 하자는 대로 하여가니, 그런 일에는 분명히 알며 끌리어 흐린 사람이 되기를 면치 못하옵니다."

하시니, 내가 선왕의 아픔을 차마 생각지도 못하였다.

대저 모년의 일로 인해 세상에 두 가지 의논이 있는데, 다 협잡하고 사실과 어긋나는 것들이다. 한 의론은 대처분이 공명정대하여 천지간에 떳떳하니 영묘(英廟)의 성덕대공(盛德大功)을 칭송하며 조금도 애통하고 망

---

71. **추증(追贈)** 공이 많은 이가 죽은 뒤 나라에서 관위를 높여 주던 일.

극하는 뜻이 없으니, 이는 경모궁을 불효하고 죄 있는 자로 올려, 영묘의 처분이 무슨 적국을 소탕하거나 역변(逆變)을 평정한 모양이 되니, 경모궁의 처지가 어떠시리오. 이는 경모궁과 선왕께 망극한 일이다.

또 한 가지 의론은 경모궁께서 본디 병환이 아니신데 영묘께서 참언을 들으시고 그런 지나친 처분을 하시니 복수를 하여 수치를 씻자는 것으로, 이는 경모궁을 위하여 원통한 치욕을 씻자는 말인 듯하나, 그것은 영묘께서 무죄한 동궁을 누구의 감언을 듣고 처분하신 허물로 돌리게 함이니, 이렇다면 영묘께 또 어떠한 실덕(失德)이 되시리오. 두 가지 말이 다 삼조(三朝)에 망극하고 실상에 어긋나는 소론이었다.

그리하여 우리 부친은 수차 말씀하신 듯이, 경모궁의 병환이 망극하여 옥체가 위태하심과 종사가 매우 위태로웠으므로 영묘께서 애통망극하시나, 만만 부득이하여 그 처분을 하시고 경모궁께서도 본심으로는 짐짓 덕을 욕되게 할까 근심 걱정하셨으나, 병환으로 천성을 잃으셔서 당신이 하시는 일을 모두 모르셨던 것이다.

병환이 드신 것은 망극하나 병환은 성인도 면치 못한다 하니, 경모궁께 일호의 누덕이 어찌 되리오. 실상이 이러하고 그때 사정이 이러하니, 바른 대로 말하면 영묘의 처분도 만부득하신 일이요, 경모궁께서도 불행히 망극한 병환으로 인해 만만 부득이한 경우를 당하셨던 것이다. 선왕도 또한 애통과 의리를 함께 겪었다고 말을 하여야 실상도 어기지 않고, 의리에도 합당하거늘, 위의 두 가지 논의 같으면 하나는 영묘께 실덕이 되고, 하나는 경모궁께 누덕이 되며 선왕께는 망극하니, 이 두 의론이 삼조에 대한 죄 된 말이다.

한편의 의론이 영묘의 처분이 거룩하시다 하여 부친만 죄를 삼으려 하여 뒤주를 드렸다 하니 부친께서 뒤주를 들이지 않으신 곡절은 다른 기록에 올렸으니 여기는 또 쓰지 않겠다. 이런 말을 하는 놈이 영묘께 충성을 하였던가, 경모궁께 충절을 하였던가.

선왕께서,

"대처분을 위하노라."

하시면 물론 동서남북지언(東西南北之言)하고 가차(假借)하며,

"모년 모일에 시비 있다."

하시면 물론 선왕의 입으로 그렇지 않다고 못 하실 줄 알고, 그 일을 가지고 기화(奇貨)[72]를 삼아 저희 뜻대로 농간질을 하여 사람을 해하고, 저리하여 충신이라 자처하니, 만고에 이런 일이 어디 있으리오.

사십 년 이래 그 일로 충의와 반역이 혼잡스럽고 시비가 뒤바뀌어 지금까지 정치를 못 하였으니, 경모궁 병환이 부득이하셨고, 영묘 처분이 또한 부득이하셨던 것이다. 뒤주는 영묘께서 스스로 생각하신 것이요, 나나 선왕이나 지통은 스스로 지통이요, 의리는 스스로 의리로 알아서 망극 중에 보전하여 종사를 길게 지탱한 성은을 감축하고, 그때 여러 신하들이 할 수 없이 말한 것을 후인이 상상하여 그런 때 만남을 불행히 여길 뿐이지, 그 처분에야 군신 상하에 이렇다 할 말을 어찌 용납할 수 있으리오.

---

[72] **기화(奇貨)** 뜻밖의 이익을 얻을 수 있는 물건, 또는 기회.

그 당시에 되어 가던 일을 내 차마 기록할 마음이 없으나, 다시 생각하니 주상(主上)[73]이 자손으로 그때 일을 망연히 모르는 것이 망극하고, 또한 시비를 분별치 못하실까 민망하여 마지못해서 이렇게 기록한다.

그러나 그중 차마 일컫지 못할 일 가운데 더욱 일컫지 못할 일은 빠진 조건이 많으며 내 머리가 다 흰 늙은 나이에 이것을 능히 써내니, 사람이 모질고 독함이 어찌 이르는가.

하늘을 부르고 통곡하매 나의 팔자를 한탄할 뿐이로다.

---

[73]. **주상(主上)** 여기서는 순조(純祖)를 말함.

4.

　갑신년 2월의 처분은 나라에 지중한 처분이시나, 감히 이렇다고 어찌하며 처분 후에는 더욱 어찌 말하리오마는, 내 그때 사정을 이를 것이 없어 부득이 약간 쓰기로 한다.

　내가 모년에 모진 목숨을 끊지 못하고 살아 있다가 험한 일을 당한 한(恨)이 천만이며, 선희궁께서 너무 슬퍼하시어 내가 도리어 위로하고, 세손이 어린 나이에 아픔을 품고 또 당치 못할 일을 당하여 지나치게 애통하니, 몸이 상하실 일이 근심되어 내가 또 도리어 위로하였으니, 슬프다. 누군들 모자가 없으리오마는 세손과 나와 같은 모자의 슬픔이 어디 있으리오.

　그해 7월에 선희궁께서 내려오셔서 입묘(入廟)[1]하시는 양을 보시고 오래지 않아 돌아가시니, 당신의 슬픔이 병이 되어

---

[1] **입묘(入廟)** 대상(大祥)을 치른 뒤에 신주를 사당에 모시는 일.

몸을 마치시니 내 아픔이 또 어떠하리오. 선희궁께서 안 계신 후로 궁중 모양과 인심이 점점 달라져 가고, 정처는 영묘의 편애함을 믿고 여자의 천성으로 남에게 지기 싫어하며 시기함이 심하고, 내외의 권세가 모두 그 몸에 돌아가서 나에게 더욱 민망스런 일이 많으니, 내 스스로 내 처지를 탄식하나, 그때 사정과 말과 얼굴빛이 걱정될 만한 것은 아니었고, 다른 시동생이 없이 두 그림자뿐이니, 옥체를 받들고 세손을 보호하는 것이 큰일이었다.

내가 조금도 변함이 없고 부친께서도 또한 내 마음과 같으셔서, 매양 세손께 그 고모를 잘 대접하라고 말씀하시고, 나에게도 우애 있게 하라고 권하셨다. 근본은 이러하나 저러하나 오로지 나라를 걱정하신 간절한 고심이셨다.

부친은 또 정처의 양자 후겸(厚謙)[2]을 대접하고, 그 시삼촌 정휘량이 당파가 다르나 좋게 친교하시니, 그 사람도 우리를 감격히 여겼다. 그가 죽은 후에 후겸이 혼자 있은즉, 과거에 급제한 후로 다른 사람의 꾀임에 빠져 마음이 변하니 이 일이 우리 집의 제일 큰 화근이 되었다. 무자년에 그가 수원부사를 하고자 신영상(新領相) 김치인(金致仁)에게 청하여 달라 하매, 부친께서 하신 말씀이,

"내가 말 한마디를 어찌 아끼리오마는 스물 된 아이에게 오천 병마를 맡길 벼슬을 시키는 것은 실로 나라를 저버리는 일이요, 저 자신을 사랑하는

---

[2] **후겸(厚謙)** 화완옹주의 양자. 영조의 총애를 받음.

도리가 아니다."

하고 좀처럼 영상에게 추천하지 않으시니, 나와 형제들이,

　"어찌 집을 돌아보지 않으십니까?"

하고 여러 번 말씀드렸다.

　그러나 부친은 종시 대의를 굽히지 않으셨으니 대저 그와 틀어지게 된 곡절은 이 때문이다. 또는 오흥(鰲興)[3]이 국구가 되어 선비를 갑자기 존대 (尊大)하여 모든 일이 서먹서먹하였다. 그래서 부친께서는 편안함과 근심을 함께 하실 마음으로, 형제간처럼 가르치시어 범사에 나지 않도록 하시니, 오흥도 처음에는 감격히 여겼다. 나도 또한 대비전[4]을 우러러 감히 먼저 들어오거나, 내 나이 많은 것을 생각함이 없이 일심으로 공경하였다.

　그리하여 대비전께서도 나를 극진히 대접하시므로 일호의 사이도 없어 백년을 양가(兩家)가 서로 사랑할까 하였다. 그러나 형세가 두터워지고 알고 지냄이 오래되자 먼저 된 사람을 꺼리고 가르치는 뜻을 저버리게 되었다.

　성심(聖心)이 기묘년 이전은 부친을 척리 폐부지친(肺腑之親)[5] 외에도 일가로서 아끼고 사랑하시어, 장상(將相)을 맡겨 의정(議政)하시며 천고에 드물게 예로써 대하시더니, 부친이 병술년에 대고(大故)[6]를 만나 들어앉으

---

[3] **오흥(鰲興)** 오흥부원군(鰲興府院君) 김한구. 정순왕후의 아버지.

[4] **대비전** 영조의 계비 정순왕후.

[5] **폐부지친(肺腑之親)** 왕실의 친척.

[6] **대고(大故)** 어버이의 상사(喪事). 여기서는 작가의 조모 상사를 말함.

시니, 그 사이에 귀주(龜柱)와 후겸이 서로 부합하여 후겸은 전에 수원부
사를 청했다가 거절당한 일로 인해 부친께 혐의를 갖고, 귀주는 제 집이
우리 집만 못할까 시기하여 당치않은 일에도 노하고 현상 못할 지경으로
모해하였다. 이것은 실리를 즐기고 힘 있는 세력을 따르는 무리들이 스스
로 겉으로는 선비인 체하면서도, 좌로 꾀이고 우로 해치는 중에 기회를 보
아가며 지극한 벗과 가까운 친척이 모두 한쪽으로 돌아가니, 내 집의 위태
함이 급박하게 되었다.

하지만 영조대왕의 은혜가 갈수록 두터우셔서 부친이 조모의 삼년상을
마친 후 영상에 다시 임명되시어 총애가 여전하셨다. 이럴수록 반대하는
사람들은 벌 떼같이 일어나니, 속담에 '열 번 찍어 안 넘어지는 나무 없다'
는 말과 같아서 오늘 모함하고 내일 모함하니, 불언중 대왕의 은총이 저절
로 줄어드니, 김귀주(金龜柱)[7]와 김관주(金觀柱)가 우두머리가 되어 경인
년 3월에 한유(韓鍮)의 흉무(兇誣)[8]를 지어내 부친의 무욕(誣辱)이 극하였
으니, 그 통분하고 억울함을 어디 비하리오. 영묘께서 특명으로 휴치(休
致)[9]하라 하시니, 그때의 놀라움은 측량할 길 없었다. 그러나 부친은 태연
한 태도로 선마(宣麻)[10] 후에 영미정(永美亭)으로 나가셨다.

내가 잊을 수 없는 성음으로 영묘를 우러러 섬기고 부친을 의지하여 군

---

7. **김귀주(金龜柱)** 영조 때 벽파의 우두머리. 누이가 영조의 계비가 되는 바람에 조정에 진출함.
8. **흉무(兇誣)** 없는 사실을 거짓으로 꾸며 남을 모함함.
9. **휴치(休致)** 나이가 많아 벼슬을 사양함.
10. **선마(宣麻)** 왕이 신하에게 방석과 지팡이를 내릴 때 함께 주는 글.

신제우(君臣際遇)[11]가 한결 같기를 바라다가, 소인(小人) 무리의 미움으로 흉무를 만나 하루아침에 물러나시니, 내가 벼슬 버림을 아까워서가 아니라 부친의 단호한 충성의 혈심이 오히려 비치지 못하심에 막연히 놀랐으니, 원통한 심사 또한 붓으로 어찌 다 쓰리오. 부친이 과거에 급제하시기 전부터 군신간에 대우가 자별하시고 갑자가례(甲子嘉禮) 후 등과까지 하시니, 조정에 폐부의 신하가 없는지라 벼슬이 높지 못한 때로부터 나라의 대소사(大小事)를 믿고 의지하심이 특별하셨다.

조정에 드신 지 삼십 년에 상을 당하여 초막에 거처하신 것 외에는 대조께서 인견 안 하신 날이 없으시고, 오영장임(五營將任)[12]과 탁지(度支)[13] 혜당(惠堂)[14]을 떠나지 않으시고, 십년장상(十年將相)에 백성의 이해와 팔도(八道) 고락을 당신 몸의 일과 같이 알고, 군신간의 사이는 옛 역사에도 거의 찾아볼 수 없었다.

또 당시에 과거가 잦았고 가문의 운수가 형통하여, 문내(門內)의 자제들이 연하여 등제(登第)하니 처지가 남달랐고, 정치는 밝은 시기가 계속되어 운수인지 요행인지 집안이 매우 번창하여 지극히 과분하였다. 지금 와서 생각하면 영화로운 길의 자취를 거두지 못하고 과환(科宦)이 몸을 적시니, 물러나고 싶은 심정이 밤낮으로 간절하시나 주은(主恩)이 정중하시고 처

---

11. **군신제우(君臣際遇)** 임금과 신하 사이에 뜻이 잘 맞음.
12. **오영장임(五營將任)** 훈련도감·금위영·총융천·수어청·어영청의 대장.
13. **탁지(度支)** 재정·조세·화폐 따위를 맡던 관청.
14. **혜당(惠堂)** 선혜청의 제조(提調) 벼슬.

지가 자별하여 임의로 못 물러나시고, 시절이 어렵고 험하셔서 옛 사람의 곧은 절개를 다 못하시니, 이것이 모두 영묘를 위해 힘써 높은 뜻을 이어 받은 것이다. 만일 조야(朝野)에 강직한 사람이 영묘의 뜻을 잘못 받든다 시비하면 당신도 웃고 마땅히 받으실 것이요 낸들 어찌 마음에 두리오마는, 내 집을 해치는 이는 귀주의 당(黨)이며 곧 후겸의 당이니, 겉으로는 당이 둘이나 실인즉 속으로 상통하여 넘나드는 도당으로, 흉한 말과 고약한 계교로 내 집을 멸망시키고자 하니, 하늘이 굽어보고 응당 살피심을 바라나 한 가문이 놀랍고 쓰라림은 던져두고라도 내 지극한 슬픔을 어찌 참으리오.

그때 화색(禍色)이 점점 심해 가니, 내 생각에 귀주의 마음을 풀 길이 없고 정처에게 내 집의 화를 면하도록 양해를 구하고자 하였으나, 정처는 아들의 말만 듣고 전일의 은근하던 정이 달라진 지 오래였기 때문에 내 말 한마디로 움직이기 어려웠다. 일의 형편상 그 아들 사귀어야 좋을 도리가 되지만, 오라버니는 무슨 일로 그들에게 유독 미움을 사고 중제(中弟) 또한 그러하였다.

숙제(叔弟)가 있으나 어려서부터 성품이 고상하고 일을 하고자 하는 의지와 기개가 얼음같이 맑고 옥같이 깨끗하였으니, 구차하고 비루한 일을 할 사람이 아닌 줄 알되 형제 중 나이가 적고 담력과 지략이 많았다. 그래서 내가 저에게 편지하여,

"옛 사람들은 부모를 위해 죽는 효자도 있은즉, 지금 형편으로는 부친을 위하여 후겸이와 사귀어 집안을 구함이 옳다."

라고 권하고 또 권하였다.

숙제가 내 말대로 힘써 몸을 돌보지 않고 옛 사람의 권모술책으로 후겸이와 친하였으니, 숙제가 자못 세상의 미움을 받고 몸을 더럽힘은 이 누이 탓이었으리라. 숙제는 오라버니께 글을 배워서 문재(文才)가 숙성하여 당장 소과에 급제하고 전시(殿試)[15]에 장원을 하였고 조부의 업적을 이어받아 앞길이 구만 리와 같다가, 지니고 있던 뜻을 펴보지도 못하고 가문의 화를 염려하여 천생의 본심을 지키지 못하고 후겸이와 사귄 것을 스스로 부끄러워하는 마음으로, 집안이 평안하면 세상에 나가지 않으리라,고 하였다. 그래서 번리(磻里)에 있는 집을 동서(東西)로 옮겨서 장만하고, 나에게 그 뜻을 편지로 알려, 멀리 못 갈 몸이니 서울 근교에 배회하며 경궐(京闕)을 의지하고 벼슬을 떠나 자연과 더불어 종신하겠다, 라고 하던 사연이 눈에 선하다.

신묘년 2월에 부친이 당하신 환난은 또한 천만 뜻밖의 일이다. 귀주의 숙질이 비밀히 도모하여 우리 집안을 멸망시키려고 하였는데, 영조대왕께서 지극히 영명하시나 춘추가 높으시니 전후 사정을 미처 살피시지 못하셨다. 화기(禍機)가 박두하여 부친께서 청주에 부처(付處)[16]하여 어느 지경에 이를지 모르게 되었다.

이때 세손이 외가(外家)를 보호하려고 중궁전에 말씀을 많이 하셨다. 그날 한기가 후겸에게 단번에 우리 집안을 멸족시키기로 마음먹고 대조께

---

15. **전시(殿試)** 임금이 친히 행차하여 행하던 대과.
16. **부처(付處)** 벼슬아치에게 주던 형벌로 어느 한곳에만 머물러 있게 함.

함께 아뢰자고 하였는데, 후겸의 생각이 전일 같았으면 어찌 되었을는지 모르겠으나, 숙제와 사귀어서인지 즉석에서 한꺼번에 해칠 의논을 그치고 그의 어미도 마음이 풀리었던지 화색이 좀 잠잠해졌다. 눈앞의 고마움을 은인으로 생각하였으나 당초에 그런 일 없었던 것만 하리오.

이때 귀주의 숙질이 모함하는 것이 다름 아니고, 인의 형제가 생기니 영조대왕께서 이것이 화근이 될까 근심하시게 되니, 부친의 마음에도 어찌 우려되지 않으시리오마는 드러난 죄가 없으면 은혜와 원망을 먼저 말할 것이 아니기로,

"신의 처지로서는 세손께오서는 지극한 몸이오니 신이 좋은 빛으로 그들을 대접하여 원한을 사지 않게 하는 것이 좋사옵이다."
하고 아뢰었다.

부친은 그것들이 잡것에 반하는 일이나 없게 하자는 뜻이었지만, 그것들이 위인이 잘못되어 가르침도 받지 않고 좋지 못한 일이 많았다. 부친이 그 일을 불행히 여기시고 매우 걱정을 하시어 그 후에 가르쳐서 감동할 인물들이 아니었기 때문에 그들을 더 이상 믿는 일이 없었다. 부친께서는 당신의 고심으로 나라에 일이 생기지 않도록 하려 하셨지만 뜻대로 되지 않아 한탄하셨다.

경인년 후에 귀주네가 이 일로 모함하다가 뜻대로 안 되매 또 다른 일로 모함하여 이때에 위기가 닥쳤다. 다행히 세손의 덕으로 진정되었으나, 인정천리(人情天理)가 당신 외손인 세손을 위한 정성이 어떠하다고 하실 것이 아닌데도, 이치 밖의 일로써 해치려고 하니, 인정의 흉험(凶險)함이 무

섭고도 무섭도다.

부친께서 청주에 부처하여 계시다가 즉시 풀렸으나 논란의 상소가 그치지 않으므로 과천(果川) 촌집에서 죄를 기다리고 계셨다. 4월에 벼슬에 다시 등용되시고 부친이 6월에 입시하시니, 부녀가 서로 만나서 반기며 원통함을 풀었다.

그러나 8월에 한유(韓鍮)의 흉악한 상소가 다시 났는데, 이것 또한 귀주의 흉한 음모였다. 뜬구름이 해를 가리듯 나쁜 무리들이 임금의 총명을 가린즉, 대조의 엄한 분부가 내려서 부친의 죄명이 중하시니, 문봉 묘하(廟下)에서 칩거하시고 오라버니 내외를 데려다 지내셨으니 그때의 정경이 어떠하리오.

경인년에 영미정(永美亭)에 계실 때는 큰집은 서울서 사당을 모시고 있고 숙제 내외가 모시고 지냈다. 숙제의 부인이 집에 들어온 지 오래지 않아 모친이 별세하니, 매양 추모하고 시아버지 섬기기를 지극히 공경하고 백사(伯姒)[17]를 우러러 받들고 시누이 사랑함이 지성스러웠다. 영미정에 모시고 있을 때도 맏며느리가 아닌 며느리로서 못할 일을 지성을 다하여 받들었다.

신묘년 2월에 일이 또다시 급박하니 그때 임신한 지 여러 달이었으나 찬물에 목욕하고 동망봉(東望峰)에 올라가서 시아버지를 위하여 하늘에 자주 빌더니 그해 9월에 아이 밴 몸으로 세상을 떠났다. 임신 중에 몸을 돌보

---

17. **백사** 큰동서.

지 않고 찬물에 목욕한 탓 같아 내가 각별히 서러워하였다.

임진년 정월에 부친이 은사(恩赦)[18]를 입어 임금께서 부르시는 조서가 간곡하시매 마지못하여 삼호로 다시 오시어 머무르시다가 입시하시니, 천안(天顔)[19]에 즐거움이 가득하시어 이전과 다르심이 없었다. 그러나 7월 21일에 귀주가 또다시 흉한 상소를 올렸는데 어느 일이 모함 아니며, 어느 말이 흉모가 아니리오. 세변(世變)의 측량키 어려움과 인심의 흉악함이 제 처지 남과 다른데 무슨 원한으로 이 지경까지 이르렀는지 이상하지 않을 수 없다.

영묘(英廟)께서 헤아리시고 살피심이 해와 달 같으시어 부친 모함을 벗겨주시고, 두 척리(戚里) 집이 이러한 것에 크게 진노하시면서 귀주를 육단부형(肉袒負荊)[20]으로 사죄하게 하시고 벌을 내리셨다.

내가 그때 작은집에 내려가서 대죄하였는데 부르셔서 위로하시고,

"내 내전(內殿)[21]에도 너 보기를 이전과 달리 말라 하였으니 너 또한 조금도 내전을 의심하지 마라."

하시니 천은이 망극하였다.

누구인들 나라의 은혜를 안 입으리오마는 나 같은 이 다시 어디 있으리오. 이 날 내가 당한 일이 절절히 괴이하여 처변(處變)할 도리가 망극하나,

---

상교가 간절하심에 감동하고 죽어도 용서 못 할 원수 귀주는 잊지 못하려니와, 자전(慈殿)[22]을 섬김에 이르러서는 일호도 감히 마음에 꺼림을 품지 못하여 지성으로 섬김을 온 궁중이 다 지켜본 바요, 자전께서도 또한 나를 대접하심이 항상 같으시니 내가 자덕(慈德)을 우러러 잘 통함이야 이를 것이 없었다. 자전께서는 자연 염려도 하시니 귀주가 나라에 역적일 뿐 아니라 내 마음에도 귀주가 자전께 죄인인 줄 안다.

계사년에 부친이 회갑이 되시니 할머니께서 갑년(甲年)에 미처 생신을 지내지 못하고 별세하신 일이 지한(至恨)이 되시어, 추모를 새로이 하시고 잔을 드시지 않을 뿐만 아니라 조반도 안 잡숫고 상심하여 울음으로 지내시니 내 감히 음식을 드리지 못하다가, 진지를 차려 권하면서 억지로 드시게 한즉 수저는 드시되 잡숫지 아니하셨다. 할머니께서도 그 달이 회갑 달인데 일찍이 별세하셔서 두 분이 함께 이 해 이 달을 즐기시는 것을 보지 못하니, 우리 남매의 정성과 추모(追慕)의 고통이야 어디 비할 데가 있으리오. 그해 10월 영조께서 부친이 회갑을 무의미하게 지냈다 하시며 경저(京邸)[23]에 잔치를 베풀어주시니, 부친께서 풍류 한마디를 하시어 은영(恩榮)을 표하고 온 집안이 감축함은 더욱 깊었다.

숙제의 집이 그릇된 가운데 좋은 아내를 잃고 어린 아이들의 형용과 신세 쓸쓸함이 이를 데 없어 슬퍼하고 두 아들을 두었기 때문에 새로 장가가기를 바라지 않더니, 두 며느리를 해를 연하여 맞이하여 집안이 제대로 되

22. **자전(慈殿)** 임금의 어머니.
23. **경저(京邸)** 서울집, 즉 홍봉한의 집.

175

어 갔으니, 그 어머니의 숙덕(淑德)에 어찌 보답할까 하였다. 그러나 갑오
년 겨울에 둘째 아들 융을 잃으니, 이런 변상(變喪)이 우리 집에 처음이었
다. 집안이 쇠하려는 징조를 비롯함인가 싶고, 숙제가 아들 취영이 하나를
두고 새로 장가들지 않음은 도리어 그른지라 부친이 권하시고 내가 여러
번 편지로 그 고집을 돌리게 하여 을미년 가을에 재취를 하였다. 삼자(三
子)와 일녀(一女)를 얻어 백발이 성성한 때에는 자녀가 많으니 내 모양이
자식을 내준 바라고 말할 수 있다.

이해 12월에 중부(仲父)께서 영상 벼슬을 받았으나, 부친께서 미처 물러
나지 못하여 흉당(兇黨)의 참소와 모함을 만나신 일이 한이 되니, 우리 집
안 사람들이 벼슬을 버리고 나라의 은혜를 축수하며 한가로이 있음이 당
연한 일이거늘, 국사의 위태로움이 백척간두(百尺竿頭)에 있는 때에 이러
한 큰 벼슬을 내리시니 놀랍고, 근심과 두려움에 스스로 몸을 묶은 듯이
움직이지 못하고 어려워하였다.

집안이 최고로 융성하니 하늘이 집안에 복이 가득함을 슬퍼하시고, 관
위(官位)가 극진하니 재앙이 저절로 생겨서 그런지, 을미년 겨울에 큰죄를
지으시니 두려워 겁낸 탓이었으나 망발(妄發)²⁴은 극진하니, 본심을 헤아
리지 못하고 죄명이 지중하여 집안이 망할 기틀이니, 이 일이 연고인즉 가
슴이 막혀서 긴 말은 못 쓰고 통곡할 뿐이다.

병신년 3월 초닷새 날에 하늘이 무너지는 아픔을 당하여 망극함을 어찌

---

^{24.} **망발(妄發)** 말이나 행동을 그릇되게 하여 조상을 욕보이게 함.

다 형언하리오. 내가 열 살에 영묘를 모셔 삼십여 년의 지극하신 자애를 입고 갖은 어려운 때라도 나를 사랑하심은 일호도 변치 않으시고, 심지어 '지기구식(知己舊識)이라'[25]하시는 은교(恩敎)까지 얻었다. 세도(世道)의 어려움을 생각하면 내 한 몸 보전함이 모두 하늘 같은 성은(聖恩)이며, 우리 집안을 구제한 것도 모두 영묘께서 종시(終始)로 도와주신 은택이시니, 자식이 되어 이 은혜를 또 어찌 잊으리오. 주상을 간신히 길러서 왕위에 오르시는 양을 보니, 어미의 정으로 어찌 귀하고 기쁘지 않으리오마는, 슬픔이 마음속에 있고 집안 재앙이 천만가지로 박두하여 중부의 죄만이 망극할 뿐 아니라, 흉악한 상소가 잇달아 일어나서 부친의 처지가 더욱 망극하시니, 내 어리석으나 주상 어미로 앉았는데 부친을 꼭 해하려 하니 이것은 나를 업신여긴 뜻이매, 차라리 내 몸이 없어져 이런 꼴을 보지 않고자 하였다.

그러나 주상을 버리지 못함은 인정의 당연함이 아니랴. 슬픔을 품고 하늘만 바라보다가 7월에 중부(仲父)의 당하심을 보니 집안이 망하는 듯하였다. 내 처지에 이것이 어쩐 일이랴. 통곡하며 통곡하나 또한 사사로운 감정에 지나지 않았다.

나라를 위한 지성은 갈수록 더욱 힘을 더하여 임금께서 통찰하시기만을 바랐는데, 부친이 삼호에서 석고대죄하며 처분을 기다리시다가 무욕(誣辱)이 더욱 심하니, 창황히 문봉묘하로 가시고 집안이 다 따라가니, 나의

---

25. **지기구식(知己舊識)** 일찍부터 알아 마음이 서로 통하는 사이.

하늘에 사무친 슬픔이야 또 어디에 비하리오. 내 몸으로 부친의 억울하고 원통함을 깨끗이 밝혀드리고 죽음직하건마는, 주상의 일을 생각하여 모진 목숨을 구차히 끌고 있으니, 한편으론 인액(人厄)이요 또 한편으론 무지 (無智)이나, 지심(至心)을 깊이 알아보면 헤아림이 없다 하랴.

선왕의 은혜를 지극히 입었으니 어찌 제전에 참여치 않으며 곡읍(哭泣)을 폐하리오. 집안이 당한 처지가 말할 수 없으나 감히 참여하지 않을 수 없었는데, 중부에게 일이 생기고 부친의 처지가 더욱 망극하시게 되었다.

나는 죄인의 자식이 예사로이 몸을 가지는 건 염치(廉恥)와 인사(人事) 가 다 없는 것이라고 생각하였다. 그리하여 문을 닫고 칩복(蟄伏)[26]하여 사 생화복(死生禍福)을 같이 하려고 문 밖을 나간 일이 없고 다만 주상께서 오실 때만 머리를 들었으니, 주상이 어찌 나 슬퍼하는 것을 보고자 하시리 오. 매양 나를 대하시면 불안해하시고 슬퍼하셔서, 도리어 내가 주상의 마음을 위해 화기(和氣)를 보였다.

부친의 처지가 망극할 뿐 아니라 숙제의 죄명이 대안(大案)에 올라서 도 리어 어이없더니, 집안 운수가 첩첩이 험악하여 정유년에 오라버니마저 별세하시니 원통하기 이를 데 없다. 오라버니는 집안의 큰 몸으로서 덕행 과 문학이 보통을 뛰어넘어 여러 아우와 사촌까지라도 배우고 들어, 집안 이 번영한 중이라도 글을 좋아할 줄 알고 비루한 일들을 아니하여 남들이 괴이한 국척(國戚)[27]으로 알지 아니하게 하였다.

[26.] **칩복(蟄伏)** 처소에 들어가 가만히 엎드려 있음.
[27.] **국척(國戚)** 임금의 인척.

오라버니가 비록 몸이 경열(卿列)[28]에 오르시나, 문을 닫고 글을 읽어 위로 나이 어린 삼촌이 있으나 아래로 수하 사람들이 보고 감화하여 일어남은 모두 오라버니의 힘이며 공이었다.

내 비록 깊이 앉아 있어서 집안 일을 자세히는 모르나 깊은 골에 난초가 피면 바람으로 인하여 향내가 멀리 풍김과 같아서 내가 자연 잘 들은 바다. 매양 흠탄하기 때문에 집이 비록 그릇되었다고는 하나 오라버니 믿기를 태산(泰山)같이 바라다가, 연세 오십이 못 되어 집안 처지를 주야로 염려하시고 당신이 불행히도 과거에 급제하여 아들까지 이어 조정에 오른 일을 뉘우치고 뉘우쳐서, 하늘을 깨치실 웅장하신 지기(志氣)를 일조에 품고 조석으로 문안드린 일 이외에는 한 방안에 들어서 문을 닫고 글만 읽으시고, 조그만 언덕과 시원한 숲 사이도 일찍이 올라서 소요하지 않으시고, 당신 형제가 입조하여 영화를 도와서 부친께 걱정을 끼쳐 드린 것만 슬퍼하시다가 일찍 돌아가시니, 이 어찌 하늘의 바른 도리라 하겠는가.

하물며 선친이 병으로 위독하신 중에 아들이 먼저 세상을 떠나니 무척 애통해하시고 집이 그릇된 중에 또 그릇되어 진실로 눈 위에 서리와 같으니 하늘을 우러러 눈물만 흘리실 뿐이었다.

당신이 삼가심이 극진하여 나를 매양 보시면 검소하고 소박함을 훈계하시고, 가끔 제왕의 사적과 착한 후비(后妃)의 말씀을 간곡히 하셨으니, 어느 말씀에 탄복하지 않으리오.

---

[28]. **경열(卿列)** 2품 이상의 벼슬자리.

집안이 번영함을 우려하시어,

"국척의 집안을 보전하는 것은 음관(蔭官)[29]이나 주부(主簿)[30], 봉사(奉事)[31] 같은 말단 벼슬을 길이 누리는 법이니, 누이께서는 본집 잘되는 것을 기뻐하지 마소서."라고 하셨다.

우리 집안이 국척이 되기 전에도 대대로 그런 말단직을 하였다는 말은 듣지 못하였기에 그 말씀이 옳은 줄은 알되 우습게 생각했으나 지금 생각하니 밝은 말씀이던가 싶다. 풍채가 엄정하시고 얼굴이 수려하여 모친을 많이 닮으셨으니 내가 뵈오면 매양 반갑기 그지없고 선왕께서도 매양,

"아무개도 크게 쓸 만하다."라고 하셨다.

또 주상께서는 큰외삼촌 대접하길 스승같이 하시니 특별하신 은혜가 당신 지체뿐만 아니시니, 집이 무사했더라면 당신 공명일 뿐더러 일신의 빛남이 어디에 비길 것이 아닐 것인데도 집안의 액운으로 중년에 홀연히 별세하니, 내 슬픔이 한갓 집안 위한 마음뿐 아니라 통석함이 골수에 박혀 있어서, 수십 년이 되었지만 가슴이 막히고 눈물이 흐른다.

상사 때 주상이 제문을 친히 지으셔서 덕행과 문장을 칭찬하여 치제(致祭)[32]하시니, 그때 집안 사정으로 이런 특별한 은혜가 계심을 감축하고, 그 후에 친히 서문(序文)을 지으셔서 문집을 내어주실 정도로 애영(哀榮)이

---

[29] **음관(蔭官)** 조상의 공덕으로 얻은 벼슬.
[30] **주부(主簿)** 종6품의 벼슬.
[31] **봉사(奉事)** 종8품의 벼슬.
[32] **치제(致祭)** 공이 있는 신하에게 내리는 제사.

극진하시니, 지하에서도 이것을 아시면 죽은 뒤에라도 은혜를 갚음이 어떠하시리오.

정유년 8월에 숙제의 화색이 더욱 망극하니 하늘을 우러러 처분을 기다렸다. 주상께서 살피셔서 생명을 살려주시고, 무술년에 일월(日月)이 비추시어 원통함을 밝혀 주시니, 숙제에 대하신 성은은 하해(河海)와 같으셔서 만고에 드무시고, 내 동기를 살려내니 그때 감격함을 어찌 형용하리오. 선친이 그때 올라오셔서 궐 밖에 대죄하시고 무사한 후에 입시하시고 나를 보시니, 삼 년 동안 망극한 상면과 무궁한 경력을 지내시고 노쇠하심이 극도에 이르셨다.

내가 기쁨과 원통함으로 가슴이 막혀서 오래 떨었고, 선친께서는 숙제가 살아남을 감읍하시며 생전에 만남을 반가워하고 곧 나가셨다. 내가 손을 잡아 오래 사셔서 집안이 나아져서 다시 뵈옵기를 암축(暗祝)³³하고 눈물로 하직하였다. 그러나 내 죄역이 갈수록 중하고 깊어서 하늘이 화를 내리시어 그해 섣달 초사일에 대고(大故)³⁴를 만나서 다시는 올 수 없는 길이 되었으니 사무치는 원통함이 망극하고 망극하다. 누가 부모를 잃지 않으리오마는 나 같은 슬픔이야 고금에 다시 있으리오.

기품을 헤아리면 칠순을 사실 수 있었을 것이지만 나라를 위하여 수십 년 애태우시고, 흉당(兇黨)의 무욕을 수없이 당하시어 마침내 집안이 전복되어 몸이 오역하셨으나, 간절한 혈심(血心)을 씻지 못하시고 지극한 원한

---

³³· **암축(暗祝)** 신에게 마음속으로 기원함.
³⁴· **대고(大故)** 여기서는 작가의 아버지인 홍봉한의 별세를 말함.

을 품고 수명을 재촉하기에 이르셨으니 이 일이 누구의 탓이리오. 그것은 모두 불초불효(不肖不孝)한 나를 두신 때문이니, 나는 뼈를 갈아도 이 불효를 속죄하지 못할 것이지만 모진 목숨을 또 건져서 땅 위에 보전함은 주상의 성효(聖孝)에 이끌림을 면치 못하며 선친과 화복을 함께 못 하니 부끄럽고 슬픔이 천지에 사무친다.

어느 누가 부모의 사랑을 입지 않았으리오마는 나 같은 이 없으니, 어린 니이에 부모를 떠나 있다가 모친을 중도에 여의고 자모의 정을 겸하시어 한시도 나를 잊지 못하셔서 추호만 한 일이라도 내 뜻을 그르칠까 염려하셨다.

명도(命途)[35]를 슬퍼하는 것이 심중의 고통이 되어서 힘에 미치는 것은 내 뜻을 받기에 힘쓰시니, 궐내에서 작정한 진상물 외에 동궁처소는 용도가 넓지 못한데, 그 사이 아무 말 않으신 중에 요구에 응하는 재물은 허다하여 이루 형용할 수 없다. 당장 급한 일이 무수한데도 내 마음이 쓰이지 않게 하기 위하여 재물이 얼마인지도 모르고 삼십 년 장상(將相)의 내외요임(要任)을 일시도 떠나지 않았으나, 곳곳의 창고가 충만하고 나랏일에 전심하여 재물을 보용(補用)하게 하여도 조금도 낭비하신 일이 없었다.

그러나 재주와 국량(局量)이 비상하셔서 부득이 쓰고자 하시는 것은 미치지도 못할 듯이 거행하시니, 이것이 작은 일이지만 지극한 정리를 믿어서 급한 때를 무사히 지내고 나면 내가 다행할 뿐 아니라 일에 임하는 궁

---

[35] **명도(命途)** 운명과 재수.

중 사람들이 손을 모아 감축하였다.

임오년 가례 때에 모든 일을 준비하셔서 나를 도우시고, 상사를 당했을 때에도 초종의대(初終衣帶)를 모두 애써 감당하시고, 삼 년 제향을 돕는 물건과 대소상 때의 제물도 용동궁(龍洞宮)이 해포³⁶로 밀린 부채가 있으니 쓰지 말라 하시고 모두 도우셨으니, 어느 것 하나 정성 안 미치신 것이 있으리오. 청연 형제의 혼례 때도 부친이 도우셨다. 이렇게 전후에 나에게 들이신 재물이 몇 만금인지 모르니 이것이 모두 나라를 위하신 일이겠으나, 나의 불안은 자연 심하여 매양 조용히 말씀드릴 때,

"내게만 이렇게 애쓰시고 동생들을 어찌 돌아보지 않으십니까?"

하니 부친이 웃으시며 말씀하시되,

"나라가 태평하면 저희들이 살 것이니, 집안이며 논뙈기 장만하여 준 것도 옛사람에 비하면 매우 부끄럽습니다."

라고 하시니, 당신 처지에 이 말씀이 어찌 감복치 않으리오.

당신이 임금 섬김에 충성을 다하심과 집에 있어서의 효우(孝友)하심과 직무에 청렴결백하고, 사무처리에 있어서 모든 관리와 전국의 백성이 은혜와 덕을 입지 않은 이가 별로 없으니, 이것은 사언(私言)이 아니라 온 세상의 공언(公言)이니 내가 길게 말할 필요가 없다.

어머니를 일찍이 여의심으로 외가에 정성이 극진하시고, 외조부모의 제사에 반드시 제수를 맡으시고, 종질들을 도우시는 일에도 각별하시고, 빈

---

³⁶. **해포** 한 해가 조금 넘는 동안.

궁한 친구와 일가를 두텁게 구제하여 끼니를 잇는 집이 얼마인지 몰랐다. 천성이 소박하셔서 당신 처지가 어떠하시며 지위가 어떠하신데도 불구하고 계시는 방에 좋은 종이로 벽을 바르시지 않고, 그림 한 장 붙이는 일이 없고, 고운 보료를 깔지 않고, 고운 병풍을 치지 않고, 물건 한 가지 놓으신 일이 없이, 일생을 무명바지와 무명 웃옷을 입으셨다. 그리고 반찬은 잘해 잡수신 일이 없고, 말년에는 자신을 죄인으로 자처하시고 초가집에 거처하시고, 두 가지 반찬을 못 놓게 하셨다니, 천성이 착하지 않으면 어찌 이렇게 하시리오.

일찍이 두 군주의 족두리에 구슬 얽은 것을 보시고,

"몸이 가려워서 차마 못 보겠다." 하시고 나를 경계하셨다.

이 한 가지 일로 미루어 백 가지 일을 알 수 있으니 슬프다. 당신의 덕행이 이러하시고 사업이 이러하시고, 몸을 닦으며 일에 처하심이 이러하시니, 나중의 운수가 사나워져서 성은을 종시 보전치 못하고 지하에서 원한을 품으시니, 이 일을 생각하면 하늘에 사무친 한이 가슴에 박혀서 일시도 살고 싶은 마음이 없었다. 그러던 중 수영(守榮)이가 오라버니 삼년상 중에 또 화변을 만나 승중(承重)[37]하니, 내 몸에 상복이 겹겹이었다. 나는 수영이 태어난 후부터 종질로 각별히 생각하였고 양대(兩代) 안 계신 뒤로 집안의 중대한 책임이 나이 적은 수영에게 지워졌다.

중제의 성품이 효우하고 자상하였으며 권세와 이욕에 담담하여, 경인년

[37.] **승중(承重)** 장손으로 아버지와 할아버지를 대신하여 조상의 제사를 받듦.

후에 서울집을 떠나 삼호에 살면서 세상에 나오려고 하지 않고 모든 일을 공평히 처리하였으므로 부친이 매우 기대하셨다. 삼호에 계실 때는 중제가 부친을 모셨고, 신묘년 귀양 때도 따라가서 모셨고, 병신년 9월에는 고양(高揚)으로 따라 옮겨갔었다.

그리고 상을 당한 후 형제가 서로 의지하여 울음으로 지내는 중에도, 아우를 거느리는 것과 조카를 가르침이 한몸같이 극진하였다.

선친이 안 계신 후로 중제에게 모든 집안 일을 맡기니, 중제는 선친 계실 때같이 내 마음을 알아서 매사를 근심 않게 잘 처리하였으므로 나의 기대가 선친이 돌아가신 후로 백 배나 더하였다.

계매(季妹)가 기묘년에 출가하여 매우 빈곤하였으나 자녀를 계속 낳고 남편이 급제까지 하여, 나라의 은혜를 입고 안락하기를 바랐으나 천만 뜻밖에 우리 집이 그릇되고, 제 시집의 화고(禍故) 또한 망측하여 옥 같은 자질이 진흙 속에 떨어지니, 제 집안을 위한 망연한 근심 가운데 이 아우 못잊는 마음이 어디에 비하리오. 제가 하향하여 거리가 멀지 않았으나, 선친께서는 국법을 무섭게 여기셔서 불러 보시는 일이 없고, 내가 또한 편지를 통하지 못하니 제 설움이야 더할 것이 없다가 선친께서 변을 만나니, 의지하여 바랄 바가 끊어져서 슬퍼하고 생애가 더욱 망연하였다.

중제는 선친께서 하시던 바와 조금도 변함이 없이, 한 푼의 돈과 한 되의 쌀과, 심지어 간장까지 모두 염려하며 의논하여 곤궁한 처지를 도우니, 이것은 동생에 대한 정이라고 하나 후세에 잊지 못할 우애요, 그 부인 또한 우애가 극진하여 남편의 뜻을 받아 환난 중에도 친동생보다 더하였다.

이 내외가 아니었다면 제가 어찌 지탱하였으리오.

계제(季弟) 다섯 살 때에, 선친께서 김성응 공(金聖應公)의 둘째아들 지묵(持默)의 맏딸에게 정혼하였는데, 그 후 그 처녀가 담종(痰腫)[38]으로 성혼할 가망이 없게 되었다. 김 공이 선친께 그로 인하여 혼인을 도로 물리자고 하였다.

그러나 선친께서는,

"우리 두 집이 이미 약혼하였는데 지금 와서 처녀가 병들었다고 언약을 저버리면 사부의 도리가 아니요, 병 때문에 비록 부부의 도를 못 이루어도, 이것이 모두 저희들 팔자니 하늘에 맡길 뿐이오."

하고 혼인을 이루었으나 본디 인륜의 도(道)는 못 되었다.

그러다가 병술년에 그 댁이 갑자기 죽으니 아우가 무슨 정이 있었으리오마는 지나치게 슬퍼하고 오래 재취하지 않았다. 선친께서 신의를 중히 여겨서 혼인을 물리지 않으신 것도 드문 일이요, 아우가 오래도록 불쌍히 여기고 재취하지 않은 일도 또한 쉽지 않은 착한 마음이었다. 그해에 할머니를 잃으니 아우는 어머니를 두 번 잃은 것같이 슬펐다.

내가 모든 일에 못 잊어하는 것은 이름이 동기지만 자식과 어찌 다르리오. 제 기상과 박식으로 집안의 번영함을 보았으나 제 몸에 좋음이 없었고, 스물이 갓 넘으면서 집안이 그릇되어 동서로 떠돌고, 집안 걱정 외에도 숨은 근심이 있어서 반생을 즐거움을 모르니, 내 심중에 불쌍함이 동

---

38. **담종(痰腫)** 담이 몰려 생긴 종기.

기 중에서 각별하다가, 마침내 아버님 잃은 고통을 또 만나니 가엾은 생각이 백 배나 더하여 잊지 못하였다. 삼년상을 마치매 삼형제가 별같이 흩어지니 서로 돌아보고 동으로 돌아보아도 각각 그리워하는 마음이 한량없었다.

선친께서 나를 낳으신 하늘 같은 큰 은혜와 천륜 밖에 뛰어나신 자애며, 그리고 나로 말미암아 집안이 이러하니 내 생각할수록 이 몸이 없어져서 불효를 사죄코자 하나, 모년부터 결단치 못함이 주상을 위하여 못함이며, 무술년에 따르지 못한 것도 주상의 고위(孤危)³⁹하심을 잊지 못한 까닭이었다.

동궁을 섬기는 것에도 죄를 짓고, 선친 섬기는 효성에도 도리를 저버린 사람이 되니 스스로 내 그림자를 보아도 낯이 덥고 등이 뜨거워서 밤이면 벽을 두드려 잠을 이루지 못하기를 몇 해였던가. 국운이 불행하여 흉변이 자주 생기니 나라를 위하여 근심하고 두려워함이 간절하였다.

기해년에 국영(國營)이 수원부사를 청했다가 거절당한 일로 선친에 대한 역심이 더욱 흉악망측하였다. 어느 때인들 난신적자(亂臣賊子)⁴⁰가 없었을까마는 이런 역적이 또 어디 있으랴. 사사로운 집안의 고통뿐 아니라 국세가 외롭고 위태로우므로 간장이 마디마디 녹다가 임인년 경사(慶事)⁴¹를 얻었다. 그 경사롭고 즐거움이 그지없어 슬프던 마음에 태평만세를 기

---

³⁹· **고위(孤危)** 외롭고 위태로움.

⁴⁰· **난신적자(亂臣賊子)** 나라를 어지럽히는 신하와 부모를 적대하는 자식.

⁴¹· **경사(慶事)** 정조 6년, 문효세자가 탄생한 일.

약하였다.

갑진년에 선친에 대한 죄를 풀어 용서하시는 은교(恩敎)가 계시고 또 시호(諡號)를 내리시니, 내 생각으로는 선친의 혈충단심(血忠丹心)으로 보아서는 이 일 받으심이 오히려 늦은 것을 슬퍼하나, 당신은 지하에서도 감축하실 것이다. 나는 감격의 눈물을 흘릴 뿐이며 수영을 종손이라 하여 벼슬을 시키시니 성은이 갈수록 축수하나, 제 자취가 불안스러워서 별로 기쁘지는 않았다.

국운이 또 불행하여 병오년에 왕세자가 세상을 떠나니 주상께서 외롭고 위태하심과 나라의 정세가 몹시 두려운 것이 새로이 더하였다. 나는 주상을 위로할 말이 없어 하늘에 원하여, 성자(聖子)를 주시어 국가 만년의 기초되기를 빌고 빌었더니, 조종의 신령이 도우셔서 경술년 6월에 큰 경사를 다시 얻으니, 그 경사로움이 천지에 끝이 없고 하늘의 고마우심을 무엇으로 갚으리오. 손을 모아서 사례할 뿐이며 이 몸이 살아서 나라의 경사를 다시 볼 줄을 어찌 기약하였으리오.

내가 아이 낳던 날을 당하면 나를 낳아 기르신 부모님 은혜를 추모할 뿐 아니라, 세상에 나온 것을 슬퍼하면서도 주상의 효성에 힘을 얻어 지내나, 이 날이 있을지 모르다가 천만 뜻밖에 내가 살아서 이런 경사를 보니, 저 하늘이 나를 불쌍히 여기셔서 이러한 큰 경사를 내려주신즉, 스스로 몸을 어루만져서 하늘의 어여삐 여기심을 축수하였다. 이 경사가 있은 후로 하늘이 주신 복을 받아 평생의 죽고 싶은 마음을 돌이키니 내가 나라의 경사를 얼마나 즐겨하는 줄을 알 것이다.

주상의 효성이 탁월하셔서 자전(慈殿)을 극진히 받드시고, 부모로 인한 숨은 고통이 있어서 유명지간(幽明之間)에 슬퍼하시니, 운수로 참지 못할 일이었다. 내가 당한 일은 신명께서 다 아시니 내 어찌 일호라도 어김이 있으리오. 주상의 슬픔과 설움을 내 도리어 슬퍼하고 추모하는 일은 일국 (一國)이 감동할 것이요, 살아 있는 어미에게 천승지양(千乘之養)[42]으로 하 시는 것이 극진하니 내 또한 무슨 여한이 있으리오.

곤전(坤殿)과 중원하셔서 양전(兩殿)이 화락하시며, 여러 빈(嬪)들을 고 루고루 거느리시며, 두 누이를 사랑하심은 더 말할 것이 없으시니, 내 어 미의 구구한 정으로도 더 바랄 것이 없었다. 나는 두 딸을 위한 천륜의 정 뿐이지 저희들을 못 잊어서 부족함이 없고, 심지어 서제(庶弟)[43] 둘에게도 죄악이 부자지간에 못할 것이로되, 성덕으로 극진하신 은혜가 천고에 드 무시니, 누가 감동하지 않으리오마는, 내 근심이 밤낮으로 놓이지 않았다.

내전이 후덕하시고 인후하셔서 안살림이 진선진미하시고, 자전 받드옴 과 나를 섬기심이 지성이시고, 또 가순궁(嘉順宮)은 성효롭고, 또 공손하 고 검소하여 임금 섬기옴과 원자(元子)[44]를 보호하고 교훈함이 지극하니 아름답고 공이있어 나라의 보배가 아니랴. 종사가 면면하기를 이 한몸에 빌며 궁중에 화기가 넘침이 근래에 보지 못한 일이니 내 위로 자전을 받들 어 궁중에 범절 있음을 우러러 치하하고 자랑하는 마음이었다.

---

[42] **천승지양(千乘之養)** 임금의 힘으로 부모를 봉양함.
[43] **서제(庶弟)** 사도세자의 후궁 숙빈 박씨의 소생 인과 진.
[44] **원자(元子)** 순조.

내가 지아비를 잃은 슬픔을 품고 경력이 많으나, 주상을 성취시켜서 성덕이 저렇게 거룩하시고, 원자는 여섯 살의 어린 나이지만 총명 효우(孝友)하여 주상을 닮으셨으니, 우리나라가 성자신손(聖子神孫)[45]이 대대로 이어 억만 년 태평하기를 빌고, 두 군주를 길러서 저희들이 각각 귀주의 교만이 없어서, 나라 우러러 모시는 정성이 극진하면서 한마음으로 근신하였다. 이것은 왕희(王姬)로서 드문 일이니, 저희들 평생 조심하고 부지런함을 힘입어서 길이 복을 누릴 듯이 기특하게 여겼다. 또 외손(外孫) 아이들이 잘못 나지 않아서 혹 준수하며 청려하고, 저희들 젊은 나이에 며느리를 보며 사위를 얻으니 그윽이 기뻐하되, 다만 청선(淸璿)이 숙녀의 현덕으로 신세가 그릇되어 어미 운수와 비슷하게 된 것을 슬퍼한다.

집안이 그릇된 후에 동생들이 궁향(窮鄕)[46]에 칩거하니 생전에 보기를 기약하지 않았더니, 경술년의 큰 경사 후 은교(恩敎)가 정중하셔서 나에게 알아 두라 하시니, 세상에 거두지 못할 자취로되 성은이 황감하여 염치를 무릅쓰고 황망히 들어오니, 성의(聖意)가 나의 이전의 무슨 근심을 씻게 하셔서, 동생을 생전에 다시 보게 하시니 갈수록 천은이 망극하였다.

화고(禍故) 후에 만나보니 말이 없고 눈물뿐이며, 성은(聖恩)을 노래하듯이 깊이 찬송하여 산중에서 병 없이 오래 살며 여생을 마치길 바라고 있었으며, 지난해에 내 나이 육십이었다 하고, 세 동생과 두 삼촌에게 모두 가자(加資)[47]를 주시니, 버려진 몸에 이 얼마나 고마운 천은이랴. 분수에

---

45. **성자신손(聖子神孫)** 성군(聖君)의 자손.
46. **궁향(窮鄕)** 서울에서 떨어진 궁벽하게 치우친 시골.

넘쳐 감축 황송하기가 이를 데가 없었다.

6월의 내 생일 때 두 삼촌을 뵈오니 기쁨이 세 동생 보던 때와 같았다. 내 숙계부(叔季父)와 나이가 서로 같아서 한집에서 자라날 제 친애함이 남의 숙질과 달았다. 숙부는 나에게 매양 유희할 것을 주시고, 계부는 나이 일년 적어 사랑함이 각별하였는데 글 읽으시면 옆에서 서수(書數)⁴⁸를 펴 드렸다. 조모께서 덕행이 지극하셔서 아들과 손자 손녀를 가리시는 일이 없으시고, 선비께서 수숙(嫂叔)⁴⁹을 길러내는 정이 자모 같으셨으므로 우리 숙질간의 정이 동기와 다름이 없었다.

숙부는 뜻이 담백하셔서 일찍이 과거를 보지 않으시어 내가 존경하였고, 계부는 풍채와 예절이 맑고 높은 데다 문학까지 갖추시어 주상이 입학하실 때 맡아서 보시고, 즉시 입조하여 명성과 덕망이 높아서 조정의 큰그릇이 되어 나의 기대가 범상치 않더니, 무수한 고생을 겪고 의외에 뵈오니 기쁨이 또한 동생 본 듯하였다.

숙모는 내가 입궐한 후에 들어오셔서 자주 뵈온 바 없으나, 성품과 식견이 보통 부인과 달라서 우리 선비와 중모(仲母)께 동서됨이 부끄럽지 않으셔서 일가(一家)가 칭찬하였다. 그러나 중년에 돌아가셔서 집안 부녀의 변상(變喪)이 이어서 나니 이것이 또한 불행이었다.

계모는 내 이종(姨從)이셨는데 성질이 온공하고 겸손하여 진실로 부덕

---

⁴⁷· **가자(加資)** 정3품 통정 대부 이상의 품계를 올리는 것.
⁴⁸· **서수(書數)** 글 읽는 횟수를 세는 물건.
⁴⁹· **수숙(嫂叔)** 형제의 아내와 남편의 형제.

이 구비되시니, 어려서부터 서로 놀아서 정이 각별하였다. 내 집에 들어오시니 선비께서 딸같이 사랑하셨다. 나와는 친하기 더욱 간절하여 만나면 옛정과 옛말을 다 펴더니 집이 그르게 된 후 음성과 안색이 침울하여 산중에서 세상 소식을 끊고 지내셨다.

계부는 경서와 사서 읽기를 일삼고 계모는 길쌈에 힘써서 산중의 낙을 삼았고, 두 아들과 네 손자가 쌍쌍이 벌여 있었으며, 집안의 슬픔은 평생의 한이었으나 부부가 해로하여 회갑을 지내시니, 임하(林下)의 낙은 실로 산중의 분양왕(汾陽王)[50]과 같았다. 내가 당신네를 위하여 기뻐하고 마음속에 내 집이 필 때에 형제 숙질이 차례로 종적을 감추어 높은 벼슬을 사양하고 임천(林泉)을 따랐으면 집안에 화(禍)가 어찌 생겼으리오. 이 일을 생각하면 부귀가 빈천만 못한 것을 깨달았다.

이 해를 당하여 내 지통이 무궁하니 정상을 어찌 다 말로 하리오. 주상이 추모하여 너무 슬퍼하시니 내 비통은 둘째요, 옥체를 손상하실까 염려하여 슬픔을 마음대로 다 못 하고, 정월에 즐기지 않은 행동을 민망스럽게 당하고, 경모궁의 주갑(周甲)[51] 되시는 날, 자전을 모시고 가서 절하고 뵈오니, 곤전(坤殿)도 나오시고, 가순궁도 가고, 두 군주도 따랐다.

나의 억만지통이 일어서 신위를 우러러 내 가슴에 가득한 슬픔으로 울 때, 음성과 용모가 아득하여 한마디 알음이 없으시니, 유한은 무궁하고 심장이 막히나, 대전이 너무 상심할까 염려하고 말리시니 설움을 다 펴지 못

---

[50] **분양왕(汾陽王)** 당나라 무관인 곽자의. 당나라 최고의 공신으로 봉양왕에 봉해짐.
[51] **주갑(周甲)** 사도세자 탄생 60주년이 되는 날.

하고 돌아왔다.

만사가 모두 꿈만 같아서 마음을 진정치 못하나, 다만 주상이 착하셔서 추모의 애통도 지극하시고 궁원제향(宮園祭享)[52]의 범절에 일국의 기구로 받드심이 거룩하시고, 원자(元子)가 또 이상하여 당신 자손이 이 나라를 만만대 누리실 것이니, 모두 당신의 본질이 지극히 착하시기 때문에 자손이 대신하여 복을 누리는 줄 알고, 또한 심중에 위로받고 기뻐하노라.

기유년에 원소(園所)[53]를 수원으로 옮겨 모셨으나, 그때 재궁(梓宮)[54]도 뵈옵지 못하고 슬픔이 심하더니, 주상 당신의 추모가 심하므로 어미의 뜻을 받아서 원행(園行)을 함께 하자 하시고 데리고 가셨다.

나는 여편네 행색이 예법을 어길까 염려하였으나, 주상의 효성을 막지 못할 뿐 아니라, 이 해에 원소를 뵈오면 길고 긴 세월에 한번 기회요, 만년 유택(幽宅)에 지극한 원통을 조금이라도 풀고자 원상(園上)에 올라갔다. 모자가 서로 손을 잡고 분상(墳上)을 찾아서 천만지통을 울음으로 고하니 천지가 망망하고 유명이 막막하여 새로운 슬픔을 측량하지 못하였다. 작년에 거둥하여 애통을 너무 하셨으므로 그때 여러 신하들이 근심하였다는 말을 듣고 놀랐는데, 이번에도 하도 슬퍼하셔서 눈물로 풀이 다 젖었으니, 내가 놀라서 스스로 억제하고 주상을 붙잡고 모자가 위로하며 북받치는 슬픔을 서로 억제하였다.

---

[52] 궁원제향(宮園祭享) 나라에서 지내는 제사.

[53] 원소(園所) 왕세자, 왕세자빈 등 왕손 사친들의 산소. 여기서는 사도세자의 묘를 말함.

[54] 재궁(梓宮) 왕, 왕비, 왕세자의 시체를 넣던 관.

이때의 심정은 무심한 석인(石人)도 반드시 감동하였을 것이다. 또한 두 군주가 따라 울었으니 그 슬픔을 어찌 형용하리오. 주상이 원소 이봉(移奉)하시기를 수십 년 경영하여 큰일을 이루시니, 그때의 애쓰신 효성을 내가 감동하였는데, 이번에 가서 뵈오니 내 무슨 지식이 있어서 원소의 좋음을 알리오마는 산세가 기이숙명(奇異淑明)하여 봉우리마다 정신을 맺었으니 잘 옮기신 것을 마음으로 다행하다고 기뻐하였다.

석물(石物) 배치하신 것이 모두 기이하여 마음 쓰시지 않은 것이 없으니 감탄하였다. 그러나 내 모진 목숨은 갈수록 염치없이 살아남은 것이 부끄러운데, 슬픔 가운데 그것을 생각하니 경모궁께서 돌아가실 때 주상이 열 살 갓 넘으신 어린 나이시더니 어려운 가운데에 무사히 성장하셔서 보위(寶位)에 오르시고 청연 형제도 열 살 안의 유아였는데 끼치신 골육을 간신히 보전하여 거느리고 와서, 내가 당신 자녀의 성취를 마음속으로 간절히 고하니, 이 한마디만은 내가 살았음이 보람 있었다고 할 수 있을 것이다.

내려갈 제 주상이 내 가마 뒤에 바싹 서시고, 나라 거둥의 위엄을 모두 내 앞에 세우셔서 찬란한 깃발은 풍운을 희롱하고, 진열한 풍악은 산악을 움직이고, 노량진의 배다리는 평지를 밟는 것과 같고, 망해(望海)의 높은 산은 반공에 솟은 듯, 태평연월(太平烟月)은 강호에 유람하니 마음이 편해지고, 안계(眼界)는 멀고 높아서 심궁(深宮)에 있던 몸이 일시에 장관하니, 실로 쉽게 얻을 일이 아니었다. 주상이 나의 안부를 행차 중에 자주 물으시니 행로에 빛이 나며 이 몸이 영화로워서 효성에 감탄하였으나 도리어 불안하였다.

　원소 다녀온 이튿날에 화성행궁(華城行宮)에 큰 잔치를 배설하여 관현(管絃)을 연주하고 가무가 흥겨운 가운데 내외귀인을 모두 부르시고, 화연, 채화(彩花)와 금수(錦繡)가 영롱하고 궁중 진미인 술과 안주는 수륙(水陸)이 겸비한데, 우리 주상이 옥수(玉手)에 금배를 친히 잡아 이 노모에게 헌수(獻壽)[55]하셨다. 이렇듯 전에도 드물고 이제도 없는 일을 내 몸에 친히 당하니 귀하고 외람됨이 측량 없고, 옛날을 추모하는 뜻과 달라서 진실로 즐길 수는 없으나, 주상이 지효(至孝)로 하시는 뜻을 어기지 못하여 받는 나의 마음은 측량없이 불안하였다.

　미망인이 세상의 갖은 풍상을 겪고 비환애락(悲歡哀樂) 신세의 이상함이 역사에 나타난 후비(后妃) 중에서 나 같은 팔자가 없으니, 주상이 나를 위하여 이번 일을 하도 장대히 하시니, 그 성심을 생각하면 내 마음이 백 배나 서러웠다. 이 잔치를 베푸시는 데 눈에 보이는 것마다 화려하며 풍성하여 지성이 안 미치신 데 없으니 재물을 허비함이 무수하여 보였다. 그리하여 내 마음이 더욱 불안하나 일호도 탁지의 경비를 소모함이 없이 모두 내수사(內需司)로 손수 마련하신 것이니, 효성도 지극하시고 재략(才略)도 이상하심을 만만 흠모하였다. 또 문물 위의(威儀)의 숙련함과 모든 일 집행하는 질서가 주상의 교화로 되지 않은 것이 없으니, 걱정 불안과 추모의 비통 가운데서도 믿음직한 회포를 잊지 못하였다.

---

[55] 헌수(獻壽) 장수를 비는 술잔.

원소를 뵈옴과 내외빈을 모심은, 한명제(漢明帝)가 음황후(陰皇后)를 모시고 광릉(光陵)에 전배(展拜)하고 모후의 본가에서 일가를 모아서 즐기던 사적을 보았는데, 이번 일이 명제의 일 같아서 미담으로 후세에 전할까 한다. 외빈은 팔촌친(八寸親)까지 청하니, 육촌 대부(大父) 감보(鑑輔) 씨 아들 선호(善浩) 씨가 여러 아들을 데리고서 무리 지어 일가를 거느린 채 들어오고, 외가는 오촌을 넘겨 외사촌 산중(山重) 씨가 아들 감사 태영(泰永)의 사촌 아우 도영(道永)과 그 아들 셋이 참례하였으니 옛일이 생각났다.

내빈은 조 판서댁 고모, 계모(季母) 송씨, 선형(先兄) 부인 민씨, 종제(從弟) 심능필(沈能弼)의 처, 오빠의 딸 사복첨정(司僕僉正) 조진규(鎭趙奎)의 처, 중제 부인 이씨, 숙제 부인 정씨, 숙제의 딸 유기주의 처, 중제의 딸 이종익의 처, 대동 재종질 참판 의영(義榮)의 처 심씨, 의영의 종제 세영(世榮)의 처 김씨가 모였다.

선친의 첩은 선친 시중을 들었더라도 천한 사람으로서 대궐 출입은 못하였지만, 행궁이 모이는 데는 좀 다르기 때문에 나를 보게 불러 들여오니, 그 몸에는 이런 은영(恩榮)이 없으며, 그 아들 낙파(樂波)[56]가 감관(監官)으로 위인이 영리한 고로, 비록 서족이나 주상께서 가까이 불러서 어여삐 여기시고 그 밑의 세 아들이 또 성장하여 다 똑똑한 인물이니, 그 어미의 팔자가 천인으로 이러하기가 드문 일이다. 불쌍하다 나의 계매(季妹)여, 제 남편과 십 년 동안 떨어졌다가 큰 사면을 얻어 특별히 석방되니, 그

---

56. **낙파(樂波)** 작가의 서제(庶弟).

처지에 이런 은혜가 또 어디 있으리오.

그 부부가 다시 만나서 천지 같은 은덕을 축수하고 지내더니, 작년 명릉(明陵) 거둥에 제집이 가까웠기 때문에, 여자의 마음에도 임금을 그리워하는 마음이 간절하여 시골집에서 구경하고 있었다.

주상께서 어떻게 아셨는지 사람을 보내어 안부를 물으시고 낙파로 하여금 돈과 필목을 많이 주셨다. 하사물(下賜物)은 전부터도 계시거니와 이번엔 가난한 집에 빛이 나고, 동리 사람들이 놀라서, 향민(鄕民)들이 역적 집으로 업신여기다가 이번 은수(恩數) 후 편하게 살게 되니 이런 은혜가 또 어디 있으리오.

내가 저를 수십 년 이별하고 매양 불쌍하여 하룻밤도 마음이 놓이지 않으므로 주상께서 자세히 살피시고 특별히 국법을 굽히셔서 나를 만나게 하오시니, 제 황공함은 말할 것도 없거니와 내 사심에 매우 불안하지만 내가 다시 생전에 저를 보게 하시는 성은에 감격하여 형제가 부득이 상교(上敎)를 받들어서 서로 만나보니 꿈결 같아서 심신이 놀라웠다.

제 젊었던 얼굴과 아름다운 자질이 칠팔 분 바뀌었으니 반갑고 아까워서 손을 만져도 눈물이요, 뺨을 대도 눈물이니 슬픈 말 기쁜 말이 엉킨 실풀 듯 다소 경력을 이루 다 못 펴고 오륙 일이 얼른 지나서 또 손을 나누었다. 생전에 못 보리라고 생각하였을 적도 있건마는 새로 놀라서 다시 보기 어려우니, 이후 생사화복은 하늘에 믿어 두니, 내 마음과 제 축원을 길게 말하여 무엇하랴. 제 어진 심덕으로 사남 오녀에 또 손자가 셋이니 제 시집이 그렇지 아니하면 복이 비할 데 없으니, 혹 하늘이 제 심사를 부촉하셔서 늘그막에 근심스런 눈썹을 펴고 나라 은전을 받아, 남이 도리어 유복을 칭찬할 때가 있기만 바란다.

계고모(季姑母)께서 두 살에 어머니를 여의시니, 선친이 각별히 우애하시고, 고모부도 어려운 사람으로 많은 사람들로부터 신망이 있어서 대접하심이 한갓 남매의 정뿐 아니다. 입조 후에 서로 사랑함이 범연하지 않더니, 이러저러한 일들이 속출하고 인사가 끝이 많았던 중간 말이야 다하여 무엇하리오. 필경은 두 집이 다 그릇되어 고모의 슬픔이 첩첩이 쌓여서 불행함이 그지없었다.

작년 조공(趙公)의 일이 해명되어서 완전한 사람이 되고, 고모께 성은이 내려 입궐하시고 또한 내빈으로 으뜸이 되어 오셨다. 비록 팔십의 노령이시나 강건함이 소년과 같으시고, 청명한 용모와 자상하신 마음씨와 민첩하고 슬기로운 재기(才氣)가 조금도 감치 않으셨으니, 실로 봉래(蓬萊) 바다의 액운을 여러 번 겪은 마고(麻姑)[57] 같으셨다. 돌이켜 생각하면 선친이 칠순도 못하신 일에 눈물을 금치 못하다가, 그 계고모를 뜻밖에 만나뵈오니 곤궁하고 액운이 심한 가운데서도 모든 범절이 쇠하지 않으시고, 주상께서 양반다운 부녀라고 칭찬하시니 당신께 얼마나 영광스러우리오.

우리 형님 민 부인(閔夫人)께서 대갓집 맏며느리로서, 옛날 우리 집이 대궐과 수응하여 선친을 모시는 예의가 날로 번화하여 예사 부녀는 하루도 받들기 어려웠으나, 그 다병(多病)하신 중에도 좌우를 잘 다스려서 의

---

[57] 마고(麻姑) 중국의 옛 선녀 이름.

식 차에 하나도 궁색함이 없고 사람과 집안을 다스림에 법도가 있었다. 규문(閨門)의 엄숙함이 조정 같아서 부귀에 처하시기를 삼십 년을 하시니 예사 부녀로서는 할 수 없는 일이었다. 집안의 공론으로도 장부로 났으면 정승 할 그릇이라고 칭송하였다.

5남매를 키워냈는데 제각기 뛰어나서 복이 비할 데 없더니, 중년에 미망(未亡)이 되고, 수영의 전처로 김충헌 공(金忠獻 公)의 현손녀(玄孫女)가 들어왔는데, 여편네로되 큰집 규범이 있어서 형님의 뒤를 이을 듯하더니 불행히 잃으시고, 박(朴), 송(宋) 양녀(兩女)를 연이어 잃으셨다. 또 취영(就榮)의 변상(變喪)이 나니 당신을 뵈올 적마다 노경에 그러하심을 슬퍼하여 눈물이 나고 큰집이 외롭고 위태로워짐을 민망히 여겼다. 그러다가 수영이 신해(辛亥)에 아들을 낳아 이름을 세주(世周)라고 하였는데, 그놈이 슬기롭고 깨끗하여 큰그릇답게 생기고, 궁중에 들어와 그 어린 것이 원자를 잘 모시고 놀 줄 알아서 매우 기특하였다.

주상이 원자를 데리고 앉으시고 수영이는 제 아들을 데리고 모시면 주상이 기뻐 웃으셨다. 내가 매양 국가를 위하여 염려가 많다가, 군신 상하가 다르나 이 경사를 보고 국가를 위하여 기쁘고 다행함이 이를 데 없어서, 민 부인을 이번에도 만나서 서로 치하하고 위로하였다.

또 조태인(趙泰仁) 댁[58]이 어려서부터 제 고모를 데리고 궁중 출입을 지금까지 계속하고 있다. 제가 왕래할 적마다 나는 아우 생각이 심하게 났

---

[58]. **조태인(趙泰仁) 댁** 작가의 조카딸.

다. 제 얼굴 모양이 온화하고 덕이 있어 돌아가신 모친을 많이 닮았고, 위의가 수려하기는 모부인(母夫人)을 닮았고, 또한 척리(戚里)의 여러 부녀 중에서 뛰어났으므로 궁중이 칭찬하여 외간부녀로 보지 않고, 주상으로부터 각별하신 총애를 받았다.

내가 저를 위하여 기쁠 뿐 아니라 선형(先兄)의 자녀가 각각 하나씩 있는데 주상께서 자애하셔서 이렇듯 극진히 하시니, 내가 선형을 생각하여 더욱 기뻐하였다. 이번 잔치에 두 삼촌과 세 동생이 다 남다른 대우를 받아 참례하였으나 선형의 그림자가 안 계셔 감회가 더욱 심하였다.

내 지친(至親)의 부녀들을 보니 위로되는 회포가 적지 않으나, 옛일을 생각하니 마음이 슬펐다. 우리 집이 경신(庚申) 후에 지냄이 어려웠는데, 중고모(仲姑母)께서 효가 지극하셔서 계모 부인께 지성하고 모친의 사랑이 친동기 같으셔서 매양 빈궁하신 때 도우심이 많았다.

내가 어려서 본 일을 생각하니 임술계해(壬戌癸亥)년 간에 정헌공(貞獻公) 삼년상을 마치고 몹시 가난할 때, 여러 차례 고모가 보내시는 것을 기다려서 향화를 올릴 적이 많았고, 동생님들 사랑하심과 여러 조카를 사랑하심이 자기 아들과 같으셨다. 성질이 너그러워서 마음에 두는 일이 없으시니 복록이 세상에 비할 데 없고, 주상이 동궁시절에 예우(禮遇)도 많이 받자와 계시더니 하루아침에 하늘의 재앙이 내려서 흥화가 비할 데 없어 그 장하던 복록이 연기같이 사라졌으니, 매양 생각하면 가슴이 막혔다.

계고모를 뵈오니 중고모의 생각이 간절하여 슬픔을 금치 못하고, 여러 사촌들을 작년에 보고 금년에 보니 모두 아름답고 글을 잘하여 사자(士

子)[59]의 풍도가 있어서 집에 가는데 들르니, 내 기특히 여기고 숙계부(叔季父)를 위하여 기뻐하였다.

그러나 귀양간 두 사촌을 생각하면 남만 못한 인물도 아니련마는 어찌 그리 운명이 기구하고, 집안 골육이 모두 성대한 잔치에 참례하는데 저희들만 그러하니 저희들 슬픔은 말할 것도 없고 내 마음의 아픔을 또한 어찌 참으리오.

지금 생각하니 이 사촌형이 그 장한 포부와 개제(愷弟)[60]한 인물을 지니고도 일찍 돌아가 불쌍하고 참혹하기 비할 데 없더니, 도리어 팔자가 좋아 화고(禍故)를 보지 않고 돌아간 듯싶었다.

숙제는 번리(磻里)에 집을 일찍 마련하여 재앙이 닥쳐 이리저리 떠돌 때 몸담을 곳이 있으나, 중제는 남의 집을 빌려 있는 고로 항상 민망하더니, 번리로 옮겨 형제가 함께 지내니 궁한 가운데 다행이었다.

계제는 회계 정사(精舍)[61]에 들어가서 서러움을 품은 현인처럼 수석(水石)을 즐기며 한가로운 심정을 나누며 사남 삼녀를 두고 손자까지 얻었으니, 비록 궁한 몸이나 눈앞의 유복은 남부럽지 않았다.

하지만 형제가 각각 떠나 있어서 내가 항상 민망히 여겼는데 우연한 변고로 두루 집을 옮겨 살았고, 문안에 집을 정하여 삼형제의 집이 한 언덕을 사이에 두고 솔밭처럼 벌여 지팡이 짚고 소요하며 형제가 우애롭게 지

---

59. **사자(士子)** 벼슬하지 않은 선비.
60. **개제(愷弟)** 용모와 기상이 단아하고 화락함.
61. **정사(精舍)** 학문을 가르치거나 마음을 수양하는 곳.

내니, 집은 비록 각각이나 뜻은 옛날 장공예(張公藝)[62]와 같아서, 동생 소식은 함께 들어가서 떠난 정회를 위로하니, 남들은 심상히 여기나 내 마음은 매우 기뻤다.

수영(守榮), 취영(就榮), 후영(後榮)의 삼질(三姪) 외에도 중제의 차자 철영(徹榮)과 계제(季弟)의 세 아들 서영(緖榮), 위영(緯榮), 귀영(貴榮)이는 작금년에 연하여 보니, 모두 아름다워서 여러 종형제와 다름이 없고, 어린 아이들까지 못난 인물이 없으니, 이것이 모두 선친의 음덕이시니 하늘의 보응(報應)하심이 어찌 우연이리오.

수영이 처음 벼슬을 받을 때에, 내 진심으로 벼슬 두 자가 놀랍더니, 병오년에 나라 일로 수영 외에 취영, 후영의 사종형제를 부르셔서 그후 음관(蔭官)을 이어 다하니, 사종형제가 아주 낮은 벼슬이라도 모두 한 것이 과분하다고 생각하던 중에 취영을 홀연히 잃으니, 그 뛰어난 자질로 묘년(妙年)에 저리함은 가문에 남은 재앙이 아직도 그치지 않은 모양이었다.

수영은 대가의 가풍으로 근신하고 매사에 주밀하여 종자(宗子)로서의 중책을 잘 감당함을 기뻐하고, 취영은 재학(才學)과 위인이 일문의 중한 보배였다. 그리하여 수영과 취영에 대한 추앙이 거의 같았고, 후영은 부드럽고 소박하여 짐짓 선비였으므로 내가 또한 어여삐 여긴다. 비록 음관이라도 몸들을 무례히 가질 듯하나 혹 맡은 일에 소홀함이 있어 나라에 허물을 보일까 혹은 남의 나무람이 있을까 근심이 끊임없으니, 이것 또한 집안

---

[62] **장공예(張公藝)** 중국 당나라 때의 사람으로 9대가 함께 살 정도로 우애가 돈독했다고 함.

을 위한 고심이다.

우리 집이 여러 대 재상가로 선인께 이르러서는 높은 정승에 오르시고, 뒤를 이어 중계부와 선형이 차례로 입조하여 매우 번창하더니 중제가 또 이어 입조하니 두렵기 측량 없고, 기축년에 숙제가 또 뒤를 이으니 인정에 기쁘지 않으리오마는 번성한 문호를 근심하였다. 오래지 않아 문호가 전복되어 사람을 헤어보면 흔한 급제에 참여하기는 괴이하지 않으나, 숙부같이 폐과(廢科)[63]를 하였으면 집안의 화가 그처럼 망극하지 않았을 듯하니, 근본인즉 부귀에 묻은 화이니 벼슬이 어찌 두렵지 않으리오.

너희가 각각 소과(小科)도 못하고 거적 사모(紗帽) 아래의 몸이 되니, 인정상 아낌이 없으랴마는 내 집안이 이제는 조금도 벼슬하기를 바라지 않았다. 수영이 너부터 앞서서 임금 섬기기에 정성을 다하고 벼슬살이에 있어서 청렴결백하고 일을 처리함에 있어 삼가는 가운데 충후(忠厚)히 하고, 집을 다스려서 화목한 가운데 강직 명철히 하고, 제사 받들기를 정결히 하고, 홀로 된 어버이를 극진히 효양하고, 맏누이를 형같이 알고, 익주(翌週)를 불쌍히 여기고, 숙계조(叔季祖)를 할아버지 우러러 받들 듯하고, 여러 숙부들을 선형(先兄)같이 섬기고, 나이 어린 고모를 누이 보듯 하고, 여러 종제(從弟)들을 가르치며 사랑하기 동기같이 하고, 먼 일가에 이르러도 환대하며, 문하의 궁한 사람을 버리지 말며, 비복에까지도 믿음을 받아서 선인과 선형(先兄) 하시던 덕행을 이어서 집안 명성을 떨어뜨리지 마라. 그

---

[63] 폐과(廢科) 과거를 포기함.

리하여 나라에 착한 척리가 되고, 집에 착한 자손이 되어서 전복된 집안을 다시 일으킴이 네 한 몸에 있으니 믿고 믿는다. 우리 주상이 만수무강하시고 성자신손(聖子神孫)이 계계승승하여 종국(宗國)의 억만 년이 반석 같고, 우리 모자손(母子孫)이 대대로 번성하여 나라와 함께 태평하기를 길이 축수한다.

내가 겪은 일과 축원하는 말을 동생에게 써 줄 것이로되, 네 청하는 바에 따라 너에게 써주니, 여러 숙부들께 보이고 간직해 두어, 내 필적을 네 자손에게 널리 전하기를 바란다.

신축년 신춘 십삼일 호동대방(壺洞大房)에서 씀.

5.

　화평옹주(和平翁主)는 선희궁의 첫 따님으로 영조대왕께서
자애가 각별하시고, 그 옹주의 성행(性行)이 온화 유순하여
조금도 오만한 습관이 없었다.

당신만 자애를 받고 동궁(東宮)께서는 그렇지 못한 것을 스스
로 불안히 여기고 민망히 여겨서 항상 부왕께,

　"그리 마옵소서."

하고 간하였다.

　동궁이 당하신 일은 곧 도와 드리고 대조(大朝)께서 크게
화를 내실 때는 이 옹주의 힘으로 진정하고 풀린 때가 많았으
니, 동궁께서는 고마워하시고 매사를 믿고 지내셨다.

　무진년 전에 동궁을 보호함이 온전히 이 옹주의 공이었
다. 이 옹주가 장수하여 부자 두 분 사이에 조화를 주선하였
더라면, 유익한 일이 많았을 터인데 불행히도 일찍 세상을
떠나셨다.

대조께서 슬픔이 지나치신 중 본디 정처(鄭妻)를 화평옹주 다음으로 사랑하시더니, 화평옹주가 없는 후로는 성체를 두실 데 없으시고 마음을 붙이실 데 없으시니, 자연 정처에게 정이 옮겨져서 각별한 총애를 하셨으니 이를 어찌 다 기록하리오. 그때 정처의 나이 겨우 열한 살이니, 궁중의 아이로 어린 유희나 알 뿐이지 무엇을 알리오마는, 위로 선희궁이 계시고 그 부마 정치달(鄭致達)의 일가붙이와 그 가속들도 인사를 아는 재상들이요, 부마도 상리에 벗어나지 않아서 동궁께 대한 정성도 나타내고자 하여, 자기의 아내만 사랑하시고 동궁께 자애가 덜하신 것을 불안 송구하여 아내를 가르치는 듯도 하였다. 그리하여 정처가 나중에는 기괴했지만 그 전에는 경모궁께는 유익했었지 해로움이 없었다.

동궁께서 능행수가를 하실 수 있게 하고 온양 거둥도 힘껏 주선하였다. 그 밖에 위급한 때에 구해준 일이 한두 가지가 아니었으니, 정처가 밉고 저러하되 바른 말이야 아니하리오.

만일 일성위(日城尉)가 일찍 죽지 않고 자식들을 낳아 부부지간의 즐거움에 재미를 붙였더라면, 정처가 궐내에 있으면서 그 무궁한 작변(作變)을 안 했을 수도 있었다. 정처가 과부가 된 후로 부왕께서 내보내지 않으시고 항상 옆에 두셔서 일시도 떠나지 못하게 하시니, 만사가 모두 그 사람의 권세인 듯하던 차에, 임오년 후는 궐내에 일이 없고, 선희궁의 상사가 나셔서 엄한 훈계를 받지 못하고, 시집에 아무도 없고 오직 어린 양자(養子)뿐이라, 꺼릴 것과 조심할 것이 없고, 부왕의 총애는 날로 두터우시니 마음이 자라고 뜻이 방자하게 되었다.

대저 그 사람의 성품이 여편네 중 남을 꺾으려는 마음과 시기와 질투와 권세를 좋아함이 유별해서 온갖 일이 일어났으니, 대강 이르자면, 부왕께나 외에 또 누가 총애를 받으랴, 하여 나인이라도 신임하시면 싫어하고, 세손을 손아귀에 넣고 일시도 욕득(欲得)을 못 하게 하고, 내가 세손의 어미인 것을 미워하고, 제가 마치 어미인 듯하려고 하였다. 내가 장차 대비가 되고 제가 못 되는 것을 시기하여 갑신처분(甲申處分)[1]도 그가 지어낸 일이요, 또 세손의 내외 사이가 좋을까 시기하여 백 가지 이간, 천 가지 이간과 험담으로 양궁 사이를 빙탄(氷炭)[2]같이 만들었고, 세손이 혹 궁녀를 가까이 하실까 질색하여 눈을 떠보지 못하시게 하여 대를 이을 아들이 나지 못하도록 하고, 세손의 외가를 꺼려서 흉한 계교로 이간을 붙여 세손이 외가에 정이 떨어지도록 하였으니, 이것이 곧 기축년의 별감사건(別監事件)[3]이다.

세손이 장인을 좋아하시면 청원(淸原)[4]을 시기하였고, 심지어 세손이 송사(宋史)를 산삭(刪削)[5]하려고 밖에 나가시면 그 책까지 시기하니, 모든 일에 저만 권세를 쓰고 저만 따르게 하고, 다른 이는 세상에 없다는 투니 어찌 된 사람이오. 이것이 모두 국운이니 하늘이 무슨 뜻으로 모년(某年)[6]이

---

1. **갑신처분(甲申處分)** 사도세자의 상이 끝나자마자 세손을 사도세자의 형인 효장세자의 양자로 삼은 일.
2. **빙탄(氷炭)** 얼음과 숯처럼 서로 어긋나 용납지 못함.
3. **별감사건(別監事件)** 세손이 바깥 출입을 한다 하는 정처의 간계에 넘어간 홍봉한이 세손에게 직언을 하여 세손의 원한을 산 일.
4. **청원(淸原)** 정조의 장인 김시묵.
5. **산삭(刪削)** 필요하지 않은 글자나 글귀를 지워 버림.
6. **모년(某年)** 사도세자의 죽음을 말함.

있게 하셔서서 종국(宗國)이 거의 전복할 뻔하게 하시고, 또 이런 괴이한 여편네를 내어 세도(世道)를 어지럽게 하시고, 조신(朝臣)이 모두 어육(魚肉)이 되게 하는지 알 수가 없을 뿐이다.

모년 화변(某年禍變)의 기틀인즉, 두 분 부자 사이가 예사롭지 않으시기로 전전하여 그리 된 일이니 내 평생의 뼈에 사무친 지극한 한이요, 아드님께도 그러하시니, 한 다리 먼 손자에게 또 어찌 하실지 누가 알리오.

김귀주(金龜柱)가 내 곁을 해하고자 하는 기미가 있으니, 만일 세손이 또 성심에 못 드시면 저것을 어찌하잔 말인가. 세손의 안위와 성심을 돌려 놓기는 전부 정처에게 있으므로, 내가 다른 대궐에 있을 제 매사를 그 사람에게 부탁하여 아무렇던지 임금의 뜻에 어기지만 말게 하여 달라 하고, 세손께도 경계하여,

"그 고모를 후대하여 나같이 여기라." 하고 일렀다.

그러나 내 마음이 아프고 그 정이 애처로워, 그때는 내 말을 옳다 하여 과연 일마다 돕고 말씀도 극진하니, 영묘께서는 그 사람의 말대로 만사를 따르셔서 흉이 있어도 그 사람이 옳다 하면 그리 들으시고, 착하여도 그 사람이 나무라면 할 수 없게 되었다. 세손은 본디 사랑하시나 모년후(某年後)에 이어 변하지 않으신 것은 정처의 힘이거니와, 세손을 맡아서 차지하기로 하여 대왕의 말씀처럼 온갖 괴이한 일이 나타났으니, 그러나 실인즉 내가 세손을 위한 고심으로 그 사람을 지성을 잘 대접하지 않았으면 세손의 안위도 또 어떠하였을지 알았으리오.

정축년에 터무니없는 소문이 나서, 동궁께서 정가(鄭哥)를 죽인다는 말

이 낭자한 일이 있었다. 그때는 동궁께서 일호도 그런 의사가 없었으므로 나의 부친이 입궐하셔서 이 사연을 아뢰고,

"진정하실 도리를 하오소서." 하니 동궁께서,

"그런 일이 없소."

하시고 정휘량에게 손수 편지를 써 보내 주시어 진정하게 하셨다.

그러자 정휘량이 감격하고 신사서행(辛巳西行)[7]도 잘 주선하여 화해가 되고 자연 서로 친하게 되었다. 그자가 정처에게 부친의 고마운 말도 하고 나를 우애로 받들라고 하여 그 사람이 부친께 정성스럽게 굴고 칭찬도 하였다. 그러다가 정휘량이 죽은 후 그 집에 어른이 없게 되니 그 사람이,

"후겸을 가르쳐 성취하기를 부친만 믿노라."

하고 나에게도 부친께 여쭈어 달라고 부탁하였다.

부친이 인자하신 마음으로 그때 그 사람을 좋게 대접하시고, 후겸을 때때로 가르쳐서 괴이한 데 들지 않도록 진정으로 교훈하셨다. 그리고 그 사람더러도, 이러이러하니 그리 말면 좋겠다, 라고 말씀하셨다.

후겸이 본디 어려서부터 괴상하고 망측한 독물이라 제 친부형도 아니고 제 어미의 세도를 믿고 벌써 오만방종한 마음이 났으니, 어찌 부친의 가르치는 말을 좋아하랴. 그러한즉 제 어미에게 저를 흉본다고 원한을 품고 무어라 한 듯하고, 또 그 사람도 극성맞은 마음이라 아들의 허물을 말하는 것이 듣기 싫어서 그 후로는 그 사람의 기색이 아주 다르기에 내 마음에

---

[7] **신사서행(辛巳西行)** 사도세자가 몰래 평양에 간 일.

느낀 바가 있어서 부질없이 부친에게,

"말이 가르쳐 달라 하지만 내 일가가 아니요, 좋은 뜻에 원한을 사기 쉬우니 이후에는 아는 체 마소서."

하고 권하였다.

그리하여 서로 끊고 오래지 않아 해를 이어 대소과(大小科)를 하고, 사랑하시는 딸의 아들로 사랑하심이 비할 데 없어서 총애가 날로 더하셨다. 그렇게 되니 그에게 아부하는 자도 많고 꾀이는 이도 많아서, 귀주가 후겸과 야합해서 내 집과 서로 맞서게 되었다.

임오(壬午) 후 갑신(甲申) 전은 선희궁께서도 내 마음 같으셔서, 세손이 착하시고 그만하시니 매사를 예법으로 인도하시고 엄중히 훈계하시나, 어린 아기네 마음에 재미없어 하시고, 내 또한 자모의 지극한 마음으로 당신 처신이나 살피고, 귀에 거슬리는 말이나 하고, 본디 내 성품이 아첨을 못하는데 하물며 자식에게 무슨 좋은 말을 하여 주리오.

이러한 터에 그 고모는 생사화복이 다 그 수중에 있어서, 그 입에 따라서 잘되고 못되기가 잠깐 사이에 결단이 나게 되니, 세손 또한 어찌 무섭지 않으시리오. 그렇듯 하시어 권세에 따르고, 그가 무섭기 때문에 정처에게 자연 정이 들게 되어 정처는 그 정을 잡아서 우리 모자의 정을 빼앗아 세손을 저만이 차지하고 어미노릇을 하려 을유년부터 계교를 꾸몄던 것이다. 갑신년 전은 세손이 할머니께 의지하였으므로 그 고모가 교묘한 술책을 부릴 길이 없더니, 선희궁께서 안 계신 후는 만사에 꺼릴 것이 없고 모든 것이 마음대로 하게 되자, 그제야 세손을 낚아서 위에 말씀을 잘 드려서 귀애(貴愛)하시게 하였다. 그리하여 세손이 자기를 고맙게 여겨 정성을 다하도록 만들어 놓았다. 그리고 궐내에서 안 입는 누비의복붙이, 고운 운혜(雲鞋)[8]와 칼 같은 것으로 아기네를 기쁘게 하여 드렸다.

그러나 내게는 음식으로도 궐내의 예사 음식 이외에 별별 음식이 있을 수 없으며, 선친은 더욱 그런 것을 모르셔서 의복, 음식, 노리개는 드리시는 일이 없고, 어미는 잘못을 타이르는 바른 말이나 하고 꾸짖거나 하고, 외가에서도 각별히 정들게 해 드리는 것이 없으니 아기네 마음에 점점 어미와 외가는 무미해지고, 그 고모는 정들고 귀한 것이 되었으니 전에 외가만 아시던 정이 점점 덜하여 가셨다.

을유년 겨울부터는 밥 드실 때 고모와 겸상하고, 그 반찬 드시다가도 내가 앉았으면,

"겸상도 어찌 여길까?"

혹은,

"음식도 어찌 여길까?"

하여, 꺼리고 숨기고자 할 것이 아닌데도 내가 무어라고 할까 하여 보이려고 하지 않았다. 그런 눈치가 차차 나타나니 세손은 십삼 세 어린 나이라 책망할 것이 못 되나, 그 사람들이 좀 인심이 있을 양이면, 자기 오라버니 아들이요, 내가 남다른 정리로 그 아들을 의지하고 자기에게 부탁하였으니, 우리 모자의 정리가 가련하고 불쌍하므로 함께 가르치고 도와서 착하

---

8. **운혜(雲鞋)** 여자들이 신는 마른신의 하나.

게 되기만 바라는 것이 인정과 친지에 당연한 일이 아니겠는가. 그런데
도 이 사람의 뜻이 홀연 이러하여 우리 모자의 사이를 이간하려고 계교
를 낸 것이 어찌 흉악하지 않으리오. 그러나 나는 모른 척하고 말을 내지
않았다.

병술년 봄에 영조께서 병환으로 달포나 앓으셔서 중궁전(中宮殿) 처소
를 회상전(會祥殿)으로 옮겨 오셔서, 정처와 세손께서 주야로 함께 계시고
나는 문안에만 와서 잠깐잠깐 다녀갔으니 무엇을 알리오. 그때에 귀주와
후겸이 한마음이 되고, 중궁전께서도 세손에게 좋도록 말하시고, 정처는
나를 이간하려는 고로 중궁전에 가서 한통속이 되었으니, 이것은 귀주가
후겸을 좋아하기 때문이었다.

그리저리 하여 불언 중에 영조께 선친을 해하려는 참언이 들어갔으나,
본디 군신간의 믿음과 정의가 장하셔서 쉽게 틈이 생기지는 않았다. 그러
던 중 선친이 상중(喪中)으로 삼 년을 집에 들어앉으시니, 조정에서 날마
다 뵈옵는 것과 다르시고 그 사이에 많은 참소(讒訴)가 있었다.

또 무자년에 후겸이 수원부사를 하려고 선친께 영상(領相) 김치인(金致
仁)에게 전하여 달라는 것을 선친이 거절하고,

"말 한번 하기를 아끼는 것이 아니라 스물 겨우 된 아이에게 오천병마
(五千兵馬)를 맡기는 벼슬을 시키고자 하기는 실로 나라를 저버리는 일이
요, 저를 사랑하는 도리가 아니다."

하고 종시 말을 해주지 않으셨다.

후겸이 나이 차서 자라고 남의 꾀임도 듣고 권세를 쓰게 되자, 이전의

혐의와 수원부사문제 등 여러 가지로 좋게 여기지 않았다. 정처는 중궁전에 정이 들어서 극진하였고, 귀주와 후겸이가 모두 한 뭉치가 되어서 선친을 해하려고 벼르던 중, 선친이 해상(解喪)[9] 후 다시 영의정에 임명되어 위에서 총애하심이 여전하시니 성은은 감축하오나, 이럴수록 저희들 꺼림은 더하였다. 정처가 그 아들과 귀주의 말을 듣고 선친을 전처럼 칭찬하기는 커녕 오늘 해하고 내일 해하려 하니, 속담에, '열번 찍어 안 넘어가는 나무 없다' 는 말처럼 선친에 대한 총애가 점점 적어졌다.

또 흉악한 일로 세상인심을 소란하게 하고 내 집안을 이 지경이 되게 함은 곡절이 있었다. 병술년에 흥은부위(興恩副尉)[10]가 부마가 되었는데, 용모와 처신이 아름다워 세손이 그 매부를 어여삐 여기셨다. 기축년에 그 아이가 반하여 별감을 데리고 바깥출입을 자주 하고, 동궁께는 모시고도 체면 없는 일이 많으니, 세손이 소년의 마음이라 좋아하시고 물리치지 않으신 모양이었다.

세손이 흥정당(興政堂)에 계시어 내가 있는 처소와 멀리 떨어져 전연 몰랐는데, 흥은부위가 총관(摠管)으로 당번을 든 때는 들어와 뵈옵고 놀았다. 그때 정처가 세손을 수중에 끼고 용납지 못하게 하여 한 가지 일도 자유롭지 못하게 하였다. 그리고 세손 내외 사이를 화락지 못하게 하고, 세손이 처가에 친후(親厚)하신 것을 시샘하여 이간하고자 하여, 청원(淸原)

---

[9]. **해상(解喪)** 부모의 삼년상을 마침.
[10]. **흥은부위(興恩副尉)** 군주(郡主)에게 장가든 사람을 부위라 하는데, 여기서는 작가의 딸인 청선군주의 남편을 말함.

의 육촌 김상묵(金尙默)이 후겸을 사귀어 모주(謀主)[11]가 된 때였다

상묵의 안면으로 청원의 집은 아직 그냥 두고 외가를 먼저 이간하려는 뜻이 있는 가운데, 세손이 흥은부위를 아끼는 걸 시샘하여 한 화살로 둘을 쏘는 계교로, 하루는 밤에 나에게 찾아와 정담하여 말하되,

"세손이 흥은에게 혹하여 이번 진연(進宴)[12]에 외방 기생의 말도 하고, 진연 날 저 가까이한 계집을 가리켜 보시게 하고, 별감들이 사귄 잡류들을 아시게 하고, 그 밖에 상스러운 일이 많으니 그럴 데가 어디 있사옵니까? 예전의 일을 생각해 보시오. 별감에서 시작하여 차차 물들어서 그러하셨는데, 세손이 아직 소년이신데 그런 말씀을 하여 드리고, 저 상스러운 흥은을 아끼시어 외입을 하시니 그런 일이 어디 있으리이까? 이것을 처치하지 않으면 대조께서 아시고 모년화변(某年禍變)이 또 나오리다. 소인에게 세손을 바르게 이끌도록 부탁하셨는데, 이제 금하지 않을 수는 없으나 소인이 여쭈었다 하면 말이 좋지 않고, 한낱 자식도 고독일신(孤獨一身)에 해로우니 나라를 위하여 마지못하여 이 말씀을 하오니 스스로 안 양으로 하시고, 그 별감들을 귀양이나 보내면 좋겠사오니 일이 커지기 전에 조치하면 좋겠고, 영의정께서는 외조부시니 간(諫)하려 하여도 할 수 있을 것이오. 별감들을 다스려도 법으로 한 일이오이다."

하고 진정으로 나라를 위하고 세손을 걱정하는 모양으로 자세히 말하였다.

<hr>

[11] 모주(謀主) 음모의 주동자.
[12] 진연(進宴) 나라에 경사가 있을 때 궁중에서 열던 잔치

내 종신의 지한지통(至恨至痛)이 당초부터 사람을 잘 돕지 못하고 별감들 잡류(雜類)에게 물들어서 차차 그리 되셨는가 하여 세손이 착하게 되기만 바라고 바라는데, 그 사람의 말이 그러하므로 나는 솔직한 마음으로 믿었다. 그 사람이 세손께 정이 있으므로 세손을 위하여 탄식하는 줄만 알았지, 어찌 이 일로 어미를 이간하고 외조부를 푸대접하게 하려는 흉계를 꾸미는 줄 알았으리오.

"모년 화변이 또 나겠다."

이 말이 차마 무섭고 그 사람이 그리하는 것을 내가 만일 금하지 않으면 그 사람이 자기 말을 세우려고 대조(大朝)께 여쭈어서 큰일을 일으키면 어찌하리오. 나는 그 말에 놀랍고 흥은의 일이 분하여 내가 세손에게 말하여 못하게 하겠다고 말하였다.

그러자 그 사람이 또,

"그러나 일을 어찌 급하게 하시리이까? 차차 하시되 소란하지 않도록 하소서. 영상(領相)께 그 별감을 다스려 달라고 편지를 써보내되, 자제들도 모르게 봉서를 세손빈궁에게 주어서 김 판서더러 갖다가 영상께 드리고 비밀로 하여 이놈들을 없이 하면 될 줄 압니다."

그 사람의 이런 말은 청원까지 걸리게 하려는 계교이거늘, 나는 아득히 그 흉악한 마음을 모르고 세손이 외입하실까 하는 염려가 급하여 김 판서 주라는 말을 따르지 않고 선친께 편지하여 이 사연을 다하고,

"이 별감들을 귀양 보내 주소서."

하고 청하였다. 그러나 선친은,

"소란스러울 테니 못하겠사옵니다."

하시고 자제들도 못하게 하는 것을 내가 놀라 간장(肝腸)을 태우는 심정으로,

"모년 화변이 또 나면 어찌합니까?"

하고 두려운 생각과 세손 위한 고심으로 여러 번 기별하였으나 선친은 종래 듣지 않으셨다.

그러자 정처가 나를 격려하기를,

"영상께서 나라를 위하시면 왜 옳은 일을 안 하시는지 모르겠습니다. 영상이 그러하면 설사 세손이 외입을 하신들 누가 막겠습니까?"

하고 기가 막힌 듯이 한탄하는 모양으로 재촉하였다.

내가 더욱 갑갑하여 삼사 일 동안 밥을 굶고 선친께 기별하였다.

"만일 이놈들을 다스려 주지 않으시어 세손이 필경 외입하면 내가 살아서 무엇하겠습니까? 절식(絕食)하고 죽겠습니다."

하고 울면서 보채었다.

선친께서 여러 번 망설이시다가 마지못하여,

"세손 위하는 마음으로 사생화복을 몸 밖에 두겠다."

하시고 청원과도 상의하셨다.

그때 형조참판 조영순(趙榮順)이 처음에는 반대하다가 나중에 선친 말씀을 듣고,

"제왕가(帝王家)는 다르니 장래의 일이 크려니와 대감의 나라 위한 고심혈성(苦心血誠)[13]으로 사생화복을 내어놓고 하시니 고맙습니다."

하고 별감들을 잡아서 한 말도 묻지 않고 귀양을 보냈다.

그 뒤에 선친이 세손께 상서하여,

"흥은 같은 호협하고 점잖지 못한 아이를 가까이 하십니까? 흥은이 외입하기로 별감들을 치죄(治罪)하였습니다."
하고 뵈올 때도 많이 간하셨다.

세손이 철없는 마음에 무안하여 어미와 외조부의 당신 위한 혈성(血誠)은 알지 못하시고 노여워하셨다.

정처가 비할 바 없이 흉악한 것은, 제가 그 말을 처음 꺼내어 세손의 행실을 허물이 없게 하고자 하였으면 자기가 응당,

"자모의 마음으로 그러하시기 당연하고, 외조부가 나라 위한 마음으로 세손의 덕망에 흠이 갈까 염려하고 그러신 것이 옳은 일이니, 조금도 섭섭히 여기지 말고 그 말씀을 들으소서."
하는 것이 인정이거늘 흉악하게도 나에게는 그리 하라고 탄식하고 세손께는 도리어 충동하여,

"그 일을 그렇게까지 할 것이오? 저렇게 소란하게 하여 세상에 모를 이 없게 만들었으니 세손께서 무슨 사람이 되겠소. 외조부라고 묻어 덮어주진 않고 허물을 드러내려고 하니 그런 인정이 어디 있으리오."
하고 이간질을 무수히 하였다.

그때 세손이 정처에게 쥐어서 무슨 말이든지 다 들으시는 터인데, 날마

---

¹³. **고심혈성(苦心血誠)** 지극한 정성.

다 그 같은 말로 선친의 흉을 듣고, 후겸도 들어와서 세손의 덕을 해롭게 하여 안팎으로 돋우었다. 세손은 소년 마음에 외조부를 귀하게 생각하시던 정이 와락 변하시어, 어미에게야 어떡하실 것은 아니로되 어찌 전과 같이 무간(無間)[14]하리오.

그때 세손의 노여움과 미안(未安)[15]이 측량 없으시니 내 도리어 기가 막혔다. 나나 선친은 모두 그 일이 당신에게 흉허물이 되실까 하여 세손을 위한 간절한 고충이어서 후일에 염려할 여유가 있을 수 없었고, 세손께서도 그렇게 노여워하시나, 내게나 외조부에게 대하시는 일이 여전하였으므로, 우리 부녀는 잘한 줄만 알았지 후환은 조금도 근심하지 아니하였다.

그 후 을미년 연간(年間)에 홍국영(洪國榮)이가 말하기를,

"기축사(己丑事)로 무척 미안하게 되었다."

라고 하기에 비로소 깨닫고 선왕(先王)[16]이 등극하신 후에야 내 그 말씀의 시종 곡절을 다하였다.

"정처의 모년 화변이 다시 날 것이란 말도 무섭고, 예사 사람도 어미로서 아들이 착하게 되기를 원하는 마음이 다 있는 법이니 생각해 보시오. 내가 모년 화변을 지내고 한 아들을 의지하여 국가의 중탁(重託) 이외에 사정(私情)을 겸하여 상감이 진선진미(盡善盡美)[17] 하시도록 하는 마음이 어떠하겠사옵니까? 그 사람의 말을 갑자기 듣고 놀란 가슴에 두렵고 근심

---

[14] 무간(無間) 허물없이 가까움.
[15] 미안(未安) 마음이 편하지 않음.
[16] 선왕(先王) 세손, 즉 정조.

되어, 만일 금치 않으면 대조께서 아시고 또 모년 화변이 나리라, 하니 그 사람의 변덕이 무상하므로 필경 대조께 여쭈면 큰 야단이 나서 어느 지경이 되었겠나이까?

그것이 더욱 답답하여 선친이나 동생들이 다 그리 못하겠다는 것을 내가 폐식자처(廢食自處)[18]하려고까지 하여 그렇게 처치하시게 하였던 것입니다. 나야 순직한 어미 마음으로 한 일이지만 정처의 흉계로 나에게는 다스리라고 권하고 당신께는 흉을 드러낸다고 충동해서 어미와 외가를 이간하려는 것을 어찌 생각이나 하였겠나이까?

이로 인연하여 귀주와 후겸의 무리가 밖에 소문 퍼뜨리기를, 홍씨가 세손께 죄를 지었으니 홍씨를 아무리 쳐도 세손께서 외가를 위하여 붙으실 정은 없으시다. 세손께서 버리신 홍가인데 세손에게서 떨어진 후에야 홍가 치기가 아주 쉽다, 라고 하였습니다. 그제야 소위 십학사(十學士)인지 무엇무엇 하는 것들이 귀주와 후겸의 새 세력을 따르고, 밖으로 척리를 치면 사류(士類)된다, 하여 내 집을 치기 시작하여 점점 화가 미쳐서 이 지경이 되었으니, 실은 내 손으로 선친께 화를 끼쳤으니, 지금 생각하여도 내나 선친이나 당신 위한 혈심(血心)이었으매 부끄럽지 아니하오마는, 그 일인즉 내 탓이니 실로 불효한 죄를 만 번 죽어도 씻지 못할 것이오이다.”

라고 하니 선왕께서 웃으시고,

“그때 일이야 내 소년 적 일이니 지금 말하여 무엇하리이까? 과연 저도

---

17. **진선진미(盡善盡美)** 더할 나위 없이 훌륭하고 아름다움.
18. **폐식자처(廢食自處)** 음식을 끊고 스스로 목숨을 버림.

뉘우치나이다." 하고 웃으셨다.

그리고 그 후라도 이 말이 나오면 부끄러워하시는 안색으로,

"이미 잊은 지 오래입니다."

하고 피해 버리셨다.

그리고 경신년 책봉사(册封事)¹⁹에 조영순(趙榮順)을 복관작(復官爵)²⁰하시고 희색이 만면하여 말씀하셨다.

"조영순의 일이 매양 목에 가시 걸린 것같이 마음에 안되었더니, 오늘 푸니 시원하더이다."

하시거늘 내가 말하되,

"과연 다행이오. 우리 집에서 시킨 일로 죄명이 무겁기로 그 집에서 나를 오죽 원망하였을까 보오. 항상 마음에 불안하기 측량없더니 복관직하여 주신다 하니 실로 다행이오."

하니 선왕께서,

"조영순은 본디 죄가 없나이다. 그때 정처가 모년 화변이 다시 날 것이라는 위협의 풍설을 퍼뜨린 말로 억울하게 조영순의 죄가 되었으니, 실로 지원(至冤)하오이다. 그때 봉조하(奉朝賀)²¹께서 사옹원(司饔院)²²에 앉으셔서 여러 대신 듣는 데서, 모년 화변이 다시 나겠다, 하더라고 누가 나에

---

19. **책봉사(册封事)** 원자를 세자로 책봉하던 일.
20. **복관작(復官爵)** 죄인으로 처분된 사람의 관작을 다시 복귀시킴.
21. **봉조하(奉朝賀)** 종2품 이상 벼슬아치가 나이가 많아 퇴직한 뒤 따로 받던 벼슬. 종신토록 봉록을 받으며 의식 때만 출사함. 여기서는 작가의 아버지이자 정조의 외조부 홍봉한을 이름.

게 전하기에 듣고 사실인지 여부를 여러 곳으로 알아본즉, 그때의 재상 중 들었다는 이가 없고 또 사용원에서 하신 말씀이 아니라 정광한(鄭光漢)이 전문으로 듣고 퍼진 말이 여러 곳으로 났으니, 분명히 정처의 그 말로 인하여 뜬소문이요, 봉조하가 안 하신 것을 잘 알았으니 봉조하도 애매하시거늘 하물며 조영순이 가당하오니까? 이제는 그 문제는 결말이 난 것이니 조영순을 위한 것이 아니라 봉조하를 위하여 변명하여 드리는 일이오니이다."

하시며 내 선친을 위한 말을 많이 하셨다.

이것으로 보면 기축사(己丑事)의 일을 무척 후회하시고, 모년의 화변이 다시 날 것이란 말에 선친은 애매하신 줄 이미 알고 계신다는 걸 가히 알 수 있으나, 다만 정처가 당초에 계획하여 모자 사이와 외가의 정을 이간시키려던 일이 어찌 흉악하지 않으리오.

따라서 그 후로 인심과 세도가 변하여 후겸은 안에서 응하고 귀주는 밖에서 모략하여, 경인년에 비로소 한유(韓鍮)가 흉소(兇訴)를 내고, 이어서 신묘년 임진사(壬辰事)까지 났으니 내 집이 그릇된 근원은 기축사에 있었던 것이다.

임진년 7월에 귀주의 상소가 있은 후, 선왕도 그때는 혈성(血誠)으로 외가를 구하려 하시고, 정처의 마음과 후겸의 의논도 내 집을 죽이진 못하리라, 하여 부친을 구하고 귀주에게 엄교(嚴敎)가 여러 번 내리시게 하였다.

---

²². **사옹원(司饔院)** 대궐 안 음식을 장만하는 관청.

병술년 이후는 중궁전과 무관한 사이도 변하고 후겸이 귀주와 함께 부친을 해하려던 것이 변하여 내 집을 붙들고 귀주를 치는 셈이 되니, 정처가 전에 있던 처소가 중궁전과 가까움을 꺼리어 떠나려고 영선당(迎善堂)이라는 집으로 옮겼다. 그때는 세손께서 나이도 점점 많아지시고 강학(講學)도 지극히 부지런하셨다. 따라서 정처에게서 잠시도 떠나지 못하시던 것이 조금 덜한 듯하니, 이 일로 보아도 정처가 남편과 자식이 있어서 부부간의 재미를 알았으면 이토록 탁란(濁亂)[23]한 짓을 못하였을 듯하니 애달프도다.

후겸이는 글자도 하고 행실이 예중(禮重)하여 기특한 줄로 말하고, 세손께서는 제 아들만 못한 양으로 말하니 어찌 감히 그리 무엄하리오. 세손이 차차 따로 계신 후, 행여 궁녀들에게 눈독을 들이실까, 내관(內官)이라도 사랑하시고 마땅히 부리실가 하여 살펴보는 정처의 눈이 번개 같으니, 세손께서 잠깐 쉬실 때라도 마음을 놓고 지내시지 못하고 양궁(兩宮) 사이에 금(禁)하기가 경인년부터 심하고, 대수롭지 않은 일에도 흠을 잡고, 그 사이에 빈궁(嬪宮) 해하던 일과 협박하던 소행은 천백 가지니 어찌 다 기록하리오.

세손이 본디 성품이 담연(淡然)[24]하여 금실이 친밀치 못하시거니와, 그 사람이 손에 화복을 잡고 앉아서 한사코 내외 사이를 멀리하니, 설사 화락하려는 뜻이 계신들 어찌 감히 하실 수 있으리오. 이리하여 아들 낳을 가

---

[23] 탁란(濁亂) 사회나 정치의 분위기가 흐리고 어지러움.
[24] 담연(淡然) 욕심이 없고 깨끗함.

망이 없으니, 부친이 양궁의 금실이 화락하여 쉬 생산하시기를 주야로 축천(祝天)하여 입궐하신 때면 그리 마시라고 간절히 말씀하시고 자제들도 따라서 근심이 측량없었다. 그러나 정처는 두 분 사이를 그토록 금하여 행여나 아들을 낳으실까 겁을 내고 귀주네가 외간에 말 지어서 퍼뜨리기를,

"세손께서 아들 못 낳으시는 병환이 계시다."

하여 더욱 민심을 소동시켰던 것이니, 그 심술은 지금 생각하여도 흉악하다.

그 사람의 버릇이 무슨 일이 없고는 못 견디기 때문에 내 집을 저주하기를 그토록 하고, 세손께서 그 장인에게 정들어 귀하여 하시고, 김기대(金基大)는 글도 알고 춘방(春坊) 출입을 하여 사랑하시니, 세손의 처가를 마저 없애려고 그 사이에 참소가 무수하였다. 빈궁도 흥정당(興政堂)에 계시지 못하게 세손을 꾀던 차, 의외에 임진년 7월에 청원의 상사가 나니, 세손이 주무시다가 부고를 들으시고 인후하신 마음에 깜짝 놀라서 그 사람이 있는 곳에 오셨는데, 얼굴빛이 참혹하고 거의 눈물이 떨어질 듯 슬퍼하셨다.

내가 보고서 위로하며 염려하는데, 정처 마음에는 죽은 장인을 동정하여 빈궁에게 후하게 구실까 시샘하여,

"그 일을 그리도 대수롭게 여기시어 저토록 애상(哀傷)하니 마치 그 사람의 탈을 쓰고 오실 것이 아닙니까?"

하는 말투를 내가 듣고 하도 끔찍해서, 내가 그때 그 사람을 미워하지 않으려는 마음이로되, 그 말이 흉하고 불길하여 소름이 돋아 말하길,

"그게 무슨 말이오? 오늘 취하였소? 말을 살펴서 해야지, 지금 죽은 사

람과 이 귀한 몸을 비겨 말을 하시는가."

그러자 자기도 흉한 말을 한 줄 알아 무안해하고, 세손의 안색도 어이없어 하시자 금시로 속죄하듯이,

"잘못하였소."

하고 말하고, 그 죄로 그 아들도 자지 못하고 며느리와 손녀도 모두 종을 삼고, 자기는 절도(絕島)에 귀양 보내 가두어도 이 죄는 속하지 못하겠다고 사죄하였다.

그런데 그런 불공한 말을 하고 아닌 밤중에 앉아서 그 무서운 소리를 하더니, 나중에 그 언참(言讖)²⁵같이 되었으니, 실로 귀신이 시킨 듯이 이상스러웠다. 정처가 비록 인물이 괴이하고 천태만상이나 실로 한 여편네에 불과하니, 궁중에서 상서럽지 못한 일이나 하지 후겸이가 아니면 조정에 간섭하여 권세를 쓸 의사야 어찌 내었으리오.

내가 후겸을 악독한 인물인 줄 아는 일이 있으니, 경진년에 경모궁께서 정처에게,

"만일 온양행차를 못 이루어 내면 네 아들을 죽이겠다."

하시고 후겸을 잡아다 가두고 위협하셨다.

그때 후겸의 나이 십이 세였다. 어린것이 오죽 겁이 났으랴마는 조금도 두려워하는 의사가 없고 당돌하게 굴던 일을 생각하니 유별나게 악독한 위인이 아니고야 어찌 그러하리오. 요놈이 숙성하고 바보가 아니어서 착

---

²⁵ **언참(言讖)** 미래의 사실을 맞추어 예언하는 말.

한 일을 않고 교만하고 방자하기만 하여, 일찍 부친을 물리치고 제가 권세를 잡으려고 제 어미를 이용하고, 호승(好勝)과 시기가 많고 사람 해치기를 좋아하였다.

또 어미가 아들의 말이라 하면 모두 그대로 하여 변란이 무수하였다. 그 어미와 그 아들이 때를 얻고 모여서 국가를 그릇 만든 일은 천의를 한탄할 뿐이다.

후겸이가 밖에서 권세를 쓸 제, 조정 백관을 노예같이 보고, 일세가 그 밑에 풍미하던 일이야 내가 궁중에 깊이 있어서 어찌 알리오마는, 드러난 큰일만 하여도 적지 않다. 경인, 신묘 연간(年間)에 귀주와 한 통속이 되어 부친을 해하려 하던 일이 죽일 놈이요, 또 임진년에 통청(通淸)²⁶일로 김치인(金致仁)을 몰던 일이 망극하였다.

영묘께서 탕평(蕩平)²⁷하신 후는 무슨 통청하는 벼슬의 의망(擬望)²⁸이면 노론 소론을 섞어 넣지 한 가지만은 못하는 규모였다. 그런데 그때 어찌하여 영의정 정존겸(鄭存謙)이 이조판서로 대사성(大司成)을 통청하는데, 김종수(金鍾秀)를 수망(首望)으로 넣고 아래로 두 망이 모두 소론(小論)이나 영묘께서 미처 살피지 못하셨더니, 후겸이 그때 김치인, 김종수가 부친을 치는 데 동심(同心)하였을지언정 제게 매사를 청령하지 않았던지 혹은 그 통청하던 것을 제가 몰랐던지 그것도 불쾌하고, 저도 소론이요,

---

²⁶· **통청(通淸)** 전관에 노론, 소론을 섞어 일망삼통을 꾀하던 일.
²⁷· **탕평(蕩平)** 어느쪽에도 치우치지 않음. 탕탕평평(蕩蕩平平)의 준말.
²⁸· **의망(擬望)** 관직에 후보자 셋을 추천하는 삼망(三望)의 후보자로 추천함.

제 처가도 소론이니 여러 소론이 후겸을 꾀어서 순색통청(純色通淸)함이 극히 놀라웠다.

그것은 김치인이 권세를 쓰는 것이니 이것을 그냥 두지 못하리라고 하였으므로 후겸이가 제 어미에게 일러서 영묘께 참소하였다. 영묘께서는 편론한다면 깜짝 놀라시는 성심(聖心)이신데, 김치인이가 탕평(蕩平)하던 김재로(金在魯)의 아들 휴와 조카 종수를 데리고 편론하는 줄 아시고 대로하셔서, 김치인과 조카 종수를 모두 절도로 귀양 보내셨으니 그런 일이 어디 있으리오.

종수는 본디 내 집과 좋지 않은 사이니, 내 집을 돌려놓고 부친이든지 두 삼촌이든지 나이기 숙제까지 후겸을 꾀어 해낸 일이라 하고, 숙제는 더욱 의심을 받아서 원수로까지 아니 세상에 이런 맹랑한 일이 어디 있으리오. 내 집 사람이 상스럽지 않으며 김치인네를 미워하면 다른 일로 죄가 되도록 모함할 법은 하건마는, 내 집도 노론인데 노론 통청한다고 죄를 잡을 리가 어디 있으리오.

그때 성교(聖敎)가 청류(淸流)[29], 명류(名流)[30] 노릇 한다고 죄를 주시려 하니, 세상에 청류, 명류도 죄 주는 법이 있으리오. 이 일로 내 집에서 후겸을 가르친다는 말이 삼척동자라도 옳게 듣지 않을 것이니 가소롭다. 내 집이 처음은 후겸 때문에 죽을 뻔하였으나 나중은 또한 후겸 모자의 힘으로 보전하였다.

[29]. **청류(淸流)** 절개를 지키는 깨끗한 사람을 뜻함.
[30]. **명류(名流)** 이름난 사람을 뜻함.

영묘께서 임금으로 계시는 동안에는 급히 떼어 버릴 길이 없더니, 좌우 간 서로 의지하여 가다가 필경은 후겸과 함께 죄를 입게 되었다.

지금 생각하면 신묘년에 부친이 화를 입으셔도 후겸을 사귀지 말았더라면 싶으나 사람의 자제가 되어서 목전의 부모의 참화를 보고 어찌 차마 구하지 않으리오. 그저 정처의 모자가 전생의 원수이니 한탄할 뿐이다. 내 중부(仲父)가 선친의 아우이기에 공명을 한 것같이 세상에선 말하지만, 실은 그렇지 않다. 등과초(登科初)에 영조께서,

"크게 쓸 인물이다. 형보다 낫다."

하시기까지 하였으므로, 당신의 제우(際遇)가 본디 융중하였다.

경인년 후에 선친은 처지가 망측하시나 중부께서는 성은이 감하지 않으시고 임금께서 무간(無間)히 좋아하셨다. 집안 처지가 망측한 가운데서도 평안감사도 하시고 정승도 하셨으니, 비록 영묘의 총애로 말미암아 그러하였으나 벼슬에 인연을 끊지 못하신 것이 과연 잘못이었다. 그래서 세상에서 말하기 좋아하는 사람이, 형님 처지는 망측한데 벼슬을 어찌 다니며 후겸이 권세를 부릴 때 어찌 부귀를 탐하랴, 하는 죄를 삼으면 당신도 감수할 것이요 내라도 일생 분개하는 일이지만, 심지어 을미년 대리(代理)일로 역적의 이름을 받아서 참화를 입은 것은 지극히 원통하니 세상에 이런 일이 어디 있으리오.

을미년에 정승으로 계실 때 영묘께서 점점 연세 늙으시고 후겸은 그때 권세도 없는 것이 무척 거칠어 시끄러운 일이 많고, 또 국영(國榮)이가 세손으로부터 총우(寵遇)[31]가 장하여 분별 없는 일이 많으며, 중부가 본디 홍

국영의 백부인 낙순(樂純)이와 좋지 않은 사이인지라, 국영의 모양이 경솔 천박하므로 그때에는 오히려 동궁께 숨은 총애가 있는 것을 자세히 알지 못하고, 다만 일가 어린 아이로 보고 한번은,

"영안위(永安尉) 자손에 저런 망측한 놈이 날 줄을 어찌 알았으랴, 저놈이 집을 망칠 것이다."

하고 저를 보고 두어 번 꾸짖고 훈계하였다.

국영이는 제 털끝만 건드려도 죽이는 성품이었으므로 선친께 와서,

"중부께 기별하거나 이조판서에게 통하거나 하여 제 아비 낙춘(樂春)이를 벼슬시켜 주십시오."

하고 청원하였다.

선친께서 처음에는 밀어 막아 가시다가 수삼 차 와서 보채기 때문에 마지못하여 편지하시어, 국영이가 앉아서 회답을 기다리다가 오래 회답이 오지 않으니 후에 다시 오겠다고 나가다가 대문에서 회답 편지를 제가 먼저 받아 보았다. 그 중부의 회답에,

"이 미친 아이를 어찌 벼슬시키라고 기별하십니까? 못하겠습니다."

하였으니, 국영이 그것을 보고 낙망해서 죽을 듯이 갔었다.

그런 원한의 독을 품고 필경은 참화를 지어냈던 것이다. 국영이는 제 털끝만 건드려도 상대자를 죽이고 마는 성품이니 그가 품은 독기가 어떠하리오. 죽일 결심하였다가 필경 참화를 지어냈던 것이다.

---

31. **총우(寵遇)** 총애하여 우대함.

중부의 죄명은 대리(代理)를 저해한 외에 국영이를 제거해 저군(儲君)의 우익(羽翼)[32]을 없애려 했다는 큰 죄명을 세웠다. 이에 한 가지 명확한 증거가 있으니, 당신이 세로(世路)에 익고 민첩하였으나, 처음에는 국영의 권세가 그토록 강한 줄 모르고 꾸짖다가 나중에는 차차 알고, 그놈의 독을 만날까 조심하기 시작하였다.

그러던 중 을미년 10월에 영묘께서 국영이를 제주 감진어사(監賑御史)[33]로 보내려 하셨다. 이때 동궁께서 보내지 말아달라고 하셨으므로 중부께서 아뢰시길,

"홍국영은 춘방(春坊)의 일을 오래 맡았으니 다른 문관을 보내소서."

하여 국영이 대신 유강(柳焵)이를 보냈다.

그러나 궁료를 없애 버릴 마음만 있었다면 그 좋은 기회에 국영이를 우겨서라도 제주로 보내지 왜 가지 못하게 하였으리오. 그때 영묘의 연세가 높으시고 해소가 자주 오르셔서 매사에 분간치 못하는 일이 많으시니, 체국대신(體國大臣)[34]이면 바로 대리를 청하옵는 것이 응당한 일이었다. 그때 사세가 하루가 바쁘기 때문에 모두 그런 마음이 있었다.

그러나 기사년 대리로 말미암아 만사가 다 탈이 났으므로, 내 마음은 대리를 원수같이 알아서 '대리' 두 글자를 들으면 심담이 떨렸다. 또 대왕의 병세는 여지없으나, 동궁이 어른 저군으로 계시니 국본(國本)이 튼튼하였

---

[32] 우익(羽翼) 보좌하는 사람.
[33] 감진어사(監賑御史) 흉년에 백성을 구제하는 일을 감독하기 위한 어사.
[34] 체국대신(體國大臣) 국가의 원로대신.

으니, 나라의 안위가 대리하고 않기에 갈리지 않을 듯하고, 영묘께서 대리
하실 하교를 하신 후 안으로 정처는, 나라의 큰일이니 나는 모른다, 라고
말하였다. 중부는 그때 정처가 영묘께 조용히 말씀 못한 지 오랜 줄 모르
시고, 혹 정처가 또 무슨 권변(權變)을 부려서 영묘께 충동하여 대리로 함
정을 파놓고, 만일 중부가 갑자기 뜻을 받들면 야단을 내려고 벼르는 줄로
알았다.

그래서 영묘께서 대리를 두자 하는 말씀이 모두 시험하는 말씀으로 알
고 의심하고 두려워서 그저 어물어물하며 인사상 사양하는 말로,

"그런 분부를 어이하시옵니까. 신자(臣子)가 되어 어찌 감히 그 뜻에 따
르리까?"

하고 목전을 겨우 지냈다.

그러나 영묘께서 정신이 점점 혼돈하여 헛소리를 반 넘어 하시게 되자,
그때 정시령(庭試令)도 내리시고, 일없이 진하령(進賀令)도 내리시고, 숙
종대왕 때의 재상 김진귀(金鎭龜)를 약방제조(藥房提調)로 제수하라는 전
교(傳敎)까지 하시다가, 정신이 깨치시면 뉘우치고, 어찌 그 영을 반포할
까 보냐, 하시는 적이 많았다. 대리를 짐짓 두고자 하시는 줄 알았으면, 중
부가 학식은 비록 부족하나 그런 일붙이 눈치는 남보다 낫게 아시는 성품
이라, 어찌 즉석에 받아서 당신의 공을 삼고자 안 하실 리가 있으리오. 일
찍 영묘께서 성심이 아니시거나 헛소리하신 줄로 의혹하고, 그것이 또한
정처가 파놓은 함정으로 두려워서 피하시다가 필경 저희(沮戱)[35]하는 죄가
되었으니, 고대신(古大臣)의 풍절(風節)로 책망하여 위에 쓰인 말처럼 병

환은 깊이 드시고, 국세는 위급한데 대리를 청하지 않는다고 죄를 잡으면 정정당당한 의논이니, 당신이 비록 참화까지 만나도 원통하지는 않을 것이다. 그러나 동궁이 영명하신 것을 꺼려서 권세 쓰려고 대리를 막았다 하여 역적이라 하니, 이런 원통한 일이 어디 있으리오.

중부의 망언은 을미년 동짓달 이십일 입시에 영묘께서,

"세손이 국사를 아는가? 이병판(吏兵判)을 아는가? 노소론(老少論)을 아는가? 아니 민망하온가?"

하고 물으시기에, 중부가 대답하기를,

"노소론이야 세손이 알아서 무엇하시리까?"

하고 아뢰었으니 이것이 소위 삼불필지(三不必知)[36]였다.

그때 죄목으로는 이병판도 동궁이 알 필요가 없고, 노소론도 동궁이 알 필요가 없으며, 국사는 더욱 동궁이 알 필요가 없다 하여 삼불필지라 하나, 실은 영묘께서 한 가지씩 물으시고 거기에 대한 대답이 끝난 뒤에 또 한가지 말씀을 하신 것이 아니라, 성심에 세손은 어린 모양으로 여기시고, 국사든지 이병판이든지 노소론이든지 아무것도 모르니 민망하다, 라고 하신 말씀이었다. 그리고 중부가 아뢴 뜻은 끝의 말씀이 노소론 말이기에, 노소론이야 알아 무엇하오리까, 라고 한 말이다.

대저 영묘께서 세손을 각별히 사랑하시나 여러 신하들이 과히 다 일컫는 말씀을 들으면, 마음에 당신이 노쇠하시니 젊은 동궁에게 들러붙으려

---

[35]. **저희(沮戱)** 귀찮게 굴어 방해함.
[36]. **삼불필지(三不必知)** 세 가지 일을 굳이 알 까닭이 없음.

고 하는가, 하고 의심하실까 염려하여 세손께서 매양,

"대조(大朝)께서 들으시는 데에서 나를 과히 칭찬하지 마라."

하고 당부하고 약속하신 일이요, 또 영묘께서 편론을 질색하셔서 노소론
(老少論) 자(字)를 말씀하신 일이 없었다. 그래서 연석(筵席)에서 신하들은
아예 노소론 말을 거들지도 못하는 법이었다. 그런즉 중부 소견에는,

"동궁이 노소론을 어찌 모르시리까?"

하고 아뢰면 영묘께서 윗말처럼 시험하시다가,

"내가 그렇게 금하는 편론을 세손이 안다는 말이냐?"

하실까 두려워서 적당히,

"일아 무잇하오리까?"라고 한 말씀이었다.

그 일을 상상하건대, 영묘께서 물으시기를,

"동궁이 이병판을 아는가?" 하시고 그쳐 계시다가 중부가,

"동궁이 이병판을 알아 무엇하오리까?" 한 후에 또,

"노소론을 아는가?" 하시고 그쳐 계시다가,

"알아 무엇하오리까?" 하는 대답을 기다리고 또,

"국사를 아는가?"

하시고 또 대답을 들으시기 전에도 그러할 리가 없고, 어훈(語訓)[37]도 그렇
게 될 길이 없다.

그러니 본시 상하의 문답인즉, 이 일도 모르고 저 일도 모르니 민망하시

---

[37] **어훈(語訓)** 말하는 투나 태도.

다는 한마디 말씀이시고, 중부의 대답은 끝의 말씀이 노소론 말씀이기에, 알아 무엇하리까, 하였던 것이다. 즉 중부의 마음은 동궁이 매사에 모르실 것이 없이 다 아신다 하고 아뢰면 성심에도 어찌 여기실지 모르고, 전에 너무 칭찬하지 말라신 동궁의 약속도 지키고, 더욱 꺼리시는 노소론 일을 피하려고, 당신으로는 조리 있게 아뢴 말씀이 애매한 어법으로 물으신 세 마디에 대한 대답이 한마디로 전부 한 것 같이 되었으니, 이것이 망발(妄發)이라면 망발이지만, 그것으로 역적이 된다는 것은 천만 원통한 일이다. 당신이 비록 화를 입었으나 지하에 계신들 어찌 눈을 감으며, 어찌 마음이 행복하리오.

그때 궁중의 사세와 세손의 뜻을 기별하여 알아두게 하였으면, 중부가 세손의 뜻이 그러하신 줄 알고, 그런 실언도 안 하였을 것을 내 변통 없는 마음은 어찌 이리하랴. 집안에도 기별하기가 겸연쩍고 번거로운 듯하여 미리 기별하지 않고, 또 외가로서 대리한다는 명을 좇는다고 무슨 시비가 나거나, 정처의 참소 이간이 들거나, 성심이 격노하시거나 할까 하는 혐의를 피하려고 더욱 주저하고 집안에 의논도 하지 않았던 것이다. 지금 생각 하면 모두 내 탓이요, 내 죄인 듯, 어느 것이 후회되고 한 되지 않으리오.

우리 집안 사람이 벼슬도 많이 하고, 부귀도 장한 것이 동궁의 외가로 그러하였으므로, 동궁을 믿고 자세(藉勢)[38]하여 조정을 탁란(濁亂)한다 하 면 그는 죄가 될지 모르거니와, 제 권세를 쓰려고 그 믿는 동궁이 대리하

---

[38]. **자세(藉勢)** 자기나 남의 세력을 빙자하여 의지함.

시거나 등극하시거나 하면 무식한 척리의 마음에 더욱 즐겨할 것이지, 동궁을 꺼려서 대리를 못하게 하고 누구를 의지하여 부귀를 누린다는 말인가. 영묘의 병환은 구십독로(九十篤老)[39] 지경에 조석을 모를 때인데, 목전에 불과한 권세를 쓰려고 길게 바라볼 동궁께 죄를 지으려는 인정이 어디 있으리오.

동궁이 외가에 미안하게 여기신 안색을 나타낸 일은 없어 나부터 몰랐으니, 당신이야 분명히 동궁으로 계신 동안에는 척리대신(戚里大臣)으로 대권(大權)을 더 잡을 줄로 바란 것이니, 동궁께 불리하다는 말은 어찌 인정 천 리 밖이 아니리오.

그때 영묘께서,

"내가 눈이 어두워 낙점(落點)[40]을 손수 못하고 좌우를 시켜 표를 하게 하고, 다른 공사도 모두 내관에게 맡겼으니, 경종대왕께서 세제(世弟)[41]가 좋은가? 좌우가 좋은가? 하신 말씀 같이 나도 세손에게 맡기고자 하노라."

하셨다.

그때 영상 한익모(韓翼暮)가 황겁하여,

"좌우를 근심하실 것이 없나이다."

그때도 망발이라 하며 여러 상소가 올라왔다. 한익모도 중대한 일이라 목전에서 갑자기 따르지 못하여 적당히 어물거려서 한 말이지, 그 사람인

---

[39] 구십 독로(九十篤老) 아흔을 바라보는 몹시 늙은 상태.
[40] 낙점(落點) 벼슬 후보자들의 이름 위에 왕이 직접 점을 찍어 결정하는 것.
[41] 세제(世弟) 다음 대를 이을 왕의 동생. 여기서는 영조대왕을 말함.

들 다른 뜻이 어찌 있으리오마는, 망발로 의논한다면 중부와 다른 것이 없었다. 대리봉승(代理奉承) 안한 것을 논죄(論罪)한다면 영좌상(領左相)이 다 같되, 지금 와서 한상(韓相)은 흠없는 완인(完人)이 되고, 중부는 홀로 형(刑)의 안(案)에 올랐으니, 나라의 형정(刑政)이 어찌 이토록 고르지 못하리오. 이런 고로 선왕이 미워하시고 벼르셨던 것이다.

여산(礪山)으로 귀양가실 때, 전교하여 여러 가지 죄목으로 여지없이 논란하여 다시는 세상사람 노릇을 못하게 속박하시나 끝에는,

"역적의 뜻과 다른 뜻이 있다는 말은 너무나 다른 뜻이니 결단코 정(情)에 끌리지 아니한 말이다."라고 하셨다.

주상의 성심도 본디 외가에 불만이 계셨지마는 노모(老母)를 앉히고 외가를 망하게 하실 뜻이야 어찌 계시리오. 또 국영이는 원수가 아니니, 제 권세를 누리고 일세(一世)를 호령하느라고 나라의 외가에 붙어서 위엄을 뵐 뿐이지, 저도 알 듯이 죽을 죄가 없으니 죽일 생각이야 어찌 미처 났으리오.

이 전교를 내리시어 처분하신 후는 아주 끝난 줄로 알았더니 병신년 5월에 김종수(金鍾秀)가 들어온 후에 국영을 꾀어 홍가(洪家)를 극역(極逆)을 만들어 놓으려고 청정(淸靖)하여 낸 공과 충성이 더욱 끔찍하니, 이것은 중부 귀양간 수삼 삭(朔) 안에 아무 죄도 다시 지은 일이 없이, 그 죄로 차차 죄를 더하여 필경은 대화(大禍)를 받았으니, 처음 귀양 보내실 적의 전교와 어찌 어기지 않으리오.

임자년 5월 연교(筵敎)에,

"불필지(不必知)란 말은 막수유(莫須宥)[42]란 말과 같아 죄 될 게 없다."

하셨으니, 이것은 정원일기(政院日記)에도 있을 것이요, 반포된 연설이라 누가 보지 않았으리오. 막수유라는 말은 악비(岳飛)[43]를 죽이던 천고원옥(千古寃獄)[44]으로 언문책에까지 있어서, 무지한 여자들이라도 지금도 원통하여 하는 바다. 그런데 선왕의 고명하신 성학(聖學)으로 이 문자의 출처를 모르실 것이 아니로되, 이 문자를 비하여 쓰실 적은 그 일로 그리 되기는 원통하다는 말씀이다. 내 집안사람 아니라도 연설을 본 사람들이 성의의 소재를 누가 헤아리지 못하리오.

그때 전교에 막수유 말씀을 하시고,

"병신년의 삼불필지(三不必知)는 죄 될 것이 없고, 실은 모년 화변으로 이리하였다."고 해명까지 하셨다.

그리고 들어오셔서 나에게 말씀하셨다.

"삼불필지를 벗길 길이 없어서 민망하더니, 이제는 모년 일로 돌려보냈으니, 벗기 쉽게 해서 다행입니다." 하니, 내가 놀라서,

"병신년 일도 천만 원통하고, 모년 일은 아예 당치도 않은데 그런 말이 어디 있소?" 하니,

"모년 일의 죄를 일컬어서 이러이러하다 하였으면 어렵거니와, 모년 죄라 하고 죄명이 이러하다고는 거들지 않았으니, 후에 가면 무슨 죄인 줄

---

[42] **막수유(莫須宥)** 반드시 없다고도 할 수 없음.
[43] **악비(岳飛)** 중국 송나라 때의 중신.
[44] **천고원옥(千古寃獄)** 천고에 다시없는 억울한 옥사에 걸림.

알 것이며, 모년 죄는 갑자년에 다 풀려 합니다. 어쨌든 이번에 병신년 일은 풀린 셈이니 모년으로 옮겨 보냈다가 갑자년을 기다려서 다 풀어버릴 것입니다."라고 하셨다.

근래는 더욱 깨달으셔서 매양,

"화를 입은 대신." 이라 하시고,

"무고하였더라면 주석원로대신(柱石元老大臣)이 될 뻔하였다."

하시고 당신께 정성 있던 말씀과 당신이 좋아하여 매사를 논의하던 말씀도 하셨다.

"아무리 하여도 후(後)는 있으리라. 세도(世道)와 조국(朝國)의 주인 될 사람이요 영웅이니 지금 대신이야 뉘 당하리오."

하시고 당신이 남과 사귀는 법과 온갖 규모와 심지어 옷 입으시는 일가지라도 다 배웠다고 하셨다.

성심(聖心)이 만일 진정 역적으로 아시면 어찌 귀하신 성체(聖體)에 비겨서 그런 말씀을 하시리오. 병신년 연초에 삼촌이 화를 만나 내 비통이 비할 데 없어서, 그때 자결하거나 별다른 조치를 못 취함은 구구한 자모(慈母)의 마음에 만고에 없는 정리로 세손을 길러서 임금이 되시는 것을 보고, 만일 몸을 보전하지 못하면 성효(聖孝)에 해로움과 성덕에 누를 끼침이 되리라고 생각하였기 때문이다.

그리하여 내가 헤아리기를,

"지금은 즉위한 지 초년(初年)이시고 국영에 의해 총명이 가리어 지나친 거동을 하시나, 필경은 깨달으시기 멀지 않으리라."

하고 참고 참아서 목숨을 버리지 못하고 예사로운 듯이 지내었다. 그러니 대궐 안팎 사람들이 나를 어리석고 나약하다고 꾸짖는 것을 어찌 달게 받지 않으리오.

그러나 과연 선왕의 깨달으심이 위의 말씀과 같았다. 또 갑자년에 내 집의 원한을 다 푸실 제,

"중부(仲父)일도 같이 풀어 주려고 합니다."

하고 여러 번 간절한 말씀을 하셨으므로 나는 금석같이 믿고 바라며 갑자년이 오기만 민망히 여기고 기다렸다.

그런데 하늘이 나를 미워하시고 가운(家運)이 갈수록 막혀서 선왕이 중도에 돌아가시고 만사가 모두 흩어졌으니, 이런 원통하고 가혹한 일이 어디 있으리오. 내 비록 여편네나 조정에 전해져 오는 야사를 많이 보았으니, 우리나라에 원통한 옥사가 필경은 억울한 누명을 씻지 못한 적이 없었다. 그런데 내 삼촌의 일은 만만 원통하니 주상께서 장성하셔서 시비를 분간하실 때면, 응당 이 늙은 할미의 지한(至恨)을 풀어 주실 때가 있을까 기다렸다. 그러나 내가 살아서 미처 보지 못할 것 같으니 이 글을 내가 없는 후에라도 주상이 보시면 필연 감동하여 삼촌의 삼십 년 쌓인 원한을 풀어 주실까 하늘에 빌고 빈다.

명종조(明宗朝)에 윤임(尹任)[45]이가 그 사위 봉성군(鳳城君)을 추대하려 한다고 하여 증초(證招)[46]와 심문할 죄명을 명백히 만들어서 무정보감(武

---

[45] 윤임(尹任) 조선 중기의 문신으로 파평 윤씨 대윤(大尹)의 거두.
[46] 증초(證招) 죄의 증거가 되는 공사(供辭).

定寶鑑)⁴⁷에 올렸으니, 이 책에 올린 죄명을 보면 만고에 없는 극악한 역적인 듯싶으니 누가 감히 말하리오. 그러나 본디 옥사가 억울한 옥사이니, 공의(公議)가 일제히 일어나서 만구일담(萬口一談)⁴⁸이 지극히 억울하다고 하여도 선묘(宣廟)께서는 오히려 무섭게 추궁하였다. 그러다가 공의대비(恭懿大妃)⁴⁹가 지극히 원통해 하시는 뜻을 받자오셔서, 윤임을 복관작(復官爵)하여 주셨다. 윤임이 공의대비께 시외삼촌이요, 선묘께는 공의대비가 백모시니, 공의대비께서 시외삼촌의 원죄를 씻으려 하시고, 선묘께서 백모의 마음을 받으면서 이 일을 하셨으니, 지금까지 공의대비의의 정사(情事)를 위하여 슬퍼하셨다.

선묘의 처분이 효성스러운 생각에서 나오신 것으로 우러러 보지 않을 리 없는데, 하물며 내 중부의 경우는 윤임의 죄명과 경중이 판이하고 나는 주상의 조모이다. 백모로서 시외삼촌 원통함을 호소하는 것도 따르셨거늘, 이제 조모가 그 중부의 누명을 씻으려고 하는 것은, 내 정리로나 나라 체면으로나 아무도 탓하지 못할 것이다.

또 이 일을 선왕이 크게 깨닫고 갑자에 누명을 씻겠노라 하신 말씀 여러 번이셨고, 병신년, 임자년 두 번 분부가 더욱 분명한 증거가 되니, 억울함을 밝혀 원한을 풀고 부끄러움을 씻고자 함이 선왕의 유의(遺意)다. 주상

---

⁴⁷· **무정보감(武定寶鑑)** 역적을 다스리는 명찬기록.

⁴⁸· **만구일담(萬口一談)** 여러 사람이 같은 말을 함.

⁴⁹· **공의대비(恭懿大妃)** 인종의 비 인성왕후(仁聖王后). 중종의 제2계비 장경왕후는 윤임의 누이이며, 인종은 장경왕후의 소생임. 또 선조는 중종의 일곱째 아들 덕흥대원군의 아들로서 후사 없이 죽은 명종의 뒤를 이음. 따라서 공의대비는 선조에게 백모가 됨.

께서 불안해 하시거나 주저하실 일이 아니다.

공의대비가 윤임의 일에 간섭하시다가 무망(誣罔)[50]을 받아서 더욱 윤임의 원한을 풀려 했다 하더니, 나는 병신년 7월에 내 중부 처분 때 전교를 내가 그리하라 했다 하니, 그렇다면 이는 내가 죽인 셈이 되지 않는가. 세상은 진정을 모르고 내가 삼촌이 화 입는데 구하기는커녕 그런 양으로 알고, 나를 절륜(絕倫)의 죄인이라고 하여도 사양치 못할 것이니, 만고에 제 삼촌이 화 입는데 그리하라고 할 사람이 어디 있으리오.

내 이제 오래지 않아 수명이 다할 것이니, 만일 중부의 누명을 씻지 못하고 돌아가면 만고에 삼촌 죽인 사람이 되어서 귀신도 용납할 곳이 없을 것이요, 공의대비의 한때 무언(誣言) 들으신 원통함과 비교하면 어떠하리오. 공의대비는 조카님을 감화시키셨는데, 내 비록 정성이 천박하나 설마 주상을 감동시키지 못하랴. 매양 마음에 있으나 아직은 주상이 임의로 못하실 때요, 나는 점점 노쇠하여 가니 그저 아득할 뿐이다.

국영이가 임진년에 등과하니, 본디 아이 적부터 그리 될 것이 분명한 자질이었다. 제 아비 낙춘(樂春)이 광병(狂病)이 있어서 가르칠 것도 없으니 제 스스로 허랑방탕하고 주색에 빠져서 행실이 말이 아니어서 제 집에 용납지 못하고 세상에 버린 바가 되었다. 그러나 약간 재주가 있어서 못하는 글도 억지로 하노라 하고, 예민도 하고 민첩 대담하고 호기도 있어서 하늘을 무서워하지 않고 땅도 두려워하지 않았다. 이때 미친 것이 항상 천하만

---

[50]. **무망(誣罔)** 그럴 듯하게 남을 속임.

사를 모두 제가 하겠다고 날뛰니 동료들이 놀라서 웃지 않는 자가 없었다.

그러나 수년 후에 과거에 급제하여 한림(翰林)을 수년 다니며 오래 궁중에 있게 되어 영묘께서 사랑하시고 매양,

"내 손자다." 하고 칭찬하셨다.

또 동궁께서는 나이도 비슷하고 얼굴도 어여쁘고 슬기롭고 민첩하니, 벌써 세상에 난리가 난 때였다. 동궁이 한 번 보시고 두 번 보시는 동안에 대접이 두터워서 지극히 무간(無間)한 사이가 되었다.

처음에는 요놈이 간계를 내어 동궁께 직간(直諫)하는 체하나 실은 간하는 말이 모두 듣기 좋은 말이었다. 그리하여 동궁께서는 강직한 사람인 줄 아시고 사귀기를 깊이 하신 후로는 못하는 바가 없었다. 세손이 동궁으로 계실 때 하인 외에 사부(師傅)를 대접하시는 것이 빈객(賓客)[51]과 궁관(宮官)[52]뿐이니, 그 자들이 강학(講學)이나 의논하지 무슨 말을 하며 하물며 외간설화(外間說話)야 어찌 감히 한마디라도 수작하리오. 그래서 동궁이 안타깝고 답답하시다가 국영을 만나서, 아니 여쭙는 말이 없고 아니 아뢰는 말이 없으니, 신통하고 귀히 여기셔서 이전에 사랑하시던 궁관은 점점 멀어지고 국영이만 제일로 알게 되시니, 비유하면 사나이가 첩에 혹한 모양이었다. 국영이는 제게 밉거나 원한이 있거나 저를 혹 나무라는 일이 있으면 아무 근거도 없이,

"동궁을 비방한다."고 아뢰었다.

---

[51] **빈객(賓客)** 시강원의 정2품 벼슬.
[52] **궁관(宮官)** 동궁에 딸린 관리.

그리고 저를 과하게 사랑하시니 제 인물이 의젓하여도 꺼림을 받을 터인데, 세상에 유명한 버릇없고 경솔한 자를 너무 사랑하시니 어찌 말이 없으리오. 혹,

"동궁이 이 괴이한 것을 가까이 하신다."

하고 근심하며 탄식하는 이도 있고, 혹은,

"동궁이 한때 저를 사랑하시더라도 제가 어찌 감히 상스럽게 굴랴."

하여, 갑오년과 을미년 연간에 집집이 국영의 말이요, 사람마다 국영의 근심을 하게 되니 저인들 어찌 듣지 못하리오.

이런 말을 들으면 곧 동궁을 비방한다고 아뢰니 소위 부언(浮言)[53]이란 것이 이런 일이랴. 세손께서 깊은 궁중에 계셔서 다른 사람은 보지 못하시고 국영의 말만 들으시며 사랑하시는 터에 그놈의 간사스러운 심정을 살피지 못하시고 곧이 들으시니, 세손이야 어찌 놈의 간계를 알았으리오.

이럭저럭 천고에 없는 총애를 받다가 대리일로 큰 공을 세우고, 등극 후 칠팔 삭 안에 관직이 올라 도승지(都承旨)[54]와 수어사(守禦使)[55]를 하고, 숙위대장(宿衛大將)으로 대궐에 있게 되자, 저 있는 곳을 숙위소(宿衛所)라 하고, 오군문대장(五軍門大將)[56]을 다 하여 벼슬 이름이 오영도총숙위(五營都總宿衛) 겸 훈련대장이란 것이니, 고금에 그런 은총과 그런 공명이 또

---

53. **부언(浮言)** 떠돌아다니는 말.
54. **도승지(都承旨)** 왕명의 출납을 보는 승정원의 최고 관직.
55. **수어사(守禦使)** 남한산성을 수호하는 수어청의 최고 관직.
56. **오군문대장(五軍門大將)** 임란 후 설치된 5군영. 즉 훈련도감, 총융청, 수어청, 어영청, 금위영을 말함.

어디 있으리오.

　제 마음대로 사람을 무수히 죽이는 중에 내 집이 첫 번째 화를 입었다. 그 이유는 내 삼촌이 저를 꾸짖었던 원한뿐 아니라, 국영의 백부 낙순(樂純)이가 내 삼촌과 원수 같아서 항상 죽일 마음이 있다 하더니, 국영의 초년정사(初年政事)는 제 백부의 말을 들었기 때문에 내 삼촌의 화가 더욱 심한 것 같았다. 사 년 동안에 권세를 함부로 휘두르고 제멋대로 날뛰던 일이 수백 가지였다.

　내가 궁중에 있어서 어찌 자세히 알리오마는 낭자하게 전하는 소문을 들어도, 궁중에서 내의녀(內醫女)[57]를 데리고 제집 사람같이 지내고, 약방제조(藥房提調)하여 수라를 차리는데 제 밥을 수라상과 똑같이 차려 먹었다. 그리고 상전(上前)에서 버릇없이 굴며 대신 이하를 능욕하기가 측량없으니, 우리 선조의 적덕(積德)으로 어찌 이런 요망스러운 역적이 태어날 줄 알았으리오. 국영이 처음은 오히려 작은 그릇이라 대수롭게 여기지 않았고, 그런 큰일을 저지르리라고는 미처 뜻이 가지 못하였더니, 김종수(金鍾秀)란 것이 병신년 5월에 비로소 들어와 국영의 아들이 되어서 천만 가지 흉악한 괴변을 다 꾸며내었으니 어찌 홀로 국영의 죄뿐이리오.

　종수는 다른 사람이 아니라 내 오촌 고모의 아들이다. 그 고모가 어렸을 제에 내 조부께서 그 질녀를 사랑하여 매양 칭찬하니, 그 고모가 일컬어 수양 아버님, 수양 어머님 하였는데, 그 고모의 아들이 첫째가 종후(鍾厚)

---

[57] **내의녀(內醫女)** 의술을 배워 내의원과 혜민서에 심부름하던 여자. 나중에는 기생처럼 대우 받음.

요 둘째가 종수였다. 집도 같은 동네에 있고 정의가 각별하여 친 소생과 다름이 없을 듯하였다. 그러다가 국혼(國婚) 후에 내 집은 위세가 번창하여지고, 저희는 비록 재상집이지만 선비로 명론(名論)하노라 자처하고, 전일에 친후(親厚)하던 정이 변하였다. 선친은 그 형제를 집안 아이로서 꾸짖기도 하시고 가르치기도 하시나, 그 형제가 점점 틀어져서 꺼리는 빛이 현저하였다. 선친이 또한 그 형제의 생명을 구하고 인정 없는 일이 많은 것을 근심하여 한탄도 하시고 시비도 하시니, 저희들이 원한을 품은 듯싶었다. 그러나 선친으로서는 조카를 가르치는 일로 하신 것이므로 말씀하신 후에 마음에 두기야 하셨으리오.

그 고모가 선친과는 종형제 항렬로 나이가 남매간에 으뜸이라, 선친께서는 조부 하시던 일도 생각하시고 동기 누님같이 보셔서, 장임(將任)[58] 적이나 외방(外方)[59] 적이나 물품을 계속해 보내시어 정의가 각별하였으니, 저희들이 어미의 사촌을 죽이려고 간계 꾸미는 것을 어찌 알았으리오. 정해년에 종후(鍾厚)를 당상관으로 추천을 하는데, 대신께 의논도 않고 유림사회(儒林社會)의 공론도 없이 이조판서(吏曹判書)가 혼자 하였다.

이때 선친께서 비록 근심 중이나 공론으로 말씀하셔서,

"정격(政格)[60]이 아니다." 하고 반대하셨다.

그 일로 원한이 뼈에 사무쳐서 보복하려고 임진년에 종수가 귀양갔던

---

58. **장임(將任)** 대장의 직책.
59. **외방(外方)** 한양을 벗어난 모든 지방.
60. **정격(政格)** 관직의 등용이나 파면에 관한 법도.

일을 억지로 숙제(叔弟)의 탓을 삼아 항상 하는 말이,

"저희들 망하는 것을 보고야 말겠다." 하고 별렀다.

천만뜻밖의 지친간(至親間)에 의심받는 일을 불행히 여겼더니, 이때에 국영이와 한 마음이 되어 국영에게 충동하니, 제 본디 세상을 속이고 허명을 도적질하였던 것이다. 국영의 마음에 종수가 제게 와서 자제처럼 친근하고 노예처럼 복종하고 비첩(婢妾)처럼 아첨하는 것을 기뻐하며 그가 하자는 대로 해주니, 내 집의 화변이 종수가 아니라면 국영이만으로는 이토록 하지 않았을 것 같다.

그 망측한 국영이가 아무런 상식도 없고 아무런 이유도 없이 하찮은 원한으로 사람을 무수히 죽일 제, 종수가 또한 함부로 제 원수를 갚아서 두 놈의 원수 갚기로 유죄 무죄를 막론하고 무수한 사람이 죽었다.

후생(後生)들은 국영이는 패한 고로 그 죄악을 더러 알거니와, 종수는 태도를 천변만화(千變萬化)하여 제 몸은 관계하지 않은 고로 그의 죄만은 자세히 모르게 되었다. 그러나 실은 십분(十分)으로 의논하면 국영의 죄악은 삼사분이요, 종수의 죄악은 육칠분이다.

내가 매양 선왕께,

"국영의 일이 제 죄뿐 아니라, 실은 종수의 죄라."

하고 말씀드리면 선왕도 그렇다고 하셨던 것이다.

국영이 그 은총을 가지고 제 마음대로 못한 것이 없으나 그래도 오히려 부족하여 제 누이를 선왕께 드리고, 제가 척리가 되어 내외로 무한히 즐기려 하였다. 제가 소위 충신이라면 그때 중전께서 정처의 이간으로 금실이

화합치 못하시니, 총애를 받는 신하로서는 마땅히 곤전(坤殿)께 화합하시기를 권하는 것이 인정이지 어찌 그런 일을 하였으랴. 중전이 그때 이십육 세시고 본디 복통이 없으셨는데, 병환이 계시다는 자교(滋敎)를 내시게 하여 양전(兩殿) 사이를 화합치 못하시게 하였다.

만일 제 힘이 못 미칠 양이면 선왕이 춘추 근 삼십에 사속(嗣續)[61] 이 없으니 공평히 장성한 처자를 가려 들여 생남(生男)의 경사를 보시도록 축원하여야 옳을 것이나, 그런데 홀연히 요악한 계교를 내어서 겨우 십삼 세된 어린 제 누이를 드리니 그것을 언제 길러서 사속을 보리오.

일컬어 원빈(元嬪)이라 하고 궁호를 숙창(淑昌)이라 하니 원(元)이라는 글자 뜻부터 흉하고, 곤전이 계신데 비빈(妃嬪)을 원으로 일컬을 도리가 어디 있으랴. 천도가 신명하고 제 죄악이 찰 대로 차서 기해년에 제 누이가 홀연히 죽으니, 이때 국영이 독살스러운 분을 이기지 못하여 제 누이가 죽은 것을 감히 곤전을 의심하여 선왕을 충동해 내전나인(內殿內人) 여럿을 잡아다가 칼을 빼놓고 무수히 치며 혹독한 고문을 하였다. 그리하여 억지로 곤전께 허물을 씌우려고 하여 하마터면 참소(讒訴)가 미칠 뻔하였다. 그리고 외간에 소란한 풍설이 이르지 않은 곳이 없어서 포목전, 갓전 등 시정의 상인이 문을 닫고 도망치기까지 하였으니, 이런 만고의 극악한 역적이 어디 있으리오.

제가 부귀를 길이 누리려던 계교를 이루지 못하였으면 천심이 두려워서

---

[61]. **사속(嗣續)** 대를 이을 아들.

라도 조금 위세를 거두고, 명문(名門)에 간선하기를 권하여 일 반분(半分)이나마 속죄를 하여야 할 터인데, 국영의 마음에는 다른 비빈을 고르시면 그 집 사람에게 정이 옮기실까 염려하여, 다시 간선을 못하게 하려는 야심으로 덕상(德相)을 시켜서 흉악한 상소를 올렸다. 그리고 인의 아들 담(湛)을 수원관(守園官)을 시켜서 군호를 완풍(完豊)이라 하여 제 누이의 양자를 만들어서 담을 선왕의 아들같이 되게 하였다. 그리함으로써 외가가 되어서 길이 영화를 누리려 하여, 선왕의 춘추 삼십이 못 되시고 병환이 안 계신데 사속 보실 길을 아주 막아 버리니, 선왕이 비록 일시 총명이 가로막혀서 제 하자는 대로 따라 하셨으나, 실은 당신을 위한다는 국영의 농간에 속으셨던 것이다. 일이 이렇게 되었으니 선왕의 지혜로 어찌 그 요악한 속마음을 깨닫지 못하시리오.

아직 어린 담을 갑자기 데려다가 임금 아들같이 삼고 제 생질로 하여서, 친신(親信)히 부리시는 내관이 붙들고 출입하여 거의 동궁과 같이 처우하였다. 제 아비 인은 허황광패(虛荒狂悖)[62]한 인물이라, 제 아들이 그렇게 된 것이 제 몸의 큰 화근인 줄을 모르고 그로 인한 세도를 부리고, 소위 궁묘충의(宮墓忠義) 수위관(守衛官)을 저와 인연 있는 이를 시키니, 그런 무지한 것이 어디 있으리오.

그때 내 집의 동생들이 나에게 편지로,

"이런 국사와 이런 거조(擧措)가 어찌 있겠나이까?"

---

[62] 허황광패(虛荒狂悖) 사람됨이 황당하고 도의에 어긋남.

하고 분개하고 한탄함을 이기지 못하였다.

내 이에 대하여 절통한 분개가 하늘을 뚫고 땅에 닿아 선왕께 아뢰기를,

"이 무슨 일이며 어찌 된 뜻이오니까? 생각을 하시오. 주상이 아주 늙으셨습니까, 병환이 계십니까? 아들 얻고 싶으신 마음은 노소와 귀천이 없는데, 주상께서 종사의 부탁이 어떠하건대, 삼십이 되도록 아들 없는 것도 초조하고 민망한데, 지금은 남의 손에 휘이어 스스로 아들 못 낳기로 자판(自判)하시니 이 무슨 일이오?" 하고 슬퍼하였다.

그때 국영의 세도가 태산 같아서 아무도 말할 이가 없었다. 원빈의 빈소(殯所)를 정성왕후 빈전하였던 데 하고, 무덤은 인명원(仁明園)이라 하고 혼궁(魂宮)은 효휘궁이라 하고, 의정부 이하 진향(進香)하고 복제(服制)를 행하였으니, 그때 여러 신하들이 어찌 꾸지람을 면하리오. 내 분통하여 이를 갈며 차마 보지 못하여, 만나면 울고 보면 어루만져 서럽고 슬퍼하였다. 선왕이 차차 그놈에게 모든 일을 속으신 줄 깨달은 듯하시고, 국영이가 담을 조카라 하여 궁중에서 동궁처럼 추켜들며, 침식을 함께 하여 돌아가는 상황이 날로 흉악, 교활하고, 행동은 날로 위험하니 선왕이 영명하신데 어찌 뉘우치지 않으시며 분하게 여기지 않으시리오. 나랏일이 아득하여 어찌할 바를 모르시는데, 내가 지성으로 분하고 서러워서,

"사속 넓힐 일을 헤아리시오."

하고 뵈올 적마다 권하였다.

본디 인효(仁孝)하신지라, 내 정성과 당신 신세를 돌아보아서 감동하고 옳게 여기셨다. 그리고 내게 대하시는 기색은 점점 더 지극하시고 국영의

죄악은 더욱 쾌히 깨달으셨다. 기해년 9월에 국영이를 치사(致仕)[63]시키셨으나 전에 사랑하시던 일로 시종 보전하게 해 주려고 하셨다.

그러나 제가 관직에서 물러난 후에 하는 행동이 더욱 해괴망측하므로 강릉으로 쫓아 보내셔서 거기서 제 스스로 죽었으니, 자고로 흉악한 역적과 권세 높은 간신이 많았지마는 국영이 같은 것은 다시 없었다. 제가 처음에 사사로운 원한으로 사람을 함정에 빠뜨려 걸핏하면 역적으로 몰아서 죽이니 선왕의 성덕에 누를 끼쳤으니 그 죄가 하나요, 양전이 화합하지 못하시게 하고 제 어린 누이를 드려서 부귀를 제 마음대로 하고자 하니 그 죄 둘이요, 제 누이가 죽은 후 사속 보실 길을 막고 담을 제 죽은 누이의 양자로 하여 동궁을 만들고, 제가 나라의 외가 노릇을 하여 다시 부귀를 길게 하려 음모를 꾸몄으니 그 죄 셋이요, 곤전의 나인을 혹형하여 곤전을 범하도록 무복(誣服)[64]을 받고 곤전께 흉악한 계교를 행하려 하였으니 그 죄 넷이다. 그리고 밖에서 위를 향하여 임금을 업신여기어 무례불충의 말을 무수히 하였으나 내가 직접 보지 못한 일이니 어찌 다 기록하리오.

인신(人臣)으로서 이 죄 중의 한 가지만 있어도 극형은 면치 못할 것인데, 국영의 몸에는 고금에 듣지 못한 만악(萬惡)이 실려 있으나 종시 와석종신(臥席終身)[65]을 하였으니 천도의 무심함을 어찌 한탄치 않으리오.

종수(鍾秀)가 제 스스로 명론(名論)하노라 하지만, 처음에 후겸에게 붙

---

63. **치사(致仕)** 벼슬을 그만둠.
64. **무복(誣服)** 강요에 의해 하지 않은 일을 했다고 거짓 자백함.
65. **와석종신(臥席終身)** 편안히 명을 마감함.

어서 벼슬을 도모한 것이 제가 태천현감(泰川縣監)을 하직하던 날, 영조께서 초록명주 한 필을 친히 내려주시며,

"관대(冠帶)하여 입으라."

하고 주시자 저를 편론한다고 괘씸히 여기다가 홀연히 이 은권(恩眷)⁶⁶이 있으니, 후겸에게 성의가 없으시면 어찌 이런 일이 있으리오.

제 본디 이(利)를 보면 달려드는 버릇이라, 후겸에게 붙으려 하다가 후겸이가 받아주지 않으니 이를 갈았다. 그러다가 국영에게 붙어서 국영의 천교만악(千敎萬惡)을 안 도와준 것이 없었다.

국영이가 벼슬에서 쫓겨날 때에 종수는 후겸을 시켜서 만류하시라는 상소를 내어서,

"나라의 충신이요 범이 산중에 있는 형세이니, 이 사람이 하루도 조정에 없지 못할 것입니다." 하였다.

저희들 형제가 처음에는 설사 국영에게 속았다 하고, 국영이가 담을 들이고, 덕상(德相)이 상소를 내고 다시 간택 못하게 하는 행동이 있은 후로, 온 나라 사람이 역적이라고 규탄하였다. 이때 덕상이 부득이한 일도 아닌데 평안도에서 급급히 상소하여 행여 남에게 뒤질까 초조히 굴었으니, 세상에 당역(黨逆)하는 명론이 어이 있으리오. 그 후에 종수가 차자(箚子)⁶⁷를 올려서 국영을 쳤는데 이것은 선왕이 친히 시키신 일이다.

내 매양 선왕께,

---

⁶⁶ **은권(恩眷)** 군주의 정

⁶⁷ **차자(箚子)** 서식이 간단한 상소문.

"종수가 국영의 아들인데 제 아비를 논박하니 저럴 수가 있겠습니까?"

하면, 선왕은 나에게,

"제 마음이 아니요, 저도 살아나려 하니 그럴 수밖에 없겠지요." 하셨다.

내가 다시 아뢰길,

"천변만화하는 구미호 같다."

하니 선왕이 웃으시며,

"좋은 형용이오." 하셨다.

그러니 선왕이 어찌 제 정태(情態)를 모르셨으리오. 국영이 없어진 후는 국영이 때의 일을 모두 바로잡아서, 내 삼촌같이 원통한 사람은 진실로 누명을 씻어 주어야 천리에 합당하고 인심을 위로할 때였다. 그러나 국영의 죄악도 분명히 드러나지 못하고 원통한 사람은 아직도 누명을 씻지 못하니, 이것은 국영이가 없으나 종수가 국영의 심법(心法)을 전하기 때문이다. 종수가 국영을 데리고 병신 초부터 일을 같이 하여 왔고, 이 일이 무죄한 사람을 제 사사로운 혐의로 국영을 꾀어서 죽였으니 죄가 국영이 보다 더하였다.

내전께 없는 병을 있다고 모함하고, 국영의 어린 누이를 드려 원빈이라 이름하고 곤전을 빼앗으려 하며, 담을 양자로 들여 선왕의 아들 보실 길을 막아서 종국(宗國)을 옮기려던 계교가 비록 국영의 흉심이나, 그 계교는 종수가 가르친 것이 분명하였다.

만일 그렇지가 않으면 제가 등한(等閑)한 조신(朝臣)과 달라서 천고에 없는 총애로 못 올린 말이 없고 안 따르신 일이 없는데, 국영의 전후 일을 한 번도 말한 적이 없고, 심지어 제 형을 권하는 유임을 요청하는 상소까지 올렸으니 국영과 마음과 같음이 어찌 분명하지 않으리오. 제 일생에 나라에 직언 한번 한 일이 없고, 그른 일 바르게 한 일이 없고, 한다 하는 것이, 홍가(洪哥) 치기와 옥사 내는 데만 기를 쓰고 달려들었으니 만고에 이런 뱀 같은 인물이 다시 있으리오. 선왕이 그놈의 정상을 다 아시되, 특히 살림이 검박하고 벼슬에 탐탁하지 않아서 인심을 덜 잃었기 때문에 덮어두고 이전의 정을 보전하시려고 시종여일하셨으나, 제 소위 검소하고 성품이 바르다는 것도 겉치레요, 세상에서 모두 저를 어미에게 효도한다고 일컬었으나, 어미 마음을 따를 양이면 어미 사촌이 종수의 지친(至親)이니 비록 죄가 있더라도 저만이 사람이 아니거든, 어미를 앞이고 제 홀로 나서서 어미의 종제를 죽였으니, 어찌 진정한 효성이리오. 세상이 국영의 일을 다 알되 종수의 일은 오히려 모른즉 국영이 껍질이요, 종수는 실로 골자이기 때문에 이렇게 써서 자세히 알게 한다.

내 나이 칠 세인 신유년에 숙제가 태어났는데 자질이 얼음같이 맑고 옥같이 깨끗하여 모든 일에 뛰어나니, 부모가 특히 사랑하시고 나의 편애함은 말할 것 없고 영묘께서도 숙제가 궁중에 들어온 때면 어여삐 여기셔서, 내 중제와 형제를 앞에 세우고 다니시고 경모궁(景慕宮)께서는 더욱 사랑하셨다. 문장이 숙성하여 대소과(大小科) 삼장장원(三場壯元)[68]하고, 문장재망(文章才望)으로 명성이 굉장하니, 내 동기간의 지기(知己)로 인하여

---

68. **삼장장원(三場壯元)** 과거의 초시, 복시, 전시에 모두 일등함.

집안의 기대가 깊었는데, 입신한 지 얼마 되지 않아서 집안 처지가 망극하여 근심으로 마음을 졸이고 한탄하였다.

경인년 신묘년 간에는 선친 몸에 화색(禍色)이 날로 급하여 가니, 내 생각에는 귀주(龜柱)에게는 풀 길이 없고 정처에게나 화기(禍機)를 완곡하게 푸고자 하나, 그 사람이 아들의 말을 듣고 전일과 달라진 지 오래라 서먹서먹한 말로 움직이기 어려웠다.

사세가 그 아들을 사귀어야 혹 풀 도리가 되나, 선형(先兄)과 중제는 무슨 일로 후겸에게 미운 바 되고, 숙제가 있으되 지조가 고상하고 규모가 조촐하여 부귀에 물들지 않고 세로(世路)에 추종하기를 싫어하였다.

그래서 심상히 친구가 없고 집의 문객도 얼굴 아는 이가 적었다. 그런 위인으로 구차하고 비루한 일을 하고자 할 리가 있으리오마는, 형제 중에 나이가 적어 후겸에게 미움을 받고 있지 않았다. 그래서 내가 숙제에게 편지로 권하기를,

"옛 사람 중 어버이를 위하여 죽는 효자도 있으니, 지금 형편이 어버이를 위하여 후겸을 사귀어 집안의 화를 구하는 것이 옳다. 옹주의 아들로 임금의 총애만 믿고 권세를 좋아할 뿐이지, 내시가 아니요, 역적도 아니니, 일시 후겸에게 가까이하기를 꺼려서, 아비의 위태함을 구하지 않으면 어찌 인자의 도리리오." 하고 간절히 권하였다.

그러나 숙제가 처음에는 죽어도 싫다 하다가 화기(禍機)가 점점 박두하여 집안 멸망이 조석지간에 있고, 나의 권함이 긴급하자 마침내 제 몸을 돌아보지 않고 후겸과 친하여 선친의 참화를 면하였다. 그러므로 숙제가

자못 미움 받음은 오직 이 누이 탓이다. 숙제는 그 문장 재식(才識)으로 부형을 이어서 입조(入朝)하여 앞길이 만 리 같다가 포부도 펴지 못하고 어렵고 험한 때를 만나서, 선친의 화를 염려하여 평생의 본심을 지키지 못하고 후겸과 사귄 것을 부끄러워하여 마음에 맹세하기를,

"집이 평안하면 내 몸이 세상에 나가지 않으리라."

하고 그 뒤 동교에 집을 장만하여 나에게 편지를 보내,

"멀리 가지 못할 몸이니, 장래 근교에 머물러서 경궐(京闕)을 의지하고 자연 속에 몸을 마칠까 합니다."

하니 그때의 편지 사연이 내 눈에 선하다.

숙제의 마음이 이러하게 된 것은 후겸을 사귀는 것이 부형을 구하기 위한 것이므로 그리하였으나, 후겸으로 인연하여 벼슬 한 가지라도 하면 본심을 저버리고 진실로 비루한 일을 탐하고 어지러운 무리와 한패가 되고 만다고 생각한 때문이다. 그래서 기축년의 장원급제로 을미년까지 칠 년 내에, 본디 지낸 옥당(玉堂) 춘방(春坊)을 수삼 차 지낸 밖에는, 응교(應敎)[69] 통청(通淸)도 한 일이 없었다.

그리고 크고 작은 고을의 원(元) 한 자리도 한 일 없고, 호당(湖堂)[70]을 시키려 하는 것도 마다하였다. 경인년 이전의 몸으로 쭉 있었지 벼슬이 더한 일이 없었다. 그러므로 후겸이와 사귄 것이 이로움을 탐함이 아님을 분명히 알 수 있다. 정처의 변화와 후겸의 간교로 집안의 변화가 다시 날까

[69] **응교(應敎)** 홍문관 정4품.
[70] **호당(湖堂)** 문관 중 뛰어난 사람을 뽑아 오로지 학업에만 열중하게 하던 곳. 또는 그 사람.

조심조심 다녔을 뿐이지, 그 밖에 누구를 쓰며 누구를 막으며 누구를 죽이며 누구를 살리려는 것을 일체 알려고 한 일이 없었다. 후겸도 또한 의논한 일이 없었으니 이것은 세상이 다 아는 바다.

사람이 권문과 체결하여 세상을 어지럽게 하는 것이 제 몸에 이익이 있어야 할 것이거늘, 부귀공명 밖에 있는 숙제는 그 처지와 문학으로 장원급제한 칠 년 만에 가만히 앉아 있어도 오는 벼슬을 하였을 터에, 하물며 후겸을 사귀어서 제 몸에 이롭게 하고자 하였으면 어찌 한 가지 요직과 한 품(品)의 가자(加資)를 못 하였으리오. 이 한 가지로 숙제가 부형을 위하여 부득이 후겸과 친하였으나 제 몸을 벼슬을 하지 않음으로써 본심을 증명하려던 뜻을 알 수 있을 것이다.

상운(翔雲)이 본디 간사한 놈으로서 제가 폐족(廢族)으로 기회를 노려서 후겸이와 친밀히 지냈다. 때마침 숙제가 후겸의 좌중에서 얼굴을 알게 되어서 왕래하게 되니 숙제의 마음이 괴로웠다. 그러나 후겸을 두려워하여 상운도 잘 대접하였다. 그러다가 을미대리(乙未代理) 후에 경과방(慶科榜)[71]이 있었는데, 신임제적(辛任諸賊) 최석항(崔錫恒), 조태억(趙泰億)의 자식 셋이 급제하여 공의(公議)가 모두 분개하였다.

하루는 상운이 와서 숙제에게,

"내가 상소하여 최와 조의 과거급제를 없애고자 청하려 하니 어떻소?"

하고 물었다.

---

[71] **경과방(慶科榜)** 3년마다 한양에서 보던 경시(京試)와 경사가 있을 때 보던 경과(慶科).

숙제가,

"자네 처지로 마지못해서 벼슬을 다니지만 어찌 상소하여 조정의 일을 간섭하리오. 최와 조의 과거 일이 과연 해괴하나 세상의 자연공의가 있어서 의논할 사람이 있을 것이니 자네가 아는 척할 바가 아닐세." 하고 충고하였다.

그러자 상운이 노한 안색으로 불쾌하게 돌아가더니, 그날로 곧 서유녕(徐有寧)의 상소가 나서 상운은 그 상소를 못하였다.

그러나 수삼 일 후에 편지로,

"내가 오늘 아침에 상소를 하였으나, 소본(疏本)[72]이 많기로 보내지 못하고 상소한 조건만 대략을 베껴 보내오."

하고, 다른 종이에 제가 상소한 조목을 한 자씩만 썼는데, 당(黨) 자 관(官) 자 등 모두 여덟 조목이었고, 끝의 조목은 척(戚) 자니 쓰지 말라는 말이었다. 다른 조목은 다 한 자씩만 썼는데, 척자 조목에는 그 의논한 글을 베껴 보냈는데, 그것은 우리 집이 척리(戚里)인고로 보라 한 뜻이다. 숙제가 보고 그 상소가 무슨 사연인지는 모르나 제 폐족으로 벼슬을 할 수 없는 처지에 논사(論事)하는 것에 놀라서 답장하기를,

"자네는 스스로 잘 하였다고 생각하겠으나, 보는 이는 반드시 나무랄 것이니 잘할 상소인지 모르겠네."

하고 걱정해 보내었다.

---

[72] **소본(疏本)** 상소문의 원본.

그날 저녁에 그 상소 원본을 보고 깜짝 놀라서 곧 그때의 대사헌 윤양후(尹養厚)에게 편지하여 상운을 잡아서 엄중한 고문을 청하려 하고, 그의 형 윤상후(尹象厚)에게도 편지로 힘써 권하였다. 상후가 아니하였으나 이 시종(始終)은 무술년 숙제를 공초(供招)[73]할 때 다 자세히 아뢰고, 그때 상운의 편지와 그 상소 조목의 글자를 열서(列書)한 종이까지 상전(上前)에 바쳤다. 양후에게 권하여 상운을 고문하라고 한 일은 상후가 아는데, 생존한 상후도 증거를 삼아 상후와 대질하기까지 청하였으니, 상운의 상소가 해괴망측하여 숙제가 깜짝 놀라고 상운을 알고 지낸 것을 불행하게 여겨 상운을 벌하라 청하기를 타인의 백 배나 하였던 것이다. 그러므로 상운의 상소 일에 간섭하였다는 것이 천만 애매한 것은 사리가 매우 명백하였다.

또 정유역변(丁酉逆變)[74]이 났을 때 상길(相吉)이 공초에 말하기를,

"저희가 추대를 도모하여 의논하기를 홍모(洪某)는 척리니 지금은 쓰이지 못하나 오랜 후에는 병권(兵權)을 잡을 것이니, 만일 그러하거든 습진(習陣)[75]할 때에 거사(擧事)할 수도 있으리라 하였다."

하였으니 이것이 어찌 사람의 말이랴.

어불성설(語不成說)하다 하여도 곡절이 있지 삼척동자라도 누가 곧이들을 말이냐. 만일 홍계를 무함(誣陷)하여 말하기를,

"홍가가 지위를 잃고 나라를 원망하여 추대모의(推戴謀議)를 한다 하면

---

[73] 공초(供招) 죄인이 범죄 사실을 진술함.
[74] 정유역변(丁酉逆變) 정조 원년 정후겸 등의 죄를 다스린 일.
[75] 습진(習陣) 병사 훈련.

모함이 되거니와, 이 말은 장래 대장이 되어서 병권을 잡을 것이니, 그리하거든 일을 하자 하였다."

하는 말이니, 장래에 대장을 하여 병권을 잡을 때면 임금에게 총애를 받을 때가 될 것인데, 제 집 잘 되고 제 몸이 대장까지 이르게 될 양이면 이미 부귀가 극진하고 제 의망(意望)이 족할 텐데, 또 무슨 의사로 그 임금을 마다하고 다른 임금을 추대하리오.

또 설사 그놈들이 그런 이치에 맞지도 않는 말을 하고 전연 아무것도 모르고 있는 숙제에게 무슨 죄가 있으리오마는, 숙제는 본디 국영에게 미움을 받고 국영이가 해치려고 화색이 급박하였으나, 선왕의 성덕(聖德)으로 겨우 실낱 같은 목숨을 붙였다가 무술년의 두 가지 일을 씻어서 다시 사람이 되었다. 그때에 전교(傳敎)를 거룩히 하셔서 공초(供招)가 절절이 조리 있고 단연코 타의(他意)가 없어서 극진함이 명백하였다. 선왕은,

"천리인정에 구하여도 실로 이러할 리 없고, 비록 의심할 만한 자취가 있어도 그 마음을 용서하여야 옳은데, 하물며 본디 이 일이 없거늘 오늘날 사실을 밝혀서 억울함을 풀어주니 내 어머니를 뵈올 낯이 있노라." 하고 기뻐하셨던 것이다.

숙제가 내 오라비와 임금의 외삼촌으로서 그 모양으로 문죄(問罪)를 당하니, 옛 사기(史記)부터 우리 조정까지 전연 없는 일이다. 내 그때 원통하고 처참히 놀라서 몸소 당한 것이나 다름이 없어, 선왕의 성효(聖孝)에 감동하고 숙제의 원통함을 벗겨서 완인(完人)이 된 것을 감축하였던 것이다.

그 후에 국영이 없고 선왕이 전의 일을 점점 후회하셔서 외숙들에게 환

대하심이 해가 가니 더하시고, 심지어 숙제는 그만 한 문장필한(文章筆翰)으로 세상에 쓰이지 못함을 더욱 아깝다고 탄식하셨다. 항상 종이를 보내셔서 글씨를 써다가 병풍 여럿을 만들어서 당신도 치시고 나도 주셨다. 부벽서(付壁書)[76]와 입춘(立春)도 써서 붙이셨다. 만천명월주인옹(萬川明月主人翁)[77] 서(書)를 써다가 현판까지 하셨다.

신해년부터 주고(奏藁)[78]를 시작하여 왕복이 잦으시고, 중제 돌아간 후에 더욱 뜻을 더하시어 오로지 숙제에게 물으셨다. 정사년부터 수권(手圈) 만드시는 일로 글을 빼고 고치는 것을 모두 숙제와 의논하셔서 짧은 편지가 하루에도 여러 번 왕복하였다. 그리고 보시고는,

"얼굴과 기상이 요사이 재상으로는 당할 이 없으니, 지금 비록 침체하나 필경은 윤시동(尹蓍東)[79]만은 하리라. 갑자년에는 육십사 세니 넉넉히 하리라."

라고 기뻐하시며 또 문장이 정결하여 당대의 제일이다, 라고 일컬으시고, 지기(知己)다, 마음 맞는 친구다 라고 하셨다. 근년에는 무슨 글을 지으시든 보내서 평론하라, 하시고 시는 갱운(賡韻)[80]을 시켜서 칭찬을 무수히 하시고 하사를 자주 하시어 무엇이든지 나누어 보내서 맛보게 해 주셨다.

"문장이 길게 전함직하니 문집을 내어 주겠다."

---

[76] **부벽서(付壁書)** 종이에 써서 벽에 붙이는 글이나 글씨.
[77] **만천명월주인옹(萬川明月主人翁)** 정조가 스스로 붙인 호.
[78] **주고(奏藁)** 홍봉한의 상소 문집.
[79] **윤시동(尹蓍東)** 영조 때 우의정을 지냄.
[80] **갱운** 남이 지은 시에 그 운으로 시를 지어 화답함.

하고 남다른 대접이 인가(人家) 부자 사이 같았다.

그리하여 내 집 사람이 노소 없이 성은을 입었거니와 숙제는 더욱 재생지은(再生之恩)을 받잡고, 또 이런 특별하신 대접을 받자와 천은에 감격하여 울고,

"몸이 부서지고 뼈가 가루가 되어도 만의 하나를 갚을 길이 없다."
하였으니, 숙제에게 이러하시던 것은 대궐 안팎 사람들이 다 아는 바이니, 주상이 비록 어린 나이시나 어찌 자세히 모르시랴.

내 본디 지통한 일 이외에 내 집의 설움으로 반생을 간장을 썩이다가 갑자년에 분명한 기약을 얻고 어찌 다행이라 믿지 않으리오.

이제는 집이 평안한 기한이 있으니, 동생들이 산중에 피문혀 즐겁게 지내며 성군의 은혜를 입고 남은 생을 무사히 보내길 초조하게 기다렸더니, 어찌 오늘날 우리 선왕을 잃고 숙제로 하여금 참화를 받게 할 줄 꿈에나 생각했으리오.

경신대상(庚申大喪)[81] 때 내 집 사람 여럿을 열명(列名)하여 종척집사(宗戚執事)를 시켰으니, 이미 좋은 뜻이 아니려니와, 그 중에 숙제가 들었다 하여 심환지(沈煥之) 원상(院相)[82]을 위시하여 흉한 말로 못하리라고 논죄(論罪)하였다. 선왕 계실 때는 벼슬시키고 사은(謝恩)하고, 궐내 출입하여도 이렇다 말이 없다가 엊그제의 선왕이 안 계시다고 이런 짓을 하고, 그 사람을 집사 시켜도 다닐 리도 없거니와, 설사 다니기로서니 무슨 나라에

---

81. **경신대상(庚申大喪)** 정조의 승하.
82. **원상(院相)** 임금이 승하한 후 잠시 정무를 보던 임시 벼슬.

시급한 변이라도 있는 듯이 참지 못하고 별안간에 선왕을 관에 모시지도 못하고 내 정리로 생각하더라도 칠십 노인이 그 참경을 당하여 호천통곡(呼天痛哭)하고 사생(死生)을 모를 줄 알아 그 동생의 말을 그때 하니, 만고에 그런 흉악한 역적 놈이 어디 있으랴. 또 내 집 사람을 다 못 들어오게 하면 모르거니와 숙제더러 그러하니, 숙제 비록 대접이 망극하였으나 선왕이 친히 물으시고 누명을 벗겨 주시고, 선왕의 하교가 명백하여 소위 속명의록(續明義錄)[83]에까지 올려서 세상이 다 알고 예사 사람이 되었던 것이다.

그런데 근 삼십 년 후에 홀로 고민하니, 그러면 자고로 현인군자가 불행히 한번 화액에 걸리면 비록 억울한 죄를 씻어도 종신의 누(陋)가 될 것이니, 세상에 이런 의논이 어디 있으리오. 선왕이 선친의 주고(奏藁)를 다 만들어 놓으시고 미처 간행치 못하신 채 홀연히 승하하시니 당신을 따라 즉시 죽지 못한 일이 흉측하고, 목숨이 붙어 있으나 그 몸이 죽은 것과 같으니, 내 마음엔들 이때를 당하여 세상에 쉬 날 줄 어찌 생각하였으리오.

선왕을 생각하여 내 서러워하는 심사를 위로하려 하던 뜻이든지, 일의 끝을 내어 내 집을 더 그릇되게 만들려 하던 일이든지, 8월 열흘 후에 밖에서 일 보는 자가 일컬어,

"자상(自上)으로 분부 내리시어 내각(內閣)에서 밖에 반포를 내려 한다." 하고 말하였다.

---

[83] **속명의록(續明義錄)** 정조가 정후겸 등을 벌하고 대의를 천하에 밝히는 뜻으로 간행한 책.

오히려 세도가 이토록 흉악하고 무서운 줄을 깨닫지 못하고 선왕이 십년을 애쓰시고 지은 육십여 편 어제(御製)[84]가 있는데, 반포는 하나 못하나 출판하여 줄까 하여 초본(草本)을 내어 주었으니, 이 일이 나의 위친지심(爲親之心)과 선왕이 꼭 하고자 하시던 일을 겸하여 내가 조석을 보전치 못하고 생전에 개간(開刊)을 보려던 일이다.

그런데 한 권을 채 박지 못하고 심환지 들의 상소가 매우 망측하여 출판을 정지시켜 버렸다. 내가 연설 반포한 것을 보니, 심골(心骨)이 놀라서 서늘하고 간장이 찢어질 듯하여 말없는 중에, 선친을 무욕함은 말할 것도 없고, 자자구구가 전혀 나를 무고 협박하고 능욕하는 말이니, 내 아무리 돌아갈 데 없는 노궁인(老宮人) 같으나 선왕의 모친인데, 제 비록 기염과 권세가 일세에 진동한들 저도 선왕을 섬기던 신자로서 선왕의 어미라 하고 욕함이 이러하니, 고금 천지간에 이런 변괴가 어디 있으리오.

주상이 나이 어리시고 국사의 위태로움이 한 터럭 같은데 인심과 세태가 갈수록 이러하여 필경 어미 모르는 세상이 되기를 면치 못하게 되었으니, 종국(宗國)의 근심과 인륜의 멸망함을 생각하면 통곡하고 싶다.

선왕이 계실 적은 효양을 받을지 영화를 볼는지 하는 대로 두었거니와, 지금 와서는 내가 상하에 당치 않고 궁중의 등한(等閒)한 과부니, 내 몸에 조정문안과 약방나인의 문후도 당치 않고 변변하지 않아, 숨이 곧 지려고 하는 중에라도 매양 민망스럽더니, 이제 나를 협박하고 모욕하여 어서 죽

---

[84] **어제(御製)** 임금이 지은 글.

기를 재촉하며 외면으로 문안이라고 할 적에 심중에 더욱 미워할 것이니, 이것은 점점 내가 욕을 받는 것이다.

선왕이 아신다면 내 몸에 욕이 이렇게 미친 후는 그 문안을 받지 말라 하실 것이니, 내가 결단을 내려서 소위 조정문안과 약방문안을 받지 말아서 저희 마음을 쾌하게 하고 내 본분을 편히 하려고 생각하였다. 그러나 인산(因山) 전이기 때문에 주저하다가 인산 후에 낙파(樂波)와 서영(緖榮)[85]의 벼슬 가자(加資) 일로 상소가 연하여 나서, 역적의 자손이니 못한다, 라고 떠들었다.

일찍이 한용귀가 수영을 역적의 씨라고 할 제 선왕께서 대단히 노하시어,

"손자는 일반이니, 진손(眞孫)이 역적의 자손이면 외손(外孫)도 마찬가지다."라고까지 말씀하셨던 것이다.

서자(庶子)나 손자가 역적의 자손이면 친딸은 역적의 자손이 아니고 무엇이리오. 자고로 사책(史冊)에도 이런 흉악한 변괴의 말이 있었는지 알 길이 없으며, 또 이어서 이안묵(李安默)의 상소에 선친 무욕이 더욱 해괴 망측하여 여지가 없었다. 내 형세가 약하여 조정이 다 나를 업신여길 것을 못하게 할 길이 없으니, 심중에 만사를 끊어 버리고 알지 않고자, 졸곡(卒哭)[86] 후에 폐인을 자처하여 선왕 계시던 영춘헌(迎春軒)에 가서 누워서 명을 마치기로 기약하였다. 내 사생이 꿈 같으니 무엇을 아껴서 이 원통함을

85. **서영(緖榮)** 작가의 친정 조카.
86. **졸곡(卒哭)** 삼우제를 지낸 뒤 지내는 제사.

달갑게 여기고 견디리오.

동짓달에 내가 하고자 하던 일을 하려고 약방에 내가 문안 받지 않는 사연으로 언문편지를 써내어 주었다. 그리고 영춘헌으로 와서 선왕의 자취를 어루만지고 내 신세를 서러워하여 호천통곡하고 혼절하여 누웠으니, 만고에 이런 광경 이런 정리가 어디 있으리오. 가순궁(嘉順宮)도 처음은 말리더니 나중은 내 일을 참연(慘然)히 여기고 굳이 막지 않았다.

웃전[87]께서 아시고 무척 화를 내시어 여러 가지로 꾸지람이 많으시고, 그 언문 편지도 못 내어 주게 하셨다. 안으로서 내가 하는 일을 말리시는 것은 괴이치 않거니와, 천만 뜻밖에 웃전께서,

"충동하는 놈이 있으니 그놈을 다스리러 한다."

라고 벼르시더니, 그달 이십칠일에 엄교가 내려서 숙제가 나를 꾀어서 이런 행동을 한다고 하시고, 삼수(三水)로 멀리 귀양보내라 하셨다.

이것은 마치 나인들에게 죄가 있으면 제 오라비 잡아다가 옥에 가두거나 내사(內司)로 벌 주는 모양이니, 나를 선왕의 어미라 하면서 이런 변성이 어디 있으리오.

주상이 비록 어린 나이시나 놀라시기 측량 없으시고, 박 판서(朴判書)도 공정한 뜻에서 놀라 주상께 대왕대비께서 그 언교(諺敎)를 내어주지 못하게 하시도록 여쭙고, 거적을 희정당(熙政堂) 뜰에 깔고 웃전에 아뢰길,

"대전에 아뢰는 자교를 보오니 차마 놀랍사오니 이 어찌 지나친 일이옵

87. 웃전 영조의 계비인 정순왕후, 즉 대왕대비.

니까? 차마 내어 주지 못하고 죄를 기다리옵니다."라고 하였다.

그 사람이 나를 위하여 귀한 몸을 추운 뜰에 거적을 깔고 아뢰오니, 선왕의 성효(誠孝)를 생각하고 자기 정성을 다함이니 한심하며 감격함을 어찌 측량하리오.

그 전에 내가 영춘헌에 가서 자결하려고 할 제, 주상이 영춘헌에는 차마 못 오시고 쓸쓸하고 냉기 도는 거려청(居廬聽)에서 나오시기를 기다리신다 하여 가순궁이 와서 돌아가자 하기에, 내 유약한 마음에 어리신 주상의 마음을 차마 상하게 하지 못하여 끌려갔다. 그날 밤에 한집 속에서 모르는 체하기가 어려워서 웃전에 들어가서,

"어찌하여 엄교가 이 같사오니까?"

하고 묻자온즉 웃전께서 하시는 말씀이,

"이번 행동이 제 뜻이 아니라 충동하는 이 있으니 이 처분을 어찌 않으랴?" 하시는 것이었다.

내 운명에 안 겪고 안 당한 일이 없으나 선왕이 계시면 감히 이런 일이 없을 것이니, 하늘을 우러러 길이 탄식하고 피눈물이 흘러 가슴이 막히는 듯하였다. 억지로 참고서, 너무 그리 마오소서, 하고 강개하여 말씀하니 주상과 가순궁의 힘도 있고 나를 보시니 당신이 과하던 양하여 얼굴빛도 나직하시고 언교(諺敎)를 거두셨다.

원래 이 일이 이번뿐 아니라 선왕 계실 때도 통분한 일을 보면 매양 자결할 생각이 있었으나 만사를 다 선왕을 믿고 참고 지내었다. 지금 와서는 선왕이 안 계시니 내 비통이 하늘에 치받쳐서 죽을 곳을 얻고자 하는 차에

또 이런 변고를 당하여, 선친께 대한 무욕(誣辱) 외에 신상을 핍박함이 급하니 내 일시나 살고 싶은 마음이 있으리오. 내가 스스로 결심하고 한 일이니 내 집 사람이 누가 알기나 하며, 내 아무리 변변치 못하더라도 위친지심(爲親之心)은 남만 못지 않거늘 칠십 잔년(殘年)에 누구의 꾀임을 듣고 그런 일을 할 리가 있으리오. 설사 누구의 말을 듣고 하였다 하더라도 내가 한 일을 내 동생에게 죄를 주니 나를 어느 지경에 가게 하는 일이며, 내 집의 형제 숙질이 여럿인데, 홀로 숙제의 죄로만 삼으려 하니 이런 일이 어디 있으리오.

그 후는 할 일이 없어 분함과 억울함을 참고 하는 수 없이 겨우 날을 보내었다. 내 언서(諺書)와 웃전에 상서하는 말씀이 다 저희들에게 용납하지 못할 죄니, 나를 죽여서 분풀이를 못하고 숙제를 대신으로 죽이려 하였던 것이다. 문안 일로 비롯해서 충동하고 모해하여 섣달 18일에 엄교가 내렸다.

숙제의 화색(禍色)이 날로 위급하여 피할 여지가 없게 되었다. 대신 이하가 들어와서, 죽이라고 하고 또 상소를 하여, 역적의 소굴을 없이하십시오, 하는 등 이렇다는 죄명을 일컬을 것 없이 그저 억지청으로 죽이고자 하니, 만고 천지간에 이런 허무맹랑한 일이 어디 있으리오. 자고로 원통히 화를 입는 일이 많더라도 벼슬을 하였거나 권세를 썼거나 사람의 생살통색(生殺通塞)[88]을 하였거나 세상의 왕래 의논을 하였거나 무슨 얽힌 일이 있을 제, 비로소 죄라고 잡는 것이지 숙제의 이런 처지는 이미 누명을 벗어서 제 공초와 선왕의 하교가 명백하여 다시 말할 것이 없고, 새로 잡는

다 하는 죄목은 생판 까닭이 없는데, 이 끝 저 끝 천불사(千不似) 만부당한 것을 지향 없이 죄목이라고 얽어매었던 것이다.

첫째로 은언(恩彦)[89]을 위한다는 것과 신묘(辛卯) 일로 일죄안(一罪案)을 삼았으니, 이는 선친의 연좌를 이른 말로 무험한 허언(虛言)을 삼십 년 후에 아들에게 연좌시키는 일이 세상에 어디 또 있으랴. 선왕이 내 선친에게 누구이시며 또 내 동생에게 누구이신데, 선친이나 동생이나 선왕을 버리고 인을 위한다는 말이 사람의 말이며, 길을 막고 묻더라도 조선(朝鮮)에야 인을 위하는 사람이 어디 있으리오. 인과 함께 나란히 기록하여 화를 입으니 고금에 다시없는 원통함이다.

전례(典禮)[90]를 한다 하니, 숙제가 전례의 일은 구두(口頭)에 올린 적이 없었고 집안 자제를 데리고라도 수작한 일이 없었다. 누가 와서 전례 말을 수작하였거나 누가 들었거나 한 사실이 있으면 모르거니와 이런 일이 또 어디 있으리오. 비류(匪類)[91]를 모아서 스스로 소굴이 된다 하나, 숙제가 집안 그릇된 지 삼십 년 동안 두문불출하여 사람과 서로 상통치 않은 것은 세상이 다 아는 바이니 이것 또한 전혀 사실무근이다. 심지어 사학(邪學)[92]에까지 몰아넣으려 하나, 무망할 길이 없기 때문에 의해(疑害)하게 하여 얽어 넣으니 천지간에 이런 무망이 또 어디 있으리오.

---

[88] **생살통색(生殺通塞)** 사람을 살리고 죽이는 일과 앞길을 열고 막는 일.
[89] **은언(恩彦)** 정조의 이복 동생 인.
[90] **전례(典禮)** 국가의 예. 여기서는 사도세자를 왕으로 추대하려는 예.
[91] **비류(匪類)** 적당(賊黨). 먼저 처분된 자들의 당.
[92] **사학(邪學)** 국교에 어긋난다 하여 천주교를 배척하여 부르던 말.

숙제는 본디 경술(經術)과 문장(文章)을 하는 고로 책을 넓게 보는 걸 일 삼지 않아서, 평일에 잡서(雜書)를 보지 않고 삼국지(三國志), 수호지(水湖 志) 같은 것도 본 일이 없었는데, 사서(邪書)를 보기는커녕 이름인들 어찌 들었으리오. 그 전에 사학이 세상에 있는 줄도 모르다가 신해년 섣달에 형 제가 사사로이 임금을 뵈올 때 선왕께 비로소 대략을 듣고 그때 놀라서 근 심하고,

"그런 사학은 금하옵소서."

하고 아뢰던 말을 지금도 생각하게 된다.

소위 사학이란 것이 괴귀(怪鬼), 불령지도(不逞之徒)[93]의 할 일이지, 권 세가나 척리 같은 사람이야 할 리가 어이 있으며, 하물며 내 집 사람이 그 런 책을 보기라도 할 리가 있으리오. 그 사학에 남인(南人)이 많이 들었으 니 내 집에서 삼십 년 동안 사람을 모르는 중 남인은 더욱 아는 이 없었다. 채제공(蔡濟恭)은 소식도 없고 이가환(李家煥)이는 숙제가 평생에 면목도 모르는 사람이다. 오석충(吳錫忠)이가 숙제에게 다녀 조상 오시수(吳始壽) 의 복관작(復官爵)한 것을 숙제의 힘을 얻었다고 초사(招辭)하여, 전 영의 정 심환지가 임금에게 아뢰어 이로부터 허다한 말이 났으나, 모두 무고(誣 告)함이 증명되었다.

오시수가 죄 입을 때에 내 고조(高祖)가 대사헌으로 복합(伏閤)[94]하여 사 흘을 다툰 끝에, 필경은 처분이 내 고조로 하여 된 셈이라, 오가(吳家)들이

---

93. **불령지도(不逞之徒)** 불만을 품은 세력.
94. **복합(伏閤)** 나라에 큰일이 생겼을 때 벼슬아치나 유생이 궐 밖에서 엎드려 상소함.

우리 집을 대대로 원한을 품었다고 한다. 제 원한 품은 집에 왕래하고자 한들 올 길이 어찌 있으며, 오시수의 복관작을 선왕이 숙제의 말을 듣고 해주었으면 숙제의 권세가 장한 셈이니, 그렇다면 어찌 제 삼촌은 복관작을 못해 내었으리오. 모두 터무니없이 무근(無根)한 말이니 다시 의논할 것이 못된다.

사람을 죽이는 일은 나라의 큰일이요, 하물며 숙제는 내 동기요 선왕의 외삼촌이니, 설사 그럴 듯한 죄상이 있다손 치더라도 가볍게 해하지 못할 텐데, 거짓으로 꾸며낸 죄명으로 덮어놓고 죽이고자만 하여, 정청(庭請)[95] 하네, 계사(啓辭)하네, 하여 필경 천리 해외(海外)에서 참화를 받게 하니, 천지간에 이런 원통함이 어디 있으리오.

내 칠십 노경에 선왕을 잃고 주야로 통곡하여 빨리 죽기만 원하는데, 동생이 아무런 죄도 없이 참화를 입는데 내가 살아 구하지 못하니, 나같이 독버섯 같은 사람이 어디 있으리오. 주상이 그때 내 정경을 보시고 눈물을 머금고 가시다 사람 없는 곳에서 많이 우셨다고 하니, 당신이 어려서 구하지 못하시나 그 사람에게 죄 없는 것을 알으시고, 선왕이 평일에 잘 대접하시던 일을 생각하시고, 또 내 정리를 슬퍼하신 것이니 어찌 통탄하지 않으리오. 내 비록 망극하고 애통하나 주상의 인효(仁孝)하신 마음에 장래를 바랄 것이다.

만일에 슬픔을 이기지 못하여 자결하면 흉도들이 죽이려는 뜻을 이루었

---

95. **정청(庭請)** 세자나 정승이 백관을 거느리고 큰일을 임금에게 아뢰고 하교를 기다림.

다고 좋아할까 해서 참고 살았으나, 원통하게 죽은 동생은 다시 살 길이 없고 내 기운이 날로 쇠약하여 조석을 보전치 못할 듯하니, 이승에서 죽은 동생의 원통함을 풀어주지 못하고 죽으면 지하에 가서도 동생을 볼 낯이 없고, 천고(千古)에 한이 맺힐 것이다.

아아, 하늘아 하늘아, 나를 살게 하여 두었다가 동생의 억울한 누명 씻는 것을 보고 죽게 하시도록 주야로 피눈물 흘리며 축수할 뿐이로다.

6.

　내 어렸을 때에 입궐하여 거의 육십 년이 되었다. 운명이 사납고 기구하고 경력이 무궁하여 만고에 다시 없는 고통을 겪었을 뿐 아니라, 억만 가지 상전벽해(桑田碧海)의 변란을 겪고 살음직하지 않으나, 선왕의 지성스러운 효도로 차마 목숨을 끊지 못하고 오늘까지 이르렀다. 그러나 하늘이 갈수록 나를 밉게 여기셔서 차마 당치 못할 참혹한 화를 당하니 곧 죽고 마는 것이 당연하나, 모진 목숨이 토목(土木) 같아서 능히 자결을 못하고 또 어린 임금을 그리워하여 아직 목숨을 지탱하니 어찌 사람이 견딜 바이리오.

　여염집의 여편네라 해도 칠십 노인이 외아들을 잃었으면 동네 사람이 서로 조문하고 위로하여 불쌍히 여길 것이로대, 선왕을 여읜 뒤 수월(數月) 안으로 내 선친께서 해괴망측한 참욕(慘辱)을 당하고, 내가 자결하려는 일을 숙제의 충동이라 하여 죄로 잡아서 칠팔 년에 걸쳐서 허무맹랑한 거짓말로 얽어서 절도(絕島)로 귀양 보내고, 이어서 참화를 받게 하였다. 이것은 내가 자결하려는 일로 죄를 숙제에게 옮긴 것이니, 숙제를 죽임이 아니라 실은 나를 죽인 것이다.

흉한 무리들이 득세하여 선왕을 저버리고 어린 임금을 업신여겨서 선왕의 어미를 이렇게 괴롭히고 욕되게 하니, 인륜이 끊어지고 신분(臣分)이 없음이 이때 같은 적이 어찌 있으리오. 내 주야로 가슴을 치고 피를 토하고 울면서 선왕과 동생의 뒤를 따르고자 하나 그러지 못하고, 외롭게 의지할 곳 없이 마음놓고 살려고 하여도 살 길이 없고 죽으려 하여도 죽을 수가 없다.

이것이 모두 니의 죄악이 무겁고 운수가 흉한 때문이니 하늘에 호소하고 귀신을 원망할 뿐이다. 내 지낸 바 일이 자고로 후비(后妃)에 없었던 일이요, 내 집 처지가 또한 자고로 인가(人家)에 없는 일이다. 천도가 신명하고 주상이 인효하시니, 내 미처 보지 못하고 죽을지라도 주상이 시비를 분간하여 내 원통함을 풀어주실 날이 있을 줄 안다.

그러나 허다한 사적(事蹟)을 내가 만일 기록하지 않으면 또한 자세히 아실 길이 없을 것이기에, 쇠약한 정신을 거두고 점점 쇠진하는 근력을 억지로 차려서 선왕이 나를 섬기시던 성효(誠孝)와, 나와 주고받으시던 말씀을 옮겨 쓰고, 그 나머지는 조건마다 따져서 명백히 알렸으니, 내가 아니면 이런 일을 누가 자세히 알며 이런 말을 능히 하리오. 내 명이 조석을 모르니 이 쓴 것을 가순궁에게 맡겨서 나 없는 후라도 주상께 드려서, 내 경력의 흉험함과 내 집의 원통함을 알아서 삼십 년 쌓인 원한을 풀어 주시는 날이 있으면, 내 돌아간 혼이라도 지하에서 선왕을 뵙고 성자신손(聖子神孫)을 두어 뜻을 잇고 일을 알려서 모자의 평생의 한을 풀 것을 서로 위로할 것이니, 이것만 하늘에 빌 뿐이다.

여기 내가 쓴 조건 중 조금이라도 꾸민 것이 있거나 부과(浮誇)¹한 것이 있으면, 이는 위로 선왕을 모함하고 내 마음을 스스로 속여서 신왕(新王)²을 속이고 아래로 내 사친(私親)을 아호(阿好)³함이니, 내 어찌 하늘의 재앙이 무섭지 않으리오. 내 평생에 경력이 무수하고 선왕(先王)과의 수작이 몇 천 마디인지 모르나, 나의 쇠약한 정신에 만에 하나를 생각지 못하고, 또 국가 대사에 관계하지 않은 것은 자세히 번거롭게 다 말하여 올리지 아니하고 큰 조건만 기록하므로 오히려 자세치 못하다.

세상에 누가 어미와 자식간에 정이 없으리오마는 나와 선왕 같은 정리는 다시없을 것이니, 선왕이 아니면 내 어찌 오늘날이 있으며 내가 없으면 선왕이 어찌 보전하여 계셨으리오. 모자 두 사람이 조마조마하여 서로 의지하며 숱한 변란을 지내고 만년의 복록(福祿)을 받아서 국가의 끝없는 복을 보길 기다렸으나, 하늘이 무슨 뜻으로 중도에 선왕을 앗아가시니 고금 천하에 이런 참혹한 화가 어디 있으리오.

내 임오화변(壬午禍變) 때 죽지 않은 것은 선왕을 보존하기 위함이었다. 무술년에 선친이 흉무(兇誣)를 만나서 원통함을 풀지 못하고 한을 품고 일

---

¹ **부과(浮誇)** 실없이 들뜨고 과장함.
² **신왕(新王)** 순조.
³ **아호(阿好)** 친한 사람을 가까이 붙어 다니며 좋음.

찍 돌아가시어 내가 결단하고 따라 죽으려 하였으나, 선왕의 효성에 감동하여 차마 마음을 이루지 못하였다. 이에 선왕을 잃고 또 이제 천만 무죄한 동생에게 참화를 입게 하니, 나는 불렬(不烈), 부자(不慈), 불효(不孝), 불우(不友)한 사람이 되고 말았다. 천지간에 무슨 면목으로 하루라도 세상에 머무를 마음이 있으리오마는, 어린 임금을 그리워하여 모진 목숨이 쉽게 끊어지지 않아서 지금 구차하게 목숨을 붙이고 욕되게 살고 있으니, 나같이 어리석고 나약한 사람이 어디 있으리오.

선왕의 천성이 지극히 효성스러우시고 근년에는 더욱 효도가 지극하시어 나를 극진히 섬기시고, 평일에 노모의 잊지 못하는 마음을 받으셔서 성안의 거둥이라 할지라도 곁내를 떠나시면 문안하는 편지가 계속되고, 원행(園行)⁴은 으레 날이 오래 걸리기 때문에 더욱 나의 그리는 마음을 생각하시어, 도로에서 역마를 세우고 두어 시(時)가 못되어 소식을 듣게 하셨다. 이제 어디 가서 그리운 선왕의 한 자 서신을 얻어 보리오.

원통하고 또 원통하다. 선왕께서 천질(天質)이 비범하셔서, 융준용안(隆準龍顔)⁵이시고 기상이 높고 맑으시고, 몸가짐이 특이하셔서 말을 배우며 글자를 알아서 어려서부터 부지런하여 침식 시간 이외에는 책을 놓으신 일이 없었다. 필경 성취하심이 선철왕(先哲王)보다 뛰어나셔서 천만사에 모르실 것이 없었으니, 삼대(三代) 이후로 여러 왕 가운데서 학문, 문장, 성덕, 경륜이 우리 선왕 같은 분 누가 있으리오. 춘추 오십이 거의 되시고

---

4. **원행(園行)** 정조가 사도세자의 묘소에 거둥하는 일.
5. **융준용안(隆準龍顔)** 우뚝한 코와 용의 얼굴. 즉 준수한 얼굴.

만기(萬機)⁶에 다사(多事)하시되, 매년 겨울이 되면 한 질의 책을 꼭 읽으시니 기미년 겨울에 좌전(左傳)을 필독하셨다. 내가 기쁜 뜻으로 어린 때에 책씻이⁷하여 드리는 모양으로 국수나 만두 등을 약간 하여 드렸더니, 선왕이 노모의 뜻이라 기뻐하시고 여러 신하들과 더불어 많이 잡수시고 글을 지어서 기록하신 것이 어제 일같이 생각되나, 인사의 변함이 어찌 이렇게 될 줄을 알았으리오.

선왕이 지인순효(至仁純孝)하셔서, 영묘(英廟)의 뜻을 받들어 순종하심과 부모께 효성하심이 이루 다 기록할 수 없고, 대략은 행록(行錄)에 올려져 있다. 임오년 이전에 난처한 때가 많았으나 선왕이 소년시절이시되 근심할 줄을 알아서 더욱 몸을 닦으시니, 영묘께서 한 번도 걱정하신 일이 없었다. 보시면 매양 총명하고 덕성이 숙성함을 칭찬하셨으니, 선왕의 지극한 효성과 덕행이 천심을 감동시켰기 때문이다. 어려서부터 나에게 모자간의 천륜 이상으로 지성이 각별하여, 내가 먹으면 잡수시고 초조하게 근심할 때가 많으시나, 어른처럼 마음을 잘 써서 사기(事機)에 힘입어 주선함이 많으시니, 이 어찌 소년이 능히 할 수 있는 일이리오.

임오화변을 만나자 그때에 슬프고 원통하심이 어른 같으시고, 슬퍼하는 거동과 우는 소리가 모든 사람을 감동시켰으니 보고 듣는 자로서 누가 눈물을 흘리지 않았으리오. 외롭게 되신 후에 원통함을 품고서 어미 섬김이 극진하여 한 때도 마음을 놓지 못하셨다. 나를 떠나면 잠을 이루지 못하여

---

⁶· **만기(萬機)** 정치상 여러 가지 중요한 일, 특히 임금의 정무(政務).
⁷· **책씻이** 글방에서 학동이 책을 다 읽은 뒤 스승과 동료에게 한턱 내는 것.

각각 대궐에 있을 때는 일찍이 내 기별을 들으신 후에야 비로소 조반상을 받으시고, 내 몸이 조금만 불편하여도 꼭 무슨 약을 지어 보내셨으니, 그 효성은 하늘이 내신 것임을 알 수 있을 것이다.

슬프고 슬프다. 차마 갑신년의 일을 어찌 말하리오. 그때 애통망극하여 모자가 서로 잡고 죽을 바를 모르던 정경이야 어찌 다 기록하리오. 만나신 지극한 아픔이 자고로 제왕가(帝王家)에 없는 일이니, 비록 나라를 위하여 대위(大位)에 임하시나, 종신의 아픔을 품으시고 추모하심이 해를 따라 깊으시고, 경모궁(景慕宮)에 일첨문(日瞻門)과 월근문(月覲門)을 세워서 매달 참배하심이 한두 번이 아니시고 황황하신 유모(孺慕)[8]로 조석에 문안드리듯 하였다. 나를 봉양하심이 천승지부(千乘之富)[9]로 하시되 오히려 부족하다 여기시고, 온화한 빛과 기쁜 소리로 하루에 네다섯 번을 들어와 보시고 혹 내 뜻이 어떨까 마음을 놓지 못하였다.

내 연래(年來)로 병이 잦아서 기미년, 경신년의 두 번에 걸친 큰병으로 선왕의 걱정과 애태우심이 비할 데 없어서, 잠을 주무시지 못하시고 옷을 끄르지 않고 약을 달이고 고약을 붙이는 것을 몸소 하시며 남에게 맡기지 않으셨다. 내 비록 모자 사이라도 감격한 마음을 어찌 측량하리오. 선왕께서 성품이 검소하시고 만년에는 더욱 검약하셔서, 상시 계시던 집 짧은 처마와 좁은 방에 단청(丹靑)의 장식을 하지 않으시고 수리를 허락하지 않으셔서, 숙연함이 한사(寒士)[10]의 거처와 다름이 없었다.

---

8. **유모(孺慕)** 돌아가신 부모를 사모함.
9. **천승지부(千乘之富)** 천승(千乘)을 거느린 왕가의 부귀.

의복은 곤룡포 이외에는 비단 옷을 몸에 입지 않으시고 굵은 무명옷을 취하셨다. 이불도 비단을 덮지 않으시고, 조석 수라에는 반찬 서너 그릇 외에 더하지 않으시고 그것도 작은 접시에 많이 담지 못하게 하셨다. 내가 혹 너무 지나치게 검소하다고 말씀하면, 사치의 폐단을 누누이 말하며,

"검약하고 소박함을 숭상함은 재물을 아낌이 아니라 복을 기르는 도리(道理)이오이다."

라고 나를 도리어 면대하고 훈계할 때가 많아서 감복하였다.

선왕이 자식을 보는 경사가 늦어져서 종국(宗國)을 위한 근심이 크다가, 임인년에 문효(文孝)[11]를 얻어서 처음으로 경사롭더니, 병오년의 5월과 9월에 두 번 변을 당하시어, 슬픔과 우려로 성체(聖體)가 손상하셨으므로 내가 매우 송구스러워하였다.

정미년 봄에 가순궁을 간선하였더니 덕행이 인후하고 체모가 수려하여 고가(古家) 숙녀의 풍도(風度)가 있었다. 입궐 후에 나를 받드는 것이 지성 지효(至孝)하니, 내가 또한 친딸같이 정이 들고 선왕 받드는 것에 진선진 미하여 한 가지도 성심에 어긴 일이 없었다.

선왕이 귀중히 여기고 기대하심이 각별하셔서 항상 곧 무슨 중한 부탁을 하실 듯하셨으니, 선왕이 알고 계셨던가 싶다. 아들 낳는 경사를 그 몸에 점지하기를 바라던 마음이 날로 간절하더니, 하늘이 도우시고 조종(祖宗)이 돌보셔서, 경술년 6월 18일 신시(申時)에, 내가 머무는 건넛집에서

[10] 한사(寒士) 가난하고 권력이 없는 선비.
[11] 문효(文孝) 정조의 장남으로 5세에 죽음. 홍궁 의빈 성씨 소생.

대경(大慶)을 얻어서 주상이 나시니, 비로소 종사(宗社) 억만 년 반태지경
(盤泰之慶)[12]이었다. 모자가 서로 하례하여 기쁨과 즐거움으로 세월을 보
내는 중, 이상하게도 내 생일과 같은 날이므로 선왕께서 매양,

"저 아이 생일이 마마 탄일과 같은 날인 것이 자고로 사첩(史牒)에도 없
는 기이한 일이니, 아마 지성으로 애쓰신 덕분으로 천심(天心)이 우연치
않으신 일입니다."

하셨으나 내가 무슨 지성이 있으리오마는, 스스로 종사와 임금을 위한 고
심이 나보다 더할 이 없을 듯하다. 하늘이 나를 어여삐 여겨서 같은 날이
되었는지 신기하기도 하다.

경신년 봄에 관례(冠禮)와 책봉(冊封)의 두 가지 경례(慶禮)를 지내고 덕
문명가(德門名家)의 숙녀를 간선하여, 그해 겨울에 며느리 보시기를 손꼽
아 기다리시더니, 이제 선왕은 어디 가시고 나 혼자 볼 일이 더욱 슬프다.
선왕이 매양 영우원(永祐園)[13]이 좋은 곳이 아닌 줄 아시고, 병신년 초(初)
에 내 선친께서 천봉(薦奉)[14]하시도록 역설하셨으나 일이 중대하여 근심하
시다가, 기유년에 수원 화산(花山) 신용농주지혈(神龍弄珠之穴)을 점쳐 잡
아서 이봉(移奉)하시고 원호(園號)를 고쳐서 현륭(顯隆)이라 하였다.

그리고 선왕께서 내게 말씀하시길,

"이 땅이 고인(古人)의 말에 이르자면 천 리에 한 번 만나는 땅으로, 효

---

[12] **반태지경(盤泰之慶)** 반석(盤石)과 태산(泰山) 같은 경사. 여기서는 순조의 탄생을 말함.
[13] **영우원(永祐園)** 사도세자의 묘소.
[14] **천봉(薦奉)** 묘소를 이장함.

묘(孝廟) 모시려 하던 곳을 얻어 썼으니 무슨 한이 있으리오. 현륭 두 자로 세상에서 내 깊은 뜻을 알것이오"

하시니, 그때 주야로 애쓰시며 슬퍼하시던 일은 어찌 다 기록하리오.

원소(園所)를 옮긴 후에 성효가 더욱 간절하서서 어진(御眞)[15]을 재전(齋殿)[16]에 봉안하여 성묘하시는 뜻을 붙이시고, 오 일에 한 번씩 능을 보살피게 하시고, 매년 정월에 원행(園行)하여 참배하셨다. 봄가을에 식목하여 장식하심이 친히 심으신 것이나 다름없이 하셨고, 또 구읍(舊邑)의 백성을 화성(華城)으로 옮기시고 원소를 정성껏 보호하기 위하여 크게 성을 쌓고 행궁(行宮)을 장려하게 지으셨다.

을묘년 중춘(仲春)에 나를 데리고 원소에 참배하시고 돌아와서 봉수당(奉壽堂)에서 잔치를 베푸셨다. 이때 내외빈척(內外賓戚)과 문무신료(文武臣僚)를 모아 밤을 이어 잘 대접하였다. 노인에게는 낙남헌(落南軒)에서 술을 권하시고, 궁핍한 백성에게는 신망루(新望樓)에서 쌀을 주어, 환성과 기쁨이 화성으로부터 경도(京都)에 미쳐서 넘쳤다. 이것이 모두 다 노모를 위하신 효사(孝思)로 하신 일이라 하여 일국의 신민이 뉘 아니 찬양치 않았으리오.

선왕이 비록 종사를 위하여 부지런히 힘써서 위(位)에 계시나 지극한 아픔이 마음에 계신즉 보위에 계심을 즐겨하지 않으시고, 존호(尊號)[17]의 청

---

15. 어진(御眞) 임금의 얼굴을 그림으로 그린 것.
16. 재전(齋殿) 능이나 종묘 등의 제사를 지내는 집.
17. 존호(尊號) 왕이나 왕비의 덕을 높이 기리기 위해 올리던 칭호.

을 굳이 막아서 받지 않으시고, 항상 보위를 떠나실 뜻이 있으셨다. 그러다가 성자(聖子)를 얻어서 종국(宗國)을 부탁할 사람이 있고, 화성을 크게 쌓아서 경성(京城)의 버금이 되게 하고, 집 이름을 노래당(老來堂)과 미로한정(未老閒亭)이라 하셨다. 그리고 나에게,

"왕위를 탐함이 아니라 마지못하여 나라를 위하여 있었으나, 갑자년에 원자의 나이 십오 세로 족히 위(位)를 전할 것이니, 처음의 뜻을 이루어 마마를 모시고 화성으로 가서 평생에 경모궁 일에 손으로 행하지 못한 지한(至恨)을 이룰 것입니다. 이 일을 내가 영묘(英廟)의 하교(下敎)를 받자와 행하지 못하는 것이 지극히 원통하나 나의 도리요, 또 원자는 내 부탁을 받아서 내 마음을 이루어 내가 행하지 못할 것을 제가 대신하여 행하는 것이 또한 도리입니다. 오늘날 여러 신하들은 나를 좇아 하지 않는 것이 의리요, 다른 날의 신하들은 새 왕을 좇아 받드는 것이 의리입니다. 의리가 일정한 것이 아니라 때에 따라서 의리가 되는 것이니, 우리 모자가 살았다가 자손의 효도로 영화와 효양을 받으면 어떠하겠습니까?" 하셨다.

내가 비록 왕의 뜻이 불쌍하신 줄 아나, 또한 그때 국사가 바쁜 일을 생각하여 매양 눈물을 흘리니, 선왕도 나와 함께 우시며,

"이리하여 내가 하지 못한 일을 아들의 효도로 이루고, 돌아가서 지하에 뵈오면 무슨 한이 있으리까?" 하셨다.

또 아드님을 가리켜 말씀하시기를,

"저 아이가 경모궁 일을 알려고 하는 것이 숙성하나, 나는 차마 말할 수 없으니 제 외조부더러 들려주게 하시지요."

하셨으므로 선친이 대략 가르쳤다고 아뢰었다.

그러니 선왕은 또,

"이 아이는 경모궁을 위하여 그 일을 하려고 발원하여 난 아이니 또한 천의(天意)입니다."라고 말씀하셨다.

그리고 을묘년에 경모궁을 존호하실 때 팔자존호(八子尊號)를 하시고 나에게 말씀하시기를,

"그렇게 반대하던 김종수(金種秀)가 옥책금인(玉册金印)과 팔자존호를 하옵소서 하니, 이제는 다 되고 한 글자만 남았으니 이는 다른 날 신왕에게서 기다리지요."

하시고, 이어 존호 글자를 외우시며,

"장륜륭범기명창휴(章倫隆範基命昌休)." 라고 하셨다.

내 무식한 여편네라 자세히 알아듣지 못하고,

"기명창효(基命昌孝)이옵니까?"

하였더니, 선왕이 웃으시며,

"효(孝) 자는 장래 무슨 효대왕(孝大王)이라 할 때 쓰겠기로, 아직도 효도 효자는 두었으니, 그러하매 아조열성(我朝列聖) 존호에 효도 효자는 쓰지 아니하나이다." 하셨다.

내게 금빛 줄을 두른 다홍빛 천이 있는 것을 보시고,

"존호 때 중궁전의 적의(翟衣)[18]가 무거운 고로 그것으로 하려 하니 없애

---

18. **적의(翟衣)** 왕비가 입는 예복.

지 말고 잘 두십시오. 장래 자식의 효도로 쓰일 것입니다."라고 하셨다.

근년은 갑자 경영에 더욱 힘쓰셔서, 모든 일과 말을 주고받음에 아니 미칠 적이 없으니 내 비록 놀라우나, 이는 실로 천고(千古) 임금의 성절(盛節)이니, 내 세상에 머물렀다가 희귀한 일을 친히 볼 수 있을까 하는 기다림이 없지 않았다.

내 집안이 경인년 후로 세상의 질투와 핍박을 받았고, 병신년에 이르러서 흉무(兇誣)와 참화가 망극하여 가문이 전복되었으니, 나의 지극한 아픔을 어찌 다 형용하리오. 내 그때 하당(下堂)에 내려가 주야로 통곡하고 목숨을 끊기로 기약하니 선왕이 나를 지극히 위로하셨다. 내 생각하니 선왕의 천품이 인효(仁孝)하셔서 신명에 통하시니, 한때 간신이 총명을 막음이 비록 하늘에 뜬 구름 같으나, 일월의 광명한 빛은 변함이 없는 즉, 선친의 충성과 삼촌의 원통을 필경 굽어살피실 것이다.

내 편협한 마음으로 실오리 같은 목숨을 붙여두지 못하면 선왕의 효성을 상할까 하여 억지로 욕되게 살고 있으니, 내 마음은 비록 귀신에게 물을 것이나 마음 깊이 생각하면 어찌 부끄럽지 않으리오. 과연 요적(妖賊)을 물리치시고 천심이 잘못을 깨달으시고 선친의 일에 대하여는, 내 과하게 하였다, 라고 많이 뉘우치시고 매양 말씀하시기를,

"외조부께서 뒤주를 들이지 않으신 것을 내가 눈으로 보았는데도 그놈들이 종시 우겨서 죄라 하니 우스울 뿐입니다." 하셨다.

그때 내가,

"그놈들이 소주방의 뒤주는 먼저 들여오고, 어영청(御營廳) 뒤주는 선친

이 아뢰었다고 죄로 잡는다 하니, 그런 원통한 말이 어디 있습니까?"

하니, 선왕이 내게 이르시되,

"저희 놈들이 무엇을 알겠습니까? 어영청 뒤주도 외조부가 대궐에 들어가시기 전에 들어왔습니다. 대체로 소주방 뒤주를 쓰지 못한 후 문정전(文政殿)이 선인문(宣人門) 안이요, 선인문 밖이 어영청 동영(東營)인데, 가까운 어영청 것을 들여왔습니다. 그 망극한 일이 신시초(申時初) 즈음에 나고, 아주 망극하여지기는 유시초(酉時初) 즈음입니다. 봉조하[19]는 인정(人定) 후에야 비로소 대궐에 들어오시는 것을 내가 직접 보아 자세히 아는 일인데, 뒤주를 두 번 들여온 것이 봉조하와 무슨 관계가 있습니까? 그러하기에 정이환(鄭履煥)의 상소에 대한 비답(批答)에 마지못하여 차마 못한 말을 하여 발명하여 드렸으니 세상이 다 아옵니다." 하셨다.

내가 다시,

"그러면 무엇을 가지고 선친을 죄로 잡습니까?"

하고 거듭 여쭈니 선왕께서,

"비유하면 최명길(崔鳴吉)과 같이 극렬한 의논으로 나라의 큰일에 그때 대신으로 죽지 못했다고 의논하면 모르거니와, 나를 보전하여 내고 종사(宗社)를 붙들었으니, 후세 사람의 의논은 오히려 사직에 공이 있다고 하여야 마땅할 것입니다. 내가 앉아서 그때 일을 옳다 그러다 하여, 나를 보호하여 낸 일이 잘한 일이란 말을 인사상(人事上) 못할 것이므로, 지금은

---

19. 봉조하 여기서는 정조의 외할아버지인 홍봉한을 칭함.

저희들 하는 대로 두어서 비록 억울하신 처지가 저러하신 것을 밝혀드리지 못합니다. 그러나 후왕 때에야 제 아비 보호하고 종사 붙든 충성을 어찌 찬양하지 않으리까?'

하시고 원자(元子)를 가리키며,

"저 아이 때에 외조부 누명이 풀리시고, 마마께서 저 아이 효양을 나 때보다 더 낫게 받으실 것입니다."라고 하셨다.

신해년 겨울부터 선친의 경륜 사업과 임금께 아뢴 상소를 선왕이 친히 모아서 주고(奏藁)라는 이름으로 손수 편찬하시고, 기미년 섣달에 완간하여 육십여 편의 서문(序文)을 어제(御製)하셔서, 금상(今上)에게 읽혀 드리시고, 따라서 번역하여 진편을 보이시고 이르시되,

"이제야 외조부의 공을 갚았으니 오늘에야 외손자 노릇을 하였습니다. 외조부의 충성과 공업(功業)이 남김없이 장려하여 주공(周公)에게 쓰는 문자(文字)도 쓰고, 한위공(韓魏公)과 부필(富弼)이 되어 성인도 되고 현인 되어 계시니, 이 글이 간행되면 후세에 길이 전할 것이니, 지난 큰 액운이야 다시 거들어 무엇하오리까?'

하고 나를 위로하셨던 것이다.

경신년 4월에는 주고총서(奏藁叢書)와 문집서(文集序)를 지으시고, 숙제에게 친서로, 외조의 충성이 이것으로 더욱 나타난다, 라고 하신 문적(文蹟)이 지금 집에 있다.

또 나에게 말하시길,

"그중 일단 발휘할 일은 간행할 때 다시 넣으려 합니다." 하셨다.

그것은 모년(某年)에 당신을 보호하신 충성을 당신이 문득 칭찬하지 못하시어 후일 크게 드러날 때를 기다리려고 하신 성의(聖意)이셨다.

내가 전후의 어제 서문(序文)을 보니 칭찬이 융중 거룩하여 자손으로 하여금 지은들 어찌 이에 미치리오. 내가 손을 모아 감사히 여기며,

"오늘에야 주상 아드님 두었던 보람이 있고 구차하게 산 낯이 있다." 라고 일컬었다.

내가 선왕을 잃은 슬픔을 겪는 중에 주고로 화란이 또다시 비롯되어, 심지어 장장편편(張張篇篇)마다에 든 어제(御製)를 없애고자까지 하였으니, 이는 위로 선친께 욕되는 것이고, 아래로 내 몸에 핍박함이 바로잡을 수 없고, 선왕이 또한 업신여김을 받고 계시니, 비록 선왕이 안 계시나 선왕 아드님을 임금이라 하면서 이런 일을 행하니, 만고에 이런 시절과 이런 세변(世變)이 또 어디 있으리오.

중부에 대한 말씀에도 처음 귀양 보내실 적 전교(傳敎)에,

"역심(逆心)과 따른 뜻은 없노라. 임오년의 불필지(不必知)는 막수유(莫須宥)와 같아서 족히 죄 될 것이 없으니, 장래는 죄를 벗을 것이다." 하시고, 근래는 더욱 자주 말씀하셔서 무죄한 사람과 다름이 없으셨다. 그리고 매양 외가의 일에 대해서는,

"갑자년에 큰일을 이룬 후에는, 그와 함께 깨끗이 밝혀져서 모자의 지극한 원한이 풀릴 것이오이다."라고 하셨다.

경신년에 또 전교하셔서,

"오늘 한 사람을 용서하고 내일 한 사람을 용서하여, 막힌 사람이 없고

폐한 집이 없게 하여 태화원기(太和元氣) 가운데 있게 하리라."라고 하셨던 것이다.

모두 갑자년까지 크게 풀자 하시기에 내가,

"그때에 내 나이 칠십이니, 내가 칠십으로도 흡족하고 만족하니 칠십까지 살기가 어렵고 혹 살아 있더라도 오늘날 말을 어기면 어찌하오?"

하고 불만스럽게 말하자 선왕이 화를 내시며,

"설마 칠십 노친을 속이겠습니까?"

하시기에 나는 갑자년을 금석같이 기다렸는데, 내 흉한 독으로 말미암아 천백사(千百事) 경영을 다 이루지 못하고, 내 신세와 내 집의 가혹한 화가 이 지경까지 이르렀으니, 이는 옛날 역사에도 없는 일이나. 내 한시라도 살아 무엇하리오마는 신왕(新王)이 비록 어리시나 인효하심이 선왕을 닮았으니, 장성하시면 부왕이 이루지 못한 뜻을 응당 이루실 듯하여 주야로 하늘에 축수한다.

갑자국혼(甲子國婚) 후에, 선친의 처지가 다르시므로 과거를 안 보고자 하시었는데 그때 산림학자들의 의논이,

"국구(國舅)의 처지가 다른즉 과거에 응하지 않으면 괴이하다."

하여 부친이 갑자년 10월에 등과(登科)하셨다.

대조(大朝)께서 기다리시다가 다행히 여기시고, 소조(小朝)께서 어린 나이이시나,

"장인이 과거에 급제하셨다." 하고 기뻐하셨다.

그때 경은(慶恩)[20], 달성(達城)[21] 두 댁 사람이 문과한 이가 없다가 처음

으로 척리에서 과거에 급제한 것이었다.

인원(仁元), 정성(貞聖) 두 성모(聖母)께서,

"사돈이 급제하였다."

하시고 나를 불러 특별히 치사하셨다.

정성왕후께서는 본댁이 신임화변(辛壬禍變)을 당한 고로, 노론(老論)을 두둔하시기가 각별하여 선친의 과거를 기뻐하심이 당신 사친(私親)에 못지 않으셨으니, 그때 황송하게 감탄하던 일이 아직도 어제 같다. 세상에서는 모르고서 선친이 제우(際遇)하심이 척련(戚聯)[22]으로 말미암아 그런가 하지만 실은 그렇지 않다.

계해년 봄에 선친이 관장의로 숭문당에 입시하셔서 주대진퇴(奏對進退)하시는 것을 보시고 크게 기이하게 여기셔서 선희궁께 말씀하시기를,

"오늘 세자를 위하여 정승 하나를 얻었사옵니다. 장의(掌議) 홍(洪) 아무개입니다. 이 사람을 위하여 뒤에 알성(謁聖)을 보일 테니 혹 이 자가 과거에 급제할까 마음을 졸이며 기다립니다."

하시더라고 선희궁께서 나에게 전한 일이 있었다.

이것으로 보면 선친에 대한 총애가 하잘 것 없는 선비 적부터이며, 이미 정승으로 허하시고 간택하실 때에도 바라시던 처녀가 있었던가 싶다.

내 비록 재상의 손녀이나 조부께서 안 계시고 가난한 선비의 딸이니, 간

---

[20]. **경은(慶恩)** 숙종의 장인인 경은부원군 김주신. 인원왕후 친정.
[21]. **달성(達城)** 영조의 장인인 달성부원군 서종제. 정성왕후 친정.
[22]. **척련(戚聯)** 성이 다른 일가.

택에 뽑힌 것이 의외로되 성의가 나를 사랑하실 뿐 아니라 우리 선친을 대
용(大用)할 신하로 아셔서, 내가 선친의 딸인 고로 더욱 완정(完定)하신 일
이다. 그러므로 선친이 비록 척리가 아니시더라도 당신의 지체와 물망과
재국(才局)을 겸하였기 때문에 제우가 이러하셨으니 어찌 높은 벼슬을 못
하셨으리오. 특별히 나로 인하여 일신을 자유롭게 못 하시고 고금에 없는
정계(情界)를 다 겪으시고, 필경은 참언이 망극하고 처지가 망극하시어 원
한을 품으시고 명을 재촉하셨으니, 척리 되신 효험은 적고 척리 되신 해는
많으셨다. 이것이 다 나를 두신 연고이니, 내 일생에 죄스럽고 원통한 일
이다.

　선친께서 등과하신 후 임금의 총애는 점점 더 융중(隆重)하시고, 관위
(官位)는 차차 뽑혀 올라가시므로, 전곡갑병(錢穀甲兵)과 조정과 나랏일을
모두 맡게 되셨다. 선친이 지공혈성(至公血誠)[23]과 통재달식(通才達識)[24]으
로 일마다 성심에 맞고, 모든 규구준승(規矩準繩)[25]에 어김이 없어서 이십
여 년 장상(將相)에 있으면서 백성의 이해와 팔도의 고락을 당신 몸처럼
알아서, 내외의 병폐를 고치지 않으신 것이 없이 지금까지 준행하시니, 군
신의 부합하기가 천고에 드무시기 때문이려니와 당신의 충성과 재주가 다
른 사람보다 낫지 않으시면 어찌 이러하시리오. 당신 운수가 망측하여 참
소와 무욕이 이르지 않는 곳이 없었으나 허망한 말 두어 가지를 실수하셨

---

23. **지공혈성(至公血誠)** 지극히 공평한 가운데 정성을 다함.
24. **통재달식(通才達識)** 재주가 능통하고 지식에 통달함.
25. **규구준승(規矩準繩)** 일상생활에서 지켜야 할 법도.

을 뿐이지 삼십 년 나라 일을 하시되 이 일을 잘못하여 나라를 병들였다 하거나 저 일을 잘못하여 백성에게 해롭게 하였다는 말은 지금까지 조금도 없다.

유식한 사부(士夫) 외에 도하(都下) 군민(軍民)이나 외방의 미욱한 백성들까지 선친의 덕을 생각하고 은혜에 감격하여 이제에 이르기까지,

"홍 정승이 아니면 나라가 어찌 지탱하였으며 우리가 어찌 살아났으라?"

하니, 이것은 나 한 사람의 사사로운 말이 아니라 아동주졸(兒童走卒)²⁶을 잡고 물어도 반드시 근세의 어진 재상이라 할 것이니, 이 어찌 일시 권세 쓰던 사람이 얻을 바리오.

당신이 입조하신 후의 허다한 사적은 세상이 다 알 것이요, 또 선왕이 주고서문(奏藁序文)에 자주 올려서 칭찬하셨으니 더 기록하지 않으며, 다만 당신 처지가 지극히 원통한 것만 대략 거들고 선친께서 흉무(凶誣) 받으신 시종 곡절은 아래의 여러 조건에 각각 올랐으니, 또다시 거들지 않는다.

대체로 만일 경모궁 병환이 말할 수 없는 지경이 아니시고 영묘께서 모르시는데, 선친이 괴이하여 영묘께 아뢰어서 뒤주를 들이시고,

"이리이리 처분하소서."

라고 권하였다면 내 비록 부녀지간이나 지아비는 아비보다 중하니, 내 아

---

²⁶. **아동주졸(兒童走卒)** 어린아이들과 어리석은 사람들.

무리 무식한 여편네라도 그만한 의리는 알 것이니, 그때 내가 한번 따라서 죽기를 어찌 판가름하지 아니하며, 설사 목숨을 결단치 못한다 하더라도 내 어찌 부녀의 정의를 보전하였으리오.

선왕이 또 신묘년 언찰(諺札)을 하시며, 상소비답(上疏批答)에 영묘의 하교를 외어서 그렇지 않은 것도 밝혀 주시고, 또 천도(天道)가 알음이 있으면 선친인들 어찌 자손이 남았으며 나인들 사십 년 세상에 머물러서 자손의 효양을 어찌 받았으리오. 그때 국세가 호흡지간(呼吸之間)[27]에 위태로웠으니, 선친께서 만일 주선을 잘못하였으면 내 집이 멸하는 건 둘째요, 선왕이 어찌 보전하여 계시리오. 어찌할 도리 없는 억울한 때를 만나서 통곡하여 피눈물을 흘리시며 선왕을 구호하셔서 나라가 오늘이 있게 하였으니, 영묘께서 선친 믿으시고 의지하셨기 때문에 선왕을 보전하였지, 그렇지 않으면 영묘가 크게 화를 내신 그때에 아드님도 그렇듯 끔찍한 처분을 하시는데, 손자의 운명을 어찌 헤아리셨으리오. 만일 그러하면 당일의 준론(峻論)과 후세의 공의(公議)가 어떠하였으리오.

그때 선친의 처지로 머리를 대궐 섬돌에 부딪혀 죽어서 세손을 보전치 못함이 옳았던가, 어찌할 수 없는 지경이니 세손이나 보전하여 이 종사를 잇게 하는 것이 옳았던가는 식자를 기다리지 않고도 알 것이다. 선왕이 매양 말씀하시기를,

"외조부의 충성이 고인(古人)에도 쉽지 않으시건마는, 세상 사람들의 욕

이 무서워서 나는 차마 충(忠)이나 공(功)이라 못하고, 댈 데 없고 탓할 데 없어서 목전을 이렇게 흐린 사람처럼 지내지만, 한유(韓鍮) 같은 괴이한 놈을 죄명을 없이 하였으니, 이것이 일이 급박하여 부득이한 일이요, 천백 세(千百歲)의 진정한 의리가 아니니, 내 아래 대(代)부터는 외조부의 공렬(功烈)이 드러나실 것이니 시호(諡號)를 고쳐 충(忠) 자로 하겠습니다."
라고 하시고 또 가순궁이 보고 들으신 말이니 내 이제 선왕이 안 계시다고 추호라도 지나친 말을 차마 어찌 하리오.

성의가 그러하신 고로 십 년 동안이나 주고를 만들며 그 수고를 잊으시고 주야로 친히 편찬하시고, 그 많은 글을 짓고 간행하여 세인에게 보이려 하시니, 이것이 선친의 사업경륜을 칭찬하고 권하여 더 힘쓰게 하실 뿐만 아니라, 당신 외조부에 대한 성심과 외조부가 당신을 보호하여 종사를 평안케 한 충성과 공을 세상이 다 알게 하려 하신 일이니, 가까이 모신 신하들이야 뉘 모르리오.

모년(某年)의 일에 원통함이 더할까 매양 근심하시고 거기에 손붙여 하기가 어렵다 하시더니, 연보를 손수 편찬하실 때 임오년 5월 13일 조건에 시각[28]을 박으시고, 삼도감제조(三都監提調)로 초종상례(初終喪禮)까지 충성을 다하였다고 만들어 놓으셨다.

"문집(文集)에 임오년의 수차(袖箚)[29]가 왜 안 들었느냐?"
하고 물으시기에 동생들이 아뢰기를,

---

28. **시각** 임오화변 때 뒤주를 들인 시각.
29. **수차(袖箚)** 임금을 뵙고 직접 바치는 상소.

"임오년의 일은 지금 공사문자(公事文字)에 거들지 못하는 때이오니 올리지 못하옵니다." 하니,

"그러할 묘리가 없고, 본심과 사실이 이 수차에 있으니 올리라."

하고 여러 번 재촉하시다가 화변을 당하여 결단치 못하였다.

신묘년에 수찰(手札)을 얻으신 후에 선왕께서 기뻐하시며,

"춘저록(春邸錄)[30]에 올리라."

라고 하시어 연보에 올리시고 나에게도,

"내가 목도한 일로서 문자가 있어 한 장이 연보에 오르니, 천고에 증거가 되어 한이 없게 되었습니다." 하고 말씀하셨던 것이다.

만일 임오년의 일에 선친께서 조금이라도 관계하셨다면 선왕이 차마한들 평일의 말씀이 그러하시며, 이 주고와 연보를 만들었을 리가 어찌 있으리오. 당신 손으로 하지 못한 일을 의리를 지켜서 어버이를 위한 일에도 오히려 미진한 것이 있는데, 진정으로 의리에 벗어나면 어찌 외조부라고 용서하시며, 근심은 이를 것도 없고 이렇게 칭찬하고 장려하셨으리오. 이 한마디에 더욱 결단을 내려야 할 일이다.

선친이 갑신년에 세 가지 누명을 모두 벗었으니 예사 집으로 이르면 무고(誣告)였다고 하련마는, 무슨 터무니없이 도리어 세상의 모욕을 받으니 웬일이냐. 이것이 또한 다른 죄가 아니라 갑진년에 이미 씻어진 누명에 관한 것이니 이런 일이 어디 있으리오. 대저 이 일을 가지고 두 가지로 의논

---

[30] 춘저록(春邸錄) 동궁일기. 춘저는 세자궁을 말함.

이 있는데, 한 의논은 모년에 대처분을 하신 것이 광명정대하여 영묘(英廟)의 거룩하신 성덕대업을 칭송하여 천지에 부끄럽지 않으리라 하는 것이고, 또 하나의 의논은 경모궁이 병환이 아닌데 원통하게 그리 되셨다는 것이다.

위의 의논 같으면 경모궁께서 진실로 본심이 어떠하시기에 죄가 있어서, 영묘의 처분이 마치 적국이나 평정한 것처럼 공업(功業)으로 일컫는 말이 된다. 이러하면 경모궁께서 어떠한 몸이 되시며 선왕께서 또한 어떠하신 처지가 되시리오. 이것은 경모궁과 선왕께 망극한 말씀이다. 또 아래의 의논 같으면 영묘께서 참언을 들으시고 동궁을 그 지경에 가도록 하셨다면 경모궁을 위하여 변명하노라 한 것이 영묘에게 어떠한 실덕이 되시리오. 이리 말하나 저리 말하나 삼조(三朝)께 망극하기는 같아서, 두 가지가 모두 실상이 아닌 것은 일반이다.

선친의 수차 말씀과 같이 경모궁께서 분명히 병환이셨으며 비록 병이시나 성궁(聖躬)의 위태로우심과 종국(宗國)의 운명이 경각에 있으므로, 영묘께서 애통망극하시나 만부득이 그 처분을 하셨던 것이다. 경모궁께서도 본심(本心)이시면 허물이 되시지만 천성을 잃으신 병환이시니, 당신께서 하시는 일조차 모르셨기 때문에 오직 병환 드신 것이 망극하지, 경모궁께야 어찌 조금이라도 누덕(累德)이 되시리오.

실상이 이러하니 이렇게 실상대로 말을 하여야 영묘의 처분도 만부당한 일이 되시고, 경모궁 당하신 일도 할 수 없는 터이시고, 선왕도 또한 애통과 의리가 각각이라고 말하여야 실상에도 어기지 아니하고 의리에 합당하게 된다. 그런데 위의 두 가지 말이 영묘의 처분이 거룩하시다 하고 경모궁을 죄 있는 곳으로 돌아가시게 한 것과, 또 경모궁을 위한다고 영묘를 부자(不慈)하신 잘못이 계시다 한 것, 이 두 가지가 모두 삼조께는 죄인이다. 한편의 의논이 영묘의 처분은 옳으시다 하면서 선친만 죄를 잡으려 하여, 저희들이 알지도 못하고 뒤주를 들였다 하니, 이것이 영묘께 정성이 있단 말인가, 경모궁께 정성이 있단 말인가.

모년의 일을 가지고 사람을 함정에 빠뜨리려 하는 일이니, 삼십 년도 채 안된 지통 망극한 일을 저희들의 사람 해치는 기계(奇計)[31]와 저희들이 출세하는 발판으로 삼았으니 그저 통곡할 뿐이다. 지금에 이르러서 선왕이 안 계신 후에 흉도들이 비로소 저희늘의 뜻을 얻었으나, 나를 없애지 못함을 분하게 여겨서 내 동생에게 참화를 끼치고 선친을 반교문(頒教文)[32] 머리에 올려서 역적의 괴수로 만들었다.

내 비록 역대 사기(史記)를 모르나 선왕의 어미를 앞혀 놓고 선왕의 외조부를 역적이라고 반교문에 올려서 팔방에 전하는 흉적은 아무리 참되지 못하고 비꼬인 세상이라도 없을 것이다. 또 신유년 6월에 계사(啓辭)를 하는데 숙제의 동기가 역적의 종자 아닌 것이 없다 하였으니 숙제의 동기가 누구리오. 이것은 더욱 분명히 나를 역적의 종자라고 하는 말이니, 세변(世變)이 이토록 극도에 달하고 신하가 지켜야 할 절개가 아주 망해 버린 것이다. 옛 사람이 통곡하여도 부족하다는 말이 오히려 무색할 정도이다.

[31.] 기계(奇計) 기묘한 계략.
[32.] 반교문(頒教文) 나라에 특별한 일이 있을 때 백성에게 널리 알리던 교서.

대저 선친께서 불행히 험난한 때는 만나셔서 오래 조정에 계시니, 비록 은혜로 대우함이 정중하시고 지체가 자별(自別)하여 물러나실 마음이 주야로 간절하시나, 종국의 근심과 세손의 어리심을 염려하시어 몸을 자유롭게 못하시고 구차하게 임시변통으로 고인의 곧은 절개를 제대로 펴지 못하셨던 것이다.

만일 조야(朝野)의 강직한 사람이 본심은 헤아리지 않고 대신의 단호한 충절이 없다고 시비하면, 당신도 마땅히 웃고 받으실 것이다. 또한 나인들 어찌 마음에 품으랴. 내 집이 대대로 벼슬하는 집으로 가문의 운수가 형통한 때를 당하여 자제가 계속 등제(登第)³³하여 문호가 성만(盛滿)하고 권세가 과중하니, 사람이 시기하고 귀신이 꺼림은 괴이치 않다.

이미 집안이 그릇된 후에 생각하면 영화의 자취를 거두지 못하고 벼슬에 몸을 적신 것은 천만 번 뉘우치고 한이 된다. 천만 뜻밖의 무함(誣陷)으로 이 지경까지 되기는 실로 원통하니 성쇠화복(盛衰禍福)이 고리 돌듯 하였다. 이미 성하려다가 쇠하였으니 이 억울함을 풀어서 화를 복으로 삼을 때가 있을까 하고 피눈물로 울면서 하늘에 축원하였다.

기묘대혼(己卯大婚)³⁴ 후에, 귀주(龜柱)의 집이 빈한한 선비에서 하루아침에 존귀하게 되니 서먹서먹하고 위태로운 데가 많았다.

우리 선친이 딱하게 여기시고,

"두 척리가(戚里家)가 서로 의가 좋아야 고락을 함께 하리라."

---

³³. 등제(登第) 과거에 급제함.
³⁴. 기묘대혼(己卯大婚) 기묘년에 영조가 정순왕후와 재혼한 일.

하시고 모든 일을 지도하고 주선하여 추졸(醜拙)[35]이 나지 않도록 극진히 돌보아 주셨다.

처음은 고맙게 감격하더니, 저희의 세도가 짙어지고 점점 흉심(兇心)이 자라서 필경은 원수가 되었으니 이런 일이 어디 있으리오. 대저 귀주의 아비는 성품이 비루하고 음흉하고, 귀주는 더욱 독기 덩어리로서 흉악한 인물이다.

비로소 척리가 된 후 경은(慶恩)의 집처럼 몸가짐을 하였으면 누가 나무라리오마는, 저희가 본디 충청도 사람으로 호중(湖中)[36]에서 괴이한 논의를 즐기는 자들과 친하고, 귀주의 당숙 한록(漢祿)이는 관주(觀柱)의 아비로 남당(南塘)인지 누군지의 제자로서 학자질을 하노라 하니, 귀주네를 받들고 믿기를 신명같이 하여 그것들의 논의에 따라 척리의 본색은 지키지 않고, 반상낙하(半上落下)[37]하여 건방지고 어중되어, 못난 것이 잘난 체하는 꼴이 아니꼬운 적이 많으니 세상에 누가 웃지 않으리오.

우리 집이 대대로 재상가요 먼저 된 척리이니, 행여 저희를 비웃는가 모욕하는가 하는 자격지심으로 의심하고 노하였다. 그러던 중 경진년과 신사년 사이에 동궁의 병환이 점점 여지없으시고 영묘께서 저희를 새사람이라 하여 지나치게 가까이 하시니 귀주들의 흉심이 발동하여,

"동궁의 실덕(失德)이 저리하시니 할 수 없이 큰일이 날 것이다. 그러할

---

[35] 추졸(醜拙) 지저분하고 졸렬함.
[36] 호중(湖中) 충청도를 말함.
[37] 반상낙하(半上落下) 처음엔 정성을 들이다 중간에 그만둠.

제는 동궁의 아드님이 보전치 못하심은 당연하니, 그리하면 나라에 다른 왕자가 안 계시니 필경 양자가 왕이 될 것인바, 우리가 외가로서 장례까지 부귀를 누릴 것이라."

하고 저희들의 흥겨운 의논이 무르익었던 것이다.

특히 영묘께서 선친에 대한 대우가 거룩하시니 혹 세손이나 보전하면 저희 욕심대로 되지 못할까 염려하여, 신사년에 귀주가 이십이 겨우 넘은 어린 몸으로 제 감히 영묘께 봉서(封書)를 아뢰어 선친을 해하고 정휘량까지 넣어 들이니, 영묘께서 놀라시어 그때 중궁전께,

"이리 못하리라." 하고 심하게 꾸중하셨다.

이것은 경모궁께서 서행(西行)하신 일로 선친은 간하지 못하시고 정휘량은 대조(大朝)께 아뢰지 않는다고 얽은 말이니, 이 어찌 선친만 해할 의사리오. 경모궁의 실덕을 영묘께서 아시게 한 일이니, 제 놈의 처지에 이런 흉심이 어디 있으리오.

영묘의 총애를 받은 나인(內人) 이계흥(李啓興)의 누이 이 상궁이 그때 항상 영묘를 모시고서 두 부자의 사이를 조종하는 일이 많았는데, 그날 봉서를 보고 놀라고 분해서 중궁전께 아뢰기를,

"댁에서 감히 이런 일을 할 수가 있습니까? 급히 그 봉서를 세초(洗草)[38] 하소서."라고 하였다.

그때부터 그놈의 흉악한 마음을 알아내셨던지 선친께서 남모르게 고민

[38.] **세초(洗草)** 문서조각을 물에 풀어 씻어 버림.

하고 한탄하였으나, 보는 데가 있어서 동궁께도 이 말을 여쭙는 일이 없었다. 내 집이 저희와 틀어지지 않고자 하던 뜻을 여기서 알 수 있을 것이다. 저희 마음에 저희는 임금의 장인이니까 동궁의 장인에게 어찌 못 미치랴, 하는 시기하는 생각과 제거할 계략이 날로 심하던 차에 마침 모년의 대처분이 났던 것이다. 저희 마음에 이제는 세손까지 보전 못하고 양자를 정하여 저희가 외가 노릇하고 홍씨를 없애고 세력을 꺾을 줄로 알았다가, 필경은 세손이 동궁이 되시고 우리 집도 보전하여 선친께서 오히려 재상 지위에 계시니 저희의 분함을 이기지 못하였다.

그제야 바로 천고에 없으며 도리에 맞지 않는 흉악한 말을 하여, 영묘의 성심에 의심을 일으키고 어지럽게 하여 세손을 보전치 못하게 하려는 간계를 내었다. 이 흉계를 저들은 감히 하였지만 나야 붓으로 차마 어찌 다 쓰리오마는 분명히 쓰지 않으면 후인들이 무슨 흉언인지 몰라서 의혹을 품을 듯싶어 마지못하여 쓴다.

임오변란 후에 김한록이가 홍주(洪州) 김씨들이 모인 자리에서 말하기를,

"세손은 죄인의 아들이니 승통(承統)[39]을 못할 것이니, 태조의 자손이라면 어느 누구라도 승통을 못하겠습니까?"

라고 하였으니 이것이 세상에 전하는 이른바 십육자흉언(十六字兇言)이다.

---

[39] **승통(承統)** 왕위를 이어받음.

그때 모든 김씨들이 다 듣고 전하는 말들이 사방에 어지러웠다. 그러나 끔찍한 말이라 차마 입에 올리지 못하였다. 나도 듣고 세손도 들으시고 흉악히 여겼으나, 오히려 반신반의하여 근년에 선왕께서 나에게 말씀하시기를,

"한록이와 귀주 무리의 흉악한 말이 시종 의아하더니, 이제야 정말인 것을 알았습니다." 하시거늘 내가,

"어떻게 정말인지 아십니까?" 하고 여쭈니,

"소문에 홍주 갈미 김씨의 좌중에서 그 말을 하였다 하기로 마침 옥당(玉堂) 다니는 김이성(金履成)이가 번(番) 들었을 때, 그가 갈미 김씨이기에 알 듯하여 속이지 말고 바로 이르라고 달래고 을러서 물었더니, 처음에는 서먹서먹해 하였으나, 내가 제까짓 하나를 못 휘겠습니까? 하고 나중에는 실토하였는데, 한록이가 그 말하는 것을 제가 직접 듣고, 다른 김씨들도 많이 들었는데, 곧 저희 문장(門長)⁴⁰ 김시찬(金時粲)에게 이 말을 하니, 시찬이가 듣고 크게 놀라 기이하게 여기며, 귀주와 한록의 무리가 이제는 역절(逆節)이 분명하다, 하고 자식들에게 경계하기를, 충역(忠逆)을 분간해 두라, 고 일렀다 합니다. 한록의 말뿐 아니라 실은 귀주에게서 나온 의논이라 하니 이제는 명백한 증거를 잡았는 바 이는 정말입니다. 이런 일이 어찌 있으며, 이를 말하면 어느 지경까지 갈지 모르니 참고 이들의 앞을 볼 것이요, 지금은 이들이 무서워서 아직 위안하고 달래어 급급한 변과 깊

---

⁴⁰· **문장(門長)** 한 집안의 가장 큰 어른.

은 원한을 부르지는 않을 것입니다. 임오변란 후에 누구로 양자를 정하겠노라고 의망(擬望)하던 것도 있더라 하니, 그것이 모두 이 흉언에서 나온 계교이니, 그것이 한 나라에 군림하여 백관(百官)들을 엄히 대하려 한 것인 바, 어찌 흉하지 않습니까? 생각할수록 그놈들의 역심과 흉언이 몸서리쳐집니다."라고 통분하셨다.

관주를 동래부사 시키실 때도,

"말도 안 되는 중대하고 난처한 일을 합니다."

라고 나에게 말씀하셨으니, 이놈들이 흉역인 것을 선왕이 어찌 살피지 못하셨으리오.

선왕이 전부터 아시기 때문에 병신년에 귀주를 처분하실 때, 하교(下敎)에 귀주의 죄를 다만 사소한 일로 말씀하시고 그 밖의 일은 차마 말할 수 없다 하셨으니, 차마 말할 수 없다는 것은 곧 이 흉언을 일컬음이다. 병신년 전의 일인들 모르시는 것이 아니로되 김이성의 말을 들으신 후에 더욱 증거를 얻으셨던 것이다.

자고로 다른 사람을 추대하는 역적과 국본(國本)을 뒤집는 역적이 꽤 많을 것이나, 우리 조정에 이르러서는 효묘(孝廟)[41] 이후로 육대의 혈맥이 세손 하나뿐이신데, 저희가 그릇 생각하여 일시 부귀를 누릴 욕심으로 육대의 혈육을 없이하고, 태조의 자손이다, 하여 전혀 안면이 없는 사람을 데려다 세우고 나라를 차지하려 하였으니, 만고천지간에 이런 극역(劇逆)[42]

---

[41]. **효묘(孝廟)** 효종대왕.
[42]. **극역(劇逆)** 임금과 나라에 큰죄가 되는 것 중에서 가장 흉악한 것.

한 흉적이 또다시 어찌 있으리오. 내 집과 전전(輾轉)하여 선친을 꼭 해치려고 한 것도 이 흉언으로 말미암아 났던 것이다.

저희들 흉언이 차차 전파하여 온 세상이 다 알게 되니, 저희들 계교는 행하지 못하고 이 흉언을 감출 길이 없게 되었다. 그제야 소위 선비들을 사귀어 사류(士類)[43] 노릇하고, 사론(士論)[44]한다고 고난을 겪고 죽게 된 것들이 서울, 시골 없이 문(文)도 아니고 무(武)도 아니고, 떠들기나 좋아하는 무리를 모아서 재물을 노리며, 의기(義氣)로 사귀는 체하여 몸을 기울여서 남을 끌어들였다. 그것들이 시골의 미천한 불령지배(不逞之輩)[45]이니, 제까짓 것들이 일생에 부귀가(富貴家)의 문정(門庭)이나 어찌 구경하였으리오.

좋은 음식과 두꺼운 의복을 후하게 대접하고, 돈 달라면 돈을 주고 쌀을 주고, 급한 병이 있다 하면 인삼 녹용을 주고, 혼상(婚喪)하면 치상행혼(治喪行婚)을 조금도 아끼지 않아 주니, 그것들이 사생(死生)에 잊지 못할 은혜로 알아서 도처에서 귀주 일당을 거룩한 사류척리(士類戚里)로 일컬었다. 그리고 그것들을 위해 끓는 물과 뜨거운 불을 피하지 않게 만드니 이것이 모두 왕망(王莽)[46]이 사람 거두었던 흉계요, 필경 귀주가 내 집을 쳐내려는 의도였다.

선왕께서 이런 일을 항상 아시니, 봉조하께서 어영청(御營廳)에 봉상(捧

43. **사류(士類)** 학문을 연구하는 선비 무리.
44. **사론(士論)** 선비들의 공론.
45. **불령지배(不逞之輩)** 나라에 대해 불만을 품은 세력.
46. **왕망(王莽)** 전한(前漢)의 평제를 죽이고 신(新)을 세우고 황제의 자리에 오름.

上)된 동과 은을 누만냥(累萬兩)모아 두셨더니, 오흥(鰲興)이 전부 내어서 귀주와 함께 흩뜨리어 봉조하를 죽이려는 데 쓸 군인 모집하는 값으로 탕진하였으니, 세상에 그런 우습고 원통한 일이 없었다. 그래서 친한 신하에게 이 말을 하니까, 명담(名談)[47]이라고 하더라는 말씀을 하신 일도 있었다. 귀주 무리가 흉악한 마음으로 높은 벼슬을 하여 권세를 잡고 어떻게 하든지 내 집을 없애 버리려고 하니, 설사 선친이 잘못하신 일이 있다 하더라도 두 집 사이에 그리 못할 터이다. 그런데 제가 하지 못할 것이나 제게 불리하거나 서로 난처하거나 하면, 상정(常情)에 혹 미워할는지는 모르나, 처음부터 우리 집은 저희에게 은혜가 있었지 원한은 털끝만치도 없으니, 아무리 생각하여도 어찌 된 심술인지 알 수가 없다.

저희들이 흉모와 흉언으로 동궁을 동요시키려 하더라도 영묘께서 세손에게 지극히 자애하시고, 선친을 의지하여 총애가 한결 같으시고, 세손이 점점 장성하셔서 세자의 지위가 굳고 굳으셨기 때문에 망연 실망하였다. 그러다가 천만 뜻밖에 기축년 별감사건이 났다.

이때 선왕께서 소년의 마음으로 외조부와 이 노모가 당신께 애쓰는 정성은 미처 살피지 못하시고 일시의 노염으로 외가에 대한 정이 변하시고, 후겸이가 내 집과 사이가 좋지 않으니 귀주가 이 두 마디를 잘 알고, 그제야 잘 되었다고 하고서 적반하장으로 도로 잡아서 저희들은 동궁께 정성 있고, 선친은 은언군(恩彦君)과 은신군(恩信君)의 무리를 귀여워하여 동궁

---

[47]. 명담(名談) 사리에 맞고 뜻이 깊은 말.

께 불리하게 하려 한다, 라고 하며 동궁께도 거짓 고자질하고, 세상에도 퍼뜨리길,

"홍가가 동궁께 불리하게 하고, 동궁이 홍가를 박대하신다."라고 공공연하게 퍼뜨렸다.

그러자 세도가에 아첨하여 벼락감투를 쓰려는 부류와, 이를 탐하고 때를 따르는 것들이 일시에 어울려, 십학사(十學士)니 무엇이니 하며 한 뭉치가 되어서 선친을 해치려고 꾀하였다. 경인년 3월에 청주놈 한유(韓鍮)란 것을 얻어 그 흉악한 일을 시키니, 이것은 귀주가 사주한 일이었다. 한유란 것은 시골서 토반(土班)⁴⁸ 반명(班名)도 변변히 못하고 글도 못하는, 어리석고 흉악한 시골의 한 백성에 불과하였다.

그때 영묘께서 송명흠(宋明欽)과 신경(申暻)으로 인하여 대노하시고, 학자들이 당신이 사십 년 간 고심으로 이루어 놓으신 탕평(蕩平)을 나무란다 하시고 송과 신의 죄를 물으시고, 유곤록(裕昆錄)이라는 책을 만드셔서 학자들의 당론이 나라를 그릇되게 만드니, 뒤를 잇는 왕들은 학자들을 쓰지 말라고 하셨다. 이것이 지나친 거동이니 누가 우려하고 근심하지 않으리오. 팔십 세 되신 임금이 지나친 거동으로 그러시니, 비유컨대 인가(人家)의 노친이 무정한 일로 걱정하면 자손들이 임시방편으로 비는 모양처럼, 그때 선친의 처지로서는 성심을 격노케 할 것이 아니라 본심을 누가 모를 것이 아니니, 청하여 반포케도 하고 목전을 무사하게 하려 하셨다.

---

⁴⁸· **토반(土班)** 여러 대를 이어 그 지방에 붙어사는 양반.

이는 험한 때를 만나신 탓이지, 실은 당신이 계시어 동궁만 보호하여 국본을 튼튼히 하시고 그 밖의 일은 노인네의 한순간 지나친 거동이니 부친이 더는 어찌할 수 없었으니, 필경 바르게 할 때가 있을 걸로 생각하셨다. 근본인즉 모든 허물을 알면서 어질게 보신 것이요, 동궁을 위하신 고심이었다.

그때 유곤록 문제로 상소하면 명론(名論)이라 하니 한유(韓鍮) 놈을 누가 꾀어,

"네가 유곤록에 대하여 상소하면 명인(名人)이 되고, 장래 벼슬하고 양반이 될 것이다."

하니 이 우매한 놈이 그 말을 솔깃하게 듣고 짐짓 충성을 표하노라 하여, 팔 위에 글자를 새기고 서울로 올라와서 유곤록 문제로 상소하려는 차에, 그놈이 심의지(沈儀之)와 친하여졌다.

심의지는 귀주가 선친을 해칠 사람을 얻지 못하여 애쓰는 때라 한유에게 말하기를, 지금 홍 아무개가 오랫동안 정승으로서 권세를 많이 써서 상감이 염증을 내시고, 동궁께도 죄를 지어 동궁께서 탐탁히 여기지 않으심은 세상이 다 아는 터이나, 아무도 앞장서서 상소를 못하니 네가 만일 상소하여 홍가의 죄를 논박하면 벼슬이라도 할 것이요, 또한 장한 공(功)이 될 것이다."

라고 무수히 꾀었다.

이때 한유는 여관에 있었는데 귀주가 하인을 시켜서, 한유가 머무르는 여관에 가서 말하게 하기를,

"여기 청주서 온 한 생원이 있느냐? 영의정 대감께서 상소하여 일낼 놈이 있다 하여 당장 잡아오라 하신다."

하고 한 놈이 얼러대자, 다른 놈이 또 인심 쓰는 척하고,

"그 선비 어서 서울을 떠나서 면하라."

하고 여러 번 말하니, 어리석고 패악한 놈이 불쾌하게 생각하는데 의지가 그 중간에서 감언이설로 한유를 꾀기를,

"네가 유곤록 문제로 상소하면 직절지사(直節之士)[49]가 되고 몸도 영화로울 것이다."

하면서 상소문을 지어 주니, 이놈이 죽을지 살지 모르고, 옳은지 그른지도 모르고 그 흉소(兇疎)를 올렸다.

그때 정처가 후겸의 말을 듣고, 우리 집을 제거하여야 제 모자가 내외로 권세가 중해질 줄 알고서 귀주와 합세하여 선친을 참소하기가 이르지 않은 곳이 없어서 성심이 칠팔 분 변하였다. 경신년 정월에 대수롭지 않은 일로 부친이 삭탈관직(削奪官職)하여 계시다가, 다시 영부사(領府事)[50]를 하시나 임시(任時)인즉 김치인(金致仁)이 대신하여 3월까지 되었으니, 상감의 총애가 쇠하였음을 짐작할 수 있었다. 이럴 때에 한유의 상소를 보시고 비록 놀라시기는 하였으나 좌우에서 해치는 말에 끌리셔서, 한유는 가벼이 형추(刑推)[51]하여 섬으로 귀양 보내시고 선친께는 그로 인하여 또다

시 치사(致仕)를 명하셨다. 비록 종시 보호하려 하시는 뜻이시나 평일의 총애로 보아서 하루아침에 이러하시기는 천만 뜻밖이었다.

이후로 내 집이 그릇되고 선친 몸이 조정에 계시지 못하니, 귀주가 오로지 득세하여 안으로 후겸을 끼고 밖으로 여러 당류(黨類)와 더불어 주야로 모의하여 선친을 해치려고 하니, 그때의 위태로움을 어찌 다 말할 수 있으랴.

경인년 겨울에 최익남(崔益男)이가,

"동궁이 지금 사도묘(思悼墓)에 전배(展拜) 하지 않으시는 게 미안하온데 이것은 모두가 김치인의 죄입니다."

라고 상소한즉 묘소에 전배하소서, 하는 말은 옳으나 그 일은 신하로서는 청하지 못할 터이요, 하물며 지금의 수상(首相)은 아랑곳없는데 그런 상소를 하니, 익남은 본디 행실이 없고 경솔천박하다고 세상에서 지목하는 인물이지만, 본디 정처의 시집 관계로 불행히 내 집에 출입하여 면분(面分)이 있었다.

귀주네가 구상(具庠)을 놓아서 후겸을 꾀어, 홍가가 시킨 일이라고 참소하게 하니, 영묘의 성심에 선친이 모년 일을 가지고 당신을 허물로 만들고, 김치인을 제거하려고 익남을 시켜서 상소하였다는 소문을 곧이들으시고, 친히 엄한 문초를 하여 아무쪼록 홍가가 시켰다 하도록 여러 사람을 엄형하시나, 홍씨는 진실로 모르는 일이었으니, 익남이 그 곤장을 맞고 죽었으나 필경 홍씨에게는 직접 화는 닿지 않았다. 그러나 성심이 종시 풀리지 않으시고 실심(殺心)은 불 같았다.

겨우 여러 달이 지난 신묘년 2월에 인, 진의 일로 변란이 일어났다. 처음 갑술년에 인이 나고 을해년에 진이 나니, 귀천이 없다 하나 내 여편네 인정에 어찌 좋으리오마는, 그때 경모궁의 병환은 점점 극도에 달하시고, 또 그 어미를 총애하시는 것도 아니었다. 이때 뜻밖에 그것들이 났으니 비록 질투를 한들 베풀 때가 아니요, 나의 유약한 마음에 천한 그것들도 골육이니, 거두지 않을 수 없어서 거두어 주었다. 그러자 영묘께서 그것들이 화근이라는 엄교(嚴敎)가 대단하시니, 내가 또 따라서 질투를 부리면 경모궁께서 더욱 난처하실까 하여 참고 지냈다. 그러자 영묘께서 내가 그것들을 심상히 보고 질투하지 않는다고,

"인정이 아니다."

하며 꾸중도 하셨다.

그러나 모년 후는 그것들이 더욱 의지 없고 측은하여서 적모(嫡母)의 도리로 당신께서 끼치신 골육이라, 내가 심상히 불쌍하게 여겨 길렀다. 저희들이 성인이 되어 밖으로 나가게 되니 영묘께서,

"저것들이 어떠할까?"

하고 근심하셨다.

선친께서 일편 공심(公心)으로 경모궁 골육만 생각하시고 영묘께 아뢰기를,

"저것들이 점점 자라서 밖에 나가게 되니, 혈기미정(血氣未定)한 아이들이 만일 다른 데 반하거나, 누구의 꾀임을 듣고 무슨 변고나 내지 않을지 모르오니 이 일이 무척 민망하옵니다. 신의 처지가 세손과 가까워 혐의 없

사오니, 신이 살피고 가르쳐서 저희들도 사람이 되고 다른 데 반하지 않으면 저희들만 위한 것이 아니라 나라의 복이로소이다."

하니 영묘께서,

"경의 마음이 고맙고 그 마음에 감탄하니 그리하오. 그러나 그것들이 경의 말을 잘 들을지 걱정이오."

하시며 기뻐하셨다.

그러나 내 집의 자제들이,

"잘못하신 일입니다. 도리어 화근이 되리니 이들을 아는 체 마십시오."

하고 간하였다.

그리고 그것들이 들어오면 내 집의 자제 소년들까지 피하고 보는 일이 없었다. 그러자 선친이,

"그것은 당치않은 근심이다. 그것들을 공심(公心)으로 가르쳐서 몹쓸 곳에 빠지지 않게만 하겠다. 내 처지에 세손이 의심하시랴? 세상인들 내 마음을 모르랴?"

하시고 그것들을 가엾게 여기셨다.

만일에 선친이 말세의 인심을 헤아리지 않고 부질없는 일을 하려 하면, 이는 자제라도 간할 법한 일이지만, 이 일로 얽혀서 대화(大禍)를 빚어내기는 천만 뜻밖이니, 만고에 이런 일이 어디 있으리오. 선친뿐만 아니라 청원 부원군(淸原府院君) 김시묵이 또한 혐의가 없기로 사정을 봐서 남여(藍輿)를 만들어 주었으니, 청원도 무슨 의심을 하랴. 그것들이 출합(出閤)[52]한 후 여러 번 꾸짖고 훈계하셔도, 저희들 자질이 못생겨서 어리석고

패악하여 배우지 않고 조종(朝宗)에 가깝다는 교만한 마음만 먼저 내고, 궁중잡류(宮中雜類)들과 몹쓸 행동만 하고 가르치는 것을 하나도 받지 않았다.

부친은 그것들이 점점 어긋나므로 종시 가르치지 못할 것을 알고 도리어 원한을 살까 근심하시다가, 기축년부터 점점 소홀히 하시다가 경인년에 당신의 불우한 환경으로 교외에 불안하게 지내시니, 그로 인해 그것들이 발을 끊자 당신도 다시는 아는 체하신 일이 없었다.

신묘년 정월 그믐께 해마다 하는 예로 동산의 밤을 각 궁전에 드리고 군주(郡主)들까지 주었는데, 인과 진에게도 가니 이 일로 시작하여 성노(聖怒)가 그치지 않으셨다. 2월 초생에 창의궁(彰義宮)에 거둥하시고 급한 변이 날까 하여 궁성의 호위까지 하시고, 그것들을 제주도에 보내서 가두어 두셨다. 그리고 선친 이하에 화색이 절박해 있었다. 그때 세손은 수가(隨駕)하지 못하시 고 한기(漢耆)와 후겸이만 들어가 함께 입시(入侍)하여 영묘께서 즉석에서 처분하시도록 하는 계교를 꾸몄는데, 귀주는 상인(喪人)이라 제 아저씨를 시켜서 이 일을 했던 것이다.

성심에 처음부터 내가 그것들을 심상히 보던 것도 꺼려하시고, 선친께서 그것들을 아는 체하시던 것도 좋게 여기지 않으셨다. 또 최익남의 일을 내 집이 시켜서 모년 사건을 당신께만 돌려보내려는 걸로 아시고 대노하시고, 귀주편의 참언만 믿고 사랑하시는 정처(鄭妻)의 충동으로 인하여 이

---

52. **출합(出閤)** 왕자가 장성하여 사궁(私宮)을 짓고 나감. 또는 공주나 옹주가 시집을 감.

러한 조치를 취하셨다.

그때 선왕이 놀라시고 외가를 위하여 중궁전에게 가서 호소하시기를,

"봉조하께서 왕손추대(王孫推戴) 하신 자취가 없는데, 지금 추대한다 하여 죽이려 하니 사람이 밉다고 함정에 빠뜨려 죽이려 함이 말이 되오이까? 그리 마소서."

하시니, 세손의 말씀으로 한기와 후겸이의 힘이 줄어져 선친께서 급한 화는 면하시고 청주로 귀양가셨다. 그러다 영묘께서는 수일 만에 풀어 주시고 환궁하셨다.

영묘께서는 그 일이 사사로운 혐의와 모함으로 난 것을 깨달으시고 세손에게,

"두 척리가 서로 치니 국가의 근심이 적지 않다. 내가 이놈들에게 속지 않을 도리를 생각하겠다."

하시고 후회하셨다.

영묘의 성명(聖明)으로도 한순간 그 총명이 막히셨으나 곧 그놈들의 정상과 그 사건의 허망함을 어찌 깨닫지 못하리오. 그리하여 세손께 이런 말씀을 하셨던 것이다.

그때는 세손의 힘으로 눈앞은 무마가 되었으나 그놈들의 살심(殺心)은 갈수록 더해져 일을 저질러 놓았으니, 이미 세력이 양립할 수 없게 되고 말았다. 만일 상대방을 죽이지 않으면 저희들에게 후환이 될까 염려하여, 영묘께서 한유를 2월에 선견(先見)이 있다 하여 특별히 사면하셨다. 한유란 놈이 처음에 남의 꾀임을 듣고 그 상소를 하고 벼슬이나 할까, 제 몸에

좋은 일이 있는 줄로 믿었다가 형문을 받고 섬에 유배가 되니, 그때는 제 본심이 아닌지라 자회문(自悔文)이란 글을 지었다.

그때 김약행(金若行)이가 한유의 적소(謫所)[53]에 먼저 있다가 한유와 만나서 상소한 곡절을 물으니 그놈이 말하길,

"내 심의지와 송환억(宋煥億)의 무리에게 속아서 그런 상소를 올렸는데, 심의지의 무리는 김귀주의 꾀임으로 나를 농락한 모양이오. 나야 시골 선비로서 유곤록을 말하려 올라갔으니 그놈들의 곡절을 어찌 알았겠소? 이리로 귀양온 후에 들으니 내가 모두 속아서 그리하였으니 후회막급하여 자회문이란 글을 지었소."

하고 김약행에게 그 글을 보여주었다.

그 글이 세상에 전하셔서 내 집에까지 와서 나도 보았다. 김약행의 생사는 지금 모르거니와 이것만 봐도 귀주가 시켰다는 혐의가 더욱 명백해졌다.

그놈이 귀양에서 풀려 올라오니 귀주 일당이 또 꾀어,

"이제는 홍봉한이 몰리고 또한 대왕께서 너를 선견이 있다 하여 특별히 방면하였으니, 또 한 번 상소하면 아주 좋은 일이 있을 것이라."

하니, 이놈이 8월에 다시 상소하였는데 여기서 비로소 뒤주를 말하기를,

"봉조하께서 드려 권하였다."

하여 흉악한 모함을 하였다.

---

53. **적소(謫所)** 귀양지.

영묘께서 그놈이 뒤주를 들춘 죄로 충청감영(忠淸監營)에 내려보내시어
사형에 처하시고, 심의지도 그때 잡아들이시어,

"일물(一物)이 무엇이냐?"

하고 물으시니, 그놈이 당돌하게도,

"전하가 일물을 진정 모르시옵니까?"

하여 영묘께서는,

"죄를 범한 위에 다시 대역(大逆)을 저질렀도다."

하시고 사형에 처하시고, 한유보다 죄를 더하여 처자를 모두 귀양 보내셨
다.

한유이든지 심의지이든지 뒤주를 들춘 죄로 극형에 처하셨으니 선친이
권하여서 그리하셨을 리가 없다. 그놈들은 사형에 처하시고 선친께도 엄
교를 진첩(震疊)[54]하시어,

"봄부터 이번까지 임오(壬午)를 양성(釀成)[55]함이 너이니 삭탈관직하고
서인(庶人)으로 만든다."

하고 명하셨다.

양성임오(釀成壬午)란 말씀은 다름 아니라 최익남의 상소로 인해 의심
하고 분노하시던 까닭이다.

그때의 성교(聖敎)가 임오를 양성했다 하시고, 또 조장했다 하시니, 한
유의 상소를 꾸며내어 선친이 일물을 가져다가 드리시며 처분하옵소서,

---

54. 진첩(震疊) 존귀한 사람이 몹시 화를 내고 그치지 아니함.
55. 양성(釀成) 어떤 분위기나 감정을 천천히 자아냄.

한 것처럼 말을 하니, 상교(上敎)는 조장했다 하시고, 한쪽 사람들의 말이 상교를 따라서 그러하니, 이 의혹을 어찌 풀며 이 발명을 누가 하여 내리오. 내 말도 오히려 사사로운 듯하나 한 가지 천고에 밝힐 명확한 증거가 있다.

신묘년 9월에 선친께서 죄를 입고 시골에 틀어 박혀 계실 때에 문봉(文峰)이 있으니, 이는 선왕이 세손으로 계실 때 선친께 보내신 편지인데, 그 편지에서 말하시기를,

"대저 외조부의 나라 위한 정성을 천지신명에게 물어 평가할 것이오이다. 옛 사람에게 부끄럽지 아니함이 조손간(祖孫間)의 사사로운 말이 아니라, 스스로 일세의 공의(公議)와 백대의 공언(公言)이 있을 것이로되, 불행히 성총(聖聰)이 현혹하시어 이번 처분이 계시니, 외조부의 정리(情理)가 실로 옹색하거니와 나로서는 무척 기괴하고 놀랍기 그지없습니다. 성교(聖敎)가 비록 의외이시나 외조부의 당일 충성은 길이 만세까지 말이 있을 것이니 무엇을 근심하겠습니까? 임오년 5월 13일 신시(申時)에 망극한 물건을 밖의 소주방에 들이라고 하신다 하기에, 망극한 것도 있는 줄 알고 문정전(文政殿)에 들어가니, 자상(自上)[56]께서 가라 하시기에 나와서 왕자 재실(齋室).처마 밑에 앉았는데, 그때 신시 지난 지 오랜 후, 그제야 봉조하께서 궐하(闕下)에 와서 기운이 막히시다 하기에, 내가 먹으려던 청심환(淸心丸)을 보내었으니 일물(一物)은 자상께서 생각하신 일이요, 봉조하께

56. **자상(自上)** 임금. 여기서는 영조.

서 여쭙지 않은 것이 이 시각의 전후로 보아도 명백합니다. 또 그날 처분이 자상으로서는 종사(宗社)를 위하시는 성심으로 결단하셨기에, 나는 자식 된 터에도 의리는 의리요 애통은 애통인 고로 지금 살아 지탱하였지, 만일 봄의 하교같이 신하가 일물을 드리고 자상으로서 신하의 말을 들으시고 처분하셨으면, 이는 성상의 덕이 부족한 것이 되실 뿐 아니라 큰 의리가 또한 가려질 것이니, 큰 의리가 가려지면 내가 세상에 살아 있는 것이 또한 의(義)가 없어지니 이 아니 망극하리까?'라고 하셨다.

이에 관하여는 김한기(金漢耆)에게 일렀다, 라고 하셨다. 이처럼 선왕께서 당신이 두 눈으로 보신 일로 시각의 전후를 인증하시니, 이 편지 한 장이 있은 후는 선친의 일물 드리지 아니한 것이 명백한데, 일물 안 드렸으면 무슨 일로 죄를 삼으리오. 시골 어리석은 백성들은 항상 뜬소문만 듣고 의심하는 것이 괴이치 않다 하려니와, 귀주네는 가까운 척리요, 한기에게 하신 예교(睿敎)[57]가 이렇게 자세하신데, 종시 진실을 알면서 거짓으로 고하니 귀주의 화심(禍心)이 아니면 어찌 이토록 하리오.

귀주가 정처와 후겸을 끼지 않았으면 여러 가지 변괴를 꾸며내지는 못하였을 것이니, 밖으로는 귀주가 제 도당을 데리고 계교를 꾸며놓고, 안으로는 후겸이가 내응하여 안팎에서 힘을 합쳤다. 부형의 참화를 구하려고 내가 숙제에게 권하여 후겸과 사귀게 하였는데, 후겸의 본심은 홍씨를 제거하면 곧 제게 대권이 모두 돌아갈 것으로 알고 귀주 무리의 충동을 듣

---

57. **예교(睿敎)** 왕세자가 내리는 명령.

고, 제 사사로운 혐의도 약간 겸하여 공모하였지, 정말로 도륙(屠戮)[58]하려고는 하지 않았던 듯하다. 숙제가 자꾸 가서 애걸하니까 차차 안면도 두터워지고 혼인도 정하여 놓고, 또 제 생각에도 우리집이 동궁의 외가니까 장래에 대한 염려도 없지 않았던 모양이다.

정처는 조석으로 변심하는 성품이라 내가 극진히 굴어서 환심을 얻으니 본디 깊은 원한이 없어서 점점 풀리고 임진년 정월에는 선친의 죄명도 풀어 주었다. 또 후겸이가 귀주 편을 드러나게 푸대접하니, 귀주가 내응을 잃고 분해서 내친걸음으로 씨름 한 번 하려고 제 몸소 한록(漢祿)의 아들 관주(觀柱)를 데리고 7월에 함께 상소하였던 것이다. 만고 천지간에 제 처지로 중궁전을 뵙고 고식간(姑媳間)[59]에 이러한 흉악한 일을 하니, 이놈은 내 집의 불공대천지원수 일뿐 아니라, 나라에 역적이고 선왕에 역적이고 자전(慈殿)에게 또한 죄인이었다.

그 상소에 세 가지 조건이 있는데, 하나는 병술년 영묘의 병환 때에 나삼(羅蔘)[60]말이요, 하나는 송절다(松節茶) 말이요, 하나는 여시여시(如是如是) 하다는 말이다. 영묘께서 병환 때 하루에 인삼을 두세 냥(兩) 쓰는 적이 많았는데, 그때 내국(內局)의 도제조(都提調)는 김치인이요, 선친은 영상(領相)이었다. 임금이 드실 약에 나삼과 공삼(貢蔘)[61]을 반씩 넣어 썼는

---

58. **도륙(屠戮)** 사람이나 짐승을 함부로 죽임.
59. **고식간** 고부간. 작가와 정순왕후 사이를 말함.
60. **나삼(羅蔘)** 약효가 좋은 삼.
61. **공삼(貢蔘)** 평안도 강계에서 공물로 바친 삼.

데, 귀주의 아비가 숙직을 하며 의관을 불러다가,

"성후(聖侯)가 이러하신데 왜 나삼으로만 쓰지 않느냐?"

하고 나무라듯이 말하였다.

선친은 그때 내국에 도제조와 함께 앉아 계시다가 제조에게,

"지금 나삼 남은 것이 적으니 만일 나삼만을 쓰다가 떨어지면 결국 공삼만으로 써야 할 지경이니, 그렇게 되면 더 민망하지 않소? 내국(內局) 일은 국구(國舅)가 간여할 바 아니오." 하셨다.

사실은 이것뿐인데도 내국 일에 국구가 간여한다는 말에 그 부자가 성을 내고 저희는 충성이 있고 선친은 나삼을 쓰지 못하게 한 죄로 몰려고 하니 그런 흉악한 마음이 어니 있으리오.

송절다(松節茶)라는 말은 더욱 상스럽고 맹랑한 말이니, 형언할 필요조차 없다. 그리고 여차여차하다는 말은 곡절이 있다. 정해년과 무자년 연간에 선친께서 상중(喪中)에 계실 적에, 청원부원군이 와서 말하기를,

"예의(睿意)[62]가 장래에 추숭(追崇)[63] 하실까 봅니다."

하니, 청원은 선친과 지극히 친한 터라 교분이 무간할 뿐 아니라 기쁨과 고락을 함께 할 처지였다.

이것이 나라의 큰 문제이기 때문에 무간한 사이에 와서 그런 걱정을 하였던 것이다.

선친께서 탈상(脫喪) 후에 입대(入對)하시고 세손과 함께 자세한 말씀을

---

[62] **예의(睿意)** 왕세자. 여기서는 왕세손인 정조를 가리킴.
[63] **추숭(追崇)** 왕위에 오르지 못하고 죽은 이에게 제왕의 칭호를 올리던 일.

하시다가,

"이 일은 곧 결단을 내려서 굳게 지키옵소서. 지금 세도(世道)와 인심이 위험하오니 이 일은 법에 의해 그리하셔야 옳사오나, 기사년의 유얼(遺孽)⁶⁴이나 무신년 여당(餘黨)들이 지금도 나라를 원망하고 나라의 틈을 엿보고 있는 류(類)가 많사오니, 만일 이로 인하여 그 흉도들이 난을 일으키면 어찌할지 민망하오이다." 하고 아뢰었다.

그러자 세손께서도,

"과연 그런 염려가 있으니 답답하오."

하시고 나도 그날 후 먼 근심으로 상하의 셋이 앉아 그 이야기를 하였다.

그때는 선왕이 어릴 적이라 그 말을 중궁전에 하였으므로 귀주가 듣고 거짓 상소를 하였던 것이니, 이런 흉한 놈이 어디 있으리오. 설사 선친이 잘못하신 말씀이라 할지라도, 부녀자가 주고 받은 말을 중궁전에게 듣고, 영묘께 상소를 하니 만일 영묘께서, 추숭을 수작한다고 하여 세손께 노하시면 화색이 어느 지경에 미치리오. 이것이 선친을 모함할 뿐 아니라 제 본디의 흉계대로 세손까지 해 하려는 계교이니, 이런 음흉한 연적이 고금에 어디 있으리오.

대저 선친의 처지로 선왕을 사사로이 만나실 때 무슨 말인들 못하며, 설사 선친께서 추숭하소서, 하고 권하고, 만일 추숭을 하지 않으시면 이리이리 하오리다, 라고 하였더라도, 이것은 단지 무식한 사람이 될 뿐인데, 하

---

⁶⁸· **유얼(遺孽)** 죽은 뒤 남겨진 서자와 그 자손.

물며 추숭은 마소서, 결단코 확고히 지키소서, 하시어 말세의 인심과 세상의 변고가 무궁하니 깊고도 멀리 근심하시어 주고받은 말이 무슨 죄가 되리오. 그러면 옛 사람이 임금에게 아뢰기를, 위태로움이 조석에 박두하다 하거나, 도적이 일어나리라 하거나 하는 말들이 모두 임금을 위협하는 죄가 된다 하면 뉘 말할 이 있으며 세상에 그런 말이 어디 있으리오.

이 일은 조정 문적(文蹟)에 있고, 갑진년 선친이 누명을 씻으시던 전교에 다 있으니 대략만 쓴다. 그 후 병신년에 정이환(鄭履煥), 송환억(宋煥億) 무리의 흉소(兇訴)도 모두 귀주가 여론(餘論)을 주어서 할 말이니 다시 거들 것이 무엇이 있으리오.

도무지 신사년 이후로 귀주가 우리 집을 해하려고 하던 일을 세세히 추궁하면, 이것이 다 처음에는 경모궁께서 보전치 못하시면 세손까지 여지없이 될 것이니, 양자를 들이어 저희가 외가 되기를 바라는 마음에서 나온 것이요, 둘째는 모년처분(某年處分) 후 저희 마음과 같지 않으니, 한록이를 데리고 십육자(十六字)로 흉언(兇言)을 하여 임금의 마음을 요동케 하여, 양자와 외가를 경영하려는 계교였다.

그러나 영묘의 성심은 굳으시고 세손은 장성하시어 나라의 기본이 흔들리지 않게 되고, 저희 흉언은 세상에 이미 전파되어 가릴 수 없게 되니, 그제야 동궁이 외가에 미안히 여기시는 줄 알고, 저는 동궁께 충성이 장하고, 홍씨는 동궁께 불리하다고 거짓으로 고하여 홍가를 제거하고 동궁께 영합하며, 저희가 흉언을 한 것을 뒤집으려고 하였다.

지금 세상 사람도 옛일을 본 이가 있을 것이니 대략이야 어찌 모르리오마는, 이처럼 자세히 아는 이야 또 누가 있으리오. 우리 선친이 풍증으로 본성을 잃지 않은 바에야, 선왕께 불리하고 인과 진을 위했다, 라는 말은 삼척동자도 속지 못할 것이다. 또한, 귀주는 선왕께 충신이요 홍가는 선왕께 역적이다, 하는 말도 삼척동자를 속이지 못하리니, 모든 일이 인정(人情)과 천리(天理) 밖에 벗어난 일이 없고, 그러나 귀주가 내 선친을 모함하던 일은 인정과 천리 밖이니, 식자(識者)를 기다리지 않고도 이 일의 시비를 분간하며 충신과 역적을 정할 수 있을 것이다.

귀주와 한록의 무리가 종국(宗國)을 멸망시키려던 흉언은 종시 드러내지 아니하여, 귀주는 충신까지 되고, 털끝만큼도 비슷하지 않은 내 집은 가혹한 화가 갈수록 심하여 몹쓸 역적이 되니, 이런 세도(世道)와 이런 천리가 어디 있으리오. 피를 토하고 죽어도 천리를 터득하지 못할 듯하니 한(恨)이로다.

신축 2월 23일 미시(未時)에 호동대방(壺洞大房)에서 씀.

작품 해설

1. 작가 소개

『한중록(閑中錄)』의 작가 혜경궁(惠慶宮) 홍씨(洪氏)는 1735년(영조 11년) 6월 18일에 영풍부원군 홍봉한(洪鳳漢)과 한산 이씨(韓山李氏)의 4남 3녀 중 둘째 딸로 한양에서 태어났다. 본관은 풍산(豊山). 1744년(영조20년) 영조(英祖)의 둘째 아들인 장헌세자(莊獻世子), 곧 사도세자(思悼世子)의 빈(嬪)으로 책봉되었고, 1752년(영조 28년) 정조(正祖)를 낳았다.

1762년(영조 38년) 남편인 사도세자가 뒤주 속에 갇혀 죽임을 당하자 혜빈(惠嬪)으로 추서되었다가 1776년(영조 52년) 영조가 승하하고 아들인 정조가 왕위에 오르자 궁호(宮號)가 혜경(惠慶)으로 승격되었다.

1795년(정조 19년) 친정 조카인 홍수영의 소청으로 『한중록』을 쓰기 시작하였다. 1815년(순조 15년) 12월 15일에 81세를 일기로 창경궁 경춘전에서 한 많은 생을 마감하였다. 1899년(광무 3년) 사도세자가 장조(莊祖)로 추존되면서 경의왕후(敬懿王后)로 추존되었다.

2. 작품의 특징

『한중록』은 일명 『한듕록』, 『한듕만록』, 『읍혈록(泣血錄)』 등으로 불려 왔는데, 이는 모두 후세의 필사자들이 붙인 이름이다. 문제는 『한듕록』이나 『한듕만록』의 경우에 한이란 글자가 '恨'을 뜻하느냐, 또는 '閑'을 뜻하느냐가 뚜렷하지 않다는 점이다. 현재는 작가의 집필 의도나 문장의 분위기 등을 감안하여 대개 '閑'으로 본다.

『한중록』의 이본(異本)은 현재까지 필사본 14종이 전하는데 국문본, 한문본, 국한문혼용본 등이 있다. 필사본이 이처럼 희귀한 건 아무래도 작품의 성격상 『한중록』을 접할 수 있는 사람이 궁중 내의 인물이나 친정의 홍씨가(洪氏家)에 한정되어 있었기 때문으로 보인다.

『한중록』은 혜경궁 홍씨가 말년에 이르러 사도세자의 죽음을 중심으로 궁중에서 벌어졌던 여러 사건들을 회고적, 자서전적인 형식으로 기록한 글이다. 종래에는 이 작품을 궁중소설(宮中小說) 또는 역사소설(歷史小說)로 보는 경향이 강했다. 비록 역사적 사실이 구성의 중심을 이루고 있지만 사건의 전개와 인물의 묘사에 있어 과장되거나 허구적인 표현이 많고 아울러 작가의 주관적 개입이 뚜렷하다는 점 때문에 소설에 가깝다고 본 것이다. 그러나 최근에는 일기(日記), 수기(手記), 수필(隨筆), 또는 실기기록문(實記記錄文) 등으로 보는 학자들도 많아졌다. 『한중록』이 하나의 소설처럼 작품의 완결성과 통일된 구조를 갖춘 게 아니라 각각 목적을 달리하는 여러 편의 기록이 뒤섞여 있기 때문에 가능한 해석이다.

『한중록』은 작가가 실제 궁중에서 겪었던 일을 기록한 대표적인 궁중문학(宮中文學)이다. 당시 궁중의 생활상이나 풍속, 용어 등이 작품 속에 잘 드러나 있으며 아울러 사대부의 생활상까지 엿볼 수 있다. 이는 『한중록』이 국문학사상 중요한 작품일 뿐 아니라 풍속사(風俗史)를 연구하는 데도 아주 중요한 사료가 된다는 것을 의미한다.

3. 구성과 내용

『한중록』의 주요 이본(異本)은 대개 6권으로 구성되어 있다. 하지만 작가가 본래 집필한 글은 10여 년에 걸쳐 총 4편이다. 즉, 후세의 필사자들이 본래의 4편을 베껴 쓰는 과정에서 편의상 6권으로 나눈 것이다.

제1편은 작가가 61세 때(정조 19년) 친정 조카인 홍수영의 소청으로 썼는데 1권과 4권이 그것이다. 제2편은 67세 때(순조 1년) 정조가 승하한 직후 부친의 역적 누명과 동생 홍낙임(洪樂任)의 억울한 죽음에 관해 썼다. 5권이 그것이다. 제3편은 68세 때(순조 2년) 김귀주(金龜柱) 일파의 모함을 밝히고 순조의 효성에 호소하기 위해 썼는데 6권이 그것이다. 마지막으로 제4편은 작가의 나이 71세 때(순조 5년) 사도세자의 죽음에 부친이 관여했다는 모함을 뒤집기 위해 임오화변의 진상을 규명하려는 의도로 썼다. 2권과 3권이 그것이다. 이들 가운데 제1편이 작가가 비교적 담담하고 여유로운 심정에서 친정 조카의 소청에 답하기 위해 객관적으로 썼던 글이고 제2편부터 4편까지는 몰락한 친정의 결백을 순조에게 주장하기 위해 쓴 다분히 정치적 의도가 포함되어 있는 글들이다. 작품의 내용을 간략히 살펴보면 다음과 같다.

제1편은 작가 자신의 출생에서부터 어린 시절의 성장과정, 아홉 살 때 세자빈으로 간택되어 궁중에 들어가 가례를 치른 일, 그 후 정조의 탄생과 가례, 임오화변(사도세자의 죽음), 갑신처분(정조를 사도세자의 형인 효장

세자의 양자로 삼은 일), 정처(화완옹주)와 그의 양자 후겸 일파의 모함으로 인한 부친의 파직과 이어지는 친정의 몰락, 정조와 함께 수원능행을 한 기쁨과 감격, 마지막으로 친정 조카인 홍수영에게 가문을 다시 일으켜 줄 것을 당부하는 내용이 담겨 있다.

제2편은 영조가 총애하던 화평옹주의 죽음, 정처의 이간질, 기축년 별감 사건(정조가 세손일 때 홍봉한이 세손의 외입을 직언한 일)으로 인한 정조의 분노, 홍국영과 김종수의 모함으로 인한 중부(仲父)의 참화, 순조가 즉위한 직후 경순왕후 일족에 의한 동생 홍낙임의 억울한 죽음 등이 기록되어 있다.

제3편은 2편에 연이어 쓴 글로 아들인 정조의 지극한 효성과 외가의 신원(伸寃)을 위해 애쓰던 정조와 나눈 대화, 화성행궁 때의 회갑연, 김귀주 일파의 모함, 그리고 동생 홍낙임의 억울한 죽음에 대한 한(恨)을 손자인 순조에게 간절하게 호소하는 내용이 담겨 있다.

제4편은 주로 사도세자 죽음의 진상을 밝히고 있다. 사도세자의 탄생, 성장과정에서 부왕인 영조로부터 사랑을 받지 못하여 생긴 울화와 설움, 마침내 정신병까지 도져 자살기도까지 한 일이 자세하게 기술되어 있다. 부친 홍봉한이 뒤주를 바쳐 사도세자의 죽음을 재촉했다는 설은 순전히 모함에 불과하고 사도세자의 죽음의 원인은 순전히 정신병에 기인한 것이라고 작가는 강조한다.

❧ 생각하는 갈대

첫째, 『한중록』은 『계축일기』, 『인현왕후전』과 더불어 우리나라의 대표적인 궁중문학이다. 따라서 궁중의 생활상, 풍속 및 용어를 연구하는 데 매우 중요한 사료라 할 수 있다. 이 작품을 통해 조선 후기 궁중 문화를 살펴보고 아울러 당시의 사대부 문화도 함께 살펴보고 서로 비교해 보자.

둘째, 『한중록』에 자세하게 기술되어 있는 사도세자의 죽음에 관해 생각해 보자. 죽음의 원인에 관해서는 사도세자의 정신병 때문이라는 설, 당파 싸움의 결과 반대파에 의해 희생을 당했다는 설 등 여러 가지가 있다. 작품을 읽고 영조와 사도세자의 심리적 갈등 및 주변의 정치적 관계를 고려해 사도세자 죽음의 원인을 살펴보자.

셋째, 『한중록』은 작가가 말년에 이르러 여러 번에 걸쳐 집필한 것이다. 각각의 집필 목적이 다르고 읽히는 대상도 다르다. 작가는 작품 속에서 왕실의 보호나 자기 집안의 문벌을 유지하기 위해 무척 애를 썼다는 점을 드러내고 있다. 작가가 고령임에도 불구하고 이 작품을 지은 목적이 무엇인지 살펴보자.